HEYNE



SCIENCE FICTION

Ein Verzeichnis aller BATTLETECH®-Romane
finden Sie am Schluss des Buches.

Blaine Lee Pardoe

# In die Pflicht genommen

Sechsundfünfzigster Band
im BATTLETECH®-Zyklus

**Deutsche Erstausgabe**

WILHELM HEYNE VERLAG
MÜNCHEN

HEYNE SCIENCE FICTION & FANTASY
Band 06/6256

Titel der amerikanischen Originalausgabe
CALL OF DUTY
Deutsche Übersetzung von
REINHOLD H. MAI

*Umwelthinweis:*
Dieses Buch wurde auf chlor- und
säurefreiem Papier gedruckt.

Redaktion: Joern Rauser

http://www.heyne.de
Printed in Germany 2002
Umschlagbild: Wizkids LLC
Umschlaggestaltung: Nele Schütz Design, München
Technische Betreuung: M. Spinola
Satz: Schaber Satz- und Datentechnik, Wels
Druck und Bindung: Elsnerdruck, Berlin

ISBN 3-453-21322-X

Wie immer ist auch dieses Buch meiner Frau Cyndi, meinem Sohn Alexander und meiner Tochter Victoria gewidmet. Außerdem meiner Alma Mater, Central Michigan University, und meinen guten Bekannten und Mitarbeitern, die mir, ohne es zu wissen, jede Menge Charaktermaterial geliefert haben.

Schließlich möchte ich noch ein besonderes Dankeschön an Alan Andrews loswerden, der mich in meiner Jugend mit Wargames bekannt gemacht hat. Ich habe die Produkte von James F. Dunnigan und der alten Cosim-Schmieden SPI und Avalon Hill verschlungen. Ohne dieses Fundament wäre ich wahrscheinlich nie so weit gekommen, diese Bücher zu schreiben. Ihre alten Wargames sind auch heute noch verdammt gut, und ohne sie würde es die Spieleindustrie, so wie wir sie heute kennen, nicht geben. Rollenspieler, Sammelkartenspieler und Computerspieler schulden dieser Anfangszeit eine Menge.

# PROLOG

**Davion-Gedenkpark, Avalon City, New Avalon**
**Gefechtsregion New Avalon,**
**Mark Crucis, Vereinigtes Commonwealth**

*3. Februar 3063*

Katrina Steiner-Davion schaute zu dem Granitstandbild hoch, das den Eingang der Davion-Gruft auf New Avalon bewachte. Der stolze Blick der Statue schien den weiten blauen Himmel abzusuchen, der heute kristallklar und nahezu wolkenlos war. Die Gestalt wirkte dreimal so groß wie sie, und trotzdem wurde sie der wahren Größe des Mannes nicht gerecht, den sie Vater nannte.

Sie zog in der kühlen Morgenluft die dünne Jacke enger um den Körper. In den letzten Wochen drängte es sie öfter hierher. Die Presse wurde auf Distanz gehalten, aber sie stellte immer sicher, dass die Reporter gute Sicht auf ihre stille Kontemplation hatten. Für die Öffentlichkeit bot sie das Bild der guten Tochter, die im Angedenken des toten Vaters Trost suchte. In Wahrheit wusste sie selbst nicht so genau, was sie hier eigentlich wollte. Möglicherweise war es Trotz, vielleicht auch die Suche nach ihr versagt gebliebener väterlicher Anerkennung.

»Mein Bruder ist noch immer auf das aus, was du hattest – und das ich jetzt besitze«, murmelte Katrina, als könne Hanse Davion sie hören. »Das Vereinigte Commonwealth ist mein, Vater. Ich halte das Reich in meinen Händen, das du geschaffen hast. Victor kann versuchen, es mir zu entreißen, aber es wird ihm niemals gelingen. Ich war schon immer zu clever für ihn, und daran wird sich auch in Zukunft nichts ändern.«

Das konnte niemand bestreiten. Ihr Herrschaftsbereich erstreckte sich von einem Ende der Inneren Sphäre über gut neunhundert bewohnte Systeme zum anderen. Durch List und Tücke hatte sie sich innerhalb weniger Jahre zur rechtmäßigen Herrscherin dieses gewaltigen Reiches gemacht. Und das Volk liebte sie.

Besonders stolz war sie darauf, dass sie all das durch schiere Intelligenz und Willenskraft geschafft hatte, ohne auf militärische Gewalt oder eine politische Hochzeit zurückgreifen zu müssen. Nicht einmal ihr Vater, der das gewaltige interstellare Imperium des Vereinigten Commonwealth über das Ehebett geschaffen hatte, hätte das für sich in Anspruch nehmen können.

Katrina herrschte durch die Liebe und Zustimmung ihrer Untertanen. Sie grübelte nie lange über die unangenehmeren Aspekte ihres Weges zur Macht. Sie hatte nur getan, was nötig war, und selbst ihre Mutter aus dem Weg geräumt, als sie zur Bedrohung wurde. Ja, es stimmte, ihre Mutter war bei einem Attentat ums Leben gekommen, und kurz darauf hatte Katrina die lyranische Hälfte des Commonwealth aus dem Reichsverbund gelöst, als Victors Unfähigkeit zum Krieg mit Thomas Mariks Liga Freier Welten geführt hatte. Dann hatte sie die andere Hälfte des Reiches übernommen, während Victor unterwegs gewesen war, um gegen die Clans zu kämpfen. Hätte es noch leichter sein können?

Sie betrachtete die Orden auf der Brust des steinernen Hanse Davion, und unwillkürlich stieg der abfällige Gedanke in ihr auf, dass Männer Probleme offenbar grundsätzlich im Licht einer möglichen militärischen Lösung sahen. Wie sie ihr Spielzeug liebten, ihre zerstörerischen Kriegsmaschinen. Genau deshalb gelang es ihr immer wieder, sie zu besiegen.

Während Victor unterwegs gewesen war, um im Clan-Raum Soldat zu spielen, hatte Katrina die Umfragen manipuliert und den Eindruck erweckt, die öffentliche Meinung kehre sich gegen ihre jüngere Schwester Yvonne, Victors Regentin auf New Avalon. Die Kleine war nur zu froh gewesen, die Zügel der Macht ihrer großen Schwester überlassen zu können. Der Mord an ihrem Bruder Arthur – vor kurzem in der Mark Draconis – hatte ihr ebenfalls genutzt. Der auf das Draconis-Kombinat fallende Verdacht schadete Victors Ansehen zusätzlich. Schließlich kollaborierte er noch immer mit dem im Commonwealth verhassten draconischen Herrscher, ganz zu schweigen davon, dass er mit dessen Tochter das Bett teilte.

*Du wärest stolz auf mich, Vater*, dachte sie. *Ich habe viel von dir gelernt.*

Sie hatte keinerlei Zweifel daran, dass Hanse Davion, der Fuchs, ihr in allen Maßnahmen zugestimmt hätte. Sie war seine wahre Erbin. Ein Meisterpolitiker wie er hätte sich in den Aktionen seiner Tochter wiedererkannt, wäre er noch am Leben gewesen.

Doch in letzter Zeit überraschte Victorchen sie. Er bewies eine rachsüchtige Ader, die sie ihm nie zugetraut hatte. Er hatte ihr die Schuld an Arthurs Tod gegeben und die ihm loyalen Truppen aufgefordert, sich zu erheben und sie vom Thron zu stürzen. Die Schwächlinge unter ihnen hatten gehorcht. Obwohl sie versucht hatte, die Nachrichten über kleinere Rebellionen zu unterdrücken, schienen die sich umso schneller zu verbreiten, je härter sie dagegen vorging. Ganze Regimenter hatten sich gegen sie gekehrt, gegen sie, die rechtmäßige Erbin ihres Vaters.

Im Augenblick ging es ihr vor allem um den lyranischen Raum, in dem sie besonders stark war. Sie wollte ihre Vorherrschaft zementieren, indem sie Victors Einheiten ausschaltete, um dann die dadurch freigewordenen Einheiten in den Crucisraum verlegen zu können. Morgan Kell und sein Arc-Royal-Defensivkordon stellten dabei ein gewisses Problem dar, aber auch dafür gab es eine Lösung, wie für jedes Problem. Früher oder später würde Katrina sie finden.

Sie wünschte, sie hätte Hanse Davions steinerne Züge dazu bringen können, zu ihr herab zu schauen und anzuerkennen, was sie geleistet hatte. Aber darauf hätte sie eine Ewigkeit warten müssen. Nichts unterbrach die Stille, und die toten Augen ihres Vaters starrten weiter in den Himmel New Avalons, als wäre sie überhaupt nicht vorhanden.

Das Knirschen von Schritten erregte ihre Aufmerksamkeit. Sie blickte über die Schulter und sah einen kleinwüchsigen Mann in erkennbar lyranischer Kleidung näher kommen.

»Lentard«, begrüßte sie ihn und lächelte. »Vielen Dank, dass Sie gekommen sind.« Anton Lentard war ihr bester Mann beim Lyranischen Nachrichtencorps, dem Geheimdienst der Allianz, und sie hatte die tägliche Besprechung hierher verlegt. Ihr Terminplan war so überfüllt, dass selbst ein Besuch auf dem Friedhof eine weitere Verwendung erforderte.

»Guten Morgen, Hoheit«, antwortete er und schaute sich misstrauisch um, als fürchte er, die Gräber könnten Ohren haben.

Katrina wandte sich von der Statue Hanse Davions ab. »Ein wunderschöner Morgen, Lentard. Ich hoffe, Sie bringen angemessen gute Nachrichten.«

Lentard wippte leicht auf den Fersen. »Ich vertraue darauf, Eure gute Laune nicht beeinträchtigen zu müssen, Hoheit, allerdings zeigt Euer Bruder sich in letzter Zeit höchst erfinderisch.«

»Mit Lobeshymnen für diesen lästigen Napoleonverschnitt machen Sie sich bei mir nicht beliebt, Lentard«, fixierte sie ihn. »Ich ziehe der momentanen Lage Schlaglichter vor.«

»Ein Teil Eurer lyranischen Systeme meldet Überfälle und Angriffe Victor ergebener Einheiten. Wir konnten bestätigen, dass die Situation auf Brockway unhaltbar geworden ist. Die 11. Avalon-Husaren RKG führt einen kontrollierten Abmarsch durch.«

»Das Wort, das Sie zu vermeiden versuchen, heißt ›Rückzug‹, Lentard«, stellte Katrina mit sanftem Ton fest. Am liebsten hätte sie ihm für diese Nachricht den Kopf abgerissen, aber dass hätte nichts genutzt. »Was ist mit Kathil?«

Auf Kathil waren Mitte November des vorherigen Jahres Kämpfe ausgebrochen, noch bevor die Nachricht von Arthurs Tod Victors Aufruf zum Bürgerkrieg ausgelöst hatte. Da sich dort die Yare-Industries-Raumwerften befanden, auf denen die mächtigen Kriegsschiffe ihrer Flotte entstanden, konnte sie es sich nicht leisten, dieses System zu verlieren.

»Die Kämpfe dauern an. Die MCM Kathil widersetzt sich weiterhin. Es ist schwer zu sagen, wie sich die Situation entwickeln wird. Und die Liste der aufständischen Systeme wächst. Wir haben die kleineren Revolten niedergeschlagen, aber das zwang zahlreiche Regimenter zum Garnisonsdienst. Ich habe veranlasst, dass die gesamten Daten in Euer Strategieverzeichnis überspielt werden, damit Ihr sie in Ruhe betrachten könnt.«

»Sie haben Überfälle erwähnt, Lentard.«

Er schaute auf den Schirm des Compblocks und seine Miene verdüsterte sich. »Nun ja, es waren keine Größeren darunter, aber alle waren schwer genug, unsere Aufmerksamkeit zu erfordern. Wir sind noch dabei, die beteiligten Einheiten zu identifizieren, doch wir wissen bereits sicher, dass das 1. Thorin-Regiment auf Alcor gelandet ist und dort gegen die Garnisonstruppen kämpft.«

»Archer Christiforis Einheit?« Das war bitter. Trotz ihrer Versuche, sich diesen Kerl vom Hals zu schaffen, erlangten die so genannten Archer's Avengers für ihren Widerstand gegen Katrina allmählich eine unangenehme Berühmtheit in der Lyranischen Allianz.

»So ist es«, bestätigte Lentard. Die Einheit hatte in den Anfangstagen der Unruhen Thorin und Murphrid erobert. Seitdem hatten die Avengers noch mehrere andere Systeme angegriffen, wo sie Victors Anhänger entsetzt hatten, bevor sie jedes Mal wieder spurlos verschwanden. Christifori war ein Mann mit Ausstrahlung, ein Träger des Sternenbund-Ehrenabzeichens, der sich an Katrina für den Tod seiner Schwester rächen wollte – einer bekannten Rebellin.

*Was für eine Verschwendung,* dachte sie.

Sie lüpfte eine Augenbraue. »Warum Alcor? Man sollte annehmen, ein so als ›militärisches Genie‹ verschrieener Gegner wie mein Bruder suche sich Ziele von größerer strategischer Bedeutung aus. Alcor bedeutet mir nichts.«

»Der planetare Herzog ist hart gegen davionistische Dissidenten vorgegangen«, erwiderte Lentard. »Die Avengers haben auf Milton auf ähnliche Verhaftungen reagiert. Aber es könnte mehr dahinter stecken. Es könnte Teil einer größeren Strategie sein.«

»Erklären Sie mir das.«

»Wir können uns da natürlich nicht sicher sein, vermuten jedoch, diese Überfälle sollen unsere Truppen in der Lyranischen Allianz binden und auf scheinbar strategisch unbedeutenden Welten die Saat der Rebellion ausstreuen. Wenn Christiforis Truppen landen, geschieht dies in der Regel, um die planetare Miliz zu unterdrücken oder zu zerschlagen, Victors Propaganda zu verbreiten und dann wieder zu verschwinden.«

Katrina nickte zögernd. »Und wir setzen Truppen in Marsch, die bei ihrer Ankunft …«

»… niemanden vorfinden. Aber falls wir keine Truppen schicken, erwecken die örtlichen Medien den Eindruck, der Krieg habe sich gegen uns gewendet. Eure Unterstützung in der planetaren Bevölkerung lässt nach, und das ermutigt Unruhen in benachbarten Systemen.«

Katrina hatte Mühe, sich Wut und Enttäuschung nicht anmerken zu lassen. »Wir dürfen nicht zulassen, dass die Lügen meines Bruders Wurzeln schlagen.« Der Ausbruch von Revolten hatte sie bereits gezwungen, Truppen auf zahlreichen Welten einzusetzen, die normalerweise keine Garnison benötigt hätten, nur, um die örtliche Bevölkerung unter Kontrolle zu halten und zu zeigen, dass sie die Lage im Griff hatte.

»Das ist nicht alles, Hoheit«, setzte Lentard hartnäckig nach. »Diese Angriffe verunsichern die Adligen der betroffenen Welten. Ihr habt die eingehenden Nachrichten gesehen. Der lyranische Adel verlangt nach direkterer Kontrolle über militärische Mittel. Man sieht in den Überfällen Eures Bruders eine Gefahr für die eigene Stellung und Autorität.«

Er brauchte nicht hinzuzufügen, dass ihre Macht in der Allianz sich auf die Adligen stützte. »Ich verstehe. Aber ich bin nicht bereit, die militärischen Machtmittel der Allianz so leicht aus der Hand zu geben.«

Katrina verstand die betreffenden Gedankengänge nur zu gut. Die Adligen mochten ihre Machtbasis sein, aber deswegen musste sie ihnen nicht trauen. »Sonst noch schlechte Nachrichten, Lentard?«

Seine Wangen röteten sich ein wenig. »Hoheit. Wie in unserem Gespräch vor zwei Wochen beschlossen, haben wir Snords Wilden Haufen in die Nähe des Terranischen Korridors verlegt, in der Hoffnung, einige der jüngsten Vorstöße Eures Bruders zu konterkarieren. Allerdings beruft Oberst Snord sich auf eine Vertragsklausel, die es der Einheit gestattet, den Einsatz bei Bürgerkriegen und internen Unruhen abzulehnen.«

Katrinas Augen wurden schmal. »Der Wilde Haufen kämpft seit seiner Gründung auf lyranischer Seite«, stellte sie entschieden fest. »Er ist eine exzentrische, aber effektive Einheit. Wir müssen einen Weg finden, ihn einzusetzen. Soweit ich mich erinnere, läuft der Kontrakt bald aus, und ich habe kein Interesse, ihn in den Reihen unserer Feinde wiederzusehen.«

Die Vorstellung, Sun-Tzu Liao oder Theodore Kurita könnten solche Truppen kommandieren – oder schlimmer noch, Bruderherz Victor –, behagte ihr ganz und gar nicht. Sie schaute sich kurz zum Standbild ihres Vaters um.

»Sagen Sie, Lentard«, fragte sie den LNC-Agenten, »haben Sie überhaupt eine gute Nachricht dabei?«

»Ja, Hoheit«, bestätigte er, und trotz der Kälte war ein dünner Schweißfilm auf seiner Stirn zu sehen. »Die Unterschriften unter dem Geschäft, das ich aushandeln sollte, sind fast trocken. Die Integration von Wolverton's Highlanders in die Blackstone-Highlanders. Oberst Blackstone hat mich informiert, dass er sich mit Oberst Feehan getroffen hat und sie die Logistik der Vereinigung erörtern.«

Katrina nickte. Sie hatte Ende des vorhergehenden Jahres die Fusion der beiden Söldnereinheiten ›ermutigt‹, nachdem sie Gerüchte gehört hatte, die Wolvertons hätten eventuell vor, auf Suche nach profitableren Gelegenheiten die Dienste der Lyranischen Allianz zu verlassen. Jetzt waren sie sicher eingebunden und Katrina konnte sie zu ihrem Vorteil einsetzen.

Ein Schatten zog über den Friedhof, als sich eine vereinzelte Wolke kurz vor die Sonne schob. Sie wünschte, sie hätte ihren Vater jetzt um Rat bitten können. Wie hätte der große Hanse Davion eine derartige Krise gemeistert?

Ein schmales, beinahe bösartiges Lächeln spielte um ihre Lippen, als sie sich wieder umdrehte. »Manchmal denken Sie in zu engen Bahnen, Lentard. Ich bin sicher, wir können diese Sache zu unseren Gunsten wenden, wenn wir nur kreativ genug sind.«

»Hoheit?«

Ein plötzlicher Windstoß ließ sie frösteln, und sie zog die dünne Jacke enger um den Körper. »Die Einheiten meines Bruders toben sich in der Lyranischen Allianz aus, die Adligen meines Reiches verlangen nach mehr Kontrolle über das Militär, um der Situation begegnen zu können, und jetzt haben wir es noch dazu mit Söldnereinheiten zu tun, die glauben, sich mir widersetzen zu können. Sie sehen darin Schwierigkeiten. Ich sehe Möglichkeiten.«

Lentard sagte einen Moment lang nichts, dann hoben sich seine Mundwinkel. »Möglicherweise erkenne ich, worauf Ihr hinaus wollt, Hoheit. Wir können Snords Wilden Haufen zu einem planetaren Adligen im Innenraum abstellen, und wenn eine von Victors Einheiten dessen Welt überfällt, müssen die Söldner kämpfen, ganz gleich, was in ihrem Kontrakt steht.«

»Exakt«, bestätigte Katrina. »Ich habe nicht vor, all meinen Adligen Zugriff auf die LAS zu geben, aber indem ich einem von ihnen Söldner überstelle, vermittle ich den anderen ein Gefühl der Sicherheit, dass ich dies auch für sie tun würde, wenn es nötig wäre. Ich möchte allerdings, dass Sie einen LNC-Agenten auf die Garnisonswelt des Wilden Haufens schicken. Sollte mein Bruder sich weigern, die nötige Provokation zu liefern, soll er tun, was immer notwendig ist, um Snords Wilden Haufen in den Kampf zu verwickeln.«

»Wird gemacht.« Lentard verneigte sich leicht, dann

schaute er wieder auf den Compblock. »Wenn ich unsere Daten richtig interpretiere, läge der beste Einsatzort für den Wilden Haufen bei Graf Nicholas Fisk auf Odessa. Er herrscht über mehrere Systeme, und laut unseren Ermittlungen könnte Odessa auf der Liste von Christiforis Sekundärzielen liegen.«

Katrina durchforschte für einen Moment ihr Gedächtnis. »Hat Christifori nicht auf Thorin Fisks Sohn verwundet?«

»Ja, Hoheit.«

»Gut, dann wird der Graf sich rächen wollen. Aber wir müssen uns vorsehen, was ihn betrifft. Ich kenne ihn. Wenn man diesem Burschen den kleinen Finger reicht, nimmt er die ganze Hand.«

Lentard überlegte kurz. »Wir brauchen noch immer eine Möglichkeit, Odessa zu einem Primärziel für Euren Bruder zu machen, wichtig genug, Archer's Avengers dorthin zu schicken. Der Graf könnte eine groß angelegte Verhaftungswelle möglicher Rebellen einleiten, unter dem Verdacht, sie hätten einen Anschlag zu Victors Gunsten geplant. Wir werden in den Medien hochspielen, dass Oberst Snord sich weigert, für unsere Sache zu kämpfen. Das muss den Eindruck erwecken, Odessa wäre leichte Beute. Ich werde einen meiner besten Agenten als ›Verbindungsoffizier‹ einsetzen, Euer Hoheit. Und vielleicht könnte ich Oberst Blackstone vorschlagen, Robert Feehan und Wolverton's Highlanders ebenfalls nach Odessa zu schicken? Blackstone wäre vermutlich über die Profitmöglichkeit erfreut, und Feehan wird die Gelegenheit sehr gelegen kommen, sich vor seinem neuen Vorgesetzten zu bewähren. Falls die Avengers oder eine andere Rebelleneinheit tatsächlich angreifen, könnte Fisk die zusätzliche Feuerkraft benötigen.«

»Eine ausgezeichnete Idee.« Katrina nickte langsam. Wieder schaute sie sich zum Standbild ihres Vaters um.

*Gut genug für Hanse Davions Tochter?*, fragte sie in Gedanken.

»Du wirst scheitern«, schien eine Stimme aus dem Nichts zu sagen, aber sie hörte die Worte mehr mit dem inneren Ohr. Sie hätte schwören können, es wäre die Stimme ihres Vaters gewesen, und Angst schoss ihr wie ein eisiger Speer durch die Eingeweide. Wütend wirbelte sie zu Lentard herum.

»Hoheit?« Er wich unwillkürlich einen Schritt zurück.

Sie riss sich zusammen. Es war ihre größte Stärke, dass sie sich niemals eine Schwäche anmerken ließ. »Haben Sie etwas gesagt?«

Lentard musterte sie mit seltsamem Gesichtsausdruck, den Kopf verwirrt zur Seite geneigt. »Ja, Hoheit. Ich sagte, es kann nicht scheitern.«

Ja, das war es. Sie hatte sich verhört, auch wenn das nicht erklärte, wie sie Lentards Stimme mit der ihres Vaters hatte verwechseln können. »Gut«, stellte sie kühl fest. »Das war dann alles für heute.«

Der Geheimdienstmann verbeugte sich, machte kehrt und ging. Ohne einen weiteren Blick auf Hanse Davions Standbild machte auch Katrina sich auf den Weg zum Tor in der Mauer, die den Davion-Bereich des Friedhofs umgab. Die Kälte des Schrecks steckte ihr noch immer in den Knochen. Als sie das eiserne Tor erreichte, schaute sie sich um.

»Victor wird scheitern, Vater«, erklärte sie so leise, dass ihre Leibwächter es nicht hören konnten. »Wenn ich fertig bin, wird der kleine Junge, den du erzogen hast, über dein ganzes Reich zu herrschen, alles verloren haben. Seine Heere werden besiegt sein, sein Geist gebrochen. Er wird nichts mehr haben. Victor wird auf Knien vor mir liegen, wenn das hier vorbei ist.«

Katrina nickte bei sich, als sie kehrtmachte und durch das Tor trat. Sie merkte sich vor, das Tor versiegeln zu lassen. Sie würde nie wieder hierherkommen.

# Erstes Buch

# Das Blut von Patrioten und Tyrannen

Der Baum der Freiheit muss ab und zu mit dem Blut von Patrioten und Tyrannen gegossen werden. Es ist sein natürlicher Dünger.

– Thomas Jefferson

Wer in sklavischer Ergebenheit an die Regeln Krieg führt, wird scheitern.

– Ulysses S. Grant

# 1

**Little Fork, Alcor**
**Freedom-Theater, Provinz Skye, Lyranische Allianz**

*11. Februar 3063*

Lieutenant General Archer Christifori bremste den *Lichtbringer* und justierte wohl schon zum zehnten Mal an diesem Morgen die Langstreckensensoren. Little Fork breitete sich vor ihm aus, die Bergketten von Schneeflecken und im Sonnenlicht glitzerndem Eis bedeckt. Diese Region der Nordhalbkugel Alcors war Agrargebiet: Wogende Mittelgebirge und weite Ebenen, durchzogen von breiten Baumlinien als Abgrenzungen. Doch das war nicht alles. Hier war auch die Heimatgarde Alcors stationiert, die Milizeinheit, die den Planeten verteidigte.

Er und das Avengers-Bataillon, mit dem er abgesprungen war, kämpften jetzt seit drei Wochen gegen die Heimatgarde, und die Milizionäre hatten sich als überraschend würdige Gegner erwiesen. Eigentlich hatte Archer gehofft, sie mit einem schnellen, deutlichen Sieg zu zerschlagen, der Einsatz war jedoch nicht ganz so gelaufen wie ursprünglich gedacht. Jedes Mal, wenn er glaubte, sie in der Falle zu haben, tauchten die Alcoren unter, nur um kurz darauf frisch bestückt und mit reparierten Maschinen wieder aufzutauchen und weiterzukämpfen.

*Aber heute nicht, Freunde,* dachte er. Gerade hatte die Ortung einen *Holländer* der Garde erfasst, der sich am äußeren Rand der Sensorreichweite bewegte. Die feindlichen Kampfkolosse rannten wie die Karnickel ... hoffentlich zurück in ihren Bau.

»Ranger Eins, sie sind in Bewegung«, sagte er ins Neurohelmmikrofon, während er den *Lichtbringer* auf Verfolgungskurs drehte. »Hirn, zeichne mir ein Bild der Lage.«

Hirn war Katya Chaffee, seine Stellvertreterin und gleichzeitig die Hauptnachrichtenoffizierin der Einheit. Außerdem war sie seine Vertraute, einer der wenigen Menschen, deren Rat er ohne Vorbehalt vertraute. Es hätte nicht viel gefehlt, und sie wäre noch weit mehr als das geworden, aber noch hatten sie und Archer es nicht so weit kommen lassen.

»Die Eispickel sind auf Posten und zwei Lanzen Ranger rennen und ballern an ihrer Flanke entlang, Kurs Nordnordwest«, meldete Katya. »Schmiedehammer hat ihre Leute an der anderen Flanke eingegraben und zwingt sie, weiterzurennen. Sie wollten sie aus den Löchern getrieben haben, General? Ich schätze, das haben wir geschafft.«

Archer grinste über den leicht sarkastischen Ton und korrigierte den Kurs, um die Nachhut der fliehenden Heimatgarde einzuholen. Schon ein einzelner BattleMech, zehn Meter hoch und mehr, seit Jahrhunderten der unangefochtene König des Schlachtfelds, war mit genügend Lasern, Partikelprojektorkanonen, Schnellfeuergeschützen und Raketenlafetten bewaffnet, um in Sekundenschnelle einen ganzen Häuserblock in Schutt und Asche zu legen. Sein *Lichtbringer* war nicht nur der Zenith dieser Technologie, sondern zudem ein Veteran der Clan-Kriege. Mit geborgener Clantechnologie aufgerüstet, lieferte er ihm Möglichkeiten, von denen die meisten MechKrieger nur träumen konnten.

Archer wechselte den Kanal. »Eispickel Eins von Avenger Eins«, sagte er. »Die gute Nachricht ist: Der Plan funktioniert. Wir haben die Rasselbande aufgescheucht.«

Die Stimme, die zur Antwort aus dem Helmlautsprecher drang, war älter, rauer und leicht amüsiert. »Die schlechte Nachricht ist: Der Plan funktioniert. Sie rennen tatsächlich … geradewegs in meine Infanterie.«

»Pass auf, was du dir wünschst, alter Mann«, bemerkte Archer, als der *Holländer*, den er zuvor geortet hatte, sich leicht drehte, um einen Schuss auf den sich nähernden Verfolger abzugeben.

»Das habe ich gehört, Avenger Eins«, gluckste Darius Hopkins. Er bekleidete schon länger die Rolle eines Ersatzvaters für Archer, als der überhaupt sagen konnte. Als der junge Christifori noch ein junger Milizrekrut auf Thorin gewesen war, war es Hopkins gewesen, der ihn für die Aufnahme in die angesehene Militärakademie des NAIW trainiert hatte. Er war auch auf Archers Abschlussfeier gewesen und hatte ihn viele Jahre später bei der Rückkehr aus dem Clan-Krieg begrüßt.

Der *Holländer* wurde noch langsamer und feuerte seine einzige Waffe, ein riesiges, über einer Schulter vorragendes Gaussgeschütz. Der silberne Schemen der tödlichen, auf Überschallgeschwindigkeit beschleunigten Kanonenkugel jagte auf den *Lichtbringer* zu und verfehlte ihn nur um etwa zwei Meter.

»Das war dein erster Fehler«, murmelte Archer. »Du wärst besser weiter geflohen.«

Mit einer leichten Bewegung des Steuerknüppels holte er das Fadenkreuz über den Milizmech und aktivierte die schweren Extremreichweiten-Laser. Die riesigen Waffen luden sich wummernd auf. Dann wechselte das Fadenkreuz auf dem Sichtschirm die Farbe.

Er feuerte – wie schon tausende Male in seiner Laufbahn. Die leuchtenden Smaragdbahnen stießen auf den Feind zu wie Lanzen mittelalterlicher Ritter. Eine traf den Torso des *Holländer* an der rechten Seite, die andere an der linken. Beide verdampften die papierdünne Panzerung der Maschine.

Der Gardemech taumelte unter dem Angriff. Aus einem Riss im Rumpf pfiff eine vom Fusionsreaktor im Innern aufgeheizte Dampffontäne, und der *Holländer* kippte wie ein Boxer nach einem K.O.-Schlag nach hinten. Archer brauchte ihn nicht im Visier zu behalten. Der leichte Mech hatte nie eine Chance gegen seine weit schwerere Maschine gehabt. Archer fragte sich, wie viele mehr noch für den Archon stürzen oder sogar sterben würden, bevor dieser Krieg vorüber war. Wie viele mehr würden den Preis für Katrinas Macht bezahlen?

Der Plan, den er und Katya geschmiedet hatten, war einfach genug. Der einzige Weg, diesem Katz-und-Maus-Spiel mit der Heimatgarde Alcor ein Ende zu machen, bestand darin, die Basis des Gegners zu lokalisieren. Also würde Darius Hopkins, während die Mechtruppen die Garde in die Flucht schlugen, mit der Infanterie deren Bewegungen verfolgen, und durch eine Triangulation die Position des Stützpunkts ermitteln. Sobald sie wussten, wo sie zuschlagen mussten, konnten die Avengers sie erobern oder zerstören. So oder so würde es das Ende der archonistischen Militärpräsenz auf Alcor bedeuten.

Er zeichnete das schwache Signal eines *Herkules*, der Anstalten machte, Captain John Kraffs vorrückenden Rangern zu entwischen. Der *Herkules*-Pilot war geschickt. Er duckte sich, wich immer wieder aus und schaffte es irgendwie, den meisten Attacken zu entgehen und dabei gleichzeitig Abstand zu den Verfolgern zu halten. Archer beschleunigte fast bis zum Trab, während der Mech am Rand der Ortungsreichweite immer wieder kurz vom Schirm verschwand. Er beschleunigte noch weiter und erreichte den Punkt, an dem er den Gardisten auf dem Sekundärschirm hätte ausmachen müssen. Aber da war nichts.

Drei lange Minuten verstrichen. »Ranger Eins von Avenger Eins«, gab er schließlich durch. »Wo steckt der *Herk*?«

»Wüsste ich auch gern … Sir«, antwortete John Kraff, Kommandeur der Murphrid-Ranger, und fing sich ausnahmsweise, bevor er fluchte.

»Eispickel Eins an alle Einheiten«, drang Hopkins Stimme an Archers Ohr. »Wir haben sie. Koordinaten kommen durch. An diesem Punkt sammeln.«

Auf Archers Hilfsmonitor erschienen die übermittelten Koordinaten.

»Avenger Eins an alle Einheiten«, befahl er. »Ihr habt den Mann gehört. Alles auf Schussweite an die übermittelte Position vorrücken. Umzingeln und einkesseln, aber nicht angreifen. Wenn sich das friedlich beilegen lässt, wäre es mir lieb.«

»Ihr habt den Alten gehört«, bekräftigte Kraff den Befehl. »Abmarsch.«

»Was immer Sie befehlen, Sir«, erklärte Major Alice Getts, Archers Panzerkommandeurin. »Aber ich glaube, Eispick irrt sich. Ich habe die Koordinaten in Sicht, und da ist nichts als ein kleiner Bauernhof. Wir haben seit der Landung schon drei böse Buben hier vorbeigehetzt. Ich habe da nicht die Spur eines Mechs gesehen.«

Archer hörte, was sie sagte, seine Gedanken aber waren bei Kraff, der ihn den ›Alten‹ genannt hatte. Jahrelang hatte er selbst seine Vorgesetzten so bezeichnet, und jetzt fragte er sich, wann genau er zu dieser Symbolfigur geworden war, dem Chef, dem ›Alten‹ eben. Es musste schon vor Monaten gewesen sein, bei seiner Beförderung daheim auf Thorin. Er fühlte sich gleichzeitig stolz und noch älter, als er es mit dreiundvierzig ohnehin war.

Als er den Mech leicht einschwenkte, um zum Rest der Einheit zu stoßen, meldete Hopkins sich wieder. »Der Augenschein kann trügen. Wahrscheinlich haben wir es genau deswegen die letzten zwei Wochen nicht finden können. Glaubt mir, das ist die Stelle.«

Archer widersprach ihm nicht.

Darius Hopkins war ihm Vater und Lehrmeister gewesen. Wenn er sagte, dass dies die Basis war, war das gut genug für Archer Christifori.

* * *

Auf der Bergkuppe angekommen, von der aus er die Stelle überblicken konnte, die seine Kommandeure als die Position der feindlichen Basis identifiziert haben, sah auch Archer nichts weiter als einen Bauernhof.

»Lagebericht«, befahl er kühl, während er den *Lichtbringer* neben einem Heuhaufen anhielt, von dem aus er den Hof gerade noch in Reichweite der Lichtwerfer hatte.

»Wir haben ein paar seismische Detektoren aufgestellt und zwei Tunnel entdeckt«, antwortete Katyas Stimme. »Beide Ausgänge sind gesichert. Die Scheune scheint der Eingang zu sein.«

»Einer meiner Kundschafter ist nahe genug vorgerückt, um sich das Ganze näher anzusehen«, fügte Hopkins an. »Unter der Scheune gibt es einen Bunker. Soweit wir das orten können, enthält er mindestens sechs BattleMechs.«

Archer starrte auf den unschuldig wirkenden Bauernhof und seufzte. Es wurde Zeit, den Kämpfen auf Alcor endgültig ein Ende zu machen. Falls die Heimatgarde einen Ausbruch versuchte, würde es ein Gemetzel geben. Sie stand einer mindestens dreifachen Übermacht gegenüber, ganz zu schweigen von der Luftunterstützung, die Archer anfordern konnte, falls es nötig wurde. Das hier waren Freizeitsoldaten, die gegen seine kampferprobte Armee ehemaliger Freiheitskämpfer keine Chance hatten.

Sofern das möglich war, wollte er ein Massaker verhindern. Archer hatte sich nicht auf diesen Krieg eingelassen, um seine Landsleute blindlings abzuschlachten. Er wollte weitere Tote verhindern, sie davon überzeugen, dass Widerstand zwecklos war.

Er öffnete einen Breitbandkanal, den alle seine Truppen empfangen konnten, und sprach langsam und mit ruhiger Stimme: »Herhören, Avengers. Niemand feuert, solange er keinen direkten Angriffsbefehl erhält. Diese Leute verteidigen nur ihre Heimat und Familien. Die Propaganda des Archons stellt uns als Mörder und Brandschatzer dar. Es wird Zeit, dieses Bild zurechtzurücken.« Er schaltete auf einen offenen Kanal um, von dem er wusste, dass auch der Gegner ihn empfangen konnte.

»Heimatgarde Alcor, hier spricht Lieutenant General Archer Christifori. Ihre Basis und alle Ausgänge sind umstellt. Fahren Sie die Maschinen herunter und kommen Sie mit erhobenen Händen heraus. Ihnen wird nichts geschehen.« Er wartete, erhielt aber keine Antwort.

Zeit für einen Bluff. »Ich weiß, Sie haben eine Menge Munition in dieser Waffenkammer. Wenn wir uns den Weg ins Innere freikämpfen müssen, werden Sie das kaum überleben. Das will keiner von uns.« Immer noch keine Antwort.

Archers Augen wurden schmal. »Säbel Eins, einen Luftangriff«, befahl er widerstrebend. »Vernichten Sie die Gebäudeattrappen. Machen Sie auf uns aufmerksam. Vielleicht eine kleine Erschütterung in den Fundamenten.«

»Ja, Sir«, bestätigte Lieutenant Francine Culver aus dem Cockpit ihres *Luzifer*-Luft/Raumjägers. Sie stieß herab, gefolgt von Andrew Hackley in dessen *Chippewa*. Hinter den beiden folgten zwei *Korsaren*. Laser und Raketen hämmerten mit solcher Gewalt auf den Boden ein, dass die Gebäude des Bauernhofs sich augenblicklich in einem Orkan aus Licht, Qualm und Flammen auflösten. Archer spürte die Erschütterung des Bodens noch hoch oben im Cockpit des fünfundsiebzig Tonnen schweren *Lichtbringer*.

Er schaute durch das Kanzeldach hoch, als die vier Luft/Raumjäger der Staffel wieder abdrehten. Dann blickte er zurück zum Sichtschirm, der die Überreste der Heimatgardebasis nach dem Feuersturm des Luftangriffs zeigte.

Die leeren Gebäudehüllen waren verschwunden. Was blieb, war ein Stahlbetonbunker, von den Flammen rußgeschwärzt und mit brennenden Trümmern bedeckt. Tiefe, vom Bombardement geschlagene Krater reichten fast bis ins Innere. Aber solche Bunker waren zäh, und Archer wusste: Falls er die Infanterie losschickte, um den Feind auszuräuchern, würde es reichlich Tote kosten.

Die Leute dort drüben hatten Besseres verdient als zu sterben, nur damit Katherine Steiner-Davion auf dem Thron blieb.

»Heimatgarde, hier spricht Lieutenant General Christifori«, erklärte er über den offenen Kanal. »Wir haben Ihre Ausgänge gesichert, und Ihre Ortung dürfte Ihnen bestätigen, dass ich ein Bataillon Truppen hier draußen stehen habe, komplett mit Artillerie und Luftunterstützung. Das ist Ihre letzte Chance. Ergeben Sie sich – und Ihnen wird nichts geschehen. Wenn Sie sich weigern, zwingen Sie mich, einen Befehl zu geben, den wir beide bereuen werden.«

Er wartete. Diesmal knackte es in der Kommleitung, gefolgt von einer Stimme. »Lieutenant General, hier spricht First Lieutenant Darren Stump. Habe ich Ihr Wort, dass weder meinen Leuten noch deren Familien etwas zustoßen wird?«

Archer war geschockt. Was hatte man ihnen erzählt? Hielten sie ihn für eine Art Massenmörder? Der Gedanke war bitter. Er war stolz darauf, dass seine Avengers immer ehrbar gekämpft hatten.

Schon die Andeutung, er könnte Unschuldige verletzen, schmerzte.

»Sie haben mein Wort als Offizier und Ehrenmann«, antwortete er nach einer langen Pause. »Ich schwöre bei meinem Sternenbund-Ehrenabzeichen: Ihren Familien wird nichts geschehen. Wir wollen nur ein Ende dieser Kämpfe.«

»Dann sind wir schon zwei.«

»Lassen Sie Mechs und Waffen, wo sie sind. Kommen Sie langsam heraus.«

Sie kamen im Gänsemarsch aus dem verkohlten Bunker. Keiner von ihnen hatte die Hände erhoben. Nur die verbitterten, enttäuschten Mienen zeugten von Kapitulation. Archer hatte diesen Ausdruck in seiner Laufbahn schon oft gesehen: Das Zeichen der Niederlage.

»Ach-tung!«, befahl er. Augenblicklich richteten die Mechs seiner Einheit sich um ihn herum in Paradeposition auf. Auch Hopkins Infanteristen nahmen am Boden vor ihnen Haltung an und salutierten vor den Gegnern. Getts Panzer hoben in Ehrbezeugung die Geschützrohre.

Der schlurfende Trott der Heimatgardisten kam beim Anblick dieser Respektbezeugung fast zum Erliegen. Einer von ihnen, ein First Lieutenant, trat vor Archers *Lichtbringer*, nahm Haltung an und salutierte.

Eine gegenseitige Ehrbezeugung. Archer hatte diese Geste schon auf Thorin, Murphrid und zwei anderen Welten erwiesen, auf die er die Avengers für Prinz Victors Sache geführt hatte. Auch wenn das Vereinigte Commonwealth in einem Bürgerkrieg versank, zwang ihn das nicht, seine persönliche Ehre aufzugeben. Vielleicht hatte die Propagandamaschine des Prinzen die Leistungen von Archer's Avengers deshalb so herausgestellt. Wahrscheinlich würde diese Szene schon in wenigen Stunden auf den Holovidschirmen auftauchen.

Archer starrte auf die schmale Kolonne der aus dem Bunker kommenden MechKrieger und Techs hinab, dann glitt sein Blick hinauf in den Morgenhimmel. Graue Wolken zogen sich zusammen und verbargen die Sonne des Systems. Wie viele Welten wie diese mussten noch fallen, bis Katherine zur Einsicht kam? Wie viele Männer und Frauen würden noch in ihrem Namen sterben müssen?

»Katya, unsere Leute sollen den Bunker sichern«, befahl Archer und schaffte es nicht, seine Stimme unter Kontrolle zu halten. »Ich will eine komplette Aufstellung. Unsere Ausrüstung hat Priorität, bevor wir die Mechs der Heimatgarde reparieren.«

»Ja, Sir«, bestätigte sie. »Sonst noch was?«

»Schick eine Nachricht an die planetaren Medien. Teile ihnen mit, dass die Heimatgarde in Gefangenschaft ist und in Kürze repatriiert wird. Und dass Herzog Remingtons Autorität über diese Welt beendet ist und sein Besitz an den Staat fällt. Sag ihnen, diese Welt gehöre jetzt ihren Bewohnern.«

»Mit Freuden, General«, erwiderte Katya, und fast konnte Archer das Grinsen auf ihrem Gesicht hören.

*Noch ein Sieg*, dachte er müde. *Bleiben nur noch neunhundertsoundsoviel.*

# 2

**Little Fork, Alcor**
**Freedom-Theater, Provinz Skye, Lyranische Allianz**

*11. Februar 3063*

Archer stand mit verschränkten Armen da, während die Reporterin ihr Handmikro näher schob. Er hatte bewusst diese Stelle in der Nähe des Basislagers für das Interview ausgesucht statt einen Ort in der Stadt, der Zuschauer hätte anziehen können. Hinter ihm sah man die verkohlten Überreste der Heimatgardebunker. Auf den wenigen nicht ausgebrannten Holzfassaden funkelte der Reif. Die Holocrew links und rechts der Reporterin, Frau Holly Neuman, war damit beschäftigt, die Scheinwerfer und Kameras zu justieren, um sie beide gut ins Bild zu setzen. Als sie schließlich fertig waren, drehte Neuman sich mit einem aufgesetzten Lächeln zu ihm um.

»Stimmt es, Lieutenant General Christifori, dass Sie die Herrscherfamilie Alcors ausgewiesen haben?« Ihr Tonfall wirkte anklagend und leicht feindselig. Das war er von den lyranischen Medien inzwischen gewohnt. Er wusste, sie waren Teil der Lösung, zugleich aber auch ein Teil des Problems. Sie hatten Katrina Steiners Propaganda so lange verbreitet, dass es ihnen schwer fiel, sich jetzt auf ihre neue Rolle als echte Journalisten umzustellen.

»Wir haben den Herzog und seine Familie gebeten, Alcor zu verlassen, ja«, antwortete er, darauf bedacht, höflich und neutral zu klingen. »Ich war der Meinung, eine weitere Anwesenheit des Herzogs hier könnte zu unnötigen politischen Spannungen führen.«

Das war nicht einmal so weit von der Wahrheit entfernt. Herzog Remington hatte hart gegen jeden durchgegriffen, der sich gegen den Archon wandte. Bei einem Studentenprotest waren zwölf junge Demonstranten ums Leben gekommen und weitere dreißig verletzt worden. Seine brutalen Methoden waren ein wichtiger Grund dafür gewesen, warum Alcor auf der Liste von Archers Angriffszielen gestanden hatte. Hätte er Remington gestattet zu bleiben, hätte das nur Racheaktionen provoziert. »In mancher Hinsicht war dies die beste Art, seine Sicherheit zu garantieren.«

»Ist es nicht eher so, dass die Unterstützung des Herzogs für den rechtmäßigen Archon der Grund war, warum Sie ihn und seine Familie ins Exil trieben?«, fragte Neuman beißend.

Archer zuckte leicht die Achseln und achtete sorgfältig auf eine neutrale Miene. »Ich bestreite es nicht, Frau Neuman. Wir kämpfen schlicht und einfach um die Absetzung Katherines als Archon. Hätte Remington statt uns gewonnen, so bin ich mir sicher: Meine Leute und ich stünden jetzt mit Augenbinde an der Wand.«

Eine leichte Röte stieg ihr in das von hohen Wangenknochen geprägte Gesicht, ob aus Wut oder Enttäuschung, ließ sich schwer sagen. »Was Sie in Wahrheit sagen, Lieutenant General Christifori, ist dann doch, dass Sie Alcor als Teil einer Strategie angegriffen haben, die darauf abzielt, Prinz Victor an die Stelle seiner Schwester zu setzen? Dass Ihr Krieg gegen das lyranische Volk nur eine Taktik ist, um Victor Davion an die Macht zu bringen?«

Archer schenkte ihr ein dünnes Lächeln. Irgendwie bewunderte er ihre Hartnäckigkeit. Wie viele andere Reporter wären einem siegreichen Militärführer gegenüber so rotzfrech gewesen?

»Erstens, Frau Neuman: Ich *bin* Lyraner. Geboren und aufgewachsen auf Thorin. Das hier ist kein Krieg Lyraner gegen Crucier. Es geht darum, Katrina Steiner-Davion aus dem Amt zu entfernen, bevor sie noch mehr Schaden anrichten kann, als sie bereits angerichtet hat.«

»Sie streiten ihr also das Recht auf ihr Amt ab?«

Er schüttelte den Kopf. »Ich bestreite nicht, dass Ihre Abkunft ihr das Recht auf den Thron gibt. Aber ihr Handeln in jüngster Zeit hat bewiesen, dass sie den Thron nicht *verdient*. Es geht hier nicht um Rechte, sondern um Integrität.« Er antwortete langsam und betonte jedes Wort.

»Und was ist mit der Heimatgarde Alcor?«

»Es gibt keine Heimatgarde Alcor mehr. Wir haben die Einheit gefangen genommen und aufgelöst. Ihre Ausrüstung ist jetzt Besitz meines Regiments. Die ehemaligen Offiziere und Mannschaften werden noch ein paar Tage festgehalten.«

»Und dann was? Gefangenenlager?«

Archer hatte schon vor dem Bürgerkrieg nicht viel von Reportern gehalten, inzwischen aber rangierten sie in seiner Einschätzung noch tiefer. »Ich bin selbst Soldat, Frau Neuman«, stellte er fest und nahm seine ganze Geduld zusammen. »Nein, sie werden nicht endlos festgehalten. Wir lassen sie frei, sobald sie eine Verpflichtung unterzeichnen, nicht mehr die Waffen gegen Prinz Victor zu erheben.«

»Unsere Zuschauer sollen Ihnen also glauben, Sie wären bereit, diese Gefangenen auf Ehrenwort freizulassen? Das ist ziemlich viel verlangt, Lieutenant General.«

»Für jemanden wie Sie sicher, Frau Neuman.« Jetzt war Archer mit seiner Geduld am Ende. »Sie sind Teil der offiziellen Nachrichtenmedien, und in Ihrem Berufszweig scheint die Wahrheit davon abzuhängen, was die Politiker dazu erklären, die an Ihren Fäden ziehen, gleichgültig, wer diese Politiker sind. Ich bin Soldat und versuche, mein Leben mit Ehre und Integrität zu führen. Mein Charakter lässt sich problemlos an meiner Laufbahn ablesen. Wenn die ehemaligen Heimatgardisten versprechen, sich zu benehmen, akzeptiere ich ihr Ehrenwort. Mir ist klar, dass Sie das nicht begreifen können. Aber ich habe keine Sorge, die ehrbaren Bürger dieses Planeten könnten dieses Problem mit Ihnen teilen.«

Neuman reckte sich zum Gegenschlag. »Hochtönende Worte, Lieutenant General Christifori. Aber geht es Ihnen nicht in Wahrheit nur darum, sich für den Tod Ihrer Schwester zu rächen?«, fragte sie mit kaum verhüllter Feindseligkeit.

Archer versteifte sich. Er war überrascht, dass sie sich nicht einmal für einen derartigen Tiefschlag zu schade war. Es war kein Geheimnis, dass Katherines Marionetten seine Schwester Andrea ermordet hatten, weil sie als Gegnerin des Archon an die Öffentlichkeit getreten war. Sie war alles an Familie gewesen, was er nach der Rückkehr nach Thorin noch gehabt hatte. Schlimmer noch, Katherine hatte Andreas Mörder begnadigt, nachdem dessen Familie bei ihr interveniert hatte. Es war Andreas Tod, der Archer Christifori aus einem Geschäftsmann mit militärischer Vergangenheit in einen Rebellengeneral verwandelt hatte.

Er atmete tief durch und wartete einen Moment, bevor er antwortete. Bei der Erinnerung an seine junge, idealistische Schwester traten ihm die Tränen in die Augen – und er versuchte nicht, die Trauer zu verbergen.

»Es war der Verlust meiner Schwester, der mich in diesen Kampf gezogen hat, Frau Neuman«, erklärte er mit stiller Würde. »Meine Integrität und Ehre sind es, die mich ihn weiterführen lassen. Ich bin nicht allein in diesem Kampf. Im ganzen früheren Vereinigten Commonwealth dräut die Rebellion. Der Tod meiner Schwester hat mich zu den Waffen getrieben, aber wie viele unschuldige Opfer hat der Archon noch zu verantworten? Wie viele andere Männer und Frauen wurden dazu getrieben, sich gegen das Unrecht zu erheben, das sie über alle bringt, die sich weigern, ihr zu dienen?« Archer starrte kurz in die Holokamera, dann fiel ihm noch etwas ein. »Und trotz des Zerrbilds, das Sie von mir zu zeichnen versuchen, Frau Neuman, bete ich, dass weder Sie noch irgendjemand sonst auf Alcor oder irgendeiner anderen Welt jemals einen Verlust erleiden müssen, wie ich ihn von der Hand des Archons erlitten habe.«

Die junge Reporterin wirkte nicht mehr ganz so selbstbewusst, doch sie war Archer völlig egal. Er stieß das Mikro mit einer Hand beiseite und ging.

* * *

Später am selben Tag saß Archer im Befehlszelt am Schreibtisch und starrte auf den Papierkrieg, der sich vor ihm ausbreitete. Die Kämpfe auf Alcor hatten Tage gedauert. Die damit verbundene Bürokratie würde noch längere Zeit in Anspruch nehmen. Er hatte sich ein paar Minuten Pause gestattet, um sich sein Interview in den örtlichen Nachrichten anzusehen und erfreut festgestellt, dass es im Schneideraum nicht völlig entstellt worden war.

Es lag ihm nicht, sich mit den Medien abzugeben, aber Katya Chaffee hatte ihn davon überzeugt, wie wichtig es war, und ihm geholfen, ein paar der gröberen Kanten im Auftreten abzuschleifen. Zuerst hatte er sich widersetzt, aber jetzt war er froh, sich doch noch darauf eingelassen zu haben. Beim Gespräch mit Holly Neuman hatte er seine Worte sorgfältig genug gewählt, um sicherzustellen, dass sie nicht zerstückelt werden konnten, ohne jeden Sinn zu verlieren – und damit wertlos zu werden. Das Interview wurde vollständig ausgestrahlt und zeigte ihn so, wie er war.

Wichtiger aber schien: Alcor war zumindest vorerst sicher. Er war stolz, ein weiteres System aus der Gewalt des Archons befreit zu haben. Aber zugleich hatte das Interview eine Menge schmerzhafter Erinnerungen geweckt, ihm Andrea wieder ins Gedächtnis gerufen, und wie und warum sie gestorben war. Die Erinnerung tat weh, half ihm aber auch, die Wut zu kanalisieren. Ihr Tod hatte seiner Sache Leben eingehaucht. Als er jetzt dasaß und auf den Berg Formulare starrte, konnte er in Gedanken fast ihre Stimme hören. Er gestattete sich bei der Vorstellung, dass sie nur einen Gedanken entfernt war, ein leichtes Lächeln.

Ein Klopfen an die Plaststahl-Kuppel des Zelts holte ihn zurück in die Gegenwart. »Herein«, rief er und schob die Papiere in der Hoffnung beiseite, sich nicht länger mit ihnen befassen zu müssen.

Katya Chaffee stand im Eingang. An ihrer streng militärischen Haltung sah er, dass es kein privater Besuch war, sondern ein dienstlicher. »Vor kurzem ist ein Bote eingetroffen, der behauptet, Befehle für Sie zu haben, Sir«, meldete sie.

»Ein Bote?« Archer war überrascht. Normalerweise übermittelte ComStar Nachrichten über das Hyperpulsgeneratorennetz. Er zog die linke Augenbraue hoch. »Das ist ungewöhnlich.«

Sie nickte. »Es sind ungewöhnliche Zeiten.«

*Eine grobe Untertreibung,* dachte Archer. Konnte es noch etwas Ungewöhnlicheres geben als eine Rebellion, die das größte Reich der Inneren Sphäre von einem Ende zum anderen spaltete?

»Das kann man wohl sagen. Ich lasse bitten.« Er stand auf. Die graugrüne Ausgehuniform, die er extra für das Interview angelegt hatte, sah noch frisch gebügelt aus und verlieh der Situation einen Hauch von Formalität.

Der Bote, der ins Zelt trat, war jung, höchstens Anfang zwanzig, und plötzlich fühlte Archer sich alt. Der Bursche war jung genug, sein Sohn zu sein … wenn er einen gehabt hätte.

Der Bote salutierte, und Archer erwiderte den Gruß, wenn auch langsamer und entspannter. »Sie haben eine Nachricht für mich?«

»Ja, Sir. Von Prinz Victor Steiner-Davion persönlich.« Er überreichte das Päckchen, und als Archer es öffnete, fand er einen mit Verigraph versiegelten Datenblock. Verigraph-Kodierung benutzte DNS-Analyse zur Identifizierung von Sender und/oder Empfänger.

»Verigraph?«, kommentierte er und presste den Daumen auf die Sensorplatte, um die Analyse zu starten. Ein hörbares Klicken bestätigte die Entriegelung des Geräts. »Ich bin überrascht, dass der Prinz die Botschaft nicht über HPG geschickt hat.«

Der junge Mann lockerte seine Haltung, schob die Beine leicht auseinander und verschränkte die Hände auf dem Rücken. »Katherine hat verschiedene Kommunikationssperren erlassen, die in manchen Regionen die Zustellung unserer Befehle verzögern«, erklärte er. »Der Prinz hielt eine persönliche Zustellung für besser.«

Archer legte den Datenblock auf den Schreibtisch und deutete auf den Klappstuhl davor. »Diese Art von Informationen zu überbringen ist riskante Arbeit, Herr …?«

Der Mann setzte sich. »In diesem Geschäft können Namen gefährlich sein, Sir. Sie können mich Gramash nennen. Sergeant Anton Gramash.«

Archer setzte sich ebenfalls und lehnte sich zurück. »Aber das ist nicht Ihr wirklicher Name.«

Der junge Mann grinste breit. »Wie gesagt, General, Namen können riskant sein.«

*Spione.* Bis jetzt hatte Archer für solche Leute nie Verwendung gehabt. Aber die Zeiten änderten sich. *Er* änderte sich. Noch vor ein paar Monaten war er ein ausgemusterter Veteran und Speditionsunternehmer gewesen. Jetzt war er Rebellengeneral. Einen Augenblick lang herrschte Schweigen, während Archer die Ausmaße der jüngsten Ereignisse in seinem Leben und diesem Teil der Milchstraße bedachte. Dann schreckte er aus den Gedanken auf. Die Gesprächspause zog sich unbehaglich in die Länge. Er richtete seine Aufmerksamkeit auf den Datenblock.

Es war ein schmales, dunkelgraues Gerät, das beim Aufklappen leise summte. Auf dem Bildschirm erschien ein zweidimensionales Bild, das vertraute und verehrte Gesicht eines Mannes, dem er tiefsten Respekt entgegenbrachte. Sein ehemaliger kommandierender Offizier und jetziger Herrscher, Prinz Victor Steiner-Davion. Auf Victors Gesicht waren mehr Falten sichtbar als beim letzten Mal, als Archer ihn gesehen hatte. So wie er die Schwester hatte der Prinz vor kurzem einen Bruder durch Katherine verloren. Er war sicher, dass sie hinter dem Anschlag auf Arthur Steiner-Davion auf Robinson steckte.

Die Last der Ereignisse, die sich zu diesem Bürgerkrieg ausgeweitet hatten, stand dem Prinzen ins Gesicht geschrieben. Aber Archer sah auch dieselbe Energie und Entschlossenheit wie in den Clan-Kriegen, als er bei der 10. Lyranischen Garde unter Victor gedient hatte. Victor Steiner-Davion persönlich hatte ihm auf Diana das Sternenbund-Ehrenabzeichen an die Brust geheftet. Und als Archer sich auf Thorin entschlossen hatte, gegen Katherine aktiv zu werden, hatte Victor ihm Nachschub geschickt und seiner Einheit offiziellen Status verliehen. Ja, die Belastung hatte Spuren in Victors Gesicht hinterlassen, aber darunter war eine wie aus Granit gehauene, unerschütterliche Stärke zu erkennen.

»Lieutenant General Christifori«, sagte der Prinz,

»ich hoffe, es geht Ihnen gut. Ich möchte Sie beglückwünschen. Ihr Überfall auf Syrma hat Katherine gezwungen, fast ein Bataillon Fronttruppen zur Bekämpfung der von Ihnen aufgebauten Guerillaoperation in das System zu verlegen. Wir zählen darauf, dass der Erfolg Ihrer Operation auf Alcor einen entsprechenden Effekt haben wird.«

So hatten seine Befehle gelautet. Archer und seine Avengers waren angewiesen, mehrere Systeme im Innern der Lyranischen Allianz anzugreifen und den Archon zu zwingen, zur Aufrechterhaltung der Ordnung Truppen von der Front abzuziehen. Der Prinz hatte ihm bisher gestattet, seine exakten Angriffsziele selbst zu wählen, und Archer hatte sich auf Welten konzentriert, auf denen Unschuldige, fast immer Davion-Anhänger oder Freiheitskämpfer, vom Archon unterdrückt wurden.

»Die Kämpfe auf Kathil sind blutiger als erwartet«, erklärte Victor weiter. »Beide Seiten haben Verstärkungen in Marsch gesetzt, aber es ist unseren Truppen gelungen, Bryceland, Sirdar und Brockway aus Katherines Zugriff zu befreien.«

Unter Victors Bild liefen Daten durch ein kleines Ausschnittsfenster, und Archer sah die Namen der Systeme, in denen gekämpft wurde. Algol, An Ting, Alcyone, Demeter – Namen, die er kannte. Einen Teil der Planeten hatte er selbst schon besucht. Er würde sich die Einzelheiten später genauer ansehen, aber so viel wurde ihm schon jetzt klar: Die Kämpfe hatten sich zu einem offenen Krieg ausgeweitet, der im gesamten Gebiet des ehemaligen Vereinigten Commonwealth tobte.

»Ihre allgemeine strategische Mission bleibt unverändert, Lieutenant General. Sie werden weiterhin versuchen, die Katherine loyalen Truppen beschäftigt zu halten, indem sie auf Sie Jagd machen und die Systeme befestigen müssen, die Sie befreit haben. Die einzige

Veränderung betrifft die Prioritäten ... und eine Art diplomatischer Mission. Die Söldnereinheit Snords Wilder Haufen wurde kürzlich nach Odessa in der Provinz Donegal verlegt. Unser Nachrichtendienst meldet, dass Oberst Rhonda Snord sich geweigert hat, gegen uns in den Kampf zu ziehen. Sie sagt, ihr Kontrakt gestatte ihr, in einem Bürgerkrieg neutral zu bleiben. Wir vermuten, die Versetzung nach Odessa sollte Snord entweder als Bedrohung gegen Morgan Kells Arc-Royal-Defensivkordon einsetzen oder ihre Bewegungen im lyranischen Innenraum behindern. Nachdem der ARD ihrem Zugriff bereits entzogen ist, braucht Katherine Verstärkungen in der Nähe, wenn sie sich keine Vernachlässigung dieses Gebiets vorwerfen lassen will. Anscheinend hat sie Snords Wilden Haufen und andere Söldnereinheiten direkt den planetaren Herrschern unterstellt, offensichtlich in dem Versuch, sich bei den Adligen einzuschmeicheln.«

Der Prinz machte eine kurze Pause und gab Archer Gelegenheit, zu verarbeiten, was er gehört hatte. »Der Wilde Haufen hat dem lyranischen Staat seit seiner Gründung immer die Treue gehalten, aber sein Kontrakt läuft in Kürze aus. Ich schicke Sie mit den Avengers nach Odessa, damit sie sich mit Oberst Snord in Verbindung setzen und versuchen, sie auf unsere Seite zu holen. Oder sie zumindest zu überreden, nicht gegen uns zu kämpfen.«

Auf Victors Gesicht zeigte sich ein etwas traurig wirkendes Lächeln. »Sie haben mit den Avengers hervorragende Arbeit geleistet, deshalb halte ich Sie für den richtigen Mann für diese Aufgabe. Ich weiß, Odessa liegt nicht gerade in Alcors Nachbarschaft, aber wenn die Avengers dort auftauchen – so nahe am Tharkad –, dürfte das für gewaltige Unruhe in der ganzen Region sorgen. Deshalb machen wir Odessa von einem Ihrer Sekundärziele zu einem Hauptziel. Es wird nicht leicht für Sie werden, das ist mir klar. Die Fisks regieren Odessa mit eiserner Faust, und der Mann, der Ihre Schwester umgebracht hat, war der Sohn des Grafen. Aber Ihr Ziel ist weder die Einnahme des Planeten noch ein Sieg über den Wilden Haufen. Sie sollen nur versuchen, Katherine die Einheit abzuwerben.«

Die Stimme des Prinzen wurde persönlicher. »Ich will Ihnen nichts vormachen, Archer. Unsere Analytiker halten es auch für durchaus möglich, dass der Wilde Haufen bewusst als Lockvogel eingesetzt wird, in der Hoffnung, Sie zu einem Kampf gegen ihn zu verleiten. So exzentrisch Snords Einheit auch sein kann, der Wilde Haufen ist eine Eliteeinheit. Aber angesichts des bald auslaufenden Kontrakts ist dies eine einzigartige Gelegenheit, meiner Schwester die Einheit abzuluchsen. Angesichts der unverbrüchlichen Treue zum Archon, die der Wilde Haufen bis heute gezeigt hat, wäre es ein deutliches Signal, falls er jetzt die Seiten wechselte. Ich könnte einen Diplomaten oder Verhandlungsführer schicken, aber mein Instinkt sagt mir, ein reiner Militär wie Sie hat eine bessere Chance bei Rhonda Snord. Der Datenblock enthält eine vollständige Akte der Einheit, ihre Geschichte, ihre Aufstellung … alles, was Sie für diese Mission brauchen. Ich habe auch die nötigen Sprungschiffe besorgt, um Sie schnellstmöglich nach Odessa zu bringen. Ich habe meinen Einfluss bei ComStar eingesetzt, um eine inoffizielle Kommandostrecke aufzubauen, auch wenn ComStar sie offiziell nur als Passagier befördert. Das sind Ihre neuen Befehle. Ich verlasse mich bei der Ausführung ganz auf Ihre Erfahrung und stelle Ihnen das nähere Vorgehen frei. Ich möchte allerdings, dass Sie meinen Kurier mitnehmen. Falls Sie eine Nachricht für mich haben, setzen Sie ihn ein, um unnötige Verzögerungen zu vermeiden. Er hat bereits erste Kontakte auf Odessa geknüpft.«

Archer schaute zu dem jungen Sergeant hoch. Offenbar steckte mehr in dem Mann, als man ihm ansah.

»Lieutenant General Christifori«, erklärte der Prinz. »Sie sind ein loyaler Anhänger und leisten unserer Sache treue Dienste. Mit Männern wie Ihnen an meiner Seite ist uns der Sieg sicher. Ich habe das vollste Vertrauen in Ihre Fähigkeiten und bin dankbar, mich in diesem Kampf auf Kommandeure wie Sie stützen zu können. Viel Glück.«

Das Bild verblasste. Archer kippte den Stuhl ein wenig nach hinten und fixierte Gramash. »Sieht aus, als würden Sie uns erhalten bleiben, Sergeant.«

»Sieht so aus, General«, bestätigte der junge Mann ebenso beiläufig.

»Ich möchte, dass Sie mit Major Chaffee zusammenarbeiten, meinem Nachrichtenoffizier. Sie beide dürften ein beachtliches Team bilden.«

»Ich bin bereits über sie und den Rest Ihres Befehlsstabs informiert, Sir, danke«, erklärte Gramash, der jetzt aufstand und salutierte. »Und falls Sie die Bemerkung gestatten, Sir, es ist eine Ehre, unter Ihnen zu dienen.«

Archer stand ebenfalls auf und erwiderte den Gruß. »Willkommen beim 1. Thorin-Regiment. Sie lassen sich besser gleich einen Schlafplatz zuweisen. Wenn wir nach Odessa wollen, sollten wir keine Zeit verlieren. Es ist ein weiter Weg, und wir haben noch eine Menge zu erledigen, bevor wir dort sind.«

# 3

**Stephensville, Alcor**
**Freedom-Theater, Provinz Skye, Lyranische Allianz**

*12. Februar 3063*

Möglicherweise war Stephensville schon einmal mehr gewesen als ein etwas breiteres Stück Straße, aber das musste Jahrhunderte zurückliegen. Auf manchen Karten Alcors war es verzeichnet – allerdings nur auf detaillierten Messblättern. Genau genommen bestand es zum größten Teil aus einer kleinen Kneipe namens *Hackman's*, der Sorte Lokal, in dem sich die Bauern der Umgebung einfanden, um ein kühles Bier und etwas Gesellschaft zu genießen. Sie bestand aus insgesamt zwei Räumen: einem Lager und einer improvisierten Kombination aus Schankraum und Küche, die ungefähr so weit von der eines Vier-Sterne-Restaurants entfernt war, wie es nur ging. Betrieben wurde *Hackman's* von Randolph Hackman, einem pensionierten Colonel der Davion Guards und überzeugten Anhänger Victor Davions.

Archer hatte die Kneipe nur gefunden, weil sie im Operationsgebiet der jüngsten Kämpfe lag. Außerdem war sie lediglich wenige Kilometer von der Hauptstadt entfernt, noch ein Grund, warum er Stephensville mochte.

Aber heute hatte Katya das Lokal für eine Stabsbesprechung gemietet. Und zur Siegesfeier der Einheit. Eine Lanze BattleMechs und ein Zug Infanterie patrouillierte durch die Wälder der Umgebung. Alcor war zwar gesichert, aber sie war nicht bereit, ein Risiko einzugehen, wenn der gesamte Regimentsstab sich an einem Ort versammelte. Die Kneipe war auch nach Bomben, Wanzen, chemischen Kampfstoffen und allen sonstigen Gefahren abgesucht worden, die sich irgendwie orten ließen.

Hackman hatte ihnen reichlich Bier dagelassen, und Archer konnte der Versuchung nicht widerstehen, ein paar Minuten lang ein kühles, erfrischendes Glas mit seinen Kommandeuren zu genießen. Als er den Schankraum betrat, sah er sich in dem trüben Spiegel hinter der Bar. Mit dem kurz geschorenen Haar und den rasierten Schläfen sah man ihm dem MechKrieger von weitem an. Aber er bemerkte auch deutliche weiße Strähnen im schwarzen Haar und in den letzten Monaten fast weiß gewordene Koteletten. Dunkle Ringe unter den Augen ließen ihn übernächtigt wirken und die Falten auf seinem Gesicht waren tiefer geworden. Der Krieg hinterließ Spuren, nicht nur seelische, auch körperliche.

Innerhalb weniger Monate hatte sich die Einheit dramatisch verändert. Sie war von einer planetaren Miliz zu einer Truppe geworden, mit der man rechnen musste. Aber nur Archer und eine Handvoll andere erinnerten sich noch, wie alles angefangen hatte. Die Avengers hatten sich von einem zusammengewürfelten Milizregiment auf Thorin zu mehr als einem Bataillon Mechs und Panzer gemausert, verstärkt durch Infanterie.

Einen großen Teil ihrer Ausrüstung hatten sie bei den Kämpfen auf Thorin von der 15. Arkturusgarde erbeutet. Danach hatten die Avengers die Murphrid-Miliz integriert, einschließlich einer verstärkten Kompanie mit der Bezeichnung Murphrid-Ranger. Auf Syrma hatten sie die kompletten Syrma-Verteidigungseinheiten intakt erbeutet: Fast ein Bataillon Panzer, ältere Luft/Raumjäger und BattleMechs. Und auf Milton hatten die Avengers die beiden Kompanien Mechs und Panzer des Planeten besiegt und bei der Gelegenheit mehrere hundert Davion-Anhänger aus dem Gefängnis befreit. Das 1. Thorin-Regiment war inzwischen weit größer als eine traditionelle Einheit dieser Klasse. Und sie verfügten über mehrere Kompanien, die als Garnisonen auf Thorin und Murphrid geblieben waren, wo sie weitere Rekruten anwarben und ausbildeten.

Die Medien porträtierten Archer – angesichts der Serie von Siegen seit den Anfängen der Rebellion auf Thorin – als einen modernen Stonewall Jackson. Er und die Avengers waren von einem System zum Nächsten gezogen, hatten Miliztruppen überfallen, Welten erobert und waren wieder weitergezogen. Aber er kannte die Wahrheit hinter den Abendschaubildern. Viele seiner neuen Rekruten waren eingerostete Veteranen oder Möchtegernsoldaten aus Milizeinheiten, die gerade erst damit anfingen, ihre Fähigkeiten zu entwickeln. Sie wurden zwar stetig besser, aber er war sicher: Ihnen standen noch harte Prüfungen bevor.

»In Ordnung, Leute«, ergriff er das Wort, und seine Stimme schnitt durch das lockere Plaudern. »Wir haben neue Befehle. Unser nächstes Ziel ist Odessa.«

Es gab eine Pause, als der Rest des Stabs diese Neuigkeit verarbeitete. »Odessa«, wiederholte Katya schließlich. »Die Odessa, die von Luther Fisks Familie regiert wird? Diese Odessa?«

»Luther wer?«, fragte John Kraff. »Ich habe den Namen schon mal gehört … glaube ich …«

»Das war, bevor Sie zu uns gestoßen sind, Kraff«, erklärte Darius Hopkins. Er war der einzige Nichtoffizier in der Runde und sprach mit leiser Stimme, als wolle er Archer die schmerzhafte Erinnerung ersparen. »Das hat überhaupt erst zur Gründung der Einheit geführt. Luther Fisk hat die Schwester des Generals ermordet.« Er warf Archer einen schnellen Blick zu. Die Anfänge der Einheit waren weithin bekannt, aber kaum jemand erwähnte sie in Archers Gegenwart.

Das dieser Eröffnung folgende Schweigen war unangenehm, und Kraff wurde rot. »'tschuldigung, Sir«, murmelte er.

»Geht schon in Ordnung, Sohn«, bemerkte Archer ruhig. »Du wusstest es ja nicht. Und ja, Katya, diese Odessa.«

Alice Getts legte den Kopf zur Seite. »Odessa stand nicht auf unserer Liste. Was ist passiert?«

Archer warf einen Blick hinüber zu Sergeant Gramash, der ein, zwei Schritte außerhalb des Kreises der Offiziere stand. Dann drehte er sich wieder zu Getts um. »Drei Worte, Major: Snords Wilder Haufen.«

»*Wir* sollen gegen Snords Wilden Haufen kämpfen?«, fragte Harry ›Hawkeye‹ Logan, der schlaksige blonde Captain am anderen Ende des Tisches, ungläubig. Er war ebenso wie Katya erst kürzlich befördert worden.

Archer schüttelte den Kopf. »Nein. Die Söldner wollen neutral bleiben, aber wir glauben, der Archon versucht, sie zum Kampf zu zwingen. Ihr Vertrag mit der Lyranischen Allianz läuft bald aus, deshalb sollen wir sie aus Katherines Diensten abwerben.«

»Wir schicken ein ganzes Regiment, um die Aufgabe eines einzelnen Diplomaten zu erledigen?«, fragte Katya.

»Na ja, die Garnison Odessas wird nicht allzu erfreut über unsere Ankunft sein«, erläuterte Archer. »Und falls wir mit freundlichen Worten keinen Erfolg haben, könnte es sein, dass wir auch gegen den Wilden Haufen kämpfen müssen.«

Katya Chaffee rief auf ihrem Compblock die Akte der Einheit auf und las. »Er wurde ursprünglich von Cranston Snord gegründet, einem freigeborenen Clan-Krieger aus Wolfs Dragonern, und operierte anfangs unter der Bezeichnung Snords Eigenbrötler als eigenständige Einheit, die den Dragonern Informationen lieferte. Die Einheit hat während ihrer gesamten Geschichte nur unter Kontrakt beim Lyranischen Commonwealth beziehungsweise der Lyranischen Allianz gestanden. Der Wilde Haufen ist eine Eliteeinheit, aber gleichzeitig anscheinend auch eine Art Souvenirjäger. Soweit es aussieht, bevorzugt er entschieden Missionen, die seinen Mitgliedern Gelegenheit zur Jagd auf wertvolle Artefakte und vergessene Schatzhorde bieten. Seit 3037 wird die Einheit von Rhonda Snord geführt, einer anderen ehemaligen ClanKriegerin. Während der Clan-Kriege hat der Wilde Haufen eine alte Sternenbund-Flottenbasis im Dunkelnebel entdeckt und die Jadefalken-Truppen, die versucht haben, sie für ihren Clan zu erobern, auseinander genommen. Er ist mit geborgener Sternenbund- und erbeuteter Clanausrüstung bewaffnet und in seinen Reihen befinden sich einige ehemalige Jadefalken.«

Hopkins rieb sich das Kinn. »Als ich noch aktiv war, gab es keinen MechKrieger oder Schlammhüpfer, der nicht schon vom Wilden Haufen gehört hatte. Erstklassige Kämpfer, aber berüchtigt für ihre Unberechenbarkeit. Wenn der Hafer sie stach, zogen sie auf einmal mitten in der Schlacht ab, um sich irgendein Artefakt zu holen.«

John Kraff schüttelte den Kopf. »Hört sich nicht nach einer sonderlichen Bedrohung an. Ich meine: Wie alt ist diese Rhonda Snord denn inzwischen? Nach dem, was ich hier höre, ist das doch bloß ein Haufen Plünderer und Schatzgräber. Was will Prinz Victor mit denen?«

»Unterschätzen Sie sie nicht, Captain«, warnte Archer. »Der Wilde Haufen hat schon an der Seite von Wolfs Dragonern, der Kell Hounds und anderer Elite-Regimenter im Dritten und Vierten Nachfolgekrieg, dem '39er-Krieg und der Clan-Invasion gekämpft. Haus Marik hat einmal seine besten Einheiten in Marsch gesetzt, um ihn zu zerschlagen – und ist gescheitert. Und das Draconis-Kombinat haben sie auch schon mehr als einmal deklassiert. Manche von uns wissen, was es heißt, gegen die Clans zu kämpfen«, sagte er und schaute sich um. Einige seiner Leute nickten und schienen bei der Erwähnung der Clan-Kriege ihr Bier fester zu packen. »Snords Wilder Haufen hat sich mit den Jadefalken angelegt und sie abgefrühstückt. Rhonda Snord mag nicht mehr die Jüngste sein, aber würdet ihr so etwas auch über Morgan Kell oder Jaime Wolf sagen?«

Er nahm einen langen Schluck aus dem Bierglas, dann stellte er es ab. »Es ist nicht unsere Sache, Prinz Victor zu erzählen, ob er den Wilden Haufen ignorieren kann. Ich weiß nur, er will ihn auf unserer Seite haben. Unser Job ist es, dafür zu sorgen.«

»Odessa ist nicht gerade nebenan«, stellte Kraff fest. »Und irgendwie bezweifle ich, dass sie uns mit offenen Armen empfangen werden. Haben wir überhaupt genug Informationen, um auch nur eine Chance zu haben?«

Archer winkte Anton Gramash herüber. »Ich möchte euch Sergeant Gramash vorstellen. Er war schon auf Odessa und hat ein wenig Vorarbeit geleistet.«

»Wir haben Anhänger auf Odessa, die für uns tätig sind«, beruhigte der Sergeant Kraff und zog einen freien Stuhl herüber. »Aber leicht wird es trotzdem nicht. Graf Fisk hat eine generelle Inhaftierung aller als Davion-Anhänger Verdächtigen eingeleitet, nachdem es ihm gelungen ist, den Archon so weit zu bringen, dass er ihm den Wilden Haufen unterstellt hat.«

Katyas Augen wurden schmal und sie schüttelte misstrauisch den Kopf.

»Was ist, Katya?«, drehte Archer sich zu ihr um.

»Das passt alles zu gut«, stellte sie fest. »LNC und die LAS wissen inzwischen, dass wir gerne auf Welten auftauchen, auf denen sie gegen Prinz Victors Anhänger vorgehen.«

»Du hältst es für eine Falle?«, fragte Getts.

Archer nickte Gramash zu, der die Arme verschränkte und sich zurücklehnte. »Unseren Informationen nach ist das ziemlich wahrscheinlich. Fisks Durchgreifen zur selben Zeit wie das Eintreffen des Wilden Haufens: Das könnte unter Umständen kein reiner Zufall sein.«

»Ganz gleich, ob es eine Falle ist oder nicht«, erklärte Archer entschieden, »unsere Befehle lauten, nach Odessa zu fliegen, fertig. Der Prinz hat mich gebeten, den Wilden Haufen zu überreden, sich bei ihm zu verpflichten, und genau das werde ich tun. Falls es eine Falle ist, werden wir halt die Augen offen halten und auf alles vorbereitet sein müssen.«

Ein Chor gemurmelter »Ja, Sirs« antwortete ihm, als er sich vorbeugte und sich umschaute. »Die eigentliche Frage ist: Wie schnell können wir aufbrechen?«

»Die 1. Kompanie ist vollständig wiederhergestellt«, meldete Harry Hogan. »Wir haben hier auf Alcor zwei Mechs verloren, aber das haben wir mit Berge- und Beutegut von der Heimatgarde ausgeglichen.«

Archer blickte zu Alice Getts, die den Befehl über die Panzer der Einheit führte. »Die 2. Kompanie ist ebenfalls bereit«, stellte sie fest. »Wir haben drei *Savannah Master* geborgen und als leichte Angriffslanze integriert. Sie besitzen nicht viel Feuerkraft, aber wenn diese kleinen Flitzer mal in Fahrt kommen, sind sie kaum zu treffen. Ich bilde gerade drei Infanteristen als Fahrer und Bordschützen auf ihnen aus.«

John Kraff strich sich den buschigen Schnauzbart glatt und nahm den Faden auf. »Die Murphrid-Ranger sind auch klar. Wir haben unsere Maschinen repariert und die Verluste aus dem Bestand der Heimatgarde ausgeglichen.«

Archer nickte zufrieden über die Meldungen seiner Kommandeure, dann schaute er sich zu Captain Thomas Sherwood um, der schweigend am Tisch saß, die Arme verschränkt und mit nachdenklichem Gesichtsausdruck. Sherwood hatte bei den Kämpfen auf Thorin als Undercover-Agent gearbeitet, und Archer hatte ihn mit dem Befehl über eine unabhängige Kommandoeinheit belohnt. Die Sherwood Forester hatten eine gemischte Ausrüstung aus Infanterie, Panzern und BattleMechs.

»Und, Captain«, fragte Archer jetzt. »Wie sieht es mit den Forestern aus?«

»Die Truppen, die wir hier auf Alcor zurücklassen, brauchen noch etwas Training«, stellte Sherwood fest. Bevor die Avengers von einer Welt abreisten, bildeten sie grundsätzlich eine Einheit Einheimischer aus, damit sie den Truppen Widerstand leisten konnten, die der Archon und die LAS schickten, um den Planeten wiedereinzunehmen. Zu Sherwoods Aufgabe gehörte es unter anderem, diese Guerilleros auszubilden. »Ich könnte noch mindestens eine Woche gebrauchen.«

Archer schüttelte den Kopf. »Wenn wir rechtzeitig auf Odessa ankommen wollen, müssen wir morgen Nachmittag abfliegen. Und selbst dann werden wir gute zwei Monate für den Flug benötigen. Möglicherweise könnten wir Sie mit einem Landungsschiff hierlassen, damit Sie uns mit kommerziellen Sprungschiffen nachkommen, sobald Sie hier fertig sind.«

Sherwood nickte einmal langsam. »Ja, das könnte funktionieren. Die Forester kommen nach, sobald wir hier abgeschlossen haben.«

Archer drehte sich ein wenig auf dem Stuhl und schaute zu Katya Chaffee. »Sind wir damit abflugbereit, Major?«

»Wir haben genug Nachschub von der Heimatgarde erbeutet, um eine kurze Operation durchzustehen«, antwortete sie. »AK-Munition ist ein wenig knapp, aber ich habe mich mit Sergeant Gramash unterhalten, und er glaubt, wir können auf Odessa wahrscheinlich Nachschub organisieren.«

Archer nickte. Er machte sich immer noch Sorgen, in

eine Falle zu marschieren, aber andererseits sagte er sich, dass es bereits die halbe Miete sei, von der Existenz der Falle zu wissen.

»Gut. Dann ist unser nächstes Ziel Odessa, aber es wird kein Überfall. Unser Auftrag lautet, Snords Wilden Haufen aus den Klauen des Archons zu holen. Wenn uns das gelingt, ist es ein Tritt in die Weichteile der archonistischen Moral, ohne dass wir jemanden zu töten oder zu verwunden brauchen. Snords zwei Bataillone werden das militärische Kräfteverhältnis nicht umkippen, aber wenn eine so bekannte und loyale Einheit in diesem Stadium des Konflikts die Seite wechselt, könnte das andere veranlassen, an Katherines Legitimität zu zweifeln.«

»Sie können sich auf uns verlassen, Sir«, erklärte Kraff.

Archer lächelte den jüngeren Offizier an. »Daran, Captain Kraff, habe ich keine Minute gezweifelt.«

# 4

**New Bealton, Odessa**
**Provinz Donegal, Lyranische Allianz**

*14. März 3063*

Der Audienzsaal des Fürstenpalastes von Odessa war ein wuchtiges Monument in romanischem Stil. Der auf einem großen, die ganze Umgebung beherrschenden Berg errichtete Palast spiegelte die Autorität der Fisks wieder, deren Residenz er war. Säulen reihten sich an den Seiten der Halle vor einem beindruckenden Panorama. Von der Empore im Zentrum des Saales aus konnte der Graf ganz New Bealton überblicken. Der einzige Teil des Saales, der nicht frei einzusehen war, war der Bereich hinter dem Thronsessel, der in die Privatgemächer führte.

Von seinem Sessel aus beobachtete er seine zwei Besucherinnen. Eine der beiden war deutlich älter, bewegte sich aber wie jemand von vielleicht der Hälfte ihres Alters. Das kurze rote Haar war von einzelnen grauen Strähnen durchzogen, doch ihr Gang wirkte jugendlich federnd. Ein paar Jahrzehnte früher hätten ihre gebräunte Haut und die wohlgeformten Beine sie leicht zur Idealbesetzung für die Werbeplakate aller aufstrebenden Söldnereinheiten der Inneren Sphäre gemacht. Aber auch wenn die Jahre nicht spurlos an ihr vorüber gegangen waren, hatte sie sich die Grazie und ungebremste sexuelle Anziehungskraft doch erhalten. Heute trug sie eine frisch gebügelte graugrüne Ausgehuniform, an deren Schulter das Abzeichen ihrer Einheit glänzte, eine altterranische Münze namens Buffalo Nickel.

»Oberst Snord«, begrüßte Nicholas Fisk sie in bewusst königlichem Ton. »Ich hoffe, Ihre Bataillone sind zufriedenstellend untergebracht?«

Seine Hände ruhten auf den Armlehnen des Sessels und er beugte sich vor. Bis zu diesem Moment hatte ihn nur die militärische Macht interessiert, die ihre Einheit ihm verhieß. Es war ihm gar nicht in den Sinn gekommen, Rhonda Snord selbst könnte über irgendeine Art persönlicher Attraktivität verfügen. Er strich unauffällig die förmlich dunkelgraue Robe glatt.

Oberst Snord blieb stehen und neigte in formeller, wenn auch nicht allzu respektvoller Art den Kopf. »Ich bedanke mich für die Erlaubnis, die Ruinen Alt-Bealtons zu untersuchen. Mein Wilder Haufen hat dort eine Basis eingerichtet und bereits mit der Vermessung der Anlage begonnen.« Sie drehte sich um und deutete zu ihrer Begleiterin, die das blonde Haar so kurz geschoren trug, dass man es fast einen Irokesenschnitt nennen konnte. Die ausrasierten Schläfen kennzeichneten sie als MechKriegerin. Sie stand ihrer Kommandeurin an Attraktivität in nichts nach, war aber entschieden jünger.

»Darf ich Ihnen meine Stellvertreterin vorstellen, Kommandanthauptmann Natascha Snord.« Die jüngere Frau verbeugte sich.

Fisk lächelte und lehnte sich zurück. »Ich muss zugeben, Frau Oberst, meiner Meinung nach verschwenden Sie Ihre Zeit. Bealton wurde im 1. Nachfolgekrieg Ziel von zwei Atombomben und einem Chemiewaffenangriff. Was immer Sie dort noch an Artefakten finden mögen, das Risiko eines Kontakts mit diesem verseuchten Trümmerhaufen wird es nicht wert sein.«

»Da könnten Sie Recht haben«, erwiderte Rhonda Snord höflich. »Aber eines der Gebäude soll die Trümmer einer Edelsteinbörse mit einer Tresorkammer enthalten, die den Angriff überstanden hat. Ihr Inhalt könnte für jemanden mit der nötigen Erfahrung und Ausdauer für die Suche ein Vermögen wert sein.«

»Nun, ich zumindest bin froh, dass Sie da sind, um

uns hier auf Odessa zu beschützen«, stellte der Graf fest. »Der Zugriff auf diese Trümmerlandschaft ist ein mehr als fairer Preis für Ihre Dienste.«

Rhonda Snord schaute zur Seite und hinaus auf New Bealton. »Ich will nicht respektlos sein, Mylord, aber die Gefahr, dass sich eine ernstzunehmende Bedrohung hierher verirrt, ist minimal.«

Fisk lächelte gepresst. »Man ist nirgends sicher, Frau Oberst. Jetzt, da ich die Inhaftierung möglicher Davion-Terroristen in die Wege geleitet habe, ist Victor Davion durchaus fähig, Truppen hierher zu schicken. Ich verlasse mich darauf, dass Ihr Wilder Haufen mit allen Schwierigkeiten, die sich ergeben, fertig werden kann.«

Die Muskeln in Rhonda Snords Gesicht spannten sich. »Mein lieber Graf, ich habe diese Diskussion bereits mit dem lyranischen Oberkommando geführt, also verzeihen Sie, wenn ich verärgert wirke«, antwortete sie mit ruhiger Stimme. »Der Wilde Haufen bleibt in einem Bürgerkrieg neutral. Punkt. So steht es in unserem Kontrakt, und das wissen Sie auch. Falls Sie uns also hierher geholt haben, um Prinz Victors Anhänger abzuwehren, verschwenden Sie Ihre und unsere Zeit.«

Der Graf winkte beiläufig ab. »Ja, ja, ich habe schon verstanden, dass Sie kein Interesse haben, die Lyranische Allianz zu verteidigen …«

Snord unterbrach ihn. »Sie irren sich. Wir verteidigen die Allianz schon, seit sie das Lyranische Commonwealth war. Wir weigern uns nur, gegen andere Lyraner zu kämpfen.«

»Mein Fehler«, steckte Fisk zurück, ohne sein Lächeln fallen zu lassen. »Aber ich, und offenbar gilt das auch für den Archon, glaube, Ihre bloße Anwesenheit könnte genügen, mögliche Invasoren abzuschrecken.«

»Wir haben die Informationen durchgesehen, die Sie uns über Odessa zur Verfügung gestellt haben«, erklärte die Oberste mit einem Blick zu ihrer Begleiterin. »Trotz der in diesem System angesiedelten Leichtindustrie ist es auf Grund seiner Lage ein unwahrscheinliches Angriffsziel. Das Einzige, was irgendjemanden auf Odessa aufmerksam machen könnte, sind die jüngsten Repressalien gegen Dissidenten.«

»Ich verstehe, was Sie sagen wollen, liebste Frau Oberst«, säuselte Fisk. »Und wir wissen beide: Da draußen gibt es Einheiten, die aufmerksam werden. Archer's Avengers zum Beispiel. Die wirkliche Frage ist doch: Falls sie kommen, werden Sie gegen sie kämpfen?«

Rhonda Snord verschränkte die Arme und verlagerte das Gewicht. Ihre Haltung wirkte jetzt ein wenig trotzig. »Falls wir angegriffen werden, werden wir uns verteidigen, Mylord. Darüber hinaus werden wir uns, wie ich bereits feststellte, nicht an einem Bürgerkrieg beteiligen.« Ihre grünen Augen funkelten wie Eis.

»Natürlich nicht, Frau Oberst«, antwortete der Graf, und sein Lächeln wurde breiter. »Ich würde niemals von Ihnen verlangen, Ihre Prinzipien zu brechen ... oder Ihren Vertrag. Soweit ich weiß, haben Sie noch keine neue Vereinbarung mit der Allianz geschlossen. Sehe ich das richtig?«

»Wir stehen noch in Verhandlungen«, erwiderte Snord kurz angebunden. »Ich bin sicher, angesichts unserer jahrzehntelangen Dienste für das lyranische Reich wird sich eine Lösung finden.«

Der Graf wusste, dass ihr Kontrakt in Wahrheit in zwei Monaten auslief und die Verhandlungen an exakt diesem Punkt festgefahren waren. Die Lyranische Allianz bot Snord einen finanziell sehr attraktiven Kontrakt an, verlangte aber dafür die Verpflichtung des Wilden Haufens, gegen Victor Steiner-Davion zu kämpfen. Die Gespräche waren noch nicht offiziell gescheitert, wenn auch blockiert.

Fisk legte die Fingerspitzen aneinander und schaute sie mit schmalen Augen an. »Nun, Oberst, ich bin sicher, wir werden einander in den nächsten Monaten noch sehr gut kennen lernen. Ich weiß Ihren Besuch zu schätzen, aber Sie können sich gewiss vorstellen, dass ich viel zu tun habe. Falls Sie irgendetwas brauchen, bitte wenden Sie sich an mein Büro, wo man Ihnen mit Freuden behilflich sein wird.« Bei diesen Worten strich er mit einer Hand in Richtung Ausgang. Die beiden Söldneroffizierinnen neigten leicht den Kopf, machten auf dem Absatz kehrt und marschierten im Gleichschritt aus dem Saal.

Als sie ihn verließen, trat ein Mann hinter den Vorhängen hervor, die zu den Privaträumen führten. Er war von kleinem Wuchs, mit lockig schwarzem Haar und einem zerzaust wirkenden Bart, der einen Großteil des pockennarbigen Gesichts bedeckte. Seine dunklen Augen wirkten ungewöhnlich groß. Im Gegensatz zu Snord verbeugte er sich nicht vor Fisk. Hinter ihm folgte ein erheblich jüngerer Mann, der deutlich hinkte und nur mit Hilfe eines Stocks gehen konnte.

»Ich nehme an, Sie haben das Gespräch mitgehört?«, fragte Fisk den Schwarzhaarigen, dessen Name Erwin Vester war.

Vester nickte. »Das habe ich, Mylord. Oberst Snord ist ein Original«. Seine Stimme klang rau.

»Eine arrogante Söldnerin ist sie«, spie Fisk. »Sie untersteht meinem Befehl und redet mit mir wie eine Gleichgestellte. Eine Unverschämtheit ...«

»Sie hat Anlass zu Arroganz, Mylord. Das LNC beobachtet sie seit Jahren. Sie ist eine fähige MechKriegerin, mit der man sich besser nicht anlegt.«

»Die Vergangenheit interessiert mich nicht«, gab Fisk zurück. »Ich will nur wissen, ob Sie und Ihre Leute garantieren können, dass sie kämpft, falls die Avengers hier auftauchen.«

»*Sobald* die Avengers auftauchen«, korrigierte Vester, »werden wir dafür sorgen, dass sie einander zerfleischen, bevor sie wissen, wie ihnen geschieht.«

»Ich will diese so genannten Avengers zerquetscht sehen. Der Plan des Archons, sie hierher zu locken, ist riskant.«

»Unsere Quellen schätzen ihre Stärke auf etwa die des Wilden Haufens«, erklärte Vester. »Aber ich wüsste nicht, wie selbst ein Archer Christifori gegen die Erfahrung einer Einheit wie die der Snords bestehen könnte.«

Der Mann mit dem Stock lachte lange und giftig. »Worte«, spuckte er. »Vom LNC hätte ich mehr erwartet. Nur ein Narr würde Christifori unterschätzen.«

Der Graf schloss in kurzer Verärgerung die Augen, als sein Sohn Luther näher humpelte. Luther war beim Ausbruch des Bürgerkriegs bei der 4. Arkturusgarde auf Thorin stationiert gewesen und Christifori hatte sie zerschlagen. Luther war bei den Kämpfen verwundet worden und würde nie wieder einen BattleMech steuern. »Ja, Luther, wir alle kennen deine Meinung zu Christifori und seinen Leuten.«

»Meinung?«, gab Luther fast spöttisch zurück. »Trotz allem, was dieser Spion dir erzählt haben mag, Vater, ist das kein Haufen plündernder Draufgänger.« Er schleuderte Vester einen verächtlichen Blick zu. »Ich habe gegen sie gekämpft. Christifori ist weder ein Idiot noch ein Opportunist. Er kämpft für eine Sache, von der er überzeugt ist, und das macht ihn tödlicher, als es selbst der Wilde Haufen ist.«

Erwin Vester blieb unbeeindruckt. »Er ist auch nur Fleisch und Blut«, stellte er kühl fest. »Eine Kugel erledigt ihn genau wie jeden anderen.«

Luther Fisk drehte sich zu Vester um. Sein künstliches Auge, das die Stelle dessen einnahm, das er bei den Kämpfen auf Thorin verloren hatte, funkelte kalt, beinahe mörderisch. »Genauso habe ich auch einmal geredet, Vester. Wie ich schon sagte: Worte, nichts als Worte. Ich dachte auch, ich könnte es mit Christifori aufnehmen. Und jetzt sehen Sie mich an.«

Der Sohn des Grafen wartete nicht ab, was Vester antwortete. Mit zwei Stockschlägen auf den Marmorboden drehte er sich um und hinkte davon.

* * *

Rhonda und Natascha Snord stiegen die lange, weiße Marmortreppe des Palasts hinab. Am Ausgang passierten sie vier schwer bewaffnete Posten, auf deren Uniform das weiß-blaue Familienwappen des Grafen prangte. *Diese Burschen sehen mit jedem Jahr jünger aus,* dachte Rhonda. *Möglicherweise werde ich allmählich alt.*

»Was meinst du, Mutter?«, fragte Tascha und schob die Hände in die Jacketttaschen.

»Zu Fisk?« Rhonda schaute sich um, um sicherzugehen, dass niemand sie belauschte. »Arrogant, selbstgefällig, auf keinen Fall vertrauenswürdig. Mit anderen Worten: Ein Politiker.« Sie lächelte schief. »Und eines sollten wir auf keinen Fall vergessen. Er ist ein *guter* Politiker. Er war höflich, glatt und elegant. Daraus schließe ich, dass er gewieft ist. Ich vertraue ihm nicht, aber ich glaube, ich verstehe ihn. Männer wie er steigen nicht in eine solche Machtposition auf, es sei denn, sie sind äußerst gerissen. Lass dich von seinen Worthülsen nicht einlullen, für keine Sekunde.«

»In einem Punkt hat er Recht«, bemerkte Tascha. »Wir haben noch nie unter einer anderen als der lyranischen Fahne gekämpft. Was machen wir wegen des Kontrakts?«

Rhonda zuckte die Achseln. »Es stimmt, wir stehen loyal zu Haus Steiner und den Lyranern, aber diesmal ist die Lage nicht eindeutig. Das Schlimmste, was einer

Söldnereinheit passieren kann, ist in einen Bürgerkrieg verwickelt zu werden. Dein Großvater hat mich gelehrt, dass es bei dieser Art von Kampf nur Verlierer gibt.«

»Haben wir eine Wahl?«

Sie nickte. »Wir haben immer eine Wahl. Ich könnte mich irren, was den Widerstand betrifft, mich in diesen Krieg verwickeln zu lassen, aber mit Fisks Maßnahmen gegen diese so genannten Dissidenten kann ich mich auch nicht anfreunden. Ich habe ein paar eigene Nachforschungen angestellt. Der Sohn des Grafen war ein verzogener Schnösel, der sich eine Position bei der 15. Arkturusgarde ertrotzt hat. Er hat persönlich Archer Christiforis Schwester getötet, was der Grund für dessen Rückkehr aus dem verdienten Ruhestand war. Nach allem, was ich gehört habe, haben Archer's Avengers einen Vier-Sterne-Krüppel aus ihm gemacht.«

»Hast du diesen Christifori je getroffen?«

»Nein, aber ich weiß, er ist ein Veteran der 10. Lyranischen Garde und hat auf Diana gekämpft, wo er sich das Sternenbund-Ehrenabzeichen verdient hat. Jeder, der sich mit den Clans anlegt und gewinnt, verdient Respekt.« Während Rhondas Erfahrungen mit den Clans unter Söldnern inzwischen Legende waren, beschränkten sich die einzigen Erfahrungen ihrer Tochter auf Grenzscharmützel mit den Jadefalken.

»Ich habe unsere zwei Bataillone so aufgestellt, dass wir die Avengers sofort abfangen können, falls sie New Bealton angreifen«, erklärte Tascha.

»Gut«, kommentierte Rhonda und schaute auf die Uhr. »Ich bin nicht sonderlich wild darauf, gegen Archer's Avengers zu kämpfen; wenn es aber doch dazu kommt, werden sie sich wünschen, uns nie begegnet zu sein. Zur Vorsicht möchte ich den Sicherheitskordon verdoppeln. Setz dich in Verbindung mit diesem Lachschlager von einem örtlichen Schutztruppenkommandeur – wie heißt er noch gleich?«

»Hauptmann Malcolm.«

Rhonda nickte seufzend. »Ja, mit dem. Gib ihm Bescheid, dass wir gemeinsame Drills mit seinen Leuten ansetzen wollen. Vielleicht lassen die Avengers uns ja in Ruhe, aber vielleicht auch nicht. Falls auch nur ein Schuss fällt, will ich vorbereitet sein, ihnen die Eier wie eine Zahnpastatube auszuquetschen.«

Tascha warf ihr einen verwirrten Blick zu. »Ich dachte, du willst einen Konflikt vermeiden.«

»Ich kenne Männer wie Christifori«, erwiderte Rhonda grimmig. »Er ist mehr als nur ein Lieutenant General, er ist ein Anführer. Selbst die Clans respektieren ihn. Falls es zu einem Kampf kommt, muss ich ihm in direkter Linie an die Halsschlagader gehen. Denn wenn ich das nicht tue, macht er es bei mir.«

## 5

**Landungsschiff *Colonel Crockett*,**
**am Nadirsprungpunkt des Donegal-Systems**
**Provinz Donegal, Lyranische Allianz**

*11. April 3063*

Die Taktische Operationszentrale an Bord des Landungsschiffs *Colonel Crockett* erschien selbst unter den besten Umständen klein und eng. Heute wirkte sie angesichts der Anzahl der Personen, die sich hier drängte, noch winziger. Archer Christifori und die Mitglieder seines Befehlsstabs quetschten sich um den am Schottboden verankerten Ferroplasttisch. Unter der Kabinendecke verliefen Rohrleitungen, und die schwache Beleuchtung hellte die stumpfgrauen Wände nicht merklich auf.

Das Landungsschiff war Teil der Beute, die sie auf Syrma gemacht hatten. Es war von einem lyranischen Regiment auf dem Raumhafen zurückgelassen worden, als Archer mit seiner Einheit gelandet war und den Planeten befreit hatte. Die *Colonel Crockett* war ein relativ neues Schiff der *Overlord*-Klasse, das Archer gut genug gefallen hatte, es zu seinem Flaggschiff zu machen. Aber selbst er musste inzwischen zugeben, dass diese Wahl voreilig gewesen war. Das Schiff war nur nachlässig gewartet und die minderwertige Klimaanlage sorgte in der TOZ für drückende Schwüle. Die Triebwerke der Prise hatten ebenfalls eine kostspielige Generalüberholung nötig. Unter den Avengers war es ein etablierter Witz, dass das lyranische Oberkommando die *Colonel Crockett* in dem bewussten Versuch zurückgelassen hatte, die Einheit zu schwächen.

Momentan, kurz nach Eintreffen im System Donegals, hing das Schiff an einem der Dockkrägen des Sprungschiffs *Kriegsverdruss*. Sprungschiffe reisten mit

Hilfe ihrer riesigen Sprungtriebwerke zwischen den Systemen und luden den Antrieb an den Zenith- und Nadirpunkten der Schwerkraftsenke des Zentralgestirns wieder auf, bevor sie in einer erneuten Transition bis zu dreißig Lichtjahre überbrückten. Die nicht sprungfähigen Landungsschiffe übernahmen die Kärrnerarbeit des Personal- und Frachttransports.

Um die lange Reise nach Odessa zu beschleunigen, hatte Prinz Victor eine inoffizielle Stafette aus mehreren voll aufgeladen wartenden Sprungschiffen arrangiert, um die Landungsschiffe der Avengers zügig weiter zu transportieren. Die *Kriegsverdruss* war das letzte Glied in dieser Kette. Ihre Crew war zuvorkommend, aber nicht freundlich, was die Anspannung des Flugs noch verstärkte. Die Raumfahrer waren gefährlichen Dienst gewohnt, aber das schloss unter normalen Umständen nicht die Beförderung von Militäreinheiten ins Herz der Lyranischen Allianz ein – in ein System nur zwei Sprünge entfernt von Tharkad.

Archer versuchte, es sich nicht zu Herzen zu nehmen. Immerhin befanden sie sich tief in ›feindlichem Gebiet‹. Außerdem hatten sie nur noch einen Sprung vor sich. Er stand am Kopfende des Tisches und wischte sich den Schweiß von der Stirn. John Kraffs Raumfähre hatte Anlegeschwierigkeiten gehabt, und so hatte es ein paar Minuten gedauert, bis alle Platz genommen hatten. Die Beiboothangars waren ein anderer Punkt an diesem Müllkahn, der eine Überholung brauchte, dachte Archer ärgerlich.

»Wir sind nur noch einen Sprung von Odessa entfernt«, setzte er an. »Deshalb möchte ich Aufstellung und Einsatzregeln durchsprechen, bevor wir das System erreichen.«

Er streckte die Hand aus und schaltete den in die Tischplatte eingelassenen Holoprojektor ein. Über dem Tisch formte sich flackernd ein dreidimensionales Bild des Planeten Odessa. Der weiße Lichtschein des Globus beleuchtete kurz die Gesichter der Offiziere, dann flackerte er erneut auf und erlosch mit einem knisternden Zischen.

Archer schüttelte angewidert den Kopf. Alice Getts erhob sich aus ihrem Sessel, soweit es der Haltegurt gestattete, der sie wie alle anderen in der Schwerelosigkeit des Landungsschiffs auf dem Platz hielt, und hieb mit der Faust auf den Tisch. Das Holobild flackerte wieder auf und stabilisierte sich zu einer langsam rotierenden Weltkugel. Über dem Tisch drehte sich Odessa, mit ausgedehnten Eiskappen an beiden Polen, tiefblauen Nord- und Südmeeren und einem breiten Landgürtel um den Äquator. Getts ließ sich zu vereinzeltem spöttischem Applaus wieder auf den Sessel sinken.

»Schön zu sehen, dass die *Crockett* ihrem Ruf gerecht wird«, bemerkte Archer.

»Sie ist kein schlechtes Schiff, Sir«, witzelte Getts. »Sie hat es nur nicht leicht gehabt.«

Archer nickte und grinste kurz. »Zurück zum Thema, Leute. Ich weiß, ihr habt alle die LZ-Karten und vermutliche Aufstellung des Wilden Haufens studiert. Das ist nur die letzte Besprechung, um sicherzugehen, dass es keine Fehler oder ungelösten Probleme gibt.«

»Das ist die verdammt seltsamste Mission, die ich je erlebt habe«, stellte John Kraff fest. »Warum gehen Sie nicht allein runter, Sir? Schließlich will der Prinz nur, dass Sie mit Snord verhandeln.«

»Durch das Auftauchen als Einheit erreichen wir einiges«, antwortete Archer. »Erstens wird das Lyranische Oberkommando Nachricht von unserer Ankunft erhalten. Schließlich gibt es auf allen lyranischen Welten LNC-Agenten. Dass wir mit zwei starken Bataillonen so nahe an Tharkad aufmarschieren, muss eine Reaktion auslösen. Zweitens, falls unsere Gespräche mit

Oberst Snord scheitern, können wir es uns nicht leisten, sie nach Angriffsgelegenheiten suchen zu lassen. Wir werden zur Stelle sein, und sie kann ihre Wut an uns auslassen, statt für den Archon irgendwo anders Unfrieden zu säen.«

Er konzentrierte sich wieder auf die Weltkugel. »Wir gehen außerhalb der früheren Hauptstadt Bealton nieder, oder besser gesagt, in der Nähe ihrer Ruinen. Die derzeitige planetare Hauptstadt New Bealton liegt nur zwei Stunden entfernt. Der Wilde Haufen hat sich in den Ruinen niedergelassen, wo er Erlaubnis hat, nach Wertsachen zu suchen.«

»Wir springen knapp über anderthalb Stunden von dort ab«, bemerkte Getts und deutete mit einem breiten Finger auf den Globus. »Das bildet ein mehr oder weniger gleichseitiges Dreieck zwischen ihrer Basis, unserer und der Hauptstadt.«

Archer blickte zu Anton Gramash, der ein wenig abseits an der Wand stand. »So ist es, Major. Sergeant Gramash zufolge, der euch alle individuell informiert hat, werden wir uns einer Kompanie einheimischer Miliz in New Bealton gegenübersehen. Der Prinz hat ein paar Anhänger auf Odessa, aber die sind nicht besonders zahlreich und weit verstreut.«

Gramash nahm den Faden auf. »Die örtliche Miliz besteht hauptsächlich aus einer Handvoll Freizeitsoldaten und einzelnen Veteranen. Graf Fisk hat sie allerdings ziemlich großzügig ausgerüstet. Sie verfügen über eine Lanze beinahe fabrikneuer schwerer Mechs, und hätte der Archon dem Grafen nicht den Wilden Haufen unterstellt, hätte er die Miliz vermutlich zur Privatarmee ausgebaut. Von der Landezone aus können Sie gleichermaßen auf Angriffe der Miliz wie Snords reagieren.«

Archer nickte und sprach weiter. »In dem Gebiet, in dem wir abspringen, ist derzeit Spätfrühling. Das Wetter sollte annehmbar sein, und der größte Teil der Region wird agrarisch genutzt. Es ist hauptsächlich offenes Gelände. Ebenen und flaches Mittelgebirge, mit nur vereinzelten Wäldern.«

»Hervorragendes Gelände für BattleMechs, so viel steht fest«, warf ›Hawkeye‹ Hogan ein.

»So ist es«, stimmte Archer zu. »Aber wir sind nicht dort, um die Leute des Archons abzuschießen, es sei denn, sie legen es darauf an. Dementsprechend gelten folgende Einsatzregeln: Erstens, wenn die örtliche Miliz aufmarschiert, schalten wir sie aus. Das sind die Leute des Grafen, und der ist ein wichtiger Anhänger des Archons. Wir müssen sicherstellen, dass sie neutralisiert sind.« *Neutralisiert*, dachte Archer. Was für ein steriler Begriff für das Töten eines Gegners, der versuchen würde, ihn und seine Leute umzubringen.

»Snords Wilder Haufen steht allerdings auf einem anderen Blatt. Wir wollen sie überreden, mit uns zu kämpfen, nicht gegen uns. Ohne ausdrücklichen Befehl gibt niemand einen Schuss auf sie ab. Möglicherweise marschieren sie in Gefechtsformation auf, aber nach allem, was wir wissen, werden sie sich in keinen Kampf verwickeln lassen, der als Teil des Bürgerkriegs ausgelegt werden könnte. Eine Klausel ihres Söldnerkontrakts untersagt eine derartige Einmischung, und wir sind uns ziemlich sicher, dass sie nicht kämpfen, solange wir sie nicht angreifen.«

Kraff gluckste. »Das muss der alten Katherine verdammt übel aufstoßen. Da hat sie eine Truppe von Elite-Arschtretern auf ihrer Seite, und die weigern sich, auszuholen. Wenn das nicht ein Grund zum Kotzen ist.« Ringsum ertönte zustimmendes Lachen.

»Machen Sie sich keine Illusionen. Der Kontrakt des Wilden Haufens läuft in etwa einem Monat aus. Und soweit ich es in Erfahrung bringen konnte, hat der Archon ein persönliches Interesse daran bekundet, die

Einheit auf lyranischer Seite zu halten. Wir können nicht ausschließen, dass Oberst Snord – während wir noch unterwegs sind – bereits ein Angebot angenommen hat, das zu gut war, um es ablehnen zu können, und schon wieder fest in Diensten steht. Es ist nicht sehr wahrscheinlich, aber falls es sich doch so verhält, könnte die LZ eine Stunde nach unserer Ankunft in Flammen stehen.«

Archer tippte auf die Schaltfläche des Projektors. Die Weltkugel verschwand und wurde von einer Karte der Landezone ersetzt. »Wir haben dieses Gebiet aus mehreren Gründen ausgewählt. Es bietet uns Süßwasser, lässt sich hervorragend verteidigen, mit mehreren felsigen Bergen, die sich in Brennpunkte verwandeln lassen. Und es ermöglicht den Zugang zu zwei wichtigen Straßen direkt nach New Bealton.«

Er deutete auf die dreidimensionale Karte. Drei Berge dominierten die LZ, und eine nahe Ebene bot Landungsschiffen und Luft/Raumjägern eine gute Aufstellungsmöglichkeit. »Ich habe nicht vor zu kämpfen, aber das zwingt uns nicht, unvorsichtig zu werden«, fügte er hinzu.

Er verschränkte die Arme und kniff die Augen etwas zusammen. »Möglicherweise ist das hier eine Falle und wir sollen zur Schlachtbank gelockt werden. Wir werden es erst sicher wissen, wenn wir am Boden sind, aber der wichtigste Teil jeder Falle ist das Überraschungsmoment, und da wir vorgewarnt sind ...«

»... wird nichts aus der Überraschungsparty des Archons«, vervollständigte Kraff. Zustimmendes Murmeln antwortete ihm.

Katya Chaffee ergriff das Wort, nachdem wieder Stille eingekehrt war. »Nach dem, was Sergeant Gramash mir erzählt hat, liegt unsere LZ auch relativ nahe am HQ des Widerstands. Die Maßnahmen des Grafen haben eine Menge Unschuldiger getroffen, und das hat

Prinz Victors Anhänger mehr als nur bereit gemacht, uns zu unterstützen.«

»General, Sir, was diese Unschuldigen betrifft«, warf Hogan ein. »Sieht die Planung einen … ähem … ›Rechtshilfebeistand‹ für sie vor?«

Archer grinste. »Du meinst, sie zu befreien, Hawkeye?«

»Wenn Sie es so ausdrücken wollen, Sir, ja, Sir.«

»Na ja, sagen wir mal, es wäre wirklich Zeitverschwendung, den ganzen Weg bis nach Odessa zu fliegen, und dann nicht einmal ein wenig Unruhe zu stiften.«

»Verdammt richtig«, bekräftige Kraff.

»*Aber*«, betonte Archer, als er die Begeisterung seines Stabes sah, »wir sind in erster Linie wegen des Wilden Haufens dort.« Ein Chor von »Ja, Sirs« antwortete ihm. »Gut. Dann verstehen wir uns. Abwurf wie folgt: Captain Kraff und die Ranger sichern die primäre LZ. Dann folgen Hawkeyes Truppen. Alice, wir verschiffen dich in eine andere LZ zwei Kilometer entfernt. Eure Mission besteht darin, Höhe 103 zu sichern, damit Darius dort die Kommstation und Wartungshangars einrichten kann. Die Ranger und Hogans Jungs schwärmen aus und sichern Höhe 107 und das Gelände dazwischen.«

Er deutete auf die Hologrammkarte, auf der die Landezone rötlich schimmerte. Die Bergkuppen pulsierten rot, als er sie erwähnte. »Sobald beide Höhen in unserer Hand sind, haben wir die erhöhten Positionen, die wir brauchen, um beide Straßen abzudecken. Das dürfte dem planetaren Adel und hoffentlich dem Lyranischen Oberkommando kalte Schauder über den Rücken jagen.«

»Darauf trinke ich«, stieß John Kraff begeistert aus.

»Falls es keine weiteren Fragen gibt, springen wir in zwei Stunden. Danach stehen uns vier Tage Flugzeit zum Planeten bevor. Sobald wir materialisiert sind, starten Gefechtspatrouillen. Denkt daran, Leute, wir sind nur wenige Sprünge vom Tharkad entfernt. So oder so stechen wir mit unserem Erscheinen in ein Wespennest.«

»Wie der Mann schon sagte«, stellte Alice Getts fest, und auf ihren runden Zügen zeigte sich ein Grinsen. »Darauf trinke ich ... General.«

* * *

Rhonda Snord ging neben Tascha, die langsam den Rollstuhl schob, als sie aus dem Raumhafengebäude von New Bealton traten. Die Nachmittagssonne senkte sich dem Horizont zu, und ihr orangerotes Licht warf lange Schatten über den Asphalt. Der Rollstuhl war eine Antiquität, die Rhondas Vater irgendwo erstanden hatte, aber er war motorisiert.

Cranston Snord beugte sich in den Polstern vor, kniff die Augen hinter der Brille zusammen und starrte in die Ferne. Rhonda folgte seinem Blick, um zu sehen, was seine Aufmerksamkeit erregt hatte. Der Mann dort im Rollstuhl war einmal für seine Schläue und Skrupellosigkeit berühmt gewesen – und für das äußerst profitable Museum auf Clinton, das er mit Hilfe seines Wilden Haufens gefüllt hatte. Natürlich lag all das drei Kriege und fünf Jahrzehnte zurück. Jetzt war Cranston Snord vom Alter und auch von jahrzehntealten Verwundungen teilweise verkrüppelt.

»Da hast du dich ja wirklich in ein verteufelt abgelegenes Hinterland schicken lassen«, stellte er fest, als er den Raumhafen betrachtete. »Diese Einöde dürfte nicht einmal auf den Karten der Jadefalken verzeichnet sein. Ich dachte mir, es wäre ganz nett, auf dem Rückweg nach Clinton mal vorbeizuschauen, aber ich bezweifle, dass ich hier würde bleiben wollen.«

Rhonda nahm einen der Griffe des Rollstuhls zum Zeichen, dass sie ihn übernehmen wollte. »Tascha, warum gehst du nicht zum Rest der Einheit zurück? Ich wäre gerne für eine Weile allein mit dem Oberst.« Die junge Frau nickte verstehend und drückte ihrem Großvater einen Kuss auf die Stirn, bevor sie sich zurückzog.

»Sie ist ein Knaller«, erklärte der alte Mann wohlwollend. »Nach allem, was ich in den Berichten gelesen habe, hat sie sich mit einigen der Clanner in der Einheit angelegt. Stimmt das? Entweder sie ist ein Dickkopf, oder zu dumm zu erkennen, worauf sie sich einlässt.«

Rhonda lächelte dünn und schob den Rollstuhl weiter. »Ein wenig von beidem«, antwortete sie.

Einen Moment sagte keiner etwas, dann beugte Cranston sich zurück, legte den Kopf in den Nacken und schaute zu seiner Tochter hoch. »Was meinst du, Rhonda, ist sie bereit, das Kommando zu übernehmen?«

Rhondas Schritte wurden langsamer, da sie nachdachte. »Vermutlich nicht, wenn ich nur nach ihrem Alter ginge. Aber wir haben sie im Wilden Haufen groß gezogen. Dadurch hat sie ein Verständnis militärischer Operationen, das mancher in zwanzig Jahren Kampfeinsatz nicht entwickelt. Ihre einzige Schwäche ist, dass sie ein Hitzkopf ist. Sie muss noch Geduld und Selbstbeherrschung lernen. Ich bin sicher, mit der Zeit kommt das auch noch.«

»Klingt nach dir in ihrem Alter«, kommentierte er mit einem leisen Lachen.

»Hast du mich damals für bereit gehalten, den Befehl zu übernehmen?« In mancher Hinsicht wollte Rhonda die Antwort nicht wirklich erfahren, aber neugierig war sie schon darauf.

»Na, ich habe etwa dasselbe gefühlt wie du jetzt. Ich

wollte nicht, dass du erwachsen wirst. Ich suchte ständig nach neuen Gründen, den Befehl nicht an dich zu übergeben. Aber die Zeit hat mich eingeholt«, sagte er und knallte die flache Hand auf die gepolsterte Armlehne. »Ich habe zu lange gewartet. Als ich endlich genug Grips hatte, dir die Einheit zu übergeben, war ich zu schwach, noch zu kämpfen.«

Rhonda legte ihm kurz die Hand auf die Schulter. »In dir steckt noch eine Menge Kampf.«

Ihr Vater schüttelte den Kopf. »Mach dir nichts vor, Mädchen. Es wird Zeit, dass du der Wirklichkeit ins Auge siehst. Ich bin alt, und mit dieser Gicht kann ich mir Gefechte höchstens noch in den Abendnachrichten ansehen.« In seiner Stimme schwang Sehnsucht mit.

Rhonda schaute zu ihrem Vater hinab und schob den Stuhl weiter, an einer Zeile von Geschäften vorbei, die bereits für den Abend geschlossen hatten. »Na, wenigstens bist du noch da und kannst uns auf die Zehen treten.«

»Da wir das gerade ansprechen: Was, zum Teufel, treibst du auf Odessa? Zu meiner Zeit haben wir Missionen übernommen, bei denen wir kämpfen konnten, und sind nicht Streife gelaufen.«

»Politik«, erklärte sie bitter. »Graf Fisk versucht, uns einen neuen Kontrakt aufzuzwingen. Und ich habe den starken Verdacht, er legt es darauf an, eine von Victors Einheiten hierherzulocken. Er und Katrina Steiner würden nichts lieber sehen, als dass wir in ihren Bürgerkrieg verwickelt werden.«

Snords Züge verhärteten sich. »Ich kannte die echte Katrina Steiner«, sagte er wütend. »Dieses kleine Luder ist keine Katrina. Die ist bestenfalls ein billiger Abklatsch.«

»Und was meinst du, sollte ich jetzt tun?«, fragte Rhonda.

Er winkte ab und schüttelte den Kopf. »Es ist deine

Einheit, Mädchen. Schon seit Jahren. Das ist eine Entscheidung, die nur du treffen kannst.«

Sie setzte zu einer Entgegnung an, schloss jedoch überrascht wieder den Mund, als ihr Vater weitersprach. »Aber falls ich eine Meinung dazu hätte, würde ich sagen: dich in einen Bürgerkrieg verwickeln zu lassen, wäre das Schlimmste, was du tun kannst. Ich habe diese Klausel aus gutem Grund in unsere Kontrakte setzen lassen. Ich habe gesehen, was beim letzten großen Bürgerkrieg geschehen ist, in der Liga Freier Welten. Alle Söldnereinheiten, die damals beteiligt waren, haben entweder ihren guten Ruf oder ihr Leben verloren.«

»Der Wilde Haufen hat für Haus Steiner gearbeitet, seit die Einheit gegründet wurde«, erklärte Rhonda. »Aber Aussehen und Struktur der Einheit haben sich in dieser Zeit mehr als einmal ändern müssen. Vielleicht wird es Zeit für einen weiteren Umbruch.«

Die Bedeutung dieser Worte war klar. Obwohl Snords Wilder Haufen seit fünfzig Jahren Haus Steiner diente, war jetzt unter Umständen die Zeit gekommen, ihm bei einem anderen Großen Haus der Inneren Sphäre eine neue Heimat zu suchen.

»Vielleicht«, sagte Cranston. »Aber ich halte mich für jemanden, der gelernt hat, die Lektionen der Geschichte höher zu schätzen als die meisten. Es ist deine Entscheidung, aber vergiss die Vergangenheit nicht.«

»A propos Vergangenheit, du musst dir unsere Ausgrabung in Alt-Bealton ansehen. Wir haben die Suche auf ein Gebiet von zwei Häuserblocks eingegrenzt, und ich habe geschworen, diesen Tresor zu finden, egal wie lange es dauert.«

Ein Fiepen des Armbandkommunikators unterbrach sie. »Oberst Snord hier«, meldete sie sich.

»Hauptmann Malcolm hier«, antwortete ihr die Stimme des örtlichen Milizkommandeurs. »Unsere Satelliten haben soeben anfliegende Landungsschiffe geortet. Die Transponderkennung identifiziert sie als 1. Thorin-Regiment. Je zwei Schiffe der *Overlord-* und der *Union*-Klasse. Ich bin bereits unterwegs zu meiner Einheit. Graf Fisk bittet Sie zu einer Besprechung betreffs unserer Reaktion. Verstanden?«

Rhonda starrte den Kommunikator an, als hätte er sich in ein Bleigewicht verwandelt. »Verstanden, Hauptmann. Wie weit sind sie noch entfernt?«

»Vier Tage«, kam die Antwort.

»Sehr gut. Informieren Sie den Grafen, dass ich unterwegs bin.« Sie trat neben den Rollstuhl und schaute ihren Vater an. »Ich fürchte, unsere Besichtigungstour muss warten.«

»Ich habe es gehört«, sagte er mit einem sanften Lächeln. »Wenn Christifori vier Landungsschiffe mitbringt, werden sie mit ziemlicher Sicherheit auch beladen sein. Aber mach dir keine Sorgen. Wenn es zu einem Feuergefecht kommt, sind diese Avengers keine Gegner für unseren Wilden Haufen.«

»Die Kämpfe machen mir keine Sorgen«, sagte sie, als sie wieder hinter den Stuhl trat und ihn zurück in die Richtung drehte, aus der sie gekommen waren. »Aber die Politik.«

# 6

**Primäre Landezone, Odessa**
**Provinz Donegal, Lyranische Allianz**

*15. April 3063*

Es war ein langer Sturz nach Odessa gewesen. Vier Tage Flugzeit, abgeschlossen von dreißig Minuten Landeanflug. Als das Landungsschiff schließlich aufsetzte, schob sich mit lautem Zischen die Ausstiegsrampe hinaus, und das Licht der Vormittagssonne knallte in Archers Cockpit. Er konnte sich nicht erinnern, dass ihm die Beine vom langen Sitzen in der Mechkanzel jemals so steif geworden wären oder der Hintern so geschmerzt hätte. Er grinste, als ihm einfiel, was Darius Hopkins ein paar Tage vorher gesagt hatte. Er hatte gewitzelt, dass mit dem Rang auch die Summe der Wehwechen stieg. Deshalb sei er ein Mannschaftsgrad geblieben. Anscheinend hatte sein alter Freund Recht.

Er betätigte den Freigabeschalter für den Haltekokon, der beiseite schwenkte, sobald die Magnetschlösser sich öffneten. Dann steuerte Archer seinen fleckig grünen *Lichtbringer* durch das Hangartor und die Rampe hinab zu Boden.

In seiner langen Laufbahn war er schon auf vielen Planeten gelandet, aber es blieb ein Erlebnis, zum ersten Mal auf einer neuen Welt anzukommen. Sein erster Eindruck von Odessa war geprägt von einer gelborangefarbenen Sonne, ein paar zerfaserten Wolken, die über den Himmel zogen, und sanft geschwungenen Bergkuppen mit gelegentlichen Baumhainen und Gebüsch. Hier und da ragten stumpfgraue Felsen durch das lange Gras.

»Gespenst Eins ist auf dem Grün und nimmt Kurs auf Höhe 107«, sprach er ins Neurohelmmikro. Während er den *Lichtbringer* durchs Gelände steuerte, schaute er sich nach links und rechts um und verglich, was er sah, mit der taktischen Anzeige auf dem Hilfsmonitor. Beruhigt, dass er sich in der neuen Umgebung orientieren konnte, erhöhte er die Geschwindigkeit und marschierte zügig auf den Kleineren der beiden einen Kilometer entfernten Berge zu.

»Hier spricht das Hirn. An alle Einheiten«, hörte er Katya im Helmlautsprecher. »Primäre LZ ist gesichert. Alle Einheiten sind am Boden und gehen in Position. Zur Zeit noch keine Ortungen am Boden oder in der Luft.« Es folgte eine Pause, und Archer sah, dass das Kommsystem sich auf einen privateren Kanal umschaltete. »General, es scheint, Ihre Botschaft an den Wilden Haufen hatte Wirkung.«

Derselbe Gedanke war ihm ebenfalls gekommen, doch er versuchte, dem noch kein zu großes Gewicht beizumessen. »Werd nicht übermütig, Hirn«, warnte er. »Wir können nicht wissen, ob Rhonda Snord nicht mit beiden Bataillonen hinter der nächsten Bergkette wartet, bereit, uns zu Metallpfützen zu zerschmelzen.«

Zwei Tage vor Ankunft auf Odessa hatte er eine persönliche Botschaft an Oberst Snord geschickt. Sie war knapp und deutlich gewesen: »Das 1. Thorin-Regiment landet nicht zum Zwecke militärischer Maßnahmen auf Odessa, sondern zu Verhandlungen mit Snords Wildem Haufen. Wir werden die Waffen nur einsetzen, wenn wir angegriffen werden.« Außerdem hatte er ihr mehrere Frequenzen mitgeteilt, über die sie reden konnten, sobald die Avengers angekommen waren. Er hatte zwar keine Antwort erhalten, allmählich aber hielt er das Ausbleiben erkennbarer Aktivitäten des Wilden Haufens für Rhonda Snords Antwort.

»Sie kannten unseren Anflugvektor«, stellte Hopkins fest. »Wenn sie uns erreichen wollten, wüssten sie, wo wir sind. Scheint, dass niemand zu Hause ist.«

»Nicht gerade schlechte Nachrichten, alter Mann«, meinte Archer.

»Habe ich auch nicht behauptet«, gab Hopkins mit rauer Stimme zurück.

Archer korrigierte den Kurs des *Lichtbringer* und sah den Rest der BefehlsLanze sich links und rechts von ihm formieren. Einer von Hopkins alten Merksprüchen kam ihm in den Sinn. »Von hinten kann man schlecht führen.«

»Ranger Eins an alle Einheiten«, hörte er John Kraff durchgeben. »Ich zeichne unidentifizierte Bewegung am äußeren Sensorbereich. Schwache Signale bewegen sich bei Eins-drei-eins-Zenith in nordnordwestlicher Richtung. Zwei mittelschwere Mechs. Vermutlich Vorhuteinheiten oder Kundschafter.« In Kraffs Stimme lag eine Spur von Erregung. Archer wusste, er lud als Vorsichtsmaßnahme schon die Waffen auf und wartete auf einen Hinweis, ob er feuern durfte.

»Hirn an alle Einheiten«, meldete sich Katya. »Bestätigte Sichtung. Feindliche BattleMechs am Rand der LZ, knapp nördlich Höhe 103 bei Zwo-drei-eins-Zenith. Transpondersignale identifizieren die Maschinen nicht als Wilder Haufen, sondern als planetare Miliz. Ich wiederhole, es ist planetare Miliz.«

Archer justierte die taktische Anzeige und zog den Kartenausschnitt auf, um einen besseren Überblick zu erhalten. Getts' und Hogans Leute standen bereits auf Höhe 103 und im Tal darunter. Major Getts hatte ihre Panzer geteilt und brachte sie langsam auf beiden Berghängen in Position.

Aber irgendetwas daran ergab keinen Sinn. Die planetare Miliz bestand nur aus einer verstärkten Kompanie. Sicher, sie hatte eine gute Ausrüstung, aber die Avengers waren ihr mindestens Sieben zu Eins überlegen. Es war ein Risiko für sie, auch nur in der Nähe der LZ aufzutauchen …

... es sei denn, der Wilde Haufen kämpfte mit. Bei dem Gedanken begann sein Puls zu rasen, aber er bewegte sich weiter mit gleichmäßiger Geschwindigkeit Höhe 107 hinauf.

»Gespenst Eins an alle Einheiten. Es gelten die vereinbarten Gefechtsregeln. Niemand schießt, bevor er angegriffen wird.«

»Säbel Eins an Gespenst Eins, Lagebericht«, erklang die Stimme Lieutenant Francine Culvers in ihrem *Luzifer*-Luft/Raumjäger irgendwo über ihnen. »Ich zeichne anfliegende Banditen, vier Jäger. Sie setzen zu einem Luftangriff an.«

*Nicht feuern, bis sie es tun,* wiederholte Archer in Gedanken und wusste: Er brauchte es nicht noch einmal auszusprechen. Dann meldete sich John Kraff wieder. »Feind hat das Feuer eröffnet. Erlaubnis, zurückzuschlagen!« Seine Stimme zitterte vor Erregung, Angst und Begeisterung.

»Jäger feuern«, gab Culver durch. »Wir fliegen an.«

Archer heizte die schweren Extremreichweiten-Laser auf, die er in den Clan-Kriegen erbeutet hatte. Beim Eintreffen auf der Kuppe von Höhe 107 sah er in der Ferne eine dünne Linie winziger BattleMechs, die versuchte, die Ränder seiner Gefechtslinie mit Langstreckenfeuer zu beharken.

»Gespenst Eins an alle Einheiten«, sagte er. »Feuer frei.«

* * *

Graf Nicholas Fisk stand unter der Kuppel des Kommandozelts und verschränkte die Arme. Er trug eine frisch gebügelte graue Pseudouniform mit weiten Reithosen und auf Hochglanz polierten Kniestiefeln und starrte auf den Feldholoprojektor auf dem improvisierten Ständer. Rhonda und Natascha Snord standen links und rechts neben ihm und stierten ungläubig auf das

Bild. Die wogenden Hologrammberge und die winzigen, auf dem Grün der Berghänge leuchtenden Bilder der BattleMechs sprachen eine deutliche Sprache, ebenso wie die Mienen der beiden Frauen.

»Mylord«, stellte Rhonda mit scharfer Stimme fest. »Sie verheizen die Miliz. Hauptmann Malcolm und seine Leute haben nicht den Hauch einer Chance.« Sie starrte auf die holographische Szene. Die planetare Miliz Odessas bestand aus nicht mehr als vielleicht einem Dutzend Mechs, vier Jägern und einer Schweberlanze. Archer's Avengers waren ihnen fast sechsfach überlegen und hatten noch dazu die erhöhte Position.

Fisk zuckte die Achseln. »Zugegeben, die Chancen stehen schlecht. Aber welche Wahl bleibt mir denn? Es ist meine Pflicht, den Planeten zu verteidigen. Wären Sie bereit, mir die Hilfe zu geben, die ich benötige, bräuchte ich die Miliz nicht zu opfern. Bringen Sie Ihren Wilden Haufen in Stellung, und ich kann Hauptmann Malcolm und seine Leute zurückziehen, damit sie ihren Angriff mit Ihnen koordinieren.«

Rhonda Snord lief rot an. Sie und der Graf lieferten sich über diesen Punkt seit Tagen Wortgefechte, und nachdem sie eine Nachricht von Lieutenant General Christifori erhalten hatte, hatte die Spannung zwischen ihnen noch zugenommen. Angeblich war er nicht gekommen, um zu kämpfen.

»Graf Fisk«, stellte sie entschieden fest. »Unser Kontrakt …«

»Ist ein elektronisches Dokument«, unterbrach er sie nüchtern. »Das hier, Oberst Snord, ist die Wirklichkeit. Wir stehen alle irgendwann vor Entscheidungen. Sie müssen hier und jetzt eine Entscheidung treffen. Sie zwingen mich, gute Männer, gute MechKrieger, in den sicheren Tod zu schicken. Aber Sie können sich entscheiden, sie stattdessen zu retten.«

Rhonda knirschte vor Wut mit den Zähnen und wollte den Grafen gerade anblaffen, als Tascha in die Luft über der Karte deutete. »Christiforis Jäger treffen ein«, sagte sie. Die rot leuchtenden Jäger stürzten sich auf die Maschinen der Miliz. Einer nach dem anderen schwenkten die grünen Hologrammjäger der Miliz ab und wurden vom Gegner verfolgt. Nur Minuten später existierte keines der grünen Lichter mehr.

Rhonda blickte auf den Handkommunikator, der vor ihr auf dem Tisch lag, und von dort hoch zum Grafen. »Ich weiß, was Sie denken, Oberst«, erklärte er. »Sie wollen meine Einheit zurückbeordern. Nur, damit Sie sich nicht sinnlos anstrengen: Hauptmann Malcom hat Befehl, ausschließlich von mir Anweisungen anzunehmen.«

»Er wird abgeschlachtet, wenn er dieses Regiment mit einer einzelnen Kompanie angreift«, beschuldigte sie ihn. »Sie bringen ihn um, ihn und seine Einheit.«

»Au contraire, Oberst Snord. *Sie* bringen ihn um, beziehungsweise Ihre Untätigkeit.« Er warf einen düsteren Blick zu Tascha, die an der Seite ihrer Mutter stand. »Er hat seine Pflicht getan. So wird die Öffentlichkeit es sehen. Und man wird Ihren Wilden Haufen als Verräter betrachten, die sich geweigert haben, die Beschützer dieser Welt vor den Kanonen des Feindes zu retten.«

»Das ist Erpressung«, stellte Snord fest.

»Nein, meine liebste Oberste«, antwortete Fisk, und zum ersten Mal klang Wut in seiner Stimme durch. »Das ist Krieg. Es wird Zeit, sich zu entscheiden, ob Sie bereit sind, den Geist Ihrer Vereinbarung mit der Lyranischen Allianz zu ehren oder sich an ein paar lächerliche Worte in einem unwichtigen Kontrakt klammern.«

Rhonda Snord drehte sich zu ihrer Tochter um, auf deren Gesicht dieselbe Mischung aus Wut und Frustration stand, die sie selbst fühlte. Fisk hatte seinen Schachzug perfekt vorbereitet. In der Öffentlichkeit würde er als der große Führer erscheinen, der tat, was immer nötig war, um seine Untertanen zu beschützen. In Wahrheit hatte er den Wilden Haufen in eine Lage manövriert, in der er sie unter Umständen nicht nur zur Kapitulation zwang, sondern dabei noch erniedrigte.

Rhonda hatte mit ihrer Einschätzung Recht gehabt. Dieser Mann war gerissen. Gefährlich gerissen.

* * *

»Und das war Bandit Nummer zwo«, meldete Francine Culver selbstbewusst. »Tut mir Leid wegen der zwei, die durchgekommen sind, General.«

»Halb so schlimm, Säbel Eins«, antwortete Alice Getts. »Außerdem haben die beiden nur einen Angriffsflug geschafft. Ich bezweifle, dass sie die Maschinen nochmal fliegen werden, es sei denn, jemand gräbt sie aus.« Das Flakbombardement ihrer Panzer hatte die beiden Angreifermaschinen vom Himmel geholt.

»Bodentruppen rücken gegen Höhe 103 vor«, unterbrach Katya. »Ich zeichne knapp über eine Kompanie.«

Das ergab absolut keinen Sinn, dachte Archer, und betrachtete die Anzeige beinahe traurig. Er hatte den größten Teil seines Lebens beim Militär verbracht, aber wie man Menschenleben sinnlos verheizen konnte, hatte er bis heute nicht begriffen. Er fragte sich, ob die Miliz versuchte, ihn aus der Deckung zu locken, aber das ergab auch keinen Sinn.

»Captain Kraff, halten Sie die Stellung auf der Kuppe«, befahl er. »Schicken Sie zwei Lanzen an der linken Flanke vor, um sie von der Seite anzugreifen. Major Getts, bringen Sie Ihre Kompanien ins Tal und gehen Sie an der rechten Flanke in Stellung.«

Vielleicht würden sie sich ergeben, wenn er sie einkesselte, dachte Archer. Vielleicht würden sie darum herumkommen, die Miliz abzuschlachten.

»Tod und Teufel, Sir, sie kommen geradewegs den Berg herauf, als wären wir gar nicht vorhanden«, meldete Kraff.

»Feuer«, befahl Archer, weil ihm nichts anderes übrig blieb. »Hirn, versuch, ihren Kommandeur zu erreichen.«

Der Berghang rings um ihn herum loderte plötzlich auf. Das grellblaue Feuer von PPK-Salven schlug in alle Richtungen, begleitet von den Qualmspuren Hunderter Raketen. Smaragdgrüne Impulslaserbolzen schienen die Luft zwischen den beiden Einheiten zum Glühen zu bringen, während Lanzen aus rot leuchtenden Strahllaserbahnen sie an den Flanken zerschnitten. Die Miliz Odessas wurde von drei Seiten gleichzeitig angegriffen. Aus erhöhter Position. Von überlegenen Kräften. Sie hatte keine Chance.

Archer sah einen *Cestus* der Miliz auf einem schmalen Felsvorsprung auftauchen und das Gaussgeschütz auf ihn abfeuern. Lasertreffer hatten die mattgrüne Panzerung auf dem mühsamen Vormarsch zerfressen wie Motten ein Hemd, dann wurde er von einem Schwarm von mindestens zwanzig Langstreckenraketen getroffen. Sie detonierten gleichzeitig und zertrümmerten Panzerung an Armen und Beinen des Stahlriesen, der versuchte, sich zurückzuziehen. Der gleißende Blitzschlag einer PPK-Entladung krachte in eines der schwer beschädigten Beine. Panzertrümmer flogen davon, und der *Cestus* wankte, drehte sich leicht zur Seite. Dann verschwand er aus Archers Sichtfeld.

Weiter entfernt sah er einen *Enfield* auf einem Absatz auf halber Hanghöhe stoppen und mit dem schweren Impulslaser und der schweren Defiance-LB-

X-Autokanone auf Sergeant Müllers *Luchs* feuern. Der Granatenhagel zog eine Einschlagsspur über den Torso der schwereren Maschine und riss die Panzerplatten auf. Dahinter brach eine leichte *Speerschleuder* der Miliz im Laufen zusammen und pflügte sterbend den Boden auf, ein Opfer von Alice Getts Panzertruppen.

»General, Sie können die Miliz über Breitbandkanal Eins-fünnef-fünnef-eins erreichen«, hörte Archer Katya sagen, als er den *Enfield* gerade unter einem Impulslaserbombardement einknicken sah.

Er öffnete das Mikro. »Milizkommandeur, hier spricht Lieutenant General Christifori. Ergeben Sie sich sofort!«

Der *Enfield* drehte sich in das Autokanonenfeuer, das den Boden vor seinen Füßen aufriss. Im selben Moment feuerte Hopkins' Infanterie drei tragbare Partikelprojektorkanonen auf seine Beine ab und zerstörte zusätzliche Panzerung. Von der Miliz kam keine Antwort. Resigniert griff Archer nach dem Steuerknüppel und zog das Fadenkreuz über den Mech.

Gerade wollte er abdrücken, da schlugen drei blutrote Strahlbahnen aus schweren Lichtkanonen durch Arm und Kopf des *Enfield*. Der rechte Mecharm explodierte und ließ wie zerfetztes Muskelgewebe herabhängende Myomerstränge an der Schulter zurück. Die Strahlen, die das Cockpit durchschlugen, richteten noch schlimmeren Schaden an. Der mittelschwere BattleMech schien unter dem Angriff zu erzittern, dann brach er zusammen, bevor Archer einen Schuss abgeben konnte.

Ein Odesser *Whitworth* trat an seine Stelle und drehte sich zu Archer um. Er feuerte eine Salve aus zwanzig Langstreckenraketen ab. Archer wich weder zurück, noch versuchte er, der Wand aus tödlichen Sprengköpfen auszuweichen. Reflexartig aktivierte seine Hand die Raketenabwehr in der Torsomitte des *Lichtbringer*. Ein Strom von Explosivmunition stieg den anfliegenden Raketen knatternd entgegen. Eine Menge der Geschosse wurde von der Rakabwehr im Flug zur Explosion gebracht. Die etwa zwölf Raketen, die durchkamen, schlugen in den *Lichtbringer* ein, der unter dem Angriff zitterte, ihn aber ohne Probleme wegsteckte. Mit einer leichten Bewegung des Knüppels brachte Archer das Fadenkreuz auf den *Whitworth*, doch bevor er die Maschine sicher erfassen konnte, ergriff sie die Flucht. Er konnte einen der schweren Laser abfeuern und erwischte den kleineren, schnelleren Mech am rechten Bein. Das ließ ihn hinken: eine in dieser Situation tödliche Verletzung.

Mattgrauer Rauch quoll aus dem Bein, als der Mechpilot verzweifelt versuchte, seinen Feinden zu entkommen. Dann visierten vier andere Avengers ihn an. Die Feuersäule, die den *Whitworth* einschloss, ließ keine Überlebenschance. Der Mech kippte wie ein Betrunkener zu Boden. Weißer Qualm schlug aus dem Cockpit, und Archer sah einen Schemen in den Himmel jagen, als der MechKrieger den Schleudersitz auslöste. Etwa fünfzig Meter über dem Schlachtfeld öffnete sich der Gleitschirm. Der Pilot hatte überlebt, seine Maschine nicht. Ölig schwarzer Qualm und glutrote Flammen hüllten den zertrümmerten Kampfkoloss und den frischen Krater ein, in dem er lag.

Das war kein Kampf, wie Archer ihn mochte. Das war ein Gemetzel.

»General«, meldete sich Alice Getts. »Ich kann meine Schweber hinter ihre Linie bringen und ihnen den Rückweg abschneiden.«

Archer warf einen Blick auf die taktische Karte und sah, dass die Avengers den Feind so gut wie eingeschlossen hatten. Er brauchte es nur zu sagen – und diese Schlacht war innerhalb von Minuten vorbei.

»Sie ziehen sich zurück, Sir«, gab Katya durch. »Wer von ihnen noch lebt, ergreift die Flucht.«

»Erlaubnis, nachzusetzen und sie zu erledigen, Sir?«, fragte Kraff. Seine Stimme brach in der Begeisterung des Kampfes. Archer kannte das Gefühl nur zu gut, diese Mischung aus Erregung und dem Adrenalinstoß des sicheren Sieges. Er starrte auf die Anzeige und lenkte den *Lichtbringer* weiter den Hang hinab, in der Hoffnung, einen Blick auf die flüchtende Miliz zu erhaschen.

»Stellung halten, Avengers«, befahl er. »Ich denke, was von ihnen noch übrig ist, hat die Lektion begriffen.«

* * *

»Sie fliehen«, stellte Natascha Snord fest und deutete auf die Holoanzeige. Die Handvoll grüner Mechs, der traurige Rest der Miliz, versuchte sich zurückzuziehen. Das 1. Thorin-Regiment hatte sie fast völlig eingekesselt, doch Hauptmann Malcolm hatte die einzige Lücke in seinem Rücken gefunden, die noch offen war. Die einzige Hoffnung, seine Leute zu retten. Von der Kompanie von zwölf BattleMechs, die den Angriff gestartet hatte, existierten nur noch vier, die möglicherweise eine Chance hatten, zu entkommen.

»Ich fasse es nicht, dass Sie ihnen das antun«, bellte Rhonda Graf Fisk an.

»Ich?«, antwortete der Graf gespielt unschuldig. »Oberst Snord, ich versichere Ihnen, dass Sie durch die Weigerung, Ihre Pflicht der Allianz gegenüber zu erfüllen, diese Männer getötet haben.«

»Sie sind verantwortlich für den Tod unschuldiger Menschen«, presste sie zwischen gefletschten Zähnen hervor.

»Es sind Patrioten, die ihr Leben lassen, um diese

Welt und den Archon zu beschützen«, erwiderte er kalt und starrte sie trotzig an. »Wenn Sie nur bereit wären, Ihre Pflicht zu tun, gäbe es vielleicht eine Möglichkeit ...«

»Es ist vorbei«, erklärte Tascha kalt, ohne sich von der Projektion abzuwenden. »Nur zwei Mechs haben es geschafft. Das 1. Thorin scheint sie nicht zu verfolgen.«

Rhonda kniff die Augen zusammen. »Christifori *braucht* sie nicht zu verfolgen. Er weiß, dass sie keine echte Bedrohung für ihn darstellen. Er hat es die ganze Zeit über gewusst.« Wieder wirbelte sie zu Nicholas Fisk herum und ließ sich von ihrem Zorn tragen wie von einem Wildpferd. »Sie haben sie verheizt.« Wie konnte diese billige Entschuldigung für einen Herrscher ausreichen Menschen in den Tod schicken, nur um politisch zu punkten?

Er atmete langsam aus und ließ ungerührt einen tiefen Seufzer hören. »Oberst Snord, wenn bekannt wird, was Sie hier zugelassen haben, wird das dem Ruf Ihrer Einheit schweren Schaden zufügen. Ich bezweifle, dass nach diesem Debakel noch irgendjemand ein Interesse daran haben wird, den Wilden Haufen zu verpflichten. Die Lyranische Allianz war schon immer Ihre Heimat, und ich bin sicher, es wird mir irgendwie gelingen, meinen Mitbürgern zu erklären, was hier geschehen ist ... falls Sie sich entschließen, den Ihnen angebotenen Kontrakt zu unterzeichnen. Es wird Zeit zu entscheiden, wofür sich zu kämpfen lohnt, Oberst.« Dann drehte er sich mit königlicher Präzision auf dem Absatz um und verließ das Zelt. Rhonda und Tascha blieben allein zurück. Rhonda fuhr sich mit beiden Händen durch das kurze Haar und starrte verzweifelt auf die Hologrammkarte.

»Ist das zu glauben?«, fragte Natascha fassungslos. »Er versucht es tatsächlich so darzustellen, als wäre das alles unsere Schuld. Er kann doch nicht ernsthaft annehmen, dass ihm das irgendwer abkauft.«

Rhonda schüttelte den Kopf. »Sie werden es ihm abkaufen, denn er wird die Aufzeichnungen fälschen, die Medienberichte manipulieren und uns durch den Dreck zerren.«

»Das können wir nicht zulassen«, protestierte Tascha.

»Wenn wir uns auf Victors Seite schlagen, werden wir in den Bürgerkrieg verwickelt. Schlagen wir uns auf die Seite Katherines, gilt dasselbe. Graf Fisk wird niemals zugeben, dass er die Miliz in den Tod geschickt hat.«

»Und was tun wir jetzt?«

»Ich bin mir nicht sicher, Tascha«, gestand Rhonda. »Aber eines steht fest. Niemand zerstört den Ruf dieser Einheit oder der Leute unter meinem Befehl. Nicht, solange ich noch etwas zu sagen habe.«

* * *

Archer rückte die Kühlweste zurecht, während er zum Rand des Kraters ging, in dem die Trümmer eines Miliz-*Tomahawk* lagen. Die kühle Luft spielte ihm erfrischend um die nackten Beine, als er auf den zertrümmerten BattleMech hinabschaute. Ein Team von Avenger-Techs schwärmte um die Kampfmaschine und versuchte herauszufinden, ob sie wieder instand gesetzt und geborgen werden konnte oder sich nur noch zum Ausschlachten eignete. Viele von ihnen waren mit schwarzem Schmier verdreckt, den Überresten der Raketentreffer, die dem Mech einen Arm abgerissen hatten. Zwei MedTechs knieten am Boden und kümmerten sich um den Piloten.

Dieser ganze Kampf war unnötig gewesen. Irgendjemand hatte diese Milizkompanie auf sein Regiment gehetzt, hatte ihr befohlen, gegen seine erhöhten Stellungen anzurennen. Sie hatten vom ersten Moment an weder eine Sieg- noch auch nur eine Überlebenschance gehabt.

Katya kam herüber und stand eine Weile neben ihm. »Wir haben zwei von ihnen entkommen sehen«, stellte sie schließlich fest. »Anscheinend Richtung New Bealton.«

Archer schüttelte den Kopf. »Ein sinnloses Gemetzel.«

Katya schaute sich um. »Stimmt. Und hier kommt Sergeant Gramash. Vielleicht weiß er mehr.«

Gramash kam zu ihnen und begrüßte Archer mit einem kurzen Nicken. »General, es gibt keinerlei Hinweise auf irgendeine Beteiligung des Wilden Haufens an diesem Angriff. Alles deutet darauf hin, dass Graf Fisk der Miliz den Angriffsbefehl gegeben hat. Aber ... die Medien scheinen zu versuchen, die Schuld für das ›Desaster‹ Snord anzulasten.«

Archer runzelte die Stirn. »Das ergibt keinen Sinn.«

»Falls Fisk versucht, sie zum Unterzeichnen eines neuen Kontrakts zu zwingen, schon«, warf Katya ein.

Archer rieb sich die Stirn. »Politiker. Die eine sichere Konstante in einem wechselhaften Universum. Sergeant, haben Sie schon Verbindung zu Ihren einheimischen Kontaktleuten aufnehmen können?«

Gramash schüttelte den Kopf. »Ich habe für morgen und übermorgen Gespräche arrangiert. Momentan sind alle Augen auf uns gerichtet, und ich wollte niemandem einen Hinweis geben, der versuchen könnte, uns zu belauschen.«

»Und was machen wir jetzt?«, fragte Katya.

Archer schaute von ihr zu Gramash. »Wir schicken Oberst Snord eine Einladung zu einem Gespräch. Und versuchen, sie auf unsere Seite zu ziehen. Wenn Fisk ein derart schmutziges Spiel treibt, könnte sie unter

Umständen geneigter sein, die Lage aus unserem Blickwinkel zu sehen.«

»Und falls nicht?«

Archers Augen wurden schmal. »Wir wollen hoffen, Katya, dass wir darauf keine Antwort finden müssen.«

# 7

**Höhe 103, Odessa**
**Provinz Donegal, Lyranische Allianz**

*16. April 3063*

Archer stand dem Bild Oberst Rhonda Snords gegenüber, das über dem tragbaren Holoprojektor in seinem Befehlszelt schwebte. Sie war älter als er und strahlte Stärke aus.

»Oberst Snord. Ich weiß die Tatsache zu schätzen, dass Ihr Wilder Haufen sich an dem Angriff auf meine Truppen nicht beteiligt hat«, sagte er.

Sie verschränkte die Arme. »Hätte mein Wilder Haufen angegriffen, Lieutenant General, wäre von Ihnen niemand mehr auf Odessa. Lassen wir das Geplänkel, in Ordnung?«

Er lächelte ein wenig. Ihre geradlinige Art gefiel ihm. »Ich schlage vor, wir treffen uns zu einem persönlichen Gespräch. Einer formellen Unterredung. Das gibt uns Gelegenheit, die Karten aufzudecken. Um nicht lange herumzureden, ich weiß, Ihr Kontrakt läuft demnächst aus. Prinz Victor bittet mit Respekt um eine Gelegenheit, sich Ihre Dienste zu sichern.«

Snord blinzelte nicht einmal. »Angesichts der jüngsten Ereignisse halte ich eine solche Begegnung für angebracht. Doch ich will ebenso offen sein, Lieutenant General. Ich habe kein Interesse daran, die Einheit in eine Aktion zu verwickeln, die das VerCom gegen sich selbst hetzt. Ihre Ankunft hier auf Odessa hat meine Einheit in eine unangenehme Lage unserem derzeitigen Auftraggeber gegenüber gebracht und ihr Ruf leidet erheblich unter dieser Situation.«

Archer nickte. Für eine Söldnereinheit war der Ruf alles. Die offizielle Einstufung durch die Söldnerprüfungs- und Vertragskommission war die eine Sache, aber die Einschätzung in der Öffentlichkeit zählte ebenso viel. Beide konnten sich auf die Bilanz der Einheit auswirken, darauf, wie viel sie von einem Auftraggeber für ihre Dienste verlangen konnte. Danach, was er gestern Abend in den Nachrichten gesehen hatte, lastete Graf Fisk die Niederlage in der Schlacht Snords Weigerung an, zu kämpfen.

»Ich kann es kaum erwarten, Ihre Ansicht zu den jüngsten Kämpfen zu hören.«

»Na schön«, sagte sie und lies die Arme sinken. »Ich schlage ein Treffen heute Abend vor, sagen wir, um 21 Uhr? Zwischen unseren beiden Lagern gibt es eine Möglichkeit – Moseby's Crossroads. Dort können wir reden.«

Archer schaute hinüber zu Katya, die bereits die Karte aufrief, und Sergeant Gramash, der ihr die Stelle zeigte. »Ich werde ein Mitglied meines Nachrichtenstabs und einen Berater mitbringen«, sagte Archer, der sich spontan entschloss, Gramash mitzunehmen.

»Und ich werde einen meiner Bataillonsführer dabei haben«, antwortete Snord. »Der Ort liegt abseits. Keine Gebäude. Wir sollten in der Lage sein, unbelauscht zu reden.«

»Gut, ich freue mich.«

Rhonda Snord schlug die Hacken zusammen und verneigte sich kurz. Archer antwortete, indem er kurz salutierte. *Gegenseitige Ehrbezeugung.*

Der Holoprojektor schaltete sich ab und das Bild verschwand. Er starrte kurz auf die leere Stelle des Zimmers, dann stand Katya Chaffee dort.

»Oberst Snord hat Recht«, stellte sie fest und senkte den Compblock. »Der Treffpunkt liegt mitten im Nirgendwo.«

»Und?«, fragte er.

»Und falls irgendetwas schief geht, bist du weitab von jeder Hilfe. Warum nimmst du nicht eine Lanze

Mechs als Eskorte mit? Sie könnten in der Nähe warten. Nur für den Fall eines Falles.« In ihrer Stimme lag eine Spur von Besorgnis.

»Ich hatte vor, Hopkins als Fahrer mitzunehmen, falls dich das beruhigt«, antwortete Archer. »Außerdem ist das eine formelle Verhandlung. Snord würde auf keinen Fall irgendetwas versuchen. Die SPVK würde den Wilden Haufen in der Luft zerreißen, falls sie gegen das freie Geleit für Verhandlungen verstieße.«

»Natürlich.« Sie senkte leicht den Blick. »Ich wollte nur sichergehen, dass du auf alle Eventualitäten vorbereitet bist.«

Archer lächelte. »Das weiß ich, Katya. Und um ganz auf Nummer Sicher zu gehen, übergebe ich dir den Befehl über das Regiment, bis ich zurück bin.«

* * *

Rhonda Snord drehte sich zu den Offizieren um, die sich versammelt hatten, um sie zu verabschieden. »Es dürfte nur ein paar Stunden dauern«, erklärte sie. »In meiner Abwesenheit wird Kommandanthauptmann Snord die Einheit leiten. Ich will volle Streifen bis zum Rand der Avengers-Patrouillenkorridore. Sie sollen wissen, dass wir uns weder verkrochen haben noch verstecken, ganz egal, was die Medien erzählen.«

Einer der MechKrieger, ein ehemaliger Jadefalke namens Norris, trat vor. Der Wilde Haufen war wie eine Standardeinheit der Inneren Sphäre organisiert, aber Norris zog trotzdem den Titel Sterncaptain vor, und Rhonda ließ ihm das Vergnügen.

»Oberst Snord«, sagte er. »Sie spielen nicht ernsthaft mit dem Gedanken, die Seite zu wechseln, franeg?«

Sie schüttelte den Kopf. »Norris, du wirst feststellen, dass es während der Verhandlungen über Söldnerkontrakte nicht ungewöhnlich ist, wenn ein Kommandeur sich alle Optionen offen hält. Ich habe noch keine Entscheidung getroffen. Aber ich will hören, was er zu sagen hat.«

Norris' Verwirrung war offenkundig. Die ehemaligen ClanKrieger der Einheit hatten häufig Probleme mit dem Leben als Söldner. Er leistete gute Arbeit auf dem Schlachtfeld, aber die Details der Regimentsverwaltung machten ihm regelmäßig Schwierigkeiten.

»Kommandanthauptmann Sneede wird mich begleiten«, nickte Rhonda dem älteren Mann neben ihr zu. Sam ›Shorty‹ Sneede war ein Veteran aus den Tagen ihres Vaters. Obwohl er inzwischen längst pensionsreif war, hielt er noch immer einen Befehlsrang, auch wenn er auf Kampfeinsätze verzichtete. Für Rhonda war er das Bindeglied zu ihrem Vater, ein Teil der ursprünglichen Kompanie, in der sie als kleines Mädchen aufgewachsen war.

Sie wandte sich erneut zu den anderen um. »Es gilt weiter Alarmstufe Rot«, sagte sie und blickte jedem Einzelnen der Offiziere in die Augen. »Da draußen steht ein volles Regiment potentieller Feinde, also bleibt wachsam, Leute.«

Oberleutnant Shake trat vor. »Wir könnten eine Kompanie zur Sicherung abstellen, Gnä' Frau, als Kordon. Beim ersten Anzeichen von Schwierigkeiten wären wir zur Stelle.«

Rhonda winkte ab. »Ich weiß die Fürsorge zu schätzen, Marcus, aber Shorty und ich werden in BattleMechs sitzen. Was könnte schief gehen?«

* * *

Der *Rotunda*-Scoutwagen fuhr langsam die Straße hinab, während die Sonne hinter einer Wolkenbank versank und die Landschaft in lilaviolettes Licht tauchte.

Archer saß auf dem Beifahrersitz, neben Hopkins, während Anton Gramash sich auf den Rücksitz gezwängt hatte, neben den Lademechanismus der KSR-Lafette.

»Wir hätten einen größeren Wagen nehmen sollen«, murrte der junge Agent.

Am Steuer gluckste Hopkins. »Was ist, Jungchen? Nicht genug Platz für deine Stelzen?«

»Das ist es nicht«, antwortete Gramash und veränderte die Position. »Ich bin nur nicht begeistert darüber, eine halbe Stunde lang so eingequetscht zu sitzen.«

»Das erinnert mich an jene Zeit damals auf New Avalon«, stellte Hopkins mit einem Seitenblick auf Archer fest. »Du und der strohblonde Kadett in dem Transporter, den ihr befreit hattet. Wie hieß er noch?«

Archer kaute nachdenklich auf der Unterlippe. »Raymond Grace«, sagte er schließlich mit einem Grinsen. »Und vergiss Andrea nicht. Ich dachte, wir würden die MP nie abschütteln.«

Hopkins erinnerte sich daran, wie er mit Archers Schwester zu dessen Abschlussfeier am NAIW gekommen war. Das waren die guten Zeiten ihrer Jugend gewesen, wild, ungestüm und frei. Bevor Archer in einen Krieg nach dem anderen gezogen war, und lange bevor er sich auch nur hatte träumen lassen, er könnte seine Schwester einmal an die machtbesessenen Pläne einer Katherine Steiner-Davion verlieren.

»Was ist aus ihm geworden?«

»Er ist zu den Davion Guards gegangen. Danach haben wir uns aus den Augen verloren.«

Hopkins nickte. »Es waren so viele. Ich habe auch viele aus den Augen verloren. Dich aber nie.«

Gramash ließ sich aus seinem Schlupfloch im Fonds des Wagens vernehmen. »Stimmt es, dass Sie Lieutenant General Christifori ausgebildet haben, Sergeant Major?«

»Das stimmt«, bestätigte Hopkins stolz. »Er hat eine Menge seiner besten Tricks von mir.«

»Nicht nur die besten Tricks, alter Mann«, warf Archer ein. »Du hast mir auch eine Menge Gemeinheiten beigebracht.«

Hopkins lachte. »Alles Teil des Soldatenlebens.«

Archer schaute auf die Uhr. »Wir kommen gut voran. Wir scheinen sogar ein wenig zu früh zu sein.« Als der *Rotunda* sich einer Baumgruppe näherte, deutete er zum Straßenrand. »Halt mal kurz an.«

»Siehst du was?«, fragte Hopkins, nahm Fahrt zurück und ließ den Wagen ausrollen.

»Könnte man so sagen«, antwortete Archer, während er sich abschnallte. »Ich sehe die Gelegenheit für eine Pinkelpause vor den Verhandlungen.«

Darius schüttelte den Kopf. »Du wirst alt. Was ist – drückt das Gewicht der Epauletten auf deine Blase?«

»Sehr komisch, Sergeant Major.« Archer öffnete die Tür und ließ die kühle Abendluft in den Wagen. Die Sonne war nur noch ein schmaler Lichtstreif am Horizont, als er ausstieg und zu den Bäumen ging. Auf Odessa ging die Sonne erst spät unter.

»Lass den Motor laufen«, sagte er über die Schulter.

Er dachte noch immer an jene lange vergangene Nacht zurück, die Hopkins erwähnt hatte. Archer war noch kaum mehr als ein Halbwüchsiger gewesen, ein junger Offizier, frisch aus dem NAIW, berauscht von Bier und Adrenalin. Er grinste und dachte an die guten alten Zeiten, bevor er seine politische Unschuld verloren hatte, als er in der Ferne hinter den Bäumen etwas bemerkte. Zuerst glaubte er sich geirrt zu haben. Er schloss den Hosenschlitz und kniff die Augen zusammen. Da hinten im Zwielicht bewegte sich etwas, doch es war schwer zu sagen, was, oder wie weit entfernt.

»Darius«, rief er, ohne den Blick abzuwenden. »Zeichnest du irgendwas auf den Sensoren?« Er wartete auf eine Antwort, während er weiter nach dem Ursprung der Bewegung suchte.

»Eine Menge Rauschen zeichne ich, sonst gar nichts«, antwortete der Sergeant Major. »Das Kommsystem benimmt sich, als würde es gestört.«

*Gestört?* Das ergab keinen Sinn. Archer spürte, wie sein Puls sich beschleunigte und Adrenalin in seine Adern floss. Als er sich wieder zum *Rotunda* umdrehte, fühlte er ein leichtes Vibrieren des Bodens. Er war Soldat, darauf trainiert, dergleichen zu registrieren.

Irgendetwas stimmte hier nicht. Irgendetwas stimmte ganz und gar nicht.

# 8

**Mosebys's Crossroads, Odessa**
**Provinz Donegal, Lyranische Allianz**

*16. April 3063*

Rhonda Snord steuerte den *Highlander* vorsichtig die Straße entlang, gefolgt von ›Shorty‹ Sneede in seinem leichteren *Lancelot*. Ihr Mech war mattgrün lackiert und trug zwei Insignien. Das erste Symbol war das Bild eines Buffalo Nickels, einer silberglänzenden Münze aus der Frühzeit Terras, lange vor Gründung des ersten Sternenbunds. Das Zweite war ein gelber Blitz auf der rechten Rumpfseite des *Highlander*, unter den Lettern TCB. Die Buchstaben standen für ›Taking Care of Business‹, das Motto eines antiken terranischen Rocksängers, dessen Memorabilien sie sammelte.

»Wie läuft's da hinten, Shorty?«, fragte sie ins Helmmikro.

»Wie immer«, kam die knarzige Stimme des Kommandanthauptmanns aus dem Lautsprecher. »Ich decke dir den Rücken.«

Routinemäßig glitten ihre Augen über die Cockpitkontrollen, als sie ein schwaches Licht auf dem Hilfsmonitor bemerkte. Ihre Langstreckenortung hatte etwas aufgefangen, wenn auch nur schwach. Ein Signal in maximaler Entfernung, östlich von ihnen. Sie schaltete auf höhere Auflösung. Es handelte sich um ein persönliches Notsignal mit der Transponderkennung des 1. Thorin-Regiments. Gerade als sie die Position genauer bestimmen wollte, verschwand es.

»Shorty …«, setzte sie an, immer noch mit der Ortung beschäftigt.

»Ich habe es auch gesehen«, antwortete er. »Wir sind nur ein paar Minuten von der Kreuzung entfernt.

Glaubst du, Christifori hat Streifen so weit vorgeschickt?«

Rhonda drosselte den BattleMech auf Schrittgeschwindigkeit. »Kaum anzunehmen. Nicht, wenn er uns hier erwartet. Verdammt seltsam.«

»Ich habe das als Notsignal identifiziert, Rhonda. Wir müssen nachsehen.« Die Regeln der Kriegsführung verlangten, dass Notsignale überprüft wurden, gleichgültig, von wem sie stammten.

»Sieht aus, als würden wir uns ein bisschen verspäten«, bestätigte sie und schaltete auf den Kanal um, der sie mit der Basis verband. »Jailhouse Rocker Eins an Junk Yard, Jailhouse Rocker Eins an Junk Yard. Wir haben ein Notsignal an Koordinaten Fünnef-fünnef-neun-drei-Zenith aufgefangen und ändern den Kurs, um nachzusehen.« Dann wendete sie den *Highlander* und verließ die Straße.

Sie erhielt keine Antwort. Kein Rauschen. Nichts. »Shorty, versuch du es«, befahl sie. »Mein Kommsystem muss defekt sein.« Aber irgendetwas sagte ihr, dass es daran gar nicht lag.

Sneede wiederholte Rhondas Botschaft an die Basis des Wilden Haufens, doch die Leitung blieb tot. Der plötzliche Signalverlust ließ sie noch langsamer werden. Irgendetwas stimmte hier nicht.

»Langstreckenortung«, ordnete sie misstrauisch an. »Das gefällt mir nicht.«

Dann leuchtete die Ortungsanzeige plötzlich wieder auf. Diesmal war das Notsignal schwächer, als hätte es sich entfernt. »Das ist verteufelt seltsam.«

»Frau Oberst«, bemerkte Shorty, und wurde plötzlich förmlich. »Ich kann nicht beschwören, dass wir gestört werden, aber irgendetwas blockiert unseren Funkverkehr, und was auch immer dieses Signal ist, es zieht uns vom Kurs weg.«

»Ein Köder?«

»Für die Nase dieses alten Houn'dog ganz eindeutig.«

In Rhondas Gedanken schrillte der Alarm. »Ziemlich gewagt von Christifori, falls das ein Hinterhalt sein soll. Wir schwenken um und rennen nach Norden. Wenn es eine Falle ist, brechen wir durch ihre Absperrung und kommen mit Glück aus der Kommblockade und näher an die Basis.«

»Geht klar. Oder wir fallen zurück, setzen uns in Verbindung mit dem Junk Yard und holen eine größere Streitmacht her.«

Sie überlegte kurz. »Nein«, entschied sie dann. »Wir nehmen Christifori beim Wort, aber wir dürfen nicht unvorsichtig werden. Gestreckter Galopp auf mein Zeichen.«

»Wann immer, Frau Oberst.«

»Drei, zwo, eins«, zählte sie ab und schlug den Fahrthebel bis zum Anschlag vor. »Rock'n'Roll!«

Ihr *Highlander* kam fast 350 Meter weit, bevor drei Partikelblitze wie Donnerkeile eines antiken Wettergotts durch das Zwielicht krachten. Die bläulich glühenden Entladungen schlugen mit solcher Gewalt in den überschweren Mech ein, dass ihr war, als wäre sie gegen eine Betonmauer gerannt. Lichtbögen tanzten über die Außenseite des Cockpits, als die hoch aufgeladenen Teilchen die Panzerung aufrissen. Rhondas Körper wurde in die Gurte geschleudert, die ihr schmerzhaft ins Fleisch schnitten. Sie kämpfte gegen die Benommenheit durch das plötzlich in den Kopf steigende Blut an.

Flammenzungen zuckten durch ihr Sichtfeld, eine Wand aus mindestens vierzig Langstreckenraketen, die an ihr vorbei in die Nacht sauste. Sie waren nicht auf sie gezielt, sondern auf ›Shorty‹ Sneede. Als das Stakkato der Detonationen sie erreichte, fand sie endlich den Ursprung des Angriffs.

Sechs BattleMechs rückten von allen Seiten an. Irgendwie hatten sie ihre Annäherung verborgen gehalten, vermutlich durch Herunterfahren und mit Sensorblockern besetzte Holoplanen. Es war ein alter Trick. Man musste nur schnell hochfahren, wenn es zur Sache ging, und konnte einen Gegner aus relativ geringer Entfernung überrumpeln. Allerdings erforderte es eine gewisse Geschicklichkeit, einen Fusionsreaktor schnellzustarten …

*Na schön,* dachte sie. *Ihr habt mich überrascht. Mal sehen, wie euch das schmeckt …*

Einer der Mechs, ein *Vulkan*, landete seitlich von ihr und hob die Waffen.

»Bleib in der Nähe, Shorty«, rief sie und griff an. In einer einzigen fließenden Bewegung zog sie das Fadenkreuz auf den leichteren Mech, während sie das Gaussgeschütz auf den selben Feuerleitkreis legte – den Daumenauslöser. Die Farbe des Fadenkreuzes wechselte zu Gold und der Glockenton der Erfassung hallte durch Rhondas Helm. Auch der gegnerische MechKrieger hatte gerade erkannt, dass er in tödlicher Schussweite stand, und versuchte, sich durch eine Breitseite zu retten. Ungerührt drückte sie den Feuerknopf.

Maschinengewehr und mittelschwerer Impulslaser des *Vulkan* schossen weit vorbei. Der Flammer schaffte es selbst aus äußerster Entfernung, Feuer über Beine und Füße des *Highlander* zu wedeln. Der schwere Impulslaser spie smaragdgrüne Pfeile aus gebündelter Lichtenergie über den rechten Mechtorso und kostete Rhonda einen Teil der Panzerung.

Doch der *Vulkan* war schnell aus dem Gefecht. Die silbrig schimmernde Gausssalve hatte ganze Arbeit geleistet. Die überschallschnelle Kanonenkugel schlug mit solcher Wucht in den rechten Oberschenkel des mittelschweren Mechs ein, dass er wie bei einem Jig herumgewirbelt wurde. Als er ihr wieder die Front zudrehte, erkannte Rhonda, dass die Beinpanzerung kaum noch vorhanden war und das Bein selbst fast nur noch aus verbogenen Trümmern, zerfetzten Myomermuskeln und spritzender Kühlflüssigkeit bestand. Der *Vulkan* fiel zu Boden und sie drehte sich besorgt zu ›Shorty‹ um.

Ein *Schwarzer Ritter* näherte sich ihr aus der Flanke, als sie ›Shortys‹ *Lancelot* am Boden liegen sah. Rhonda biss sich auf die Unterlippe. Der Mech glühte noch immer, wo das Geschützfeuer seine interne Struktur aufgeheizt hatte. Eine kleine Flammenfontäne schlug aus dem Torso, fiel auf den Boden und setzte das Gras in Brand. Der *Lancelot* bewegte sich nicht.

Der *Schwarze Ritter* schon.

Er schwenkte die PPK in ihre Richtung, als sie den Mech unter dem Aufprall einer Salve Kurzstreckenraketen eines anderen Gegners erzittern spürte. Sie steuerte den Steuerknüppel mit beneidenswerter Geschicklichkeit und brachte das Fadenkreuz sicher auf den sich bewegenden *Schwarzen Ritter*. Er stoppte auf einem Hügel und feuerte im selben Augenblick wie sie.

Ihre Raketen waren gerade aus den Rohren geglitten, als der grellblaue Energieblitz der PPK aus kurzer Entfernung traf. Der Schuss fraß sich in die schon von den früheren Treffern beschädigte Torsomitte und in die verbliebene Panzerung.

Rhondas Raketen stürzten auf den humanoiden *Schwarzen Ritter* hinab und erhellten mit dem orangeroten Feuerschein der Explosionen den Abend. Die Kurzstreckenraketen krachten in den Hals des Mechs, knapp unterhalb des Cockpits, und rissen die Panzerung so tief auf, dass die Bresche in der Kehle des Metallgiganten von der Hitze rot und gelb aufglühte. Die Hitze in ihrer eigenen Kanzel stieg leicht an, und sie fühlte, wie die Flüssigkeit in den Leitungen der Kühlweste sich bewegte, um die überschüssige Wärme abzuleiten.

Ein harter Treffer in den Rücken des *Highlander* schüttelte sie durch, und sie kämpfte gegen die Übelkeit durch die Neurohelmrückkopplung an, als sie versuchte, den Mech aufrecht zu halten. Die Ortung zeigte ein bedrückendes Bild. Zwei der Feindmaschinen waren aus dem Spiel, doch die vier anderen rückten von allen Seiten näher.

Sie riss den Koloss gerade rechtzeitig nach rechts, um einem Feuerstoß aus den beiden schweren Lasern des *Schwarzen Ritter* zu entkommen. Die leuchtend roten Strahlbahnen zuckten knapp an ihr vorbei in die Dunkelheit. Ihr ganzer Körper kribbelte vor Adrenalin. Sie zog den *Highlander* zurück nach links und holte das Fadenkreuz auf den *Schwarzen Ritter*.

Ihr Plan war simpel: An dem *Ritter* vorbei ins offene Gelände gelangen und Verstärkungen anfordern. Es gefiel ihr zwar nicht, ›Shorty‹ verletzt oder vielleicht sogar tot zurücklassen zu müssen, aber sie war den Angreifern an Zahl und Feuerkraft deutlich unterlegen. Sie stieß den Feuerknopf durch und spürte den Ruck, mit dem das Gaussgeschütz feuerte.

Sie sah die Kugel nicht, aber sie sah, wo sie einschlug: Sie traf das PPK-Gehäuse im linken Arm des *Schwarzen Ritter*. Panzerbrocken flogen in alle vier Winde davon und die Kanonenkugel pflügte eine tiefe Furche entlang des Arms. Der Aufprall schlug ihn beiseite, und einen Augenblick lang hoffte Rhonda, er würde abreißen. Doch die schweren Myomerbündel, die dem Kampfkoloss seine Bewegungsfähigkeit lieferten, hielten.

*Zeit, die PPK auszuschalten,* dachte sie. Sie aktivierte die Sprungdüsen, und mit einem Donnern wie von einem Orkan erhob sich der gigantische *Highlander* in die Luft. Jetzt war die Temperatur im Cockpit kein Ärgernis mehr, sondern eine ernsthafte Behinderung. Sie fuhr sich mit der Zunge über die Lippen und schmeckte salzigen Schweiß. Ihr ganzer Körper legte sich zur Seite, wie um die harte Landung der überschweren Maschine nur wenige Meter entfernt auszugleichen.

Aus nächster Nähe sah sie das ›A‹ auf dem Rumpf der feindlichen Maschine und fluchte. *Christifori!* Bis jetzt hatte sie kaum Gelegenheit gehabt, darüber nachzudenken, wer sie angegriffen hatte, weil sie zu sehr damit beschäftigt gewesen war, am Leben zu bleiben. Der Anblick des Einheitsabzeichens ließ heiligen Zorn in ihr aufsteigen. Er hatte sie unter dem Vorwand von Verhandlungen in einen Hinterhalt gelockt! Wütend versetzte sie dem *Schwarzen Ritter* mit dem *Highlander* einen weit ausholenden Tritt. Sie war auf den Aufprall vorbereitet. Der Avenger-Mech war es nicht.

Sie fühlte die Panzerung am Fuß des *Highlander* bersten, als er sich tief ins Schienbein des *Schwarzen Ritter* senkte. Ihre Waffen konnte sie nicht einsetzen. Nicht auf so kurze Distanz. Sie knirschte mit den Zähnen und schaltete den Steuerknüppel für den nächsten Angriff um: Einen Fausthieb. Mit jedem Quäntchen an Können, Erfahrung und Ausbildung, über das sie verfügte, zog sie die riesige Metallfaust des BattleMechs zurück. Dann rammte sie sie wieder vor, auf das Kanzeldach des *Schwarzen Ritter*.

Das von ihrem vorhergegangenen Raketenbombardement schon angeschlagene Cockpit hatte nicht mehr genug Panzerung, um dem Hieb standzuhalten. Die Titanenfaust brach durch die Außenwand, durch Kontrollkonsole und Schleudersitz und bohrte sich tief in den Bordcomputer des Mechs. Auf dem Sitz hatte ein MechKrieger gesessen. Jetzt war von ihm nur noch ein roter Schmierfleck auf der Faust des *Highlander* übrig.

Der *Schwarze Ritter* kippte nach rechts, da schlug ein weiterer Treffer in den Rücken des *Highlander* ein, diesmal von einer PPK. Die überschüssige Energie tanzte in bläulich weißen Entladungen über die Schulter des Mechs. Einen Moment lang klingelten Rhonda die Ohren und sie schmeckte Galle. Sie zog die Knüppel nach hinten, um den Schlag auszugleichen. *Gyroskoptreffer.* Sie kämpfte um das Gleichgewicht der turmhohen Kampfmaschine, während die Rückkopplung ihre Hirnzellen förmlich briet.

Ein Schritt vor, in Vorbereitung der Flucht. Plötzlich wurde das Kommsystem wieder aktiv.

»Jailhouse Rocker Eins an Junk Yard«, gab sie durch, noch während die nächste Raketensalve in die Beine des *Highlander* schlug, der sich abmühte, den Hinterhalt hinter sich zu lassen. »Wir werden angegriffen. Von den Avengers. Shorty ist am Boden. Ich kämpfe gegen vier Gegner. Gefechtsalarm. Schickt Verstärkung.«

Rhonda hatte Mühe, gleichzeitig zu reden und zu steuern. Grün leuchtende Impulslaserbolzen zuckten über die Mechschultern. Zwei trafen den linken Arm und schlugen ihn nach vorne, was den Mech noch zusätzlich aus dem Gleichgewicht warf.

Sie lehnte sich in die Pilotenliege, riss den Knüppel nach rechts und rammte den Fahrthebel vor. Ihre einzige Hoffnung bestand darin, sich durch das Schussfeld des Gegners zu bewegen und ihm das Zielen zu erschweren. Sie ortete einen *Kintaro,* der versuchte, mehrere hundert Meter entfernt ihren Weg zu kreuzen. Der Mech feuerte die Langstreckenraketen, sie sah jedoch auf den ersten Blick, dass sie vorbeirasen würden. Sie richtete alle zwanzig LSR des *Highlander* aus und feuerte zurück, einen Sekundenbruchteil, nachdem sie den Signalton der Zielerfassung hörte.

Wieder schüttelte ein Treffer ihren Mech durch, und sie hörte ein Knirschen unter sich, als der Schuss ins Innenleben der Maschine durchschlug. Die Temperatur in der Kanzel schien sich augenblicklich zu verdoppeln – die Abschirmung des Fusionsreaktors war beschädigt worden. Diesmal sank die Cockpittemperatur nicht wieder – sie kam sich vor wie in einem tödlichen Dampfbad. Sie schwenkte wieder nach links, ließ den *Kintaro* im Widerschein von mindestens fünfzehn Raketentreffern zurück.

»Frau Oberst«, hörte sie jemanden sagen, dann erkannte sie die Stimme Jack Stricklands, ihres Kommoffiziers. »Wir können Sie nicht orten. Wir brauchen Ihre Position, Ende.«

Gerade hatte Rhonda zur Antwort angesetzt, als der *Highlander* zweimal getroffen wurde. Ein Schuss von einer PPK riss den bereits beschädigten Arm aus dem Schulteraktivator und schleuderte ihn wirbelnd davon. Der plötzliche Verlust verlagerte sofort den Schwerpunkt des Mechs. Sie versuchte es auszugleichen, dann aber senkte sich der zweite Treffer von hinten in den rechten Torso.

Die Raketensalve zertrümmerte das Gyroskopgehäuse und sandte einen Stromstoß durch die Neurohelmschaltkreise. Sie schrie, hörte es aber selbst nicht. Ihr Sichtfeld verengte sich zu einem Tunnel. Das Einzige, was sie noch hörte, war ein pausenloses schrilles Klingeln. Und ein Wummern. War der Mech gestürzt? Ihre Lippen waren feucht. Salzig. Kein Schweiß diesmal. Etwas Dickeres. Sie versuchte, sich zu konzentrieren und sah eine Blutpfütze ihr Sichtfeld füllen.

Während die sie umringenden Mechs weitere Schüsse in den *Highlander* pumpten, verlor Rhonda Snord das Bewusstsein.

# 9

**In der Nähe von Moseby's Crossroads, Odessa**
**Provinz Donegal, Lyranische Allianz**

*16. April 3063*

»Da draußen sind BattleMechs«, brüllte Archer, so laut er konnte. »Bewegung!«

Darius Hopkins drehte den gepanzerten Scoutwagen mit quietschenden Reifen um, noch während Archer zurückrannte. Ein Zischen ertönte, gefolgt von einer Explosion. Eine Salve Langstreckenraketen krachte in den zwanzig Meter entfernten Wagen. Archer wurde von einer unsichtbaren Riesenhand wie ein lästiges Insekt beiseite gefegt. Er verlor augenblicklich das Gehör und sein Schädel vibrierte unter der Wucht der Detonation wie eine Glocke. Er wurde wie eine Stoffpuppe durch die Luft und zurück ins Gebüsch geschleudert. Seine Lunge brannte. Er rang nach Atem.

Während er noch gegen die Verwirrung und das Schwindelgefühl ankämpfte, versuchte der *Rotunda* mit einem durch Mark und Bein gehenden metallischen Kreischen zu entkommen. Seine Nase schien zu, und als er sich schneuzte, fühlte er etwas Nasses, Warmes auf dem Gesicht. Blut. Langsam setzte er sich auf. In der Ferne sah er die gedrungene Silhouette des Scoutwagens, der verzweifelt Haken schlug. Er war von Flammen eingehüllt, und im Widerschein der Laser und Granaten, die sie in den winzigen Wagen pumpten, machte er drei BattleMechs aus.

Hopkins kämpfte, so gut er konnte, aber er hatte keine Chance. Er feuerte die doppelrohrige Raketenlafette auf einen der Mechs ab und traf gerade hart genug, um die Lackierung zu zerkratzen. Die Kampfkolosse rückten näher. Es war ein Hinterhalt, schlicht und simpel.

Archer richtete sich, immer noch benommen, auf. Die Geräusche, die in der kühlen Nachtluft herüberdrangen, schienen ihn immer noch durch eine Lage Watte zu erreichen. Ohne nachzudenken lief er in Richtung des Kampfgeschehens los. Zunächst war es mehr ein unbeholfenes Stolpern, dann wurde er schneller.

Der winzige *Rotunda* fand den Fluchtweg blockiert und schwenkte um hundertachtzig Grad. Die Reifen quietschten, als der Wagen versuchte, den Angreifern zu entkommen. Er kam jetzt auf Archer zu, der einen Augenblick glaubte, Hopkins könnte ihn entdecken, und irgendwie würde es ihnen gelingen zu fliehen. Er wedelte mit den Armen, dachte, sie würden es schaffen.

Als der tödliche Schlag erfolgte, sah Archer ihn wie in Zeitlupe. Einer der BattleMechs, ein *Quasimodo*, feuerte seine überschwere Autokanone auf den flüchtenden Scoutwagen ab. Ein paar der Granaten gingen fehl, schlugen knapp hinter und neben dem Wagen ein. Dann korrigierte der Mechpilot das Feuer. Die meisten Geschosse donnerten in das noch immer brennende Heck des Fahrzeugs, danach zog sich die Spur hoch zum Dach, verzehrte den Scoutwagen Stück um Stück. Archer beobachtete starr vor Entsetzen, wie der *Rotunda* sich bog und verzog, als zerschmelze er vor seinen Augen.

Dann explodierte er.

Zum zweiten Mal wurde Archer durch die Luft geschleudert, wenn auch nicht so hart wie zuvor. Der winzige LTV-Fusionsreaktor des Scoutwagens brach im selben Moment auf, in dem die Raketenmunition hochging. Archer blieb kraftlos auf dem Rücken liegen, von der Wucht des Aufpralls gelähmt. Die Hitzewelle des nahebei ausbrennenden Scoutwagens schlug über ihm zusammen. Er konnte die Augen nicht fokussieren, und so sehr er sich auch bewegen wollte, die Muskeln verweigerten ihm den Gehorsam.

Mit einer übermenschlichen Anstrengung wälzte er sich halb auf die rechte Seite, gerade als der *Quasimodo* im Widerschein der Flammen über ihm aufragte. Auf dem Mechrumpf war deutlich eine Silbermünze zu erkennen – das unverwechselbare Einheitsabzeichen des Wilden Haufens. Bis zu diesem Augenblick hatte Archer keine Gelegenheit gehabt, sich Gedanken darüber zu machen, wer sie angegriffen hatte. Jetzt stieg heiliger Zorn in ihm auf, als er das Logo der Söldnereinheit erkannte. Sein Blick zuckte zum Scoutwagen.

Die gesamte Frontpartie des Fahrzeugs stand in Flammen. Teilweise war sie so verbogen, dass sie nicht mehr wiederzuerkennen war. Archer sagte sich, dass er aufstehen musste, versuchen musste, Hopkins und Gramash zu retten. Er versuchte, sich auf einem Arm zu erheben, als er entsetzt sah, wie sich der riesige, gepanzerte Fuß des *Quasimodo* fast vier Meter hoch über den *Rotunda* erhob. Von purer Bösartigkeit getrieben, rammte der Mechfuß herab, durch das Dach des bereits zertrümmerten Wagens. Trotz Archers reduzierter Hörfähigkeit drang das Geräusch bis in die Tiefen seiner Seele: Das trostlose Knirschen von Metall, Bersten von Panzerung, Reißen von Plastik und Schaltkreisen. Eine Qualmwolke trieb über ihn hinweg, erfüllt von einem öligen, beinahe süßlichen Geruch.

Dieser letzte Akt der Zerstörung raubte ihm die letzten Kraftreserven. Er brach zusammen und lag bloß da, als der Söldnermech sich umdrehte und abzog. Die Maschine bewegte sich nur langsam. Der Pilot suchte die Gegend anscheinend nach weiteren Lebenszeichen ab.

Irgendwann gelang es Archer, sich wieder zu bewegen und sich halb kriechend hinter einen Baumstamm zu schleppen. Die Hitze des brennenden Wracks würde seine Wärmesignatur überdecken, und der Baum schützte ihn vor einer Entdeckung durch Augenschein oder Bewegungsdetektoren. Hinter der Deckung sank er erschöpft zu Boden. Irgendwie hatte das Schicksal ihm bestimmt zu überleben. Jetzt musste er dafür sorgen, dass seine Männer nicht umsonst gestorben waren, und der einzige Weg, das zu tun, bestand darin, den Rest der Einheit von diesem feigen Verrat zu informieren.

* * *

»Bericht«, befahl der Kommandeur über das Helmmikro.

»Lanze Beta meldet erfolgreichen Abschluss der Mission«, antwortete der *Quasimodo*-Pilot. »Das kann keiner überlebt haben.«

»Haben Sie die Leichen verifiziert?«, fragte der Kommandeur.

»Nicht möglich, Sir. Aber zur Sicherheit habe ich das Wrack des Wagens mit dem Mech zertreten. Was immer da drinnen nicht verbrannt ist, ist Mus.«

»Hervorragend. Lanze Alpha meldet ebenfalls einen Erfolg. Zurück zu Sammelpunkt Zwo-null-acht-Sian.«

»Fliegen wir ab?«, fragte der MechKrieger.

»Negativ, Captain. Wir benötigen Sie als Rückversicherung hier. Der Graf holt den Rest Ihres Regiments, wenn die Zeit dafür gekommen ist. Ich werde meinen Vorgesetzten einen Bericht zukommen lassen. Unter Umständen wird sogar die Archon-Prinzessin selbst auf Sie aufmerksam.«

»Danke, Sir.«

»Nein, ich danke Ihnen für Ihren Dienst an der Allianz. Sie haben bereits viel zur Wiederherstellung des Rufs von Wolverton's Highlanders getan. Ich bin sicher, die Obersten Blackstone und Feehan werden zufrieden sein. Aber vorerst ist das Wichtigste Geheimhaltung. Denken Sie an unsere Unterredung. Niemand außerhalb Ihrer Kompanie darf auch nur von Ihrer Anwesenheit hier erfahren, geschweige denn davon, was Sie getan haben.«

»Mein Ehrenwort, Sir.«

»Gut«, antwortete Erwin Vester. »Sie haben sich Ihren Sold heute Abend redlich verdient.«

* * *

Archer Christifori stolperte wie ein Betrunkener hinüber zu dem brennenden Wagen. Er warf einen Blick durch die Frontscheibe. Der größte Teil der Kabine war vernichtet. Ein ekliger roter Schmierfilm bedeckte die Innenseite der geborstenen Windschutzscheibe. Bei näherem Hinsehen sah er eine vage Silhouette, die möglicherweise einmal Darius Hopkins gewesen war. Er war ohne Zweifel tot. Selbst wenn Archer nahe genug herangekommen wäre, wäre es sinnlos gewesen, nach einem Puls zu suchen.

Er schaute hinter Hopkins und entdeckte die zerschlagene Gestalt von Anton Gramash, der immer noch in einer winzigen Nische der Rückbank saß, die nicht Feuer gefangen hatte. Die Hitze und der von Chemikalien durchsetzte Rauch hinderten ihn daran, den jungen Unteroffizier zu erreichen, aber nur für ein paar Sekunden.

Archer biss die Zähne zusammen und streckte die Hand aus. Er ertastete einen Puls. Schwach, aber vorhanden. Seine Erfahrung warnte ihn davor, einen Verletzten zu bewegen, doch in diesem Fall blieb ihm keine Wahl. Archer rückte Gramashs Kopf und Schultern zurecht, dann zog er. Zu seiner Überraschung glitt der Agent ohne sonderlichen Widerstand aus dem Wagen. Archer bemerkte die Verbrennungen an den Händen, die von den Flammen im *Rotunda* herrührten, kaum.

Er zog Gramashs schlaffe, blutüberströmte Gestalt von Darius Hopkins Grab fort. Gramash blutete aus

Dutzenden von Schnitten und Kratzern, aber die meisten schienen nur Fleischwunden zu sein. Er atmete, jedoch nur flach und unregelmäßig. Der Mann brauchte dringend medizinische Hilfe. Es bestand eine erhebliche Gefahr innerer Verletzungen. Aber ohne irgendeine Ausrüstung konnte er hier nichts für ihn tun.

Er wollte den Armbandkomm aktivieren, aber der war nicht an seinem Platz. Vermutlich hatte er ihn verloren, während er durch die Luft geschleudert worden war. Er ging zurück an die Stelle, an der ihn die Explosion von den Beinen gerissen hatte, und fand das Gerät im Widerschein der Flammen glänzend auf dem Asphalt.

Er schaltete es ein und atmete erleichtert auf, als es noch funktionierte.

»Gespenst Eins an alle Einheiten«, sprach er ins Mikro. »Wir sind in einen Hinterhalt geraten. Gefechtsalarm. Der Wilde Haufen hat uns angegriffen. Ich brauche sofort ein Sanitätsteam. Es befindet sich mindestens eine Lanze in der Gegend, also schickt Flankenschutz mit.« Sein Gehör war noch nicht völlig wiederhergestellt, und er konnte nicht einschätzen, wie laut er sprach. Er machte eine Pause und hörte leise die Antwort des Offiziers vom Dienst.

»Sicherheitskenncode, Sir.«

Archer wischte sich über das Gesicht, und eine Schicht aus klebrigem, halb eingetrocknetem Blut löste sich unter seiner Hand. *Schlauer Junge,* dachte er. »Christifori Alpha Bravo Sian.«

Eine Sekunde lang herrschte Schweigen, »Ja, Sir, General, Sir. Truppen sind unterwegs. Der Major ist hier, Sir.«

Archer drehte sich zu den Flammen um, und seine Schultern sackten bei dem Gedanken, wie Darius Hopkins gestorben war, herunter.

»General, sind Sie okay?«

Archer erkannte Katyas Stimme sofort. Er musste sich von dem brennenden Wrack losreißen, bevor er antworten konnte. »Nur ein wenig außer Atem. Gramash ist schwer verwundet.«

»Was ist mit Darius?«

Wieder schaute Archer hinüber zum *Rotunda*, der inzwischen die einzige Lichtquelle in der Umgebung war. Er fand die Worte nicht. »Lass besser die Truppen aufsitzen, Katya«, war alles, was er herausbrachte. Seine Gefühle waren zu aufgewühlt, um Darius Hopkins' Tod auszusprechen. »Rhonda Snord und ihre Leute haben uns hintergangen. Sie wären dumm, wenn sie nicht versuchen würden, es auszunutzen.«

Die lange Pause und die Weigerung, auf ihre Frage zu antworten, mussten Katya alles gesagt haben, was sie wissen wollte. »Ich verstehe«, sagte sie. »Hilfe ist unterwegs.«

Archer starrte auf die Flammen und die blutverschmierte Windschutzscheibe des *Rotunda* … die einzigen Überreste seines ältesten Freundes. Erst hatte der Bürgerkrieg ihm die Schwester genommen und jetzt den Mann, der wie ein Vater für ihn gewesen war. Er schlurfte zurück zu Gramash und sank wie ein Sack neben dem Bewusstlosen zusammen. Er landete hart auf den Knien, doch die Schmerzen berührten ihn nicht.

Dafür würde jemand bezahlen, schwor Archer. Er sprach es nicht laut aus. Das war nicht nötig.

# 10

**Basis Junk Yard, Ruinen von Bealton, Odessa**
**Provinz Donegal, Lyranische Allianz**

*17. April 3063*

Dreihundert Jahre zuvor war Bealton die pulsierende Hauptstadt Odessas gewesen. Dann war der 1. Nachfolgekrieg über das System hereingebrochen und das Draconis-Kombinat hatte zwei Atombomben über der Stadt abgeworfen und sie in eine Einöde aus radioaktiv verseuchten Trümmern verwandelt. Um sicherzugehen, dass die Stadt nicht wiederaufgebaut wurde, hatten sie danach noch ein paar Bomben mit chemotoxischen Kampfstoffen folgen lassen.

New Bealton war nur wenige Stunden entfernt gegründet worden, und bis der Wilde Haufen seinen Stützpunkt hier aufgeschlagen hatte, waren die Ruinen kaum betreten worden. Rhonda hatte der Suche nach dem alten Tresor, der angeblich ein Vermögen an Schmuck enthielt, Vorrang eingeräumt, da er der Einheit potenziell mehr Gewinn versprach als der Garnisonsauftrag.

Das war vor dem Verrat und Hinterhalt gewesen.

Jetzt herrschte hier wimmelnde Betriebsamkeit. Die Plaststahl-Zeltkuppeln des Wilden Haufens brummten vor Aktivität. Techs bestückten mit Kranwagen die BattleMechs der Einheit und führten letzte Wartungsarbeiten aus. Die Ausgrabung war vergessen.

Die Basis aus sieben untereinander verbundenen Kuppeln nannte sich zwar Junk Yard, Schrottplatz, aber der Name täuschte. Sie war mit hochmodernen Ortungsanlagen, Radarkontrollen, Kommstationen und so weiter ausgerüstet. Eine Kuppel fungierte als taktische Planungszentrale. Eine andere war das Feldlazarett der Einheit, in dem die drei MedTechs des

Wilden Haufens zur Zeit alles daran setzten, das Leben ihrer Kommandeurin zu retten.

Tascha zuckte zusammen, als sie ihre Mutter im Behandlungsschlauch liegen sah. Das Bergungsteam hatte Rhonda Snord zwei Stunden nach ihrem letzten Funkspruch gefunden und sie aus dem Mechcockpit schneiden müssen. Sie lag mit schweren inneren Verletzungen und eingefallener Lunge im Koma. Aber sie war immer noch besser davongekommen als Sam Sneede. Er war in seiner Kanzel verbrannt. Obwohl Rhonda Snord schon auf Hunderten von Schlachtfeldern gekämpft hatte, war sie noch nie so schwer verwundet worden.

Nach allem, was die MedTechs berichteten, war ihr Zustand kritisch, und im Augenblick hielten nur die Maschinen sie noch am Leben. In den Behandlungsschlauch eingebaute Sensoren und Infusionsleitungen überwachten ihren Zustand konstant und justierten die Geräte entsprechend. Sie konnte noch Tage – wenn nicht Wochen – so vegetieren. Unter Umständen würde sie gar nicht mehr aufwachen. Der Schaden durch die Neurohelmrückkopplung war gewaltig. Zwei der in den Helm führenden Leitungen waren unter dem Stromstoß geschmolzen und hatten die Kopfhaut verbrannt. Natascha konnte die Augen nicht von ihrer Mutter losreißen. Es wollte ihr nicht in den Kopf, dass eine der besten Söldnerinnen der Inneren Sphäre halb tot vor ihr lag.

Sie bemerkte nicht einmal, dass jemand sich näherte, bis sie die Hand auf der Schulter fühlte. Sie zuckte erschrocken zusammen und drehte sich um. Es war Graf Fisk, und ihre Wangen wurden heiß vor Wut.

»Ich bin gekommen, so schnell ich konnte, Frau Kommandanthauptmann«, erklärte er mit einem leisen, respektvollen Tonfall, dessen Heuchelei sie wütend machte. »Ich habe gehört, ihr Zustand ist kritisch?«

»Ja«, bestätigte Tascha und strich zärtlich über die Außenhaut des Lebenserhaltungsschlauchs, der ihre Mutter am Leben erhielt.

»Ich kann kaum glauben, dass Archer Christifori zu einer derartigen Tat fähig sein soll. Haben Ihre Leute die Identität der Angreifer bestätigen können?«

Sie schloss kurz die Augen. »Ja. Wir haben die Cockpit-Gefechts-ROMs ausgebaut. Beide zeigten, dass die Mechs der Angreifer zum 1. Thorin-Regiment gehörten.«

Gefechts-ROMs waren sorgfältig abgeschirmte Datenchips im Bordcomputersystem eines Mechs, die alle Sensor- und Bewegungsdaten aufzeichneten. Tascha hatte befohlen, sie auf der Stelle zu überprüfen, sobald die Bergungsteams die Maschinen Rhondas und ›Shortys‹ erreichten. Sie wollte nicht glauben, dass Archer Christifori versucht hatte, ihre Mutter zu ermorden, aber die Daten logen nicht. Sie konnte es kaum fassen, doch es war kein Zweifel möglich: Das Verhandlungsangebot war eine heimtückische Finte gewesen.

Bis jetzt hatte sie nur vom Grafen und Hauptmann Norris eine erfreute Reaktion über diese plötzliche Wendung erwartet. Sie wusste, dass Fisk seine Befriedigung nur hinter gespielter Sympathie versteckte, aber trotzdem waren seine Worte irgendwie ein Trost. Norris hatte direkter, ›clanmäßiger‹ reagiert. ›Shorty‹ Sneedes Tod machte ihn zum Kommandeur des 2. Bataillons und damit etwa des halben Wilden Haufens.

Der lange, graue Umhang des Grafen wehte hinter ihm her, während er in der Kuppel umherstolzierte, als gehöre sie ihm. »Christifori ist seit langem ein Stachel im Fleisch des Archons. Aber diesmal ist er zu weit gegangen. Finden Sie nicht, Frau Kommandanthauptmann?«

Sie sagte einen Moment lang gar nichts. »Das kann

nicht ungestraft bleiben«, stellte sie schließlich fest. »Ich werde meine Bataillone kampfbereit machen. Ich habe bereits einen Angriffsplan vorbereitet, der diesen so genannten Avengers das Genick brechen dürfte. Wenn wir mit ihnen fertig sind, werden sie es sich zweimal überlegen, ob sie sich jemals wieder mit Snords Wildem Haufen anlegen.« Tascha bemerkte, dass Fisk seine Begeisterung über ihre Worte kaum verbergen konnte.

»Das Problem ist, dass der Oberst mir den Befehl nur für ein paar Stunden übertragen wollte«, sprach sie weiter. »Sie hatte nie vor, mir die ganze Einheit für eine Großoperation anzuvertrauen.«

Der Graf schüttelte den Kopf. »Machen Sie sich deswegen keine Sorgen. Die Frau Oberst hat Ihnen den Befehl übergeben. Mehr braucht Sie jetzt nicht zu kümmern. *Ich* finde, Sie sind mehr als qualifiziert für die Aufgabe.« Er legte eine Hand auf den Lebenserhaltungsschlauch, in dem die bewusstlose Rhonda Snord lag. »Ich habe ein paar Ärzte hierher beordert, um nach ihr zu sehen. Sie wird die bestmögliche Behandlung erhalten. Darauf haben Sie mein Wort.«

Taschas Miene wurde hart. »Und Sie haben mein Wort, Graf Fisk. Wenn ich mit Archer's Avengers fertig bin, werden sie in alle Winde zerstreut sein.«

* * *

Lieutenant General Archer Kendrick Christifori stand kerzengerade, die Arme an den Seiten, die Fäuste geballt, die Miene wie aus Stein gemeißelt. Seine Uniform war noch fleckig von Blut, und er hatte den MedTechs nur erlaubt, ihm die größeren Schnittwunden auf der Brust zu nähen und die Brandwunden an den Händen zu verbinden. Sein Uniformhemd hing ihm in Fetzen vom Leib, wo sie es hatten aufschneiden müssen. Archer kümmerte sich nicht darum. Er hatte in seinem Leben schon schlimmer ausgesehen, doch er hatte sich kaum jemals schlimmer gefühlt.

Rhonda Snords Verrat machte sie in seinen Augen zu dem erbärmlichsten Feind, gegen den er je gekämpft hatte. Er hatte in seiner Laufbahn auf Dutzenden Welten gefochten, einschließlich einer Expedition nach Diana, um Clan Nebelparder auszulöschen. Seine Gegner hatten immer wild, aber ehrenhaft gekämpft. Das war etwas, das er verstand. Aber dieser ... Meuchelmord traf ihn ins Mark.

Der Tod seiner Schwester hatte ihn aus dem Ruhestand geholt und für den Kampf gegen Katherine Steiner-Davion wieder Uniform anlegen lassen. Diese Wunde war noch nicht verheilt, aber irgendwie verhielt sich das hier anders. Der Angriff, der Darius Hopkins getötet hatte, hatte auch Archers Leben gegolten. Hätte er den Wagen nicht anhalten lassen, um auszutreten, läge er jetzt vermutlich ebenso bewusstlos und unter Medikamenten in einem Lazarettbett wie Gramash. Wenn er nicht sogar tot wäre, so wie Darius.

Katya betrat die Kommandozentrale und blieb stehen, hielt Abstand. Sie konnte ihn lesen wie ein Buch. Offensichtlich verstand sie, dass er im Augenblick Raum brauchte.

»Wie ist die Lage bei unseren Streifen?«, fragte er.

»Wir haben einzelne Berichte über Schusswechsel mit dem Wilden Haufen«, meldete sie. »Posten und Patrouillen auf beiden Seiten haben vereinzelte Feuerstöße abgegeben. Die auf unserer Seite Beteiligten wurden zurechtgewiesen. Seltsamerweise hat der Wilde Haufen keinen Großangriff gestartet. Ich hätte erwartet, dass sie massiv zuschlagen und darauf zählen, dass du außer Gefecht bist.«

»Das Wort ist ›tot‹, Katya«, erwiderte er mit düsterer Stimme. »Sergeant Gramash ist außer Gefecht. Rhonda

Snord wollte mich aus dem Weg räumen. Sie konnte nicht wissen, dass ich nicht im Wagen sein würde.« Der Gedanke war kaum zu ertragen.

»Ruf eine Karte des gesamten Gebiets zwischen unserer jetzigen Position und den Ruinen auf, in denen der Wilde Haufen steht«, befahl er.

Katya schaltete den tragbaren Holoprojektor ein und eine dreidimensionale Geländekarte flackerte auf. In der entfernten Ecke des Bildes lagen die Ruinen des alten Bealton. Sie wurden auf zwei Seiten von einem breiten Fluss umspült, der vermutlich zu tief war, um ihn mit einem BattleMech zu durchqueren. Katyas Finger huschten über die Kontrollen und kleine blaue Lichter leuchteten auf, die seine Truppenpositionen markierten. Die Lichter zogen sich in einem Kreis um Höhen 103 und 107. Davon abgesehen sah er nur noch eine Patrouille zwischen ihrer Basis und der Stadt.

Er studierte eine Weile die Karte. »Wir haben nur ein unvollständiges Bild der Finanz- und Nachschubsituation des Wilden Haufens«, stellte er fest, und Katya nickte. »Hat Gramash seine Kontakte hier auf Odessa aktiviert? Vielleicht könnten sie uns mehr Informationen über die Lage bei den Söldnern liefern. Unter Umständen sogar eine Schwachstelle identifizieren.«

Katya schaute ihn frustriert an. »Falls er es getan hat, hat er mir jedenfalls nicht gesagt, wie ich sie erreichen kann, oder auch nur, wie sie heißen.«

»Verdammt!« Archer schlug so hart auf den Tisch, dass die Hologrammkarte flackerte und einen Moment lang sogar verschwand. »Und jetzt liegt er in einem medizinischen Koma und all die Kontaktcodes sind in seinem Hirn unter Verschluss!«

»Ja, Sir«, bestätigte Katya nüchtern.

Archer ermahnte sich, ruhig zu werden. Jetzt war nicht der Zeitpunkt für übereilte Beschlüsse, nicht, solange er so aufgebracht war und nicht klar denken konnte. So viel hatte er inzwischen begriffen: Wenn er wütend war, beging er Fehler. »Sie erwarten vermutlich, dass wir überreagieren und uns auf sie stürzen. Wir sind zahlenmäßig überlegen. Snord könnte es darauf anlegen, dass wir unter Bedingungen ihrer Wahl kämpfen.«

»Befehle, Sir?«

»Wir werden diese Sache genau überdenken müssen. Ich bin schon einmal in einen Hinterhalt gelockt worden. Ich habe nicht die Absicht, das noch einmal zu erleben.«

»Vielleicht sollten wir uns mit Oberst Snord in Verbindung setzen«, schlug Katya vor. »Möglicherweise können wir mit ihnen reden und herausfinden, warum sie das getan haben.«

»Oh, du kannst dich mit ihr in Verbindung setzen. Schick eine Nachricht an ihre Basis. Wir werden einen vollständigen Bericht über die Geschehnisse hier an die Söldnerprüfungs- und Vertragskommission schicken. Das kannst du ihr mitteilen. Sie soll wissen, dass ihr kleiner Verrat dafür sorgen wird, dass Ihre Einheit in der ganzen Inneren Sphäre geächtet wird. Aber davon abgesehen wirst du ihr nichts sagen. Sie glaubt möglicherweise, ich wäre tot, und das soll mir recht sein. Vielleicht können wir es im geeigneten Moment verwenden, um sie aus dem Konzept zu bringen.«

* * *

Katya Chaffee stand vor dem Holoprojektor, flankiert von Alice Getts und John Kraff. Vor ihnen flackerte das verkleinerte Bild Kommandanthauptmann Natascha Snords.

»Kommandanthauptmann, bitte stellen Sie mich zu Ihrem kommandierenden Offizier durch, wie ich es für diese Nachricht erbeten habe«, forderte Katya.

»Als wüssten Sie nichts von ihrem momentanen Zustand, Major Chaffee«, giftete die junge Snord zurück. Katya war beeindruckt, dass Natascha sie auf den ersten Blick erkannt hatte, ein Zeichen guter Informationen. Natürlich brachte man es nicht zum Status einer Eliteeinheit, wenn man nachlässig war. Aber das machte es nur noch rätselhafter, warum der Wilde Haufen ihnen ohne erkennbaren Grund einen Hinterhalt gelegt hatte. Ein paar Puzzlestücke passten einfach nicht ins Bild. Noch nicht.

»Na schön, dann werde ich Ihnen den Grund für diese Sendung mitteilen. Lieutenant General Christifori wollte Sie wissen lassen, dass wir eine Nachricht über Ihre Taten an die SPVK geschickt haben.«

Snords Blick sprühte Funken. »Nach dem, was Sie getan haben, überrascht es mich nicht, dass Sie auch derartige Lügen verbreiten«, erklärte sie. »Von mir aus. Lügen Sie, so viel Sie wollen. Die Wahrheit wird schnell genug deutlich werden. Ich habe ebenfalls eine Nachricht abgeschickt, an Prinz Victor. Er soll von den verräterischen Aktivitäten Ihres Kommandeurs erfahren. Wenn Sie mir ans Bein pinkeln wollen, Major, werden Sie feststellen, dass ich Ihnen nichts schuldig bleibe. Wenigstens haben wir Wahrheit und Ehre auf unserer Seite.«

»Wovon reden Sie eigentlich?«, bellte Kraff.

»Sie wissen sehr gut, wovon ich rede«, schleuderte Snord zurück. »Ich an Ihrer Stelle, Major Chaffee, würde mich fragen, ob ich für die Folgen eines derartigen Handelns wirklich bereit bin. Glauben Sie mir, der Wilde Haufen nimmt Attentate auf seine Kommandeurin persönlich ... *sehr* persönlich.«

»Wovon *reden* Sie, Kommandanthauptmann?«, fragte jetzt auch Katya.

»Beleidigen Sie nicht meine Intelligenz«, antwortete Snord. »Sie werden für das, was Sie getan haben, teuer bezahlen.« Snords Bild streckte die Hand nach einem Schalter aus, dann löste sich das Hologramm auf.

Getts schaute Katya an. »Hast du ein Wort davon verstanden?«

Katya schüttelte langsam den Kopf. »Nein, aber ich habe vor, herauszufinden, was hier vor sich geht.«

# 11

**Höhe 103, Befehlsstelle des**
**1. Thorin-Regiments, Odessa**
**Provinz Donegal, Lyranische Allianz**

*18. April 3063*

Regen trommelte auf die Kuppel des Befehlszelts, Archer aber nahm ihn kaum war. Der Himmel war schon den ganzen Tag über grau und trübe. Außerdem kümmerte ihn das nasskalte Wetter einen Dreck, ebenso wenig wie seine laufende Nase. Auf Katyas Drängen hatte er sich immerhin umgezogen und die zerfetzte und blutbefleckte Uniform gegen eine frische Montur getauscht.

Das Einzige, was ihn momentan interessierte, war, es dem Wilden Haufen heimzuzahlen. Sie sollten für das, was sie getan hatten, teuer bezahlen.

Er hatte seine Kommandeure zusammengerufen, um den Plan zu besprechen. Sie waren sich einig, dass der Wilde Haufen, aus welchem Grund auch immer, sich entschieden hatte, an Katherines Seite in den Bürgerkrieg einzugreifen – trotz der berühmten Neutralitätsklausel in ihrem Kontrakt. Vielleicht glaubten sie, der Tod von Archer Christifori und Darius Hopkins würde die Avengers so demoralisieren, dass sie blindwütig losschlugen und sich in weitere Hinterhalte locken ließen. Snord mochte geglaubt haben, nach Archers Tod würde das 1. Thorin-Regiment zusammenbrechen und kapitulieren.

Von wegen.

Zweierlei war ihnen schief gegangen. Erstens: Er hatte den Hinterhalt überlebt. Zweitens: Das Regiment war nicht gedankenlos drauflos gestürmt, um Rache zu nehmen. Archer hatte seine Trauer und die Rachegefühle in den Griff bekommen und sie zurückgehalten, statt anzugreifen. Er würde sich den Wilden Haufen schon holen, aber in einer sorgfältig geplanten Aktion, die darauf angelegt war, den größtmöglichen Schaden anzurichten, nicht in einem berserkerhaften Sturmangriff.

Es war ihm nicht leicht gefallen, diese Entscheidung zu treffen. Prinz Victors Befehl hatte gelautet, zu verhindern, dass der Wilde Haufen in diesem Krieg für die Archon-Prinzessin kämpfte. Auf gewisse Weise konnte er das immer noch, aber nicht so, wie es eigentlich geplant gewesen war. Nachdem der Wilde Haufen sich entschieden hatte, würde er seinen Einsatz verhindern, indem er ihn restlos vernichtete.

Archer studierte die holographische Gefechtskarte und ließ sich den Plan für den dreiteiligen Angriff noch einmal durch den Kopf gehen. ›Hawkeye‹ Hogan würde den Hauptangriff leiten und ein Bataillon Mechs gegen die Söldnerbasis in den Ruinen von Alt-Bealton führen. Während Hogan vorsichtig anmarschierte, würde Alice Getts sich mit den Panzern und der Infanterie des 1. Bataillons auf den Höhen 103 und 107 eingraben. Sie waren vor allem für Verteidigungsaktionen geeignet, falls Snord ihrerseits angriff. Der Schlüssel jedoch war Hogans Einheit. Indem er ein so großes Kontingent in den Kampf warf, würde Archer den Wilden Haufen zwingen, ihnen nahezu alles entgegenzuwerfen, was er besaß.

Er wandte sich an den jungen John Kraff, dessen Einheit ebenfalls eine Schlüsselrolle zukam. Archer würde Kraffs Rangerkompanie in Reserve halten, um einzugreifen, falls der Wilde Haufen zu einer Flankenbewegung oder ähnlichen Taktiken ansetzte, wie sie für die Söldner typisch waren.

»Sie schicke ich nach Südwesten, an unsere linke Flanke«, erklärte er dem jungen Offizier. »Sie werden ebenfalls vorrücken, aber praktisch unabhängig von uns.« Er deutete auf die Karte, und eine Serie von Lichtern markierte die geplante Position der Murphrid-Ranger, weit nach links verschoben, in der Nähe des Gavin Highway.

»Verstehen Sie das nicht falsch, Sir«, bemerkte Kraff. »Aber wenn Snord mit mehr Truppen auftaucht als wir sie haben, sind wir da verflucht weitab von irgendeiner Unterstützung.«

Er hatte natürlich Recht. Unter Umständen würden die Ranger ausgelöscht werden, bevor Archer auch nur eine Lanze zu ihrer Hilfe in Marsch setzen konnte. Er wünschte, Thomas Sherwoods Kompanie wäre hier gewesen. Die Sherwood Forester waren für diese Art von Operation weit besser geeignet, doch sie waren noch nicht von Alcor eingetroffen.

»Ich zähle darauf, dass unser Hauptangriff die größte Streitmacht des Wilden Haufens bindet«, erklärte er. »Falls Sie trotzdem auf eine große Feindansammlung treffen, tun Sie Ihr Bestes, sie zu binden, bis ich Truppen zu Ihrer Unterstützung schicken kann.«

»Und falls ich auf keine große Feindansammlung treffe, Sir?«

Archer betätigte die Schalter des Projektors, und die Symbole der Ranger bewegten sich den Highway hinauf zur ehemaligen Hauptstadt Odessas. »Sie rücken parallel zu unserem Hauptangriff vor. Falls wir den Wilden Haufen in die Flucht schlagen, schneiden Sie ihm den Weg nach New Bealton ab. Falls sie sich kontrolliert zurückziehen, werden Sie Bealton etwa zur selben Zeit erreichen, zu der Snord versucht, die Ruinen als Verteidigungsposition zu benutzen.«

Kraff beugte sich über die Karte. »Was wissen wir über diese Straße, Sir?«

»Von den Erkundungsflügen wissen wir, dass sie vierspurig asphaltiert ist. Sie sollten schnell vorankommen. Aber sie biegt in der Nähe Alt-Bealtons ab, und von dort aus zu den Ruinen erwartet Sie ein Straßenstück, das seit Jahrhunderten nicht mehr repariert wurde.«

»Warum entlang der linken Flanke, Sir? Deckt jemand anderes die rechte?«

Archer deutete auf die Karte. »Das Gelände auf dieser Seite besteht aus Sumpf und Moorland, von dem die Einheimischen behaupten, es sei zu dieser Jahreszeit unpassierbar. Also bleiben dem Wilden Haufen durch den Fluss in seinem Rücken nur zwei Routen, um uns zu begegnen. Entweder über Ihre Strecke oder im direkten Angriff. So oder so sind wir auf sie vorbereitet.«

»Die Ranger werden Sie nicht enttäuschen, General«, versprach Kraff und salutierte.

Archer erwiderte den militärischen Gruß. »Ich weiß, Sie werden Ihr Bestes geben, Captain. Deshalb vertraue ich Ihnen diese wichtige Mission an. Und jetzt gehen Sie und bereiten Sie Ihre Leute vor.«

Kraff salutierte erneut, dann machte er kehrt und ging.

Archer betrachtete noch eine Weile die Karte und die winzigen Lichtpunkte, die das Leben seiner Truppen repräsentierten. Seine Schultern sackten und er stieß einen langen Seufzer aus. Wieder schickte er gute Männer und Frauen in die Schlacht – manche davon würden nicht zurückkehren. Er war lange genug Soldat, um zu wissen, dass das im Krieg nun mal so war. Aber war es das wert? Rechtfertigte die Sache den Preis, den einige würden bezahlen müssen?

Archer rieb sich die Augen, Müdigkeit schlug über ihm zusammen. Es war schon eine ganze Weile her, dass er geschlafen hatte, und es würde noch weit länger dauern, bis er sich diesen Luxus gestattete. Hier und jetzt musste er Kommandeur sein, kein Mensch, der einen guten Freund verloren hatte. Er musste sich den Truppen zeigen, damit sie Kraft und Mut aus seinem Anblick schöpfen konnten. Zum Schlafen würde er später noch Gelegenheit genug bekommen.

Er öffnete die Augen wieder und sah Katya Chaffee im Eingang stehen. Sie hielt eine Tasse Kaffee in der Hand. »Ich dachte mir, den kannst du gebrauchen.«

»Danke, Katya.« Er nahm einen tiefen Schluck.

»Wie geht es dir?«, fragte sie mit besorgtem Blick.

»Wird schon«, erwiderte er.

»Wir haben Darius' Leiche geborgen, nachdem wir dich und Gramash abtransportiert hatten«, bemerkte sie. »Ich habe in den Unterlagen nachgesehen und keinen Hinweis auf eine Familie gefunden.«

»Nein, er hatte keine. Seine Schwester war alles, was er an Verwandtschaft noch besaß, und die ist vor ein paar Jahren gestorben.«

»Sollen wir eine Gedenkfeier für ihn abhalten?«

Archer dachte kurz nach. »Irgendetwas sollten wir schon tun. Er mochte Dudelsackmusik. Vielleicht finden wir einen Piper, wenn all das vorbei ist.«

Katya atmete tief ein, als wollte sie etwas sagen, war sich aber nicht sicher, ob dies eine gute Idee war. »Ich erwähne es nicht gerne«, platzte sie schließlich heraus, »aber da wäre die Sache mit Darius' Einheit. Er hat zwei Infanteriezüge befehligt. Wir müssen einen neuen Kommandeur für sie ernennen.«

»Wie geht es ihnen?«

»Es hat sie ziemlich schwer mitgenommen. Falls das überhaupt möglich ist, stand er ihnen genauso nahe wie dir. Er hat sie ausgebildet, seit sie nur Miliz waren, und seither angeführt.«

Archer wandte sich ab, um seine Gefühle zu verbergen. »Hast du einen Kandidaten?«

»Alice Getts hält Adrienne Glyndon für die logische Nachfolgerin. Sie hat in den Clan-Kriegen etwas Erfahrung gesammelt und ist zäh wie eine Artilleriegranate.«

»Sie ist ein Sergeant?«

Katya nickte.

»Dann ist sie ab sofort zum Sergeant Major befördert. Kümmere dich um den Papierkram, ja, Katya?«

»Jawohl, Sir.«

»Irgendwelche Neuigkeiten von Gramash?«

Sie runzelte die Stirn. »Die MedTechs sagen, sie können ihn nicht aufwecken, bis sie sicher sind, dass die Rückenmarkverletzungen verheilen.«

Archer leerte die Kaffeetasse und stellte sie auf den Rand des Kartentisches. »Ich hasse es, blind in eine derartige Operation zu marschieren«, stellte er fest. »Und ich hasse es, gute MechKrieger in den Tod schicken zu müssen.« Seine Stimme wurde lauter, möglicherweise auf Grund des Koffeins. »Vor allem aber hasse ich es, hinters Licht geführt zu werden.«

»Archer«, sagte Katya in beruhigendem Tonfall und trat an seine Seite des Tisches. »Irgendetwas an dieser Sache ist nicht koscher. Als ich mich mit Natascha Snord in Verbindung gesetzt habe, um sie wissen zu lassen, dass wir die Söldnerprüfungs- und Vertragskommission über ihre Aktionen informieren, hat sie angedeutet, *wir* wären im Unrecht. Sie hat sich angehört, als hätten *wir* sie angegriffen. Und warum sollte Natascha Snord statt der Obersten den Anruf entgegennehmen? Das ist verdammt merkwürdig.«

Archer zuckte die Achseln. »Typische Söldnerreaktion, oder? Zu versuchen, uns als die Verbrecher hinzustellen.«

»Ich weiß nicht so viel über den Wilden Haufen wie Gramash, aber ich weiß, dass nichts von alldem zu seinem Stil passt. Rhonda Snord ist als unberechenbar bekannt, aber es hat sie noch nie jemand beschuldigt, ehrlos zu sein. Dich wie eine feige Meuchelmörderin in einen Hinterhalt zu locken passt ganz und gar nicht zu ihrer Vorgehensweise.«

Allmählich wurde Archer sauer. »Katya, ich war da. Ich habe die BattleMechs gesehen. Und du hast das Gefechts-ROM gesehen, das wir aus dem *Rotunda* geholt haben. Das waren Wilder-Haufen-Mechs, die uns überfallen haben.«

Sie legte ihm die Hand auf die Schulter. »Ich weiß, was wir gesehen haben. Was du gesehen hast. Aber ich bin Nachrichtenoffizier. Und ich sage dir als Offizier und als Freundin: Was wir gesehen haben *könnte* nicht das gewesen sein, wofür wir es jetzt halten. Momentan habe ich nicht mehr als eine Ahnung. Aber die ist auch real.«

Archer starrte sie an. Katya hatte ihm über die furchtbare Zeit nach Andreas Tod hinweggeholfen. Und sie hatte zu der Handvoll Leute gehört, die geholfen hatten, die Avengers aufzubauen. Sie und er waren mehr als Freunde, doch er hatte nie versucht, mehr daraus zu machen, aus Angst, es wäre unpassend für einen Kommandeur einer Untergebenen gegenüber. Er wollte sie an sich drücken, sie halten, aber dies war offensichtlich weder der passende Ort noch der passende Zeitpunkt.

Wäre irgendjemand sonst gekommen und hätte ihm von einer ›Ahnung‹ über etwas derart Wichtiges wie den Hinterhalt erzählt, hätte er ihn ignoriert. Aber nicht Katya.

»Und was willst du damit sagen – wir sollen den Angriff abblasen?«, fragte er. »Ich würde dir mein Leben anvertrauen, Katya, aber ich brauche Beweise.«

Sie nickte, offenkundig frustriert. »Ich weiß. Ich habe nichts Handfestes. Jedenfalls noch nicht.«

»Verdammt.« Archer rieb sich die Stirn, als könnte er die Müdigkeit wegwischen. »Katya, du bist für mich mehr als nur ein Offizier meiner Einheit. Das weißt du, auch wenn ich es noch nie ausgesprochen habe. Aber ohne handfeste Beweise kann ich nicht …«

»Ich verstehe.« Sie schaute zu Boden.

Archer legte die Hand unter ihr Kinn und hob ihren Kopf. »Nein, das tust du nicht. Ich werde jetzt eine Menge von dir verlangen. Ohne Gramash sind wir blind. Du wirst ein eigenes Agentennetz hier auf Odessa aufbauen müssen. Besorg mir die Beweise, und du hast mein Wort, ich mache dem Kampf ein Ende.« Dann ließ er sie los.

Sie salutierte. »Ich werde dich nicht enttäuschen.«

»Das habe ich auch nie befürchtet«, erwiderte er und salutierte ebenfalls. Plötzlich lächelte er. Es war ein müdes Lächeln, aber das Erste seit dem Hinterhalt auf der Moseby Road.

»Jetzt allerdings sollten wir uns besser beeilen, Major. Wir haben beide eine Menge Arbeit vor uns.«

# 12

**Südlich von Bealton, Odessa**
**Provinz Donegal, Lyranische Allianz**

*18. April 3063*

»Ortung zeichnet mindestens zwei Kompanien, möglicherweise drei, die sich unserer Position nähern, Kommandanthauptmann«, meldete Norris aus dem Cockpit seines *Masakari*. Nein, verbesserte er sich, kein *Masakari*. Sein Mech war ein *Kriegsfalke*. Der Gedanke, endlich im Kampf auf die Avengers zu treffen, brachte ein Lächeln auf seine Züge.

»Verstanden«, bestätigte Tascha Snord. »Unser Plan scheint zu funktionieren. Wir haben sie zu einem Kampf hervorgelockt. Hauptmann H'Chu, an der momentanen Position die Stellung halten. Norris, auf mein Zeichen warten, bevor du angreifst.«

»Ich habe es gehört, Kommandanthauptmann«, bestätigte Deb H'Chu mit kehliger Stimme über die Befehlsfrequenz.

Norris lehnte sich auf der Pilotenliege zurück und zog die Gurte über der Kühlweste stramm. Sein Blick glitt über die Kontrollen. Die Daten der Langstreckenortung waren sehr zufriedenstellend. Archer's Avengers rückten an.

Aber es schien alles so unclanmäßig. Er schüttelte den Kopf. Es fiel ihm schon schwer genug, die anderen Mitglieder der eigenen Einheit zu verstehen, ganz abgesehen von Sphärer-Müllkriegern wie diesem 1. Thorin-Regiment. Als Jadefalke hatte er im Dunkelnebel gegen Snords Wilden Haufen gekämpft, war in Gefangenschaft geraten und als Isorla genommen worden. Treu ihrer Clan-Herkunft hatte Rhonda Snord ihm schließlich gestattet, sich den Weg zurück in die Ränge der Kriegerkaste zu verdienen. Jetzt hatte ›Shorty‹

Sneedes Tod ihm verschafft, was er sich lange gewünscht hatte: den Befehl über ein komplettes Bataillon des Wilden Haufens. Aber das alles fiel ihm ohne Positionstest in den Schoß. Er würde sich nie an die seltsamen Gebräuche dieser Sphären gewöhnen.

Selbst im versiegelten Cockpit des *Kriegsfalke* konnte er ein Wummern in der Ferne hören. Ein unbedarfter Zivilist hätte es für die ersten Vorboten eines Frühlingsgewitters halten können, Norris aber wusste: Das war kein Naturphänomen, sondern das Donnern des Krieges. Hauptmann H'Chu hatte den Feind gestellt. Er schaute auf die Anzeige der Langstreckenortung, und fast hätte er vor Freude laut aufgelacht. Er lebte für den Kampf, war in einem jahrhundertelangen Eugenikprogramm dafür gezüchtet und seit dem Augenblick trainiert worden, in dem er aus dem Brutkasten gekommen war.

»Ich warte auf Ihren Befehl, Kommandanthauptmann Snord«, drängte er.

»Noch nicht«, kam die Antwort.

Fast eine halbe Minute verstrich. Norris starrte auf die Langstreckenortung, die ein volles Mechbataillon der Avengers zeigte, weit mehr Maschinen als die Kompanie des Wilden Haufens in ihrem Weg. Trotzdem hielt Kommandanthauptmann Snord sie zurück. Sie war ganz akzeptabel als Kommandeurin, dachte er – für eine Freigeburt.

Plötzlich knackte es im Helmlautsprecher. »Aufräumer Eins, Sie haben Freigabe«, hörte er Tascha Snord sagen. »Viel Glück.«

»Glück hat nichts mit dem zu tun, was ich mit ihnen machen werde«, knurrte er. Er wechselte die Frequenz. »Aufräumer, um meine Position formieren. Ihr kennt den Plan. Zeigen wir diesem Abschaum, was es heißt, seine Ehre zu verraten.«

Dann beschleunigte er den *Kriegsfalke* auf Höchstgeschwindigkeit und stürmte geradewegs ins Herz der Schlacht.

* * *

Captain Harry ›Hawkeye‹ Hogan bremste den *Kampffalke* auf Schrittgeschwindigkeit und drehte ihn senkrecht zu der anrückenden Mechwoge des Wilden Haufens. Der Mech war ein Leichtgewicht, doch unter seinen Händen kämpfte der kleine Kampfkoloss auf eine Weise, die sich seine Konstrukteure nicht hätten träumen lassen. Er schwenkte den Torso der Maschine und aktivierte die Raketenabwehr, als eine Salve aus sechs Kurzstreckenraketen Kurs auf ihn nahm. Ein endloser Strom von MG-Patronen schlug aus dem Kopf des Mechs und zerfraß alle Raketen bis auf eine. Dieses letzte Geschoss traf das rechte Mechbein, richtete aber hauptsächlich an der stumpfgrünen Lackierung Schaden an.

»Gespenst Zehn an Sturmkontingent Alpha«, sprach er ins Helmmikro. »BefehlsKompanie, an die rechte Flanke. Meine Kompanie hält die Mitte. Kompanie Cäsar übernimmt die äußere linke Seite.« Während er noch die Befehle erteilte, trat ein schlanker grauer *Excalibur* hinter einer Baumgruppe vor, die er als Deckung genutzt hatte, und kam auf ihn zu.

»Diesmal nicht, Muskelprotz«, stellte Hogan fest und löste die Sprungdüsen aus. Die Kanzel des *Kampffalke* erinnerte plötzlich an einen heißen Sommertag in der prallen Sonne, als der Mech auf donnernden Plasmazungen vom grasbedeckten Berghang abhob. Er neigte den Stahlriesen nach rechts, um ihn zu einem erheblich schwereren Ziel für die größere Feindmaschine zu machen. Dann kam er hart auf und die Knie des *Kampffalke* stöhnten unter der Belastung. Beim Aufschlag sah er eine feindliche Gausskugel den Wiesengrund knapp neben dem rechten Mechfuß aufpflügen.

»Scheißdreck!«, fluchte er und drehte den Mechtorso, um zu feuern. Er riss am Steuerknüppel, bis das Fadenkreuz auf der Torsomitte des wuchtigen *Excalibur* lag, dann stieß er den Hauptfeuerknopf durch. Smaragdene Impulslaserbolzen brachten die Luft zum Kochen, tanzten über den Rumpf des Gegners, geißelten ihm die Schutzpanzerung weg. Ein zweiter seiner Mechs, ein sehr viel schwererer *Kampfhund*, gesteuert von Captain Damon Huntt, griff in das Gefecht ein und versenkte eine Gausskugel im linken Bein des Snord-Mechs.

Die Maschine schien unter dem Aufprall zusammenzusacken, als ihr Pilot ums Gleichgewicht kämpfte. Dann drehte sie sich um und feuerte das eigene Gaussgeschütz auf den größeren *Kampfhund* ab. Der Schuss krachte mitten in dessen Brustpartie und schleuderte ihn mit zerfetzter und verbogener Panzerung hintüber.

Hogan schoss mit den Blitz-KSR auf den Söldner – und diesmal bohrten sich beide Kurzstreckenraketen in den linken Mecharm des Feindes. Grauer Qualm hing über dem *Excalibur*, der weiter auf Damon Huntts *Kampfhund* feuerte.

Plötzlich sah Hogan rechts von sich mindestens zwei Lanzen Feindmechs – nein, drei – in vollem Tempo vorbeipreschen. Der Anblick schockte ihn, nicht nur wegen der Geschwindigkeit, sondern vor allem, weil sie nicht anhielten, um ihren Kameraden zu helfen. Stattdessen rannten sie mitten durch die Schlacht auf Höhe 103 zu.

Hogan verstand augenblicklich, was geschah, und ebenso, dass er nichts dagegen unternehmen konnte. Nicht, solange er den *Excalibur* am Hals hatte. Er schaltete auf den lokalen Gefechtsfeldkanal. »Gespenst Zehn an Cäsar Fünnef. Schnappen Sie sich Ihre Lanze und drehen Sie ab in Richtung Eins-eins-zwo. Verfolgen Sie die Wilden, die gerade an uns vorbei sind. Sie wollen in unseren Rücken.«

Danach schaltete er auf den Befehlskanal des Regiments. »Gespenst Eins von Gespenst Zehn, Priorität Blau.«

»Die Leitung ist sicher, Hawkeye. Hier spricht Christifori. Was gibt's?«, antwortete der General.

»Es ist Ärger zu Ihnen unterwegs, Sir. Eine komplette Kompanie BattleMechs, alle Gewichtsklassen. Ein Stoßtrupp Wilde hat unsere Linien durchbrochen und rückt im Galopp gegen Sie vor.«

Wieder zielte er mit den Impulslasern und feuerte. Zwei Schüsse verfehlten das Ziel, weil der *Excalibur* sich entfernte, um sich ganz auf Huntts *Kampfhund* zu konzentrieren. Sein einziger Treffer hinterließ eine Spur beschädigter Panzerplatten und qualmender Einschusslöcher in der Seite des Mechs.

»Danke für die Warnung, Gespenst Zehn. Setz ihre Kumpel an Ort und Stelle fest. Wir halten euch auf dem Laufenden.«

* * *

Archer ging zur Tür des Befehlszelts und zog die Riemen der Kühlweste an. Er hatte seine BefehlsLanze zurückgehalten, falls irgendwo Verstärkungen benötigt wurden. Jetzt bekam er die Chance, in den Kampf einzugreifen. In gewisser Weise sehnte er sich danach, wieder im Cockpit zu sitzen. Dort war er der absolute Herrscher seines kleinen Reiches, allein verantwortlich für seine Aktionen. Seit er ein Lieutenant General war, schien alles so viel komplizierter …

Katya tauchte hinter ihm auf. »Diese Mechs rasen wie eine wildgewordene Büffelherde auf uns zu.«

Er machte sich auf den Weg zu seinem wartenden *Lichtbringer*. »Glaubst du, Sie haben es auf Landungsschiffe abgesehen?«

»Nicht mit nur einer Kompanie«, antwortete sie, und blieb neben ihm.

Er griff nach dem untersten Handgriff, um zur Pilotenkanzel hoch zu steigen. »Sie kommen hierher, oder?«, fragte er und fixierte den Befehlsposten auf einem Felssims der Höhe 103.

»Höchstwahrscheinlich«, bestätigte sie.

»Gib Getts Bescheid, sie soll Panzer in Stellung bringen. Ihre Artillerie soll die Anmarschwege zu unserer Zentrale anvisieren. Ich nehme die Regiments-Befehls-Lanze raus und versuche sie zu bremsen.« Er sah sie lange an. »Und pass auf dich auf, hörst du?« Er hatte bei dieser Operation schon einen Menschen verloren, der ihm viel bedeutet hatte. Er hatte keinen Bedarf, noch einen zu verlieren.

»Du auch, General«, sagte sie und salutierte kurz, bevor sie umdrehte und zurück zur Plaststahl-Kuppel des Befehlspostens lief.

Nur Minuten später saß Archer im Cockpit und hatte die Luke hinter sich geschlossen. Er zog den Neurohelm über den Kopf und stöpselte ihn ein, dann huschten seine Finger über die Schalter.

»Sicherheitskenncode eingeben«, verlangte die körperlose Stimme des Bordcomputers.

»Die Geschichte lehrt uns Hoffnung«, antwortete er mit fester Stimme und ließ sich von den Worten des antiken terranischen Generals Robert E. Lee inspirieren. Das *war noch ein General*, dachte er.

»Startsequenz autorisiert«, bestätigte der Computer. Archer griff nach dem Steuerknüppel, schaltete auf rechte Armkontrolle und bewegte den Laserarm des *Lichtbringer* auf eine bestimmte Weise.

»Identität bestätigt«, erklang die Computerstimme wieder. Unter dem Cockpitboden wurde ein Wummern laut und die Lichter auf der Kontrollkonsole flackerten auf. Jeder BattleMech war mit einem Sicherheitssystem ausgestattet, um einen Diebstahl zu verhindern. Manche Piloten benutzten einfache Befehlssätze, andere eine festgelegte Serie von Bewegungen. Archer verband beides, auch wenn letztere Variante aus der Mode gekommen war.

Er überprüfte die Langstreckenortung und fand keine Feindaktivität. Doch er sah Alice Getts' Panzer in Position rollen. Er überprüfte ein zweites Mal die Bordsysteme und vergewisserte sich, dass der *Lichtbringer* für den Kampfeinsatz bereit war.

»Gespenst Eins an Hirn«, meldete er sich über Funk.

»Die Kompanie des Wilden Haufens rückt aus Norden an«, antwortete Katya. »Sie sind noch fünf Klicks entfernt und kommen schnell näher. Der größte Teil der Söldner kämpft weiter gegen unsere Vorhut. Beide Seiten erleiden Verluste. Cäsars Verfolger haben wieder umgedreht, um die Frontlinie zu halten.«

Er bemerkte ihren Tonfall, besonders bei der Erwähnung der Verluste. Die Dinge liefen nicht wie geplant. Das schien sich hier auf Odessa zur Regel zu entwickeln. »Setz dich in Verbindung mit Getts. Frag an, ob sie Hawkeye zwei ihrer Lanzen zu Hilfe schicken kann.«

»Ja, Sir. Haben Sie die anrückende Kompanie im Griff?«

»Ja. Ich kümmere mich darum«, sagte er und schaltete um. »BefehlsLanze von Gespenst Eins. Um mich formieren und bereitmachen zum Gefecht.«

* * *

Norris konnte den Berghang in der Ferne sehen. Er war nicht steil, aber hoch. Neben ihm ragte ein zweiter Berg auf. Beide waren felsig, mit spärlichem Gras und gelegentlichen Gruppen von Bäumen und niedrigem Gebüsch bewachsen – alles hatte Mühe, in dem felsigen Boden Halt zu finden. Auf diesen Bergen lag der Befehlsposten des 1. Thorin-Regiments. Sein Ziel.

Tascha Snords Plan war typisch Innere Sphäre, aber er bot trotzdem ein gewisses Maß von Ehre. Während Archer's Avengers in der Schlacht gebunden waren, würde Norris mit einer schnellen Kompanie durch die Reihen brechen und ihre Befehlszentrale angreifen.

Das hier war keine Rache, sagte er sich. Neg. Es war Vergeltung. Ein kleiner, in seinen Augen aber wichtiger Unterschied.

»Norris an KampfLanze«, sagte er beim Erreichen einer Hügelkuppe, von der aus er bessere Sicht auf die Berge hatte. »Ziel ist in Sicht. Denkt an eure Befehle. Wir greifen den Befehls- und Kommunikationsposten an und ziehen uns danach so schnell wie möglich zurück.«

Er schaltete aus und nahm mit dem *Kriegsfalke* Kurs auf den Fuß des Berges. An einer Seite sah er Leutnant Balstons Lanze sich formieren. Bei einem ihrer Mechs, einem älteren *Mungo*, zischte Dampf aus einem beim Durchbruch durch die Avengers-Reihen beschädigten Wärmetauscher.

Nur noch ein wenig weiter, dann würden Christifori und seine Leute erfahren, welchen Preis die Ehre hatte. Auf der Langstreckenortung tauchten die ersten Ziele auf.

* * *

»Artillerie!«, bellte Archer, als die Kompanie des Wilden Haufens vom Fuß des Berges geradewegs auf ihn zu stürmte. »Feuer frei!«

Mehrere Salven Arrow-IV-Raketen schossen über seinen Kopf und senkten sich hinab ins Tal, während Alice Getts ihre Panzer ins Spiel brachte. Ein Furcht einflößender *Von Luckner* blieb hundert Meter links von ihm stehen. Er feuerte eine Wand von Langstreckenraketen ab, als in den Reihen des Wilden Haufens die Arrow-IV explodierten. Staub und Qualm nahmen Archer für kurze Zeit die Sicht.

Ein Blick auf die Kurzstreckenortung verriet ihm, was vor sich ging. Die in Keilformation anrückenden Söldner stürmten seinen Befehlsposten. Sie blieben nicht stehen, um gegen seine Truppen zu kämpfen, sondern preschten mit tödlicher Entschlossenheit auf ihr anvisiertes Ziel zu.

*Verdammt!*, fluchte er stumm. Mit dem Steuerknüppel suchte er die möglichen Ziele ab und entschied sich für eine *Krabbe* im Zentrum des Keils. Er erfasste den Mech mit den Extremreichweiten-Lasern und feuerte.

Die *Krabbe* taumelte, als Archers Clangeschütze sie in rechte Rumpfseite und Arm trafen. Klumpen geschmolzener Panzerung spritzten durch die Luft und der MechKrieger versuchte, die Herrschaft über seine Maschine zu behalten. Der Hang bremste die Angreifer jetzt allmählich ab, und die Panzer der Avengers hatten sich mit ganzer Wut in den Kampf gestürzt.

Das war kein Gefecht wie gegen die planetare Miliz. Diese MechKrieger waren Könner, und das merkte man. »Hirn von Gespenst Eins«, befahl Archer. »Den Befehlsposten evakuieren. Wir bekommen Gesellschaft.« Im Posten waren mehrere Dutzend Techs und Mitarbeiter des Logistikstabs in Gefahr.

»Sir?«

»Sie haben richtig gehört, Major.« Die *Krabbe* versuchte, das Feuer zu erwidern. Einer der schweren Lichtwerfer schoss weit daneben, der andere aber erwischte ihn am linken Mechbein. Mehrere Panzerplatten flogen davon, als er dem Oberschenkel des *Lichtbringer* eine üblen Schnitt zufügte.

Archer machte die mittelschweren Impulslaser feuerklar, er kam jedoch nicht dazu sie einzusetzen. Der neben ihm stehende *Von Luckner* setzte das Hauptgeschütz ein, eine tödliche Autokanone. Der Granatenhagel hämmerte in den bereits angeschlagenen rechten Torso der *Krabbe,* zertrümmerte die Restpanzerung und schlug bis tief ins Innere durch. Der Söldnermech schien zu erzittern und erstarrte. Im Fallen gelang es dem Piloten, einen letzten Schuss aus einem der beiden schweren Laser auf den Panzer abzugeben. Die leuchtend rote Energielanze schlug in die Frontpanzerung des *Von Luckner* und ließ eine bösartig qualmende Schmelzspur zurück. Als die *Krabbe* wegkippte, sprang ein *Masakari* über sie hinweg und wuchtete sich den Hang herauf.

Archer erkannte die Clan-Maschine augenblicklich. *Kriegsfalke* nannten die Clanner diesen Typ. Der Anblick eines Clan-OmniMechs sandte ihm einen kalten Schauder den Rücken hinab. Nach den Kämpfen auf Diana hatte er gehofft, diesem Feind nie wieder gegenübertreten zu müssen. Er hatte gewusst, dass der Wilde Haufen einige ehemalige Jadefalken-Krieger in den Reihen hatte, aber aus irgendeinem Grund hatte er nicht damit gerechnet, mit einem derart tödlichen Kriegsgerät konfrontiert zu werden.

Von einem anderen Avenger-Mech strömte eine Kaskade bläulich weiß gleißender Energie den Hang hinab. Erst glaubte Archer, die PPK-Salve wäre auf den anrückenden *Masakari* gezielt gewesen und hätte ihn verfehlt. Dann sah er den künstlichen Blitzschlag in einen feindlichen *Schleicher* einschlagen und den kleineren Mech in einen Kokon von Lichtbögen hüllen.

Währenddessen stürmten der *Masakari* und mehrere andere Maschinen geradewegs auf Archer zu, der mit den mittelschweren Impulslasern zielte. Anscheinend hatte der *Masakari*-Pilot dieselbe Idee. Eine Sturmflut roter Energie aus seinen schweren Impulslasern füllte die Luft zwischen ihnen, und der Rumpf des *Lichtbringer* wurde von den Einschlägen durchgeschüttelt, bevor Archer abdrücken konnte. Während eine neue Welle Arrow-IV-Raketen auf die anstürmenden Söldner herabregnete, sackte der schwere Kampfkoloss unter dem tödlichen Laserbombardement zusammen. Er wich einen Schritt zurück, um das Gleichgewicht nicht zu verlieren, gerade als eine der Extremreichweiten-PPKs feuerte und knapp die linke Flanke des Mechs verfehlte.

Die Ortung zeigte ihm, dass eine Lanze der Wilden ausgefallen war, und die *Krabbe* war wieder auf den Beinen und versuchte sich zurückzuziehen. Die restlichen acht BattleMechs aber griffen weiter an. Es kostete einen Ringkampf mit dem Steuerknüppel, schließlich aber gelang es ihm, das Fadenkreuz auf den *Masakari* zu senken. Er hörte das Signal der Zielerfassung und feuerte drei der mittelschweren Impulslaser. Zwei fanden ihr Ziel auf den Beinen des Omnis. Die Temperatur in der Kabine stieg leicht an, als Archer darum kämpfte, die Maschine in der Zielerfassung zu halten. Gleich würde es noch heißer werden. Er löste den dritten Feuerleitkreis aus und feuerte die drei anderen mittelschweren Impulslaser.

Die Temperatur im Cockpit schoss in die Höhe, als hätte er eine riesige Ofentür aufgerissen. Wieder feuerte er die Impulslaser – sie hämmerten eine weitere Spur Einschusslöcher in die Ferrofibritpanzerung auf dem rechten Arm und Bein der Clan-Maschine. Ihre Bewegungen wirkten schwerfällig, so, als hätte der Mech Schwierigkeiten, gegen die Gewalten anzukämpfen, die Archer entfesselt hatte.

Aber er blieb nicht stehen.

Stattdessen setzte er beide Extremreichweiten-PPKs gegen Archer ein. Ein Schuss traf die rechte Rumpfseite, der andere schlug mitten in den Torso. Der *Lichtbringer* war darauf ausgelegt, diese Art von Schaden wegzustecken, aber nicht in einer Salve. Als der Mech schräg nach rechts zurücktaumelte, versuchte Archer, die Wucht der Treffer und den jähen Verlust an Panzerung auszugleichen. Er schaffte nicht beides gleichzeitig, und der *Lichtbringer* kippte nach hinten, schlug krachend auf den Felsboden.

Archer kämpfte gegen die Ohnmacht.

* * *

Als Norris' *Kriegsfalke* und zwei andere BattleMechs in der Nähe des gestürzten *Lichtbringer* stoppten, entdeckte er endlich die Befehls- und Kommunikationszentrale.

»Ziel in Sicht«, rief er. »Feuer!« Er löste die schweren Laser aus und ignorierte die Hitzewoge, die durch das Cockpit schlug.

Der *Schakal* und der *Spartaner*, die ihn begleiteten, feuerten ebenfalls. Raketen, PPK-Entladungen und Laserimpulse peitschten in die Operationszentrale der Avengers und ließen die Zeltkuppeln in Rauch aufgehen. Flammen schlugen aus dem Chaos der Zielzone, und mehrere Folgeexplosionen ertönten. Eine leichte Brise kam auf und vertrieb den Rauch. Norris sah keine Bewegung im Trümmerfeld.

»Mission abgeschlossen. Rückzug mit voller Geschwindigkeit«, befahl er. Zwischen ihm und dem rußgeschwärzten Krater, der einmal die Zentrale des Gegners gewesen war, kam der gestürzte *Lichtbringer* langsam wieder auf die Beine.

Der Pilot wollte also weiter kämpfen, ja? Norris gluckste beinahe amüsiert, als die Maschine sich auf eine Seite wälzte und es schaffte, einen Fuß auf den Boden zu pflanzen. Das war die Art Gegner, die er bewunderte: ein Krieger, der dem Kampf nicht aus dem Wege ging. Es reizte ihn, zu bleiben und das Duell fortzusetzen, aber seit er zum Wilden Haufen gestoßen war, hatte er dazugelernt. Er hatte gelernt, wann er auf sein Ehrgefühl hören musste – und wann auf seine Befehle.

Er senkte eine der PPKs auf den halb aufgerichteten *Lichtbringer* und vergewisserte sich, dass sie aufgeladen war. Dann löste er eine vernichtende Woge geladener Atomteilchen aus. Selbst auf diese Entfernung schien der Energiestoß bei der Berührung der Panzerung zu explodieren. Der *Lichtbringer* stürzte zurück. Der Arm fing den größten Teil des Schadens ab. Norris sah, wie der gegnerische Pilot sich gegen die Schwerkraft stemmte, aber dann kippte die riesige Kampfmaschine hilflos zurück auf den Abhang von Höhe 103.

Norris drehte um und machte sich auf den Weg zurück ins Tal. Er öffnete einen offenen Kanal, damit der besiegte Pilot ihn hören konnte.

»Du kämpfst gut, Freigeburt«, sagte er. »Aber du kämpfst gegen Snords Wilden Haufen. Wir sind überlegen. Ihr seid Kanonenfutter.«

* * *

»Ach, wirklich?«, knurrte Archer, und sein zweiter Versuch, den Mech aufzurichten, hatte endlich Erfolg. Er betrachtete die qualmenden Ruinen seines Befehlspostens und zuckte bei dem Gedanken zusammen, dass er unter Umständen einige seiner wichtigsten Leute verloren hatte. Möglicherweise sogar Katya.

»Hirn von Gespenst Eins«, rief er sie. »Bericht.«

Die Stille dehnte sich schmerzhaft, bevor Katya Chaffees Stimme aus dem Helmlautsprecher drang. »Wir sind hier, und wir leben noch«, erklärte sie über eine von Störungen durchsetzte Verbindung. »Zwei Verwundete, aber der Rest ist mit dem größten Teil der Ausrüstung entkommen. Koordinieren können wir allerdings eine Weile nichts mehr.«

»Kein Problem«, stellte Archer fest. »Ich führe den Krieg hier vom Cockpit aus.«

Die Langstreckenortung zeichnete ein nicht zu trostloses Bild, auch wenn der Befehlsposten verloren war. Der Angriff des Wilden Haufens aufs Herz seiner Einheit hatte die Söldner fast eine ganze Kompanie BattleMechs gekostet. Vier versuchten noch zu entkommen, und von ihnen waren zwei vermutlich verloren. Dass der *Masakari* eine der beiden Maschinen war, die allem Anschein nach entwischen würden, störte ihn gewaltig. Archer verlor nicht gerne.

Seine Verluste waren etwas geringer: neun Mechs. Aber hier ging es nicht um Ausrüstung oder Leben. Hier ging es um den Sieg. Nach dem Abschiedsgruß des *Masakari*-Piloten war Archers Rachedurst noch größer geworden, falls das überhaupt möglich war.

Es wurde Zeit, ein paar seiner eigenen Tricks auszuspielen.

Er schaltete auf den Befehlskanal der Murphrid-Ranger. »Gespenst Eins an Ranger Eins.«

»Ranger Eins hier, General«, antwortete John Kraff.

»Führen Sie Ihren Primärplan durch.«

»Verdammt richtig, General.«

Archer konnte ein Lachen nicht unterdrücken. »Ein einfaches ›Ja, Sir‹ hätte genügt, Captain.«

»In zwanzig Minuten werden Sie es selbst auf meine Weise sagen, General«, gab Kraff zurück.

Archer nickte. Falls Kraff schnell genug war, konnte er damit durchaus Recht haben.

# 13

**New Bealton, Odessa**
**Provinz Donegal, Lyranische Allianz**

*18. April 3063*

Nicholas Francis Fisk nickte, als Erwin Vester den Vorraum zu den Privaträumen des Grafen betrat. Das Zimmer war kahl weiß getüncht und kaum verziert, aber es eignete sich besser zu einem Treffen mit einem LNC-Agenten als sein Audienzsaal.

Graf Fisk war der Mann gleichgültig. Er war nur ein Agent. Doch die Organisation, für die er arbeitete, war mächtig und skrupellos, und nur ein Narr fürchtete sich nicht davor, sie gegen sich aufzubringen. Allerdings hatte er nicht vor, sich das anmerken zu lassen.

Er war ein Graf. Vester war ein Werkzeug. Der Mann war das menschliche Äquivalent einer Pistole. Richtig gezielt, erfüllte sie ihren Zweck, falsch eingesetzt aber konnte sie ihren Benutzer umbringen.

»Ich habe die Kommunikationskanäle abgehört«, erklärte Vester, »und unser Plan scheint zu funktionieren.«

»Sie meinen, *mein* Plan, nicht wahr?«, fragte Fisk.

»*Unser* Plan, Mylord«, insistierte Vester und heuchelte äußerst fadenscheinig Respekt. »*Ihr* Plan, meine Umsetzung.«

Fisk lächelte bitter. »Der Wilde Haufen und die Avengers schlagen sich also gegenseitig die Köpfe ein.«

»Die Schlacht läuft noch, aber anscheinend hat Natascha Snord eine Kompanie Truppen durch die gegnerischen Reihen geschickt, und sie haben die Befehlsapparatur der Avengers zerstört. Das könnte ausreichen, den zahlenmäßigen Unterschied zwischen den beiden Einheiten auszugleichen.«

»Ausgezeichnet«, nickte der Graf zufrieden. »Und was ist mit Wolverton's Highlanders?«

»Ihre Vorauseinheit versteckt sich in einer Anlage ein Stück entfernt von hier. Oberst Feehan war nicht glücklich über die Mission, aber es ist ihm klar, dass sie vermutlich seine einzige Chance darstellt, den Ruf der Einheit zu retten.« Die Highlanders waren eine leichte bis mittelschwere Söldnereinheit, die ebenfalls Graf Fisk unterstellt worden war. Vester hatte vorgeschlagen, sie einzusetzen, um einen Konflikt zwischen dem Wilden Haufen und dem 1. Thorin-Regiment auszulösen, und hatte ihre schwersten Maschinen heimlich nach Odessa geschmuggelt.

»Halten Sie sie in der Versenkung, Vester«, befahl Fisk. »Jedenfalls vorerst. Wir können es uns nicht leisten, dass sie entdeckt werden.«

»Das weiß ich auch, Graf«, antwortete Vester knapp. »Oberst Blackstone, Feehans neuer Boss, ist misstrauisch, was unsere Pläne für die Einheit betrifft, doch ich konnte ihn mit genug Falschinformationen füttern, um ihn vorerst ruhig zu stellen. Aber ich bin neugierig. Wie werden Sie reagieren, falls der Wilde Haufen den Kampf gegen Christifori verliert?«

Fisk winkte ab, als sei die Frage trivial. In mancher Hinsicht war sie das auch. Er hatte das Spiel sorgfältig aus allen Blickwinkeln analysiert.

»Falls der Wilde Haufen verliert, kann ich Wolverton's Highlanders auf Christiforis Regiment hetzen. Ich habe sie an einem Piratenpunkt in Reserve gehalten, von dem aus sie Odessa in weniger als zweiundsiebzig Stunden erreichen können. In diesem Fall wären sie auf einer Entsatzmission für den Wilden Haufen – eine wagemutige Rettung in letzter Sekunde.«

Vester nickte. »Und mit einem in Kürze auslaufenden Kontrakt wäre anzunehmen, dass Snord jeder Bedingung zustimmt, um nicht allein einer überlegenen Streitmacht ausgeliefert zu bleiben.«

Der Graf kicherte. »Entweder der Wilde Haufen kämpft für die Archon-Prinzessin oder er wird zerstört. So oder so bekommt Victor sie nicht. Und im Endspiel werden Archer's Avengers sterben. Von meiner Warte aus, mein lieber Corpslakai, ist das ein Szenario, bei dem sowohl die Allianz als auch ich nur gewinnen können.«

An Vesters Schläfe pulsierte eine Ader, als Fisk ihn ›Lakai‹ nannte. »Sie wären gut beraten, Mylord, die Rolle des LNC nicht herunterzuspielen. Oder unseren Einfluss zu unterschätzen.«

»Ich habe nur darauf hingewiesen, dass Sie ein LNC-Agent sind«, steckte Fisk leicht zurück.

»In der Tat«, erwiderte Vester abfällig. »Ein Agent, der im Rahmen seiner Laufbahn schon über zwanzig Personen umgebracht hat. Darunter auch einige mit Adelstiteln.«

»Soll das eine Drohung sein?«, fragte Fisk und erhob sich ein wenig.

»Nein, nur eine Feststellung.« Die beiden Männer starrten sich einen Augenblick lang an, dann wechselte Vester das Thema. »Da wäre die Frage der planetaren Miliz, Mylord. Hauptmann Malcolm wartet seit einigen Stunden auf eine Audienz.«

Fisk schüttelte mitleidig den Kopf. »Malcolm hatte schon immer eine Tendenz, das Offensichtliche zu übersehen. Er fragt immer wieder, warum der Wilde Haufen ihn nicht verstärkt hat, und was ich deswegen zu unternehmen gedenke. Schade, dass er meine Überlegungen zu diesem Punkt nie begriffen hat.«

»Allerdings, Sir.«

»Sagen Sie ihm, er kann mit ein paar Ersatzmechs, die ich in einer Lagerhalle verstaut habe, den Wiederaufbau seiner Einheit in Angriff nehmen. Und versichern Sie unserem lieben Hauptmann, dass ich die großen Opfer seiner Einheit in diesem Kampf verstehe und den Schaden wieder gutmachen werde, den er durch den Wilden Haufen erlitten hat. Vielleicht mit einem Orden.«

»Was immer Sie für angebracht halten, Graf«, erklärte Vester desinteressiert. »Das ist Ihr Problem, nicht meines.«

Der Tonfall des Spions verärgerte Fisk gewaltig, doch er entschied, das vorerst zu überhören. »Danke, Herr Vester«, erklärte er hochnäsig. »Nun also. Wir haben Arbeit.«

* * *

Tascha Snord stoppte ihren *Spartaner* und senkte die Extremreichweiten-PPK auf einen nahen *Pirscher* der Avengers. Der Energiestoß der Waffe ließ die Temperatur des Cockpits in die Höhe schnellen, aber er hinterließ auch eine riesige Brandblase auf der olivgrünen Lackierung des *Pirscher*. Der armlose BattleMech schwankte unter dem Einschlag der Salve, aber dann schüttelte er sich und marschierte weiter.

Ihre Langstreckenortung offenbarte ein Bild, das ihr gar nicht gefiel. Beide Seiten hatten den Großteil ihrer Truppen gegeneinander ins Feld geworfen, abgesehen von Norris' Durchbruch tauschten die Avengers und der Wilde Haufen jedoch seit einer Stunde nur Schläge aus, die wie die ausgelaugter Boxer erschienen. Erschöpfung und Materialermüdung machten sich bei ihren Truppen bemerkbar. Die Avengers waren leicht zurückgewichen, erwiesen sich aber als ebenso hartnäckig wie ihre eigenen MechKrieger.

Zwei Blitz-KSR sausten in Spiralbahnen auf sie zu, und Tascha war gezwungen, das McArthur-Raketenabwehrsystem einzusetzen. Ein Schwarm vibrierender Patronen stieg in die Bahn der anfliegenden Raketen und zerfetzte sie noch in der Luft. Sie überprüfte die Munitionsvorräte und stellte fest, dass sie seit Beginn der Schlacht bis auf zwei alle Ladungen verbraucht hatte. Ihre eigenen Blitz-Lafetten verfügten nicht einmal mehr über zehn Packs Reserve.

Ein kleinerer und breiterer *Masakari*, dessen Transponder ihn als eigene Maschine kennzeichnete, trat neben sie. Er war mit Schnitten und Brandnarben übersät, und aus einem der Risse im Torso trat grün glänzende Kühlflüssigkeit aus, die beim Auftreffen auf das kochend heiße Metall der Panzerung mit dünnem weißem Rauch verdampfte. Es war Hauptmann Norris.

»Schön, dass du wieder da bist, Norris«, stellte sie fest, als er die PPKs auf den *Pirscher* abfeuerte. Er verfehlte das rechte Bein des Mechs, der ungerührt weiter einen *Nachtschatten* des Wilden Haufens beschoss. Der mittelschwere Söldnermech erzitterte unter der Wucht des Raketen- und Laserfeuers, und mit jeder Vibration fielen Metallplatten vom Rumpf. Schließlich zündete der Pilot die Sprungdüsen und ergriff die Flucht vor dem weit schwereren *Pirscher*.

»Danke, Kommandanthauptmann«, antwortete Norris und feuerte ebenso wie Tascha auf ein anderes Ziel. »Aber jetzt, da sie ihren Befehlsposten verloren haben, sollten die Avengers zurückweichen.«

»Tja, den Gefallen tun sie uns aber nicht«, bemerkte sie und feuerte auf einen vorbeirennenden *Husar*. Drei ihrer Kurzstreckenraketen trafen den blitzschnellen Mech.

»Vielleicht setzen Sie ihnen nicht hart genug zu«, stichelte Norris und feuerte wieder die Partikelwerfer ab. Inzwischen flimmerte die Luft über seiner Maschine und zeigte Tascha, wie heiß sie lief.

»Unsere Leute setzen ihnen verdammt hart zu, Norris. Vielleicht hast du die Basis der Avengers nicht gründlich genug zerstört«, bellte sie zurück. Norris schien anzudeuten, dass sie und der Rest des Wilden Haufens ihn irgendwie im Stich ließen.

»Vielleicht sollten wir uns auf Höhe 403 zurückziehen. Wir könnten uns neu formieren und danach einen Angriff auf diese Avengers starten, der sie ein für allemal in die Flucht schlägt«, schlug er vor.

Tascha rief die taktische Karte auf und überflog sie, während der *Spartaner* die durch das Geschützfeuer aufgestaute Wärme ableitete. Dass Norris als ehemaliger Clanner einen taktischen Rückzug in Betracht zog, ließ sie zu dem Schluss kommen, dass er ihr doch nicht *völlig* unsympathisch war. Ihre früheren Streitereien waren innerhalb der Einheit Legende, doch jetzt bewies er seinen Wert. Höhe 403 lag mehrere Kilometer entfernt in Richtung Alt-Bealton. Wie die meisten Berge in dieser Region bestand er hauptsächlich aus kahlem Fels, aber unter Umständen war er genau das Richtige, um den Vormarsch der Avengers zu stoppen.

»Guter Vorschlag«, sagte sie und schaltete auf den Breitbandkanal der Einheit. »Wilder Haufen, wir ziehen uns geordnet auf Höhe 403 zurück. 1. Bataillon hält die linke Flanke und Mitte. 2. Bataillon übernimmt die rechte Flanke. Langsamer Rückzug mit Deckungsfeuer.«

Ihr Befehl löste eine Serie von Bestätigungen und Juchzern über den Kommkanal aus.

* * *

»Sie weichen zurück, General«, hörte Archer eine aufgeregte Stimme über die Kommleitung, als er einen weiteren Feuerstoß aus den schweren Extremreichweiten-Lasern abgab und einen feindlichen *Schläger* nur um Meter verfehlte.

»Das sehe ich, Corporal Williams«, stellte er gelassen fest, während der Mech die aufgestaute Hitze ableitete.

»Sieht aus, als hätten wir sie geschlagen«, fügte Damon Huntt hinzu, der in seinem *Kampfhund* herankam. Er schoss mit dem Gaussgeschütz und traf den *Schläger*, den Archer verfehlt hatte. Die überschallschnelle Kugel grub sich tief in die beschädigte Panzerung über dem Schienbein des überschweren Mechs. Unbeirrt feuerte der Snord-Koloss seine beiden Partikelkanonen auf einen fahrbaren KSR-Werfer der Avengers, dessen Panzerung in alle Himmelsrichtungen spritzte.

»Ich verlasse mich nicht darauf, dass sie schon aufgeben«, antwortete Archer. Er sah einen *Husar* des Wilden Haufens aus der Formation brechen und in gestrecktem Galopp davonstürzen. Rauch strömte aus einem Loch im Rumpf und wehte wie eine Fahne hinter ihm her.

»Gespenst Eins an Hirn«, sagte er und hoffte, dass Katya in Ordnung war.

»Hirn ist wieder aktiv, Sir«, antwortete sie. Anscheinend hatte sie die letzte halbe Stunde dazu genutzt, einen neuen Befehlsposten zu improvisieren.

»Es sieht aus, als zöge der Wilde Haufen sich zurück. Irgendein Hinweis darauf, wohin sie wollen? Ist das eine Flucht oder formieren sie sich nur neu?«

»Ich habe eine Einspielung von der Säbel-Staffel«, meldete sie und bezog sich auf die Luft/Raumjäger der Avengers über dem Schlachtfeld. »Es ist nur Schau. Wie es aussieht, zieht Oberst Snord ihre Leute zu Höhe 403 zurück.«

»Irgendeine Nachricht von den Rangern?«, fragte Archer mit einer Spur von Sorge. Er hatte Kraff schon vor einigen endlosen Minuten den Befehl zum Einschwenken erteilt. Er hätte die Flanke des Wilden Haufens inzwischen treffen müssen, aber bis jetzt hatte er nichts gehört. Das beunruhigte ihn.

»Er befolgt Ihre Befehle, Sir. Funkstille bis zur Feindberührung«, erinnerte sie ihn.

Archer verzog das Gesicht. Die Funksperre war seine eigene Idee gewesen, aber irgendwie hatte er in der Hitze des Gefechts nicht mehr daran gedacht. Musste denn auf diesem Planeten alles zweischneidig sein, fragte er sich.

»Ich möchte eine Meldung, sobald du den Gefechtscode von ihm erhältst«, befahl er und lenkte den *Lichtbringer* mehrere Meter auf den *Schläger* zu. Er zählte darauf, dass seine Clan-Laser ihm den Vorsprung gaben, den er brauchte.

* * *

Captain John Kraff schwenkte das *Kriegsbeil* nach Osten und tastete den Horizont erneut mit maximaler Reichweite ab. Der Plan sah vor, dass er in die ungeschützte Flanke des Wilden Haufens vorstieß und Snords Söldnern den Rückweg abschnitt. *So viel zu dem hundsverdammten Plan,* dachte er. Er war hier, aber wo, in drei Teufels Namen, war der Feind?

»Zeichnet irgendwer was auf den Sensoren?«, fragte er seine Kompanie.

Es dauerte einen Augenblick, bevor er Antwort bekam. »Ich empfange ein schwaches Signal aus Westen, vom Fuß der Höhe 403«, meldete Lieutenant James ›Jimbo‹ Traki, der SchleicherLanze anführte.

Kraff gab es weiter an den Rest der Kompanie. »Jimbo sagt, er hat ein Signal. Ist auf jeden Fall besser als hier rumzusitzen und uns den Finger in den Arsch zu stecken. Schauen wir es uns an. Und, Jimbo?«

»Sir?«

»Wenn es nicht der Wilde Haufen ist, gehn die ersten drei Runden auf dich.«

»Ich unterstütze diesen Antrag, Sir«, erklärte Corporal Mbenga.

Kraff drehte das *Kriegsbeil* nach Westen und beschleunigte leicht. Er überprüfte die Ortung und sah die Ziele deutlich auf dem Hilfsschirm. Drei J-27-Munitionstransporter, in denen Raketen und Granaten befördert wurden. Außerdem erkannte er die Signaturen von Wartungsausrüstung.

Langsam wurde ihm klar, dass er sich einer Feld-Wartungseinrichtung näherte, zu der sich Snords Leute zum Nachladen der Geschütze und für Notreparaturen zurückzogen. Bis jetzt sah er keine Spur von BattleMechs. Doch er wusste: Falls das 1. Bataillon seine Arbeit richtig machte, konnte es nur eine Frage der Zeit sein, bis Feindeinheiten hier eintrafen.

»In Ordnung, Jimbo, du bist der mit der Wächter-Phalanx. Wirf den Kasten an und blockier ihre Funkfrequenzen, damit sie Snord nicht warnen können. Die anderen schwenken in ihre gottverdammte Flanke und schneiden ihnen den Weg zur Höhe ab. Nicht feuern, solange es sich vermeiden lässt. Mal sehen, ob wir sie davon überzeugen können, dass Maschinengewehre gegen eine Kompanie BattleMechs nichts taugen.«

Er sah Trakis *Skarabäus* an die Spitze der Formation sprinten, dann verzerrte sich das Bild auf dem Sekundärschirm leicht, ein Zeichen, dass die Störphalanx funktionierte. Kraff stürmte in voller Fahrt auf die Ortungssignale zu. Innerhalb von Sekunden kam der kleine Stützpunkt auf der entgegengesetzten Seite von Höhe 403 in Sicht.

Er schaltete das Kommsystem ein. »Snord-Basis, hier spricht Captain Kraff von den Murphrid-Rangern. Ergeben Sie sich, oder wir verwandeln Ihre Transporter in ein paar hässliche Krater … und Sie gleich mit.«

Es folgte langes Schweigen. Entlang des ganzen Berghangs sah er seine Kompanie die Wartungsbasis einkesseln. Ein Zischen drang an seine Ohren, gefolgt von einer entmutigten Stimme. »Hier spricht Obergefreiter Fletcher. Sie haben gewonnen. Nicht schießen.«

Kraff reagierte sofort und schaltete auf den Kompaniekanal um. »Nicht schießen, Buben und Mädels. Sieht aus, als hätten wir sie mit runtergelassener Hose erwischt. Kristofer, du bringst diese Transporter mit deinem *Feuerball* hier weg. Zurück, woher wir gekommen sind.«

»Ja, Sir«, bestätigte Kristofer.

Traki kam wieder in die Leitung. »Probleme, Sir?«

»Sagen wir mal, wenn das hier ihre Rückzugsposition ist, können wir jede Minute bis zum Hals drin stecken.« Kreff unterbrach sich und justierte die Langstreckenortung. Noch immer keine Spur von Snord-Mechs. Er rieb sich das Kinn unter dem zerbeulten Neurohelm und starrte den Monitor an, als würde der ihn anlügen. »Jimbo, halt den Wächter in Gang. Es ist mir viel zu ruhig.«

Dann kam die Stimme von Sergeant Müller über die Verbindung. »Ranger Vier hier, Sir. Ich zeichne schwache Signale auf der anderen Seite des Berges. Zahlreiche Fusionsreaktoren. Sie scheinen hierher zu kommen.«

»In Ordnung, meine Damen. Zeit, unseren Sold zu verdienen. Ranger, den Hang hoch. Wir formieren uns auf der Kuppe und schauen, was wir sehen können.«

Kraff steuerte das *Kriegsbeil* den langen Abhang hinauf. Die Maschine ächzte unter der Belastung, mit Höchstgeschwindigkeit den Berg zu ersteigen. Er legte die überschwere Autokanone auf den ersten Feuerleitkreis, und auf den Zweiten den schweren Impulslaser im linken Arm des Mechs. Die drei mittelschweren Impulslaser kamen auf FLK Nummer Drei. Jetzt zeigten seine Sensoren Schatten, die sich von der anderen Seite der Bergkuppe näherten. Wer immer es auch war, sie kamen schnell näher.

Sein *Kriegsbeil* und der Rest der Murphrid-Ranger erreichten die Hügelkuppe und schauten auf der anderen Seite hinab. Einen Augenblick lang konnte er nur mit offenem Mund auf den Sichtschirm starren. Die Hauptstreitmacht des Wilden Haufens stürmte den Hang herauf, geradewegs auf seine Einheit zu. Die Söldner drehten sich immer wieder um und feuerten auf die vorrückenden Truppen des 1. Thorin-Regiments, das gerade aus einer Zeile Bäume und Gebüsch am Fuß der Höhe trat.

Den längsten Augenblick seines Lebens sah Snords Wilder Haufen ihn nicht.

Dann war der Augenblick vorbei.

Die sechs Kurzstreckenraketen, die auf dem *Kriegsbeil* einschlugen, sprengten Panzerung von Torso und Beinen des Mechs. Die Einschläge warfen Kraff in die Gurte und rissen ihn zurück in die Wirklichkeit.

»Ranger!«, brüllte er ins Mikro und zog das Fadenkreuz den Hang hinab auf einen *Bombast* der Söldner. »Drauf und dran!« Und als die Bestätigung der Zielerfassung ertönte, stürmte seine Kompanie Höhe 403 hinab, geradewegs in den Weg der sich zurückziehenden Söldner.

* * *

Kommandanthauptmann Tascha Snord stockte beim Anblick der hinter ihr den Hang herabstürmenden Mechs.

»Hölle, Tod und Teufel!«, fluchte sie und öffnete einen Kommkanal. »Wilder Haufen, wir haben Feinde auf Höhe 403 … eine Kompanie.« Ein Blick auf die Langstreckenortung zeigte, dass die einzigen Lücken in der Linie des 1. Thorin nördlich und südlich des Berges waren, dort wo die beiden Einheiten sich noch nicht erreicht hatten.

Es war nur eine Kompanie, allem Anschein nach aber eine frische. Was noch wichtiger war – mit ziemlicher Sicherheit war ihr kleiner Munitions- und Wartungsstützpunkt bereits überrannt. *Verdammt, verdammt, verdammt!* Das Kräfteverhältnis war immer noch halbwegs ausgeglichen, doch sie kämpften schon recht lange. Die Munitionsvorräte gingen zur Neige, und sie waren noch immer ein gutes Stück von Alt-Bealton entfernt – dem einzigen Ort, an den der Wilde Haufen sich jetzt noch zurückziehen konnte.

»Wie sind die dahin gekommen?«, fragte Hauptmann H'Chu.

»Spielt keine Rolle«, erwiderte Tascha. »Christifori hat uns übertölpelt. Ich habe nicht vor, hier abzuwarten, was er noch an Überraschungen für uns bereithält.« Sie visierte ein *Kriegsbeil* mit der Extremreichweiten-PPK des *Spartaner* an und feuerte. Die Hitze im Cockpit kümmerte sie nicht mehr. Sie war ohnehin schweißnass. Der Schuss traf ins Ziel und peitschte Panzerung vom linken Oberschenkel des heranpreschenden Mechs. Tascha wünschte sich nur, sie hätte nicht zwei der mittelschweren Impulslaser am rechten Mecharm verloren.

Ihre Mutter hatte ihr viel beigebracht, und eines davon war, dass es eine Zeit gab, in der man kämpfte, und eine Zeit, in der man seine Verluste reduzierte. »Wilder Haufen von Snord«, öffnete sie einen Kanal. »Mit Höchstgeschwindigkeit nach Süden ausbrechen. Zweikämpfe abbrechen und Rückzug. Zurück nach Bealton, maximale Geschwindigkeit.«

»Neg«, widersprach Norris auf Privatfrequenz. »Das kann nicht Ihr Ernst sein. Wir sind noch nie derart eilig von einem Schlachtfeld geflohen.«

Tascha wirbelte den *Spartaner* herum und rannte nach Süden. »Dann ist es jetzt das erste Mal«, sagte sie, auch wenn ihr die Worte fast im Hals stecken blieben.

»Christifori hat uns mit dieser Kompanie einen Dolch in den Rücken gestoßen. Wenn wir bleiben und kämpfen, bringt uns das nur den Tod. Es wird eine andere Gelegenheit kommen, Norris.«

»Pah!«, spie er zurück. Aber trotz des Protests sah sie auch seinen *Masakari* nach Süden abdrehen. Im Rennen drehte er den Torso und feuerte eine Serie von Schüssen ab, um das 1. Thorin auf Distanz zu halten. Rings um sie herum formierte sich der Wilde Haufen nach Lanzen. Sie gaben sich gegenseitig Deckungsfeuer und hämmerten auf den immer weiter zurückfallenden Gegner ein.

Den ganzen Weg zurück zu den Ruinen dachte sie daran, dass sie ihrer Mutter eines Tages würde erklären müssen, warum sie davongelaufen war. Tascha wusste: Hätte sie es nicht getan, hätten sie alles verloren. Aber das machte es nicht leichter.

* * *

»Stehen bleiben?« Kraff stotterte vor Überraschung. »Ist das Ihr Ernst, Sir?«

Archer sah zu, wie die letzten Söldnermechs am Horizont verschwanden. »Stellen Sie meine Befehle nicht in Frage, Captain, oder Sie dürfen auf der *Crockett* Latrinen schrubben.«

Kraff klang entmutigt. »Ja, Sir.«

»Und, Captain?«

»General?«

»Das war ein brillantes Stück Arbeit, was Sie da geleistet haben«, sagte Archer freundlich. »Der einzige Grund dafür, dass sie jetzt weglaufen, ist, dass Sie und die Ranger sie überrumpelt haben.«

»Um der Wahrheit die Ehre zu geben, Sir, sie haben mich auch völlig überrascht.«

Um der Wahrheit die Ehre zu geben, fiel es Archer

ebenso schwer wie Kraff, den Kampf einzustellen. Aber es war nun mal eine Tatsache, dass sein Regiment einige schwere Schäden und Verluste erlitten hatte. Selbst mit einer frischen Kompanie Ranger als Verstärkung blieben die Söldner des Wilden Haufens bessere Schützen und Piloten als seine Leute. Außerdem konnten die Avengers die Einheit mit dem Bergegut der gefallenen Wilden besser wiederaufbauen als Snord ihre Truppe.

Das Schlachtfeld war sein, aber der Sieg schien noch immer weit entfernt. Die Gefahr einer Verfolgung war zu groß. Ganz egal, wie sehr er sich nach Rache sehnte.

Archer wechselte auf die Befehlsfrequenz. »Wir richten hier einen neuen Befehlsposten ein. Hirn, du organisierst Nachschub und Logistik. Vorrang haben Reparaturen und Medstation. Ich will einen vollständigen Wachkordon um diesen Berg und das umgebende Gebiet.« Er hielt inne, atmete lange und tief durch. »Und alle hier: Gut gemacht.«

»Was machen wir dann, Sir?«, fragte Katya.

Archer antwortete ohne jedes Zögern. »Wir kesseln sie ein, machen den Deckel zu und zwingen sie, sich zu ergeben … oder sie sterben.«

# Zweites Buch

## Der Winter unseres Missvergnügens

Strategie ist die Kunst, Zeit und Raum einzusetzen. Ich bin weniger an Letzterem als an Ersterem interessiert. Verlorenen Raum kann man zurückgewinnen, verlorene Zeit nicht.

– Napoleon Bonaparte

Auf lange Sicht ist das Glück nur mit dem Tüchtigen.

– Helmut von Moltke

# 14

**In der Nähe von Bealton, Odessa**
**Provinz Donegal, Lyranische Allianz**

*19. April 3063*

Archer Christifori kletterte durch ein Gestrüpp aus dicken Wurzeln und Kletterpflanzen auf die Kuppe des Hügels. Er wollte sich den Wilden Haufen selbst ansehen, in der Hoffnung, eine Schwachstelle zu entdecken.

Er hockte sich neben eine schiefe Zeder und schaute hinab auf die Ruinen von Alt-Bealton, in denen seine Gegner sich eingegraben hatten. Vor Jahrhunderten hatte es hier eine Großstadt gegeben. Jetzt ragten nur noch Berge aus Stahlbeton, Ziegeln und verbogenem Metall auf, viele vier Stockwerke hoch oder höher, wo einst Häuser gestanden hatten. Manche der bizarren Turmruinen hingen über die Straßen und schienen die Schwerkraft zu ignorieren.

Diese ›Straßen‹ waren in Wahrheit nicht mehr als Schluchten und Rinnen zwischen den Schutthalden. Viele waren Sackgassen oder so eng, dass selbst Infanterie sie kaum passieren konnte. Der Boden war grau und rosa, durchsetzt mit schwarzen Stahlbetonbrocken und vom Regen ausgewaschenen Rostflecken. Wenn der Wind über den Schutt strich, wirbelten Staubwolken wie Miniaturtornados auf, die sich erst nach einiger Zeit wieder setzten.

Leise keuchend stieg Katya neben Archer empor, während er mit dem elektronischen Fernglas die Szenerie absuchte. Die Elektronenoptik machte die Halden sehr viel deutlicher – doch was er sah, war nicht sonderlich ermutigend. Gestrüpp aus bis zu fünf Meter hohen Schlingpflanzen hatte viele Ruinen überwuchert. An manchen Stellen waren auch Bäume gewachsen, aber die wenigen, die es geschafft hatten, in Bealton Fuß zu fassen, waren verkrüppelt und blockierten hauptsächlich die Sicht.

In der Nähe der Stadtmitte schienen die Schuttberge höher zu wachsen. Die Straßenschluchten in diesem Gebiet stiegen leicht an, während sie sich durch die Trümmer wanden. Es gab ein paar flache Bereiche, aber als Archer sie heranzoomte, bemerkte er ziemlich unsicher aussehende Stein- und Kieshalden. Er sah Anzeichen einzelner breiterer Alleen, die durch die einst stolze Stadt führten – die über ihnen aufragenden Ruinen machten sie jedoch zu tödlichen Kreuzfeuerfallen.

»Ein verteufelter Ort für einen Kampf«, stellte Katya fest.

»Und das ist noch untertrieben.« Archer senkte kurz das Fernglas und schaute sie an. »Ein Gefechtsfeld mit all dem Spaß und der Kurzweil des Straßenkampfes. Enge Schussfelder, Gefechte praktisch auf Kernschussdistanz, eingeschränkte Bewegungsfreiheit. Und das Beste ist: Keine Geländekarten, keine Möglichkeit, sich zu orientieren, sobald wir die Ruinen betreten, und ein Feind, der aller Voraussicht nach in befestigten Stellungen kämpft und sich mit dem Gelände auskennt.«

Archer drehte am Einstellungsrad des Fernglases und betrachtete die Umgebung der Stadt. Wenigstens das, was er dort sah, hob seine Stimmung etwas. Hinter der Stadt verlief ein Fluss, der Potomac. Eine Klippe blockierte die Sicht, aber falls Gramashs Informationen stimmten, war der Strom zu breit, zu reißend und zu tief, um ihn mit einem Mech zu durchqueren. Außerdem lag er am Fuß fast dreißig Meter hoher Klippen, die selbst für den beweglichsten Mech eine beachtliche Barriere darstellten. Der Fluss schloss fast ein Drittel der Stadt ein.

Katya richtete ihr Fernglas auf die Ruinen. »Ich sehe Infanterie im Westen. Scheint eine Art Beobachtungsposten zu sein.«

Archer verzichtete darauf, es sich anzusehen. Strategisch spielte ein kleiner Infanterieposten keine Rolle. Er hatte eine härtere Nuss zu knacken.

»Da unten führen ein paar Alleen ins Zentrum des Chaos. Das müssen einmal Hauptverkehrsadern gewesen sein«, bemerkte sie und deutete an die äußeren rechten und linken Ränder der Stadt. »Die könnten wir für den Anmarsch benutzen.«

»Es wird uns nichts anderes übrig bleiben. Die meisten Nebenstraßen scheinen mehr Schutt als Straße.«

»Dir ist klar, dass Oberst Snord alle diese Straßen abgedeckt hat, oder?«, fragte Katya.

Natürlich wusste er das. Zum Teufel, wäre er an ihrer Stelle gewesen, hätte er Hinterhalte vorbereitet, die dem Feind das Herz in die Hose rutschen lassen würden. Aber das änderte nichts an der Lage.

»Ja, Katya, ich weiß. Ich weiß aber auch, dass wir es trotzdem versuchen müssen. Der Wilde Haufen hat eine Menge seiner Munitionsvorräte verbraucht. Dank Kraff haben wir etwa neun Tonnen Raketenmunition erbeutet. Das ist nicht viel, aber immerhin ein Anfang, und jede Tonne Munition, die wir besitzen, fehlt Snord. Hinzu kommt, dass die Wartungsmöglichkeiten in dem Müllhaufen gewiss nicht optimal sind. Und sie bekommen keinen Nachschub.«

»Andererseits«, warf sie mahnend ein, »befinden wir uns auf einer Welt, die man als feindlich beschreiben könnte. Unsere Vorräte sind ebenfalls begrenzt. Wir sind mit Nachschub für vielleicht eine Woche Aktion gekommen. Möglicherweise mehr, falls wir jetzt anfangen, ihn zu rationieren. Danach stehen wir selbst vor Versorgungsproblemen.«

»Aber auf kurze Sicht geht es uns gut.«

»Solange du es nicht übertreibst. Wäre Gramash bei Bewusstsein, könnte er uns vermutlich über seine hiesigen Kontakte Nachschub besorgen. Ich habe versucht, selbst ein paar Bekanntschaften zu knüpfen, aber das Beste, was ich aufgetrieben habe, sind ein paar einfache Ersatzteile. Er war der Einzige, der über die nötigen Kontaktleute für eine längerfristige Versorgung verfügte.«

»Was sagen die MedTechs?«

»Sie halten ihn im Koma«, antwortete Katya.

»Was?«

»Es ist Teil des Heilverfahrens. Sie sagen, es sei für seine Genesung notwendig.«

Archer biss sich frustriert auf die Unterlippe. Er hätte ihnen befehlen können, den Agenten aufzuwecken, doch das hätte das Leben des Mannes in Gefahr gebracht. Ein Leben gegen das eines ganzen Regiments. Die Entscheidung schien einfach genug. Aber er erinnerte sich an den Hinterhalt, an den blutüberströmten Leichnam von Darius Hopkins. Darius war ein Soldat mit Leib und Seele gewesen. Einer seiner Lieblingsgrundsätze hatte geheißen, niemals gute Krieger zu opfern, und Archer schuldete ihm, dass er sich daran hielt.

»Wenn ich mir dieses Gelände aus der Nähe ansehe, glaube ich auch nicht, dass da genug Platz für Snord ist, um drei Landungsschiffe aufzusetzen und Personal zu evakuieren«, bemerkte Katya.

Die Landungsschiffe des Wilden Haufens standen auf dem Raumhafen von New Bealton. Archer glaubte schon, dass es ein paar Stellen in der Stadt gab, an denen ein einzelnes Landungsschiff aufsetzen konnte, wenn der Pilot reichlich Glück hatte und besoffen genug war. Aber er glaubte nicht daran, dass Snord irgendjemanden evakuieren würde. Sie brauchte alle Mann für den Kampf gegen die Avengers.

Er rutschte auf dem harten Boden herum, um eine bequemere Sitzposition zu finden. »Wie schätzt du die Verluste des Wilden Haufens ein?«

Katya zog einen Compblock aus der Hüfttasche ihrer Kampfmontur und rief die Informationen auf. »Nach allem, was wir gesehen haben, haben sie mehr als zwei Kompanien Mechs und Panzer verloren. Wir haben die Mechs geborgen und die MechKrieger ebenfalls gefangen. Unsere Techs glauben, eine Kompanie an Material wieder einsatzbereit zu bekommen.«

»Hätte ich eine Kompanie Mechpiloten, um sie zu steuern, wäre das toll«, erwiderte Archer trocken. »Wenn man normale Wartungsmaßstäbe ansetzt, bringt sie das derzeit auf knapp unter Bataillonsstärke.«

»So in etwa«, bestätigte Katya. »Aber wir haben ihre Hilfstruppen im Kampf nicht zu Gesicht bekommen. Der Wilde Haufen verfügt über ein paar *Padilla*-Artilleriepanzer. Von denen haben wir auch nichts gesehen. Das bedeutet: Sie sind immer noch irgendwo da unten.« Sie deutete vage in Richtung Bealton.

»Und wir haben ein wenig mehr als das verloren«, stellte Archer grimmig fest. »Ein ganzes Bataillon Truppen ist zumindest kurzfristig aus dem Rennen.«

»Aber unsere Verluste an Menschenleben waren gering, und bei den meisten Reparaturen hatten wir Glück. Etwa eine Kompanie plus zwei weitere Lanzen dürften bis morgen früh wieder einsatzbereit sein, einschließlich MechKriegern, Fahrern und Bordschützen. Der Rest der Reparaturen wird mehr Zeit benötigen.«

Archer schüttelte den Kopf. »Wir haben sie da in den Ruinen in der Falle. Aber um ihre Verteidigung zu durchbrechen, brauchen wir eine zahlenmäßige Übermacht von drei oder vier zu eins.«

»Militärkunde 101«, kommentierte Katya.

»Ja, nur haben wir die Leute nicht, und werden sie auch nicht bekommen«, schnappte er. »Hätten wir Gramash, könnte er uns vermutlich helfen, eine Handvoll MechKrieger zu besorgen. Nicht genug, um viel Unterschied zu machen, aber immerhin eine Hilfe.«

»Was wirst du tun?«, fragte sie vorsichtig. Archer verbarg seine Enttäuschung darüber nicht, dass eine effektive Nachrichtendienstarbeit auf Odessa unmöglich schien, solange Gramash außer Gefecht war.

Wieder schweifte sein Blick über die Ruinen von Bealton. Seit er die planetare Miliz zurückgeschlagen hatte, war alles schief gelaufen. Er hatte nicht nur Darius Hopkins verloren, auch sein Geheimdienstmann für Odessa war ausgefallen. Aber das Schlimmste war, dass er seine Mission nicht erfüllen konnte. Statt Snords Wilden Haufen für Prinz Victor anzuwerben, steckte er in einem Kleinkrieg gegen sie. Am Ende der bisher letzten Schlacht hatten die Avengers zwar die Oberhand, angesichts ihrer Verluste aber schien ihm der Sieg durch die Finger zu rinnen wie Sand.

»Wir halten den Kordon aufrecht, mit dem wir sie einschließen«, erklärte er schließlich. »Ich will zwei Lanzen BattleMechs als freie Reserve in Bereitschaft, für den Fall, dass der Wilde Haufen einen Ausbruchsversuch unternimmt. Wir werden die Regiments-BefehlsLanze und eine andere benutzen.«

»Rein defensiv?«, fragte sie. Sie sprach nicht aus, was sie dachte, doch er wusste es auch so. Das war nicht gerade sein Stil.

Archer runzelte die Stirn. »Du kennst mich besser, Katya. Wir werden dieses Rattennest ein wenig auskundschaften, sehen, was sie so haben, sie wach halten. Wir fangen mit den beiden Haupteingängen in die Stadt an. Keine schnellen Aktionen. Nichts, was die Gefahr mit sich brächte, in einen Hinterhalt zu geraten. Wir gehen es langsam an: überschwere Mechs, die mit voller Artillerieunterstützung vorrücken. Ich wünschte, wir könnten die Jäger mehr einsetzen, aber das ist in dieser Umgebung nicht drin.«

»Wir kämpfen uns also von einem Block zum nächsten vor?«

»Wenn es sein muss. Ich würde gerne glauben, dass Oberst Snord kapituliert, das halte ich jedoch momentan für ziemlich unwahrscheinlich.«

Archer schloss die Augen bei dem Gedanken an den bevorstehenden Straßenkampf. Er hatte schon ähnliche Situationen mitgemacht. Sie hatten nichts von der Eleganz einer offenen Schlacht, in der es auf Beweglichkeit ankam. Er spielte mit dem Gedanken, den Wilden Haufen auszuhungern, verwarf diesen Gedanken aber. Das hätte Snord die Initiative überlassen, indem es sie zwang, anzugreifen. Das war auch nicht sein Stil.

»Nein, wir müssen sie uns holen«, stellte er mehr bei sich fest, »bevor sie uns angreifen.«

* * *

Der riesige Schuttberg war nach einer Seite hin offen, was eine beinahe vier Stockwerke hohe Höhle bildete. Irgendwann musste es einmal ein Parkhaus gewesen sein. Die oberen Etagen hatten das Bombardement überstanden, aber die unteren Stockwerke waren eingestürzt, sei es im Laufe der Jahrhunderte oder als Folge der Vernichtung der Stadt vor dreihundert Jahren. Das Einzige, was Tascha derzeit interessierte, war, dass die Techs hier Deckung hatten, um den Schaden zu beheben, den das 1. Thorin der Einheit zugefügt hatte.

Sie hatte zwei hauptsächlich aus BattleMechs bestehende Bataillone gegen sie in die Schlacht geführt, und die Kämpfe hatten beträchtliche Verluste gefordert. Das größte Problem war, dass sie den Rückzug hatte antreten müssen, denn das bedeutete den Verzicht auf die Bergung der Mechs, die der Wilde Haufen oder die Avengers verloren hatten. Stattdessen konnten Archers Techs jetzt ihre Mechs für Ersatzteile oder Munition ausschlachten, wenn man sie nicht sogar auf seiner Seite wieder kampfklar machte. Ihr blieb nur, die Maschinen reparieren zu lassen, die es zurück nach Bealton geschafft hatten.

Sie sah zu, wie eine Gruppe Techs in der Höhle des alten Parkhauses an der zerfetzten und verkohlten Brustpartie ihres BattleMechs arbeiteten. Mit der Hilfe eines improvisierten Gerüsts krabbelten sie über den Stahlriesen, schnitten zerstörte Panzerplatten ab, hoben neue an Ort und Stelle. Munitionslader rollten durch die Höhle und bestückten die Maschinen neu. Im Cockpit hatte sie die Schäden an ihrem Mech nur als Datenzeilen und Symbole auf dem Schadensdiagramm der Sichtprojektion wahrgenommen. Jetzt, hier, auf der schuttbedeckten Straße, sah sie die schiere Verwüstung, die der Gegner angerichtet hatte.

Hauptmann Norris schlenderte herüber. Sein kahlrasierter Schädel glänzte vor Schweiß, und er strich sich mit der flachen Hand darüber, um ihn abzuwischen. Seine Gesichts- und Halsmuskulatur war angespannt, als kämpfe er gegen die Wut an ... oder möglicherweise gegen Verstopfung. Der Gedanke ließ Tascha beinahe losprusten, aber das hätte ihren generell angespannten Beziehungen zu Norris sicher nicht geholfen.

»Kommandanthauptmann«, begrüßte er sie knapp, und es klang, als verachte er ihren Rang. »Wir haben zahlreiche Probleme zu besprechen.«

»Ich höre, Hauptmann.« Sie verschränkte die Arme und bereitete sich innerlich auf das Schlimmste vor.

»Ich habe mit den Techs gesprochen: Unsere Munition wird knapp. Hauptsächlich Raketen und Gausskugeln. Momentan haben wir nur noch genug Vorräte für wenige Stunden Kampf.«

Sie hatte ihn gebeten, die Nachschubsituation zu überprüfen, und wünschte sich bei Gott, sie hätten die Transporter nicht verloren. Als Kommandanthauptmann mit Garnisonsauftrag hatte sie sich bis jetzt nie um Nachschubfragen zu kümmern brauchen. Jetzt, da sie die ganze Einheit befehligte, ruhte diese Last ganz auf ihren Schultern. »Wir werden Order geben müssen, Munition zu sparen und hauptsächlich Energiewaffen einzusetzen.«

»Das ist noch nicht alles«, fuhr Norris fort, ohne auf ihre Bemerkung einzugehen. »Unser Trinkwasservorrat reicht nur noch acht Tage, die Rationen nur noch sieben Tage.«

Bei dieser Mitteilung legte Tascha die Stirn in Falten. Süßwasser war in den Stadtruinen praktisch nicht vorhanden. Selbst nach drei Jahrhunderten erschwerte Restradioaktivität die Aufbereitung. Außerdem waren seit Jahrhunderten alle in der früheren Großstadt befindlichen Chemikalien ins Grundwasser eingesickert und hatten es gründlich vergiftet. Das Flusswasser ließ sich unter Umständen aufbereiten, aber es würde schwierig werden, es überhaupt zu erreichen. Die Filtersysteme der Mechs konnten eine begrenzte Menge Trinkwasser liefern, doch irgendwann würden sie ebenfalls zusammenbrechen. Für das Nahrungsproblem wusste sie allerdings auch keine Lösung.

»Verdammt«, stieß sie unwillkürlich aus.

»Wir können hier nicht lange bleiben, Kommandanthauptmann«, stellte Norris fest. »Sobald die Reparaturen abgeschlossen sind, schlage ich einen massiven Ausbruchsversuch vor. Wenn wir New Bealton erreichen, können wir uns dort neu ausrüsten. Und falls es sonst nichts hilft, sind wir wenigstens in offenem Gelände, wo wir uns bewegen können, statt wie Vieh eingepfercht zu sein.« Er deutete mit einer ausladenden Geste auf die Trümmerberge.

»Das weiß ich, Hauptmann«, erwiderte sie steif. »Aber alles, was wir wissen, weiß Archer Christifori auch. Unsere Infanteriescouts haben den Stadtrand ausgekundschaftet und seine BattleMechs und Panzer dort draußen entdeckt. Sie haben beide Hauptausgangsrouten abgedeckt. Außerdem wissen wir noch nicht, wo ihre Hauptstreitmacht steht, also wissen wir auch immer noch nicht, was uns erwartet, falls wir durchbrechen.«

»Wir müssen hier fort«, stellte Norris nüchtern fest. »Hier sind wir in einer Belagerungssituation. Das können wir uns nicht leisten.«

Tascha bemühte sich redlich, ihre Verärgerung über sein arrogantes Auftreten im Zaum zu halten. »Das verstehe ich, Hauptmann. Aber wenn wir jetzt versuchen auszubrechen, solange nur ein Bruchteil unserer Reparaturen abgeschlossen ist, haben wir keine Chance. Bealton ist vielleicht hässlich und lebensfeindlich, aber es ist leicht zu verteidigen, und wir haben die Einfallsrouten mit Hinterhalten gespickt. Wenn wir darauf warten, dass Christifori zu uns kommt, können wir ihn genug schwächen, um hier herauszukommen.«

»Pah«, spie Norris. »Defensivgefechte sind ehrlos. Wir sollten jetzt angreifen, mit allem, was wir haben.«

»Das hat mit Ehre nichts zu tun«, gab Tascha zurück. »Aber alles mit Überleben und solider militärischer Taktik.«

Er lief dunkelrot an, und in seinem Blick stand etwas, das beinahe an Hass grenzte. »Überleben ist nichts ohne Ehre«, erklärte er und es klang wie ein Zitat. »Ihre Führung hat uns hierher gebracht, wo wir wie eine Jaulratte in ihrem Bau hocken. Vielleicht ist Ihre Sicht der Lage davon vernebelt, was Ihrer Mutter zugestoßen ist.«

»Willst du damit andeuten, ich wäre unfähig, den Befehl über die Einheit zu führen, Norris?«, herrschte Tascha ihn wütend an. Sie sah ihm an, dass er sich freute, sie so weit gebracht zu haben, dass sie die Beherrschung verlor.

»Ich bin jetzt seit Jahren ein Mitglied dieser Einheit«, sagte er. »Ich habe die Kriegerin in deiner Mutter schätzen gelernt, aber du bist unerfahren. Vielleicht solltest du den Befehl jemandem übergeben, der besser dafür geeignet ist.«

Jetzt war es heraus. Sein Motiv. Sein Wunsch. »Jemandem wie dir?«

Er zuckte die Achseln. »Nicht notwendigerweise. Aber es gibt andere in der Einheit, die mit meiner Sicht des Kampfes übereinstimmen.«

Tascha wirbelte mit funkelnden Augen zu ihm herum. »Nein, Norris. Meine Mutter hat nicht erwartet, in einen Hinterhalt zu geraten und ins Koma zu fallen, aber sie hat mir den Befehl übertragen. Ich werde ihren Befehl weder für dich noch für irgendjemanden aus deiner Umgebung missachten. Wir sind hier nicht bei den Clans. Du kannst mir meine Position nicht streitig machen, indem du mich zu einem Zweikampf im Kreis der Gleichen forderst. Wir machen es auf meine Weise.«

Norris schien von ihrer Wut unbeeindruckt. Wie schon zuvor wirkte er zufrieden, sie aus der Ruhe gebracht zu haben. »Na schön, Kommandanthauptmann. Ich habe nur einen Vorschlag gemacht.«

Sie starrte ihn verächtlich an. »Ich weiß, was für ein Spiel du treibst. Ich weiß auch, dass du dir bei meiner Mutter einen solchen Mist nicht getraut hast. Wenn doch, wärst du längst aus der Einheit geflogen – oder tot. Merk dir das eine, Norris: Ich habe den Befehl hier. Du wirst meine Anweisungen befolgen, oder du wirst dir noch wünschen, du wärst an Stelle meiner Mutter ins Koma gefallen.«

Sie drehte sich um und ging, aber Tascha war sich sicher, dass es damit nicht getan sein würde. So schnell würde Norris keine Ruhe geben.

# 15

**In der Nähe von Bealton, Odessa**
**Provinz Donegal, Lyranische Allianz**

*21. April 3063*

Archer schaute Joey-Lynn Fraser an und lächelte. Noch vor sechs Monaten war sie die Anführerin einer Straßenbande auf Thorin gewesen, hatte sich aber seiner Sache gegen die 15. Arkturusgarde angeschlossen. Ihre Bande, die Weißen Tiger, hatten sich von Schlägern zu Freiheitskämpfern gemausert. Mit dem Bergegut der besiegten Garde hatte er eine Kompanie um sie herum aufgebaut: die Weiße-Tiger-Kompanie des 2. Bataillons.

Joey-Lynn war vor ihren Bandenzeiten vier Jahre beim Militär gewesen und hatte gelernt, einen Mech zu steuern. Jetzt war sie Captain Fraser, Kommandeurin und MechKriegerin. Die Avengers hatten eine Reihe von Rekruten ausgehoben, um die Reihen ihrer Kompanie zu schließen: Veteranen der Vereinigten Commonwealthstreitkräfte und Mitglieder der Thorin-Miliz.

Wie John Kraffs Murphrid-Ranger neigten auch die Weißen Tiger zu Einsätzen unabhängig von anderen Einheiten. Archer hatte sich entschieden, ihnen etwas von ihrer Bandenkultur zu lassen, um auf dem damit entwickelten Gemeinschaftsgefühl aufbauen zu können. Sie standen ganz und gar hinter dem Ziel, Katherine vom Thron zu stoßen, und das war gut genug für ihn. Ein anderer Kommandeur hätte vielleicht versucht, ihre Wildheit zu brechen oder zu zähmen, aber Archer bewunderte sie, wenn auch widerwillig.

Die Morgensonne löste gerade die letzten Nebelschwaden auf und er deutete hinüber zu den Ruinen. »Von hier aus siehst du die Stelle. Ich möchte, dass du dort durchzubrechen versuchst, Joey«, sagte er und zeigte auf eine Lücke im Schutt. »Wir haben etwa vierhundert Meter einwärts eine freie Stelle geortet. Es muss einmal ein Platz oder Park gewesen sein. Wenn ihr es schafft, in den Trümmern an der näheren Seite des Freiraums Stellung zu beziehen, können wir den Rest unserer Truppen zusammenziehen und das Feuer auf den Wilden Haufen konzentrieren.«

Sie nickte und zündete sich einen Zigarillo an, eine Angewohnheit, die sie sich in letzter Zeit zugelegt hatte. Nicht gerade geeignet für Rekrutierungsposter, aber Archer gefiel es. Joey war ein zäher Brocken – und sie ließ es jeden wissen. »Mit was für Unterstützung können wir rechnen, Sir?«

»Na ja, ich habe die Säbel-Staffel in Bereitschaft, bis ihr ausrückt. Sie besitzen eine gewisse Bomberkapazität – in einem Stadtkampfgebiet gegen bewegliche taktische Ziele wird das aber nicht viel bringen. Ihr habt einen *Rabe* in der Kompanie, richtig?«

»Ja, Sir. MechKrieger Staryn.«

»Und Sergeant Armisteds *Bushwacker* hat ZES, oder?«

»Ja, Sir. Armisted ist in Kompanie Cäsar. Vor zwei Monaten haben die Techs seine Maschinengewehre entfernt und gegen ein Zielerfassungssystem ausgetauscht.«

»Okay, da bei euch drei Mechs außer Gefecht sind, werden wir ihn für diese Operation zu den Weißen Tigern versetzen. Mit zwei ZES-BattleMechs können wir unsere beiden *Katapulte* für indirekten Beschuss einsetzen. Die ZES-Mechs können die Ziele markieren und dann schicken die *Katapulte* ihre Arrow-IV-Ladung ins Ziel.«

»Und wann steigt die Fete, General?«

»Spätestens übermorgen. Das sollte dir genug Zeit geben, das Gelände einzuschätzen und alle Elemente der Operation zu koordinieren.«

Joey-Lynn nahm von dem Zigarillo einen langen Zug und ließ den grauen Qualm aus den Nasenlöchern wallen. »Was machen wir, wenn wir in dem Tohuwabohu da einen Brückenkopf haben, Sir?«

»Ich schicke Verstärkungen rein. Mit Glück können wir den Wilden Haufen zwingen, seine Verteidigungsstellungen ins Zentrum zurückzuziehen, um Munition zu sparen. Das würde uns ermöglichen, in weitere Sektoren vorzudringen und noch näher zu rücken. Zur selben Zeit wie euer Vorstoß werden die Ranger einen Teil von Snords Linien angreifen. Das sollte den Wilden Haufen zwingen, die Verteidigung aufzuteilen und euch eine größere Erfolgschance verschaffen.«

Joey schaute zur Stadt und studierte die Ruinenberge, an deren Fuß noch ein leichter Nebel wallte. »Ein verdammt mieser Platz für einen Krieg.«

Archer nickte, und als sie sich wieder umdrehte, schaute er ihr in die Augen. »Wenn ich in meinen Jahren als Soldat etwas gelernt habe, dann, dass es keinen guten Ort für einen Krieg *gibt*.«

Als Antwort auf den ernsten Ton seiner Feststellung salutierte Joey-Lynn Fraser, dann drehte sie sich um und ging zu ihren Leuten, um sich an die Arbeit zu machen.

* * *

Der Weg, den die Weißen Tiger gingen, verlief in einem Tal durch eine felsübersäte Hölle. Als Joey-Lynn vorrückte, hingen noch einzelne Morgennebelschwaden an den Unterschenkeln der BattleMechs. Es war lediglich Platz für zwei Mechs nebeneinander, was die Kompanie zwang, in einer langen Marschkolonne vorzurücken. Das war nicht gerade angetan, sie zu beruhigen.

Sie war versucht gewesen, in voller Fahrt loszupreschen, ans Einsatzziel zu stürmen und es zu halten. Doch die Gefahr, in ein Minenfeld zu geraten und die Anzahl möglicher Hinterhalte auf dem Weg hatten dafür gesorgt, dass sie es sich anders überlegt hatte. Bei einem blinden Vorpreschen wären sie Gefahr gelaufen, eingekesselt, überrumpelt und besiegt zu werden, ohne selbst auch nur einen Schuss landen zu können. Es war klüger, langsam vorzurücken, auch wenn es ihr nicht behagte.

Joeys *Gallowglas* marschierte im zweiten Glied der Kolonne, neben Grant Watkins *Clint*. Sie tastete ständig jeden Zentimeter der Umgebung mit den Sensoren ab, aber die Tonnen von Metalltrümmern in den Schuttbergen störten die Ortung selbst auf kurze Distanz. Mit jedem Schritt wurde die Nervenanspannung größer.

»Hast du irgendwas, Smokey?«, fragte sie Lieutenant Thal im Cockpit des *Caesar* fast vierzig Meter vor ihr.

»Nichts ... Wuooh! Das sieht nach einer Reaktorsignatur kurz voraus aus, gleich hinter der Ziegelmauer rechts. Identifizierung läuft ... Es ist ein *Shogun*.«

»Anhalten«, befahl Joey der ganzen Kolonne. »Wenn wir ihn zeichnen können, ortet er uns mit Sicherheit auch. Säbel-Staffel, wie wäre es mit einem kurzen Vorbeiflug über das Gebiet, inklusive Beschuss?« Sie hoffte darauf, dass die vier Maschinen der unterzähligen Luft/Raumstaffel den Feind ein wenig ankratzen und ihr eine bessere Vorstellung darüber verschaffen konnten, was sie erwartete.

»Säbel Eins hier. Zwo Minuten«, antwortete Francine Culver.

»Sobald die Jäger hier sind, rücken wir vor«, ordnete Joey an. »Die vordersten Mechs biegen um die Ecke und greifen den *Shogun* auf der Kreuzung an. Ich schwenke an derselben Stelle mit dir nach links, Grant.

Von Kliff, du und FangLanze bewegt euch fünnefundsiebzig Meter geradeaus und haltet an. Drei-Sektionen-Aufteilung an der Kreuzung. Kapiert?«

Gemurmelte Bestätigungen. Sie lehnte sich zurück und spannte die Haltegurte der Pilotenliege. Die Kurzstreckenortung zeigte die Luft/Raumjäger der Säbel-Staffel, die von Norden über die Stadtruinen heranschossen. Fast ohne sich bewusst zu werden, dass sie ins Mikrofon sprach, sagte sie: »Showtime …«

Die Jäger flogen niedrig an, geführt von dem fünfundsechzig Tonnen schweren *Luzifer*. Seine Holly-LSR-Lafetten spien weißlich grauen Qualm, als zwanzig Raketen aus den Rohren glitten, gefolgt von einer Breitseite schwerer und mittelschwerer Laser. Dann kam ein *Chippewa* und bog in steiler Schräglage durch die Schlucht zwischen den verfallenden Gebäuden, um seine Raketen- und Lichtwerfersalven auf den hinter dem Gebäude vor ihnen verborgenen *Shogun* abzufeuern.

Joey-Lynn kam nicht dazu, ihren Leuten den Angriffsbefehl zu geben. Der Anblick der herabstoßenden Jäger löste einen impulsiven Sturmlauf in die zugeteilten Stellungen aus. Gerade als Smokey Thals *Caesar* um die Ecke bog, sah sie eine Feuerwand von der Position des unsichtbaren Gegners emporschlagen. Die Luft war erfüllt von smaragdgrünen Lichtpfeilen und blutroten Energiebahnen.

Dann hörte sie die Stimme von Säbel Eins. »Culver hier. Donner und Blitz, Captain! Da unten ist eine ganze Lanze Mechs. Ziehen Sie ihre Leute zurück!«

Plötzlich tauchten rote Lichtpunkte in Joeys Nahortung auf – feindliche Mechs. Sie hatten sich in den Trümmern versteckt gehalten, abgeschaltet oder auf Minimalleistung reduziert. Jetzt kamen sie hervor und griffen die einzigen Ziele in Schusslinie an: Thals *Caesar* und MechKrieger Mansteins *Verteidiger*. Ein grellblauer Blitzschlag aus einer Partikelprojektorkanone brachte die Luft zum Kochen und sie sah Mansteins Mech unter dem Einschlag wanken.

»Smokey und Jimmy, zurück!«, rief sie. Sie und der Rest der Einheit hatten noch keine Ziele für ihre Waffen – in diesem Gelände bestand dazu jedoch auch kaum eine Chance. Der *Caesar* war am nächsten an den Trümmern des Gebäudes und schaffte es, nach hinten aus dem Schussbereich zu stolpern. Das Gebäude selbst war ein sieben Stockwerke hoher Schutthaufen, der noch immer von der Explosion der Bombe, die ihn Jahrhunderte zuvor zerstört hatte, schwarz verbrannt war. Als Smokey sich umdrehte, ähnelte die Frontpanzerung seiner Maschine der Fassade der Ruine. Rußgeschwärzte Löcher klafften an zahlreichen Stellen auf Torso und Armen. Ein übler Schnitt zog sich durch die Panzerung dicht am Cockpit, die Folge eines gefährlich effektiven Raketen- oder Granateneinschlags. Der *Caesar* machte sich schwankend auf den Weg zurück zu den anderen Weißen Tigern.

Mansteins *Verteidiger* hatte nicht annähernd so viel Glück. Sie konnte nur zusehen, wie er unter einem Wirbelsturm von Laserfeuer zu Boden ging. Er feuerte seine LSR-Fünferlafette ab, doch gegen den Feuersturm, der ihm entgegenschlug, war das nicht mehr als ein Mückenstich. Jimmy schaffte es, den BattleMech auf die Seite zu wälzen, aber da trommelte schon das nächste Raketenbombardement auf den Metallkoloss ein und zertrümmerte die Panzerung.

Der *Verteidiger* erhob sich auf die Knie und wollte sich aufrichten, da schlug ein Partikelstrahl voll in seinen Kopf ein. Der halbrunde Mechschädel schien unter der Wucht des Treffers einzubeulen. Die letzten Panzerreste flogen davon und landeten halb verflüssigt zwischen dem Schutt der Straße. Für Jimmy gab es keine Hoffnung, keine Chance, sich zu retten. Der

PPK-Treffer hatte ihn in einem Sekundenbruchteil verbrannt.

Joey-Lynn hatte zwei Tage zuvor schon zwei Maschinen an den Wilden Haufen verloren, doch beide MechKrieger hatten überlebt. Diesmal war einer ihrer Piloten gefallen. Sie trat einen Schritt vor, bereit, auf Smokeys *Caesar* zuzustürmen, der sich mühsam wankend zurück zur Kolonne schleppte. Heiß loderte der Wunsch in ihr auf, sich den Feind zu holen, der das getan hatte.

Sie hielt in der Bewegung an. Falls sie um diese Ecke bog, erwartete sie dasselbe Schicksal, das Jimmys qualmender *Verteidiger* erlitten hatte. Als die Snord-Lanze auf die Kreuzung trat, die Geschütze auf ihre Leute gerichtet, hatte sie den Gegner endlich auf dem Sichtschirm. Der *Shogun* war leicht beschädigt, hauptsächlich am Arm. Neben ihm trat ein haushohes *Fallbeil* vor. Für einen Moment schien die Zeit stillzustehen. Sie sah einen dritten Mech um die Ecke biegen und hinter den beiden riesigen Kampfmaschinen verschwinden, um sich eine günstige Schussposition zu suchen.

Das war kein Kampf, den sie gewinnen konnten. Zum ersten Mal seit Beginn des Hinterhalts war das klar zu erkennen. Diese Kreuzung war der einzige Weg an ihr Ziel, und sie lag fest in der Hand eines Gegners, der den Avengers nichts schuldig blieb. Und zudem konnte er sie ins Kreuzfeuer nehmen. Wütend schlug sie mit der Faust auf die Cockpitkontrollen.

Dann feuerte das *Fallbeil,* dessen mittelschwere Laser für einen Stadtkampf bestens geeignet waren. Die Schüsse überschütteten die Beine von Smokeys *Caesar* mit zerstörerischer Energie, schleuderten Panzerplatten in alle Richtungen davon. Der Mech schwankte weiter wie betrunken, schleppte sich hinter einen Trümmerhaufen, um aus der Schusslinie zu kommen.

Joey und Grant Watkin nahmen das *Fallbeil* gleichzeitig unter Beschuss. Watkins Salve fand als Erste ihr Ziel und ein PPK-Schuss des *Clint* fraß sich in die Mitte der Torsopanzerung. Joeys schwere und mittelschwere Lichtkanonen folgten eine Millisekunde später und bohrten sich tief in dieselbe Stelle in der gepanzerten Haut des *Fallbeil.* Qualm schlug aus den Löchern und meldete zusätzliche Schäden im Innenleben der Kampfmaschine, doch der Mech schien von dem Angriff nicht sonderlich beeindruckt. Er drehte sich langsam um und zielte auf den *Clint*.

Plötzlich fiel Joey etwas ein. »Staryn, markier das Gebäude rechts neben den Snord-Maschinen mit dem ZES und fordere ein sofortiges Arealbombardement an.«

»Ma'am?«

»Keine Fragen! Los!«, befahl sie, gerade als das *Fallbeil* mit Kurzstreckenraketen und mittelschweren Lasern Watkins *Clint* attackierte. Zwei Geschosse zuckten vorbei und schleuderten Trümmerbrocken über die Straße, als sie neben dem Mech durch den Schutt pflügten. Der Rest traf Watkins Maschine am rechten Torso und Arm. Das Laserfeuer, das dem Bombardement folgte, geißelte jeden Quadratzentimeter der Mechgliedmaßen. Als die Salve vorüber war, gab es kaum eine Stelle an dem Kampfkoloss, die nicht beschädigt war: Er war verbrannt und vernarbt, mit verbogenen Panzerplatten und zahllosen tiefen Löchern.

Smokey drehte den Rumpf des *Caesar* und feuerte das Gaussgeschütz ab. Die Kugel – nur ein silbriger Schemen – schlug in die Hüfte des *Shogun*. Sie bohrte sich von vorne ins Hüftgelenk und brach auf der Rückseite wieder hinaus. Der Effekt des Einschlags war verheerend. Die Wucht riss den Arm des Mechs nach links und abwärts, und der Aufschlag schleuderte eine gewaltige Staubwolke auf.

Joey hörte das Donnern der anfliegenden Arrow-Raketen, deutlich tiefer als bei Langstreckenraketen. Dann krachte eine Serie von Detonationen, die den Boden unter den Mechs erschütterten. Wieder stiegen Staub und Trümmer in riesigen Wolken in den Himmel und schlugen der Kolonne entgegen wie der Feuerodem eines gigantischen Drachens. Er überzog ihre Mechs mit einer dünnen Staubschicht. Joey tastete mit der Ortung das Gelände voraus ab. Der *Shogun* erschien noch immer auf dem Bildschirm, auch wenn er sich nach links auf die Kreuzung zurückgezogen hatte: hinter die Trümmer. Doch das *Fallbeil* war verschwunden.

Langsam hob sich der Staubschleier – sie konnte die Ruinen wieder sehen. Die Artilleriesalve hatte das Gebäude in die Straße stürzen lassen, und es hatte Jimmys *Verteidiger* unter Tonnen von Beton und Schutt begraben. Das *Fallbeil* war noch teilweise sichtbar, lag aber zu zwei Dritteln verschüttet auf der Seite. Mit einem dumpfen Wummern brachte der Schaden durch den Sturz die eingelagerte Munition zur Detonation, was zusätzliche Steine und Trümmer losschüttelte. Flammen schlugen aus einer Lücke im Schutt, aus der auch schwarzer Rauch quoll.

»Gespenst Eins von Weißer Tiger Eins«, funkte Joey-Lynn und starrte auf die Szenerie aus Flammen und Vernichtung, durch die Smokey sich abmühte, die Überreste des *Caesar* zurück zur Kolonne zu schleppen. Plötzlich hastete ein schneller *Wächter* über die Kreuzung, und ein Strom Granaten schlug aus seiner Ultra-Autokanone in die Beine des bereits schwer beschädigten Mechs. Smokey versuchte, sich umzudrehen und das Feuer zu erwidern: Da war der Söldnermech aber bereits aus dem Schussfeld verschwunden.

Der *Caesar* schwankte unter dem Angriff, und Joey-

Lynn sah eine Granate ins rechte Knie einschlagen. Die Detonation schälte die Panzerung zurück und ein schwarzer Rauchfaden stieg aus dem zertrümmerten Aktivator auf. Bei Smokeys nächstem Schritt blockierte das Knie. Der Mech kippte vornüber und schlug nur zehn Meter vor Joey auf.

Sie zuckte zusammen, als sie es sah und gleichzeitig Lieutenant General Christifori sagen hörte: »Sprechen Sie, Weißer Tiger Eins.«

Sie antwortete nicht sofort, sondern rief zuerst den gestürzten *Caesar* auf. »Alles in Ordnung da unten, Smokey?«

»Das soll ein Witz sein, oder, Skipper?«, hörte sie ihn keuchend antworten. Immerhin war er für einen Sarkasmus noch lebendig genug. Sie wechselte den Kanal, um ihrem Kommandeur zu antworten.

»Sir, der Wilde Haufen hält eine Kreuzung vor uns. Ich habe zwei Mechs verloren, einer davon ist ein Totalausfall. Ich kann nicht genug Feuerkraft zum Tragen bringen, um den Schaden auszuteilen, der nötig wäre.«

Eine lange Pause folgte. »Sie sind näher am Geschehen als ich, Weißer Tiger Eins. Was wollen Sie tun?«

Was sie wollte, war: den Wilden Haufen abzuknallen. Die Söldner hatten einen ihrer Männer auf dem Gewissen, ein weiteres Opfer der Tyrannei des Archons. Sie wollte mit der ganzen Kolonne vorwärts stürmen und herausfinden, wie viel Schaden sie austeilen konnten.

Doch als sie sich die Straße anschaute, sah sie, welche gigantischen Trümmermengen auf die Fahrbahn herabgeregnet waren. Jetzt konnte nur noch ein einzelner BattleMech das Nadelöhr passieren … und selbst das würde reichlich Zeit kosten. Ein weiteres Vorrücken hätte ihr die Chance zur Rache gegeben, aber nur zum Preis von noch weit mehr Leben. Und ganz davon abgesehen hatte Snord an der nächsten Kreuzung wahrscheinlich einen ähnlichen Hinterhalt gelegt. Und an der danach ebenfalls.

»Sir«, stellte sie schließlich fest, »wir haben uns hier festgefahren. Ich schlage einen Rückzug vor. Ein Versuch, weiter vorzurücken, würde Sie zumindest derzeit diese ganze Kompanie kosten – und das bei sehr geringen Chancen, das Einsatzziel zu erreichen.«

Wieder eine lange Pause. »Verstanden, Weißer Tiger Eins. Kommen Sie heim.«

* * *

Archer rieb sich über die Stirn, beugte sich vor und sog den Dampf in die Nase, der von der heißen Tasse Kaffee vor ihm aufstieg. Katya kam herüber und legte ihm die Hand auf die Schulter. »Wenn Joey-Lynn sagt, es hat keinen Zweck, glaube ich ihr«, stellte sie fest.

Er hob den Kopf und schaute sie an. »Ja, ich bin sicher, Joey hat Recht. Ich hatte nur gehofft, wir könnten durchstoßen. Es war den Versuch wert.«

»Wir mussten es zumindest probieren.«

Er nickte traurig. »Und jetzt bleibt uns nichts anderes mehr als eine echte Belagerung. Wir haben nicht die Feuerkraft einzubrechen, und vermutlich hat Snord nicht die nötige Kraft, auszubrechen.«

»Patt?«, fragte sie.

»Schlimmer. Ein Zermürbungskampf. Wir werden uns gegenseitig aufreiben, bis von keinem von uns etwas übrig bleibt.«

»Unsere Nachschublage ist besser als die des Wilden Haufens«, stellte Katya fest.

»Ich habe solche Situationen schon erlebt. Wir haben eine gute Chance zu gewinnen, aber wir werden uns dabei selbst aufzehren. Bei dieser Art von Kampf gibt es im Regelfall keinen Sieger. Nur zwei Verlierer.«

»Dann läuft es auf eine Frage der Führung hinaus«,

erklärte sie. »Du wirst uns nicht enttäuschen, das weiß ich. Du hast uns vom ersten Tag an zusammengehalten, und das wirst du auch weiter tun. Wir alle glauben an dich, Archer.«

Katya glaubte an das, was sie sagte, doch Archer wusste, was sich die ganze Einheit fragte, auch wenn niemand wagte, es auszusprechen: Wie viele von ihnen würden sterben müssen, um die Einheit zusammenzuhalten?

# 16

**Ruinen von Bealton, Odessa**
**Provinz Donegal, Lyranische Allianz**

*23. April 3063*

»Ich sehe das so, Frau Kommandanthauptmann«, kommentierte Hauptmann Deb H'Chu Taschas Plan, sie aus Bealton hinauszubringen. »Es ist riskant, aber wenn wir alles auf einen Vorstoß konzentrieren, könnten wir unter Umständen – und ich betone: unter Umständen – durch die Linien des 1. Thorin durchbrechen. Falls es uns gelingt, können wir nach New Bealton entkommen.« Ihre Worte hallten durch die halb offene Parkhausruine, die dem Wilden Haufen als improvisierter Mechhangar und Kaserne diente.

»Ich weiß nicht«, sagte Tascha. Seit dem letzten Vorstoß der Avengers hatte der Kampf sich in ein Katz-und-Maus-Spiel verwandelt, eine Serie überfallartiger Attacken, langer Streifengänge ohne Schlaf – und eine taktische Pattsituation. Die nervliche Belastung stand ihnen allen ins Gesicht geschrieben.

Norris lehnte sich mit dem Rücken an eine brüchige Steinsäule. »Der Plan hat Vorzüge«, erklärte er. »Es ist ein schmaler Korridor, der uns bremsen und unsere Möglichkeiten reduzieren wird, die Maschinen weit genug zu verteilen, um unsere Feuerkraft zu konzentrieren. Niemand aber würde erwarten, dass wir ihn als Fluchtroute wählen. Das Problem ist: Wir sind in die Enge gedrängt, und falls es den Avengers gelingt, den Versuch mit genug Schlagkraft zu kontern, um uns aufzuhalten, droht uns eine Katastrophe.«

»Da wäre auch die Frage der Nonkombattanten«, fügte Marcos Shake an. »Wir können sie nicht alle mitnehmen. Ich schlage vor, wir lassen ein symbolisches

Kontingent zurück, um freies Geleit oder eine Kapitulation unter den Bedingungen der Ares-Konvention für sie auszuhandeln.«

Tascha war, als wäre soeben ein zusätzliches Hundert-Kilo-Gewicht auf ihren Schultern gelandet. Für eine Söldnereinheit wie den Wilden Haufen war ein Verlust der logistischen Unterstützung untragbar. Sie alle, von den Techs bis zu den MechKriegern, spürten die Auswirkungen der verlorenen Ausrüstung und Vorräte in der letzten Schlacht. Weitere Einbußen auf diesem Gebiet drohten die Einheit selbst auf kurze Sicht kampfunfähig zu machen. Und für Tascha selbst hätte das bedeutet, mit den Verwundeten auch ihre Mutter auszuliefern. Das war eine Option, die sie nicht einmal anzudenken bereit war.

»Ausgeschlossen«, antwortete sie. »Entweder wir nehmen alle mit raus, oder es läuft gar nichts.«

Norris schlug sich mit einer bulligen Faust in die Handfläche. »Wir sollten keine Zivilisten mit hineinziehen, Kommandanthauptmann. Das ist ein Kampf zwischen wahren Kriegern. Zivilisten haben auf dem Schlachtfeld nichts zu suchen.«

»Wir haben keine Wahl«, fuhr sie ihn an. »Wenn wir sie zurücklassen, verlieren wir jede Chance, die Einheit wiederaufzubauen und das 1. Thorin erneut zu stellen.«

Norris knurrte leise, dann atmete er tief durch. »Na schön. Aber es wird der Punkt kommen, an dem Sie sich zwischen Vor und Zurück entscheiden müssen. Wenn wir auf die Weise vorgehen, die Sie vorschlagen, und wir scheitern, wird es uns die gesamte Offensivkapazität kosten. Mit anderen Worten, Frau Kommandanthauptmann, wenn dieses Manöver keinen Erfolg hat, wird es uns mehr kosten, als wir zu zahlen bereit sind.«

Tascha starrte ihn an. Vor allem ärgerte sie, dass er

Recht hatte. »Tja, Norris. Dann werden wir wohl dafür sorgen müssen, dass es gelingt.«

* * *

Major Alice Getts bremste ihren *Von Luckner* am Rand der Lichtung, die den Patrouillenradius des 1. Thorin markierte. Etwa hundertfünfzig Meter hinter der Lichtung begannen die Ruinen. Warum der Lieutenant General sie in diesem Sektor auf Streife schickte, war ihr ein Rätsel. Sie und Eispickel Eins, die frisch beförderte Sergeant Major Adrienne Glyndon, hatten das Gelände schon einige Male überprüft. Falls der Wilde Haufen einen Ausbruchsversuch unternahm, würde er diesen Sektor sicher ganz zuletzt dafür wählen. Das Trümmerfeld war nahezu unpassierbar, der Weg führte mitten über eine offene Lichtung, und ihre Kompanie stand in hervorragender Deckung in einem Waldgebiet. Snord hätte dumm, verrückt oder beides sein müssen, um hier etwas zu versuchen.

Aber falls dem so war, warum standen ihr dann die Nackenhaare zu Berge?

»Eispickel Eins von Schmiedehammer Eins. Sehen Sie irgendwas auf der Ortung?« Ihr Tonfall klang misstrauisch. Irgendetwas lag in der Luft.

»Die Sensoren zeichnen nichts. Aber ...« Es folgte eine Pause. »Ich sehe Staub in der Ferne.«

»Staub? Wo?«

»Sektion Drei-null-drei-Beta«, antwortete Glyndon. »Wahrscheinlich bloß wieder eine Routinepatrouille.«

Getts sagte nichts und lehnte sich nachdenklich zurück. Die Kabine des Panzers war dunkel und feucht, die Luft schwer vom süßlich-klebrigen Aroma des über Jahrzehnte angesammelten Schweißes. Doch für sie war die Maschine fast wie ein Teil ihres Körpers. Nach den zahllosen Schlachten, die sie in ihrem Leben schon miterlebt hatte, hatte sie ein Gefühl für den Kampf entwickelt, beinahe einen sechsten Sinn. Sie vertraute ihren Instinkten, und die sagten ihr hier und jetzt, dass es Ärger gab.

»Bis jetzt haben wir nie eine Staubwolke gesehen. Und was so viel Staub aufwirbeln kann, ist mit Sicherheit größer als ein, zwei Mechs«, murmelte sie. »Eispickel, alarmieren Sie Ihre Leute. Ich schätze, es geht hier gleich rund.«

Sie schaltete auf den Befehlskanal um. »Gespenst Eins, ich habe Anzeichen von Bewegung in Sektion Drei-null-drei-Beta. Momentan ist es nur eine Ahnung, aber das Kribbeln in meinen Eingeweiden sagt mir: Sie versuchen hier durchzubrechen.«

Archer Christiforis Stimme drang ruhig und gelassen aus dem Kommset. »Verstanden, Schmiedehammer«, antwortete er. »Stellung halten. Wir sind unterwegs.«

* * *

Die erste Welle der Snord-BattleMechs traf auf eine Weise ein, die Alice Getts zugleich überrumpelte und erschreckte. Alle waren sprungfähig, und die komplette Gruppe stieg gleichzeitig in einer gewaltigen Staubwalze aus den versteckten Positionen in den Trümmern auf und flog auf die Stellungen der Avengers zu.

Ein fünfundachtzig Tonnen schweres *Kanonenboot* landete mit einer derartigen Wucht, dass ihr Panzer erzitterte. In der Nähe setzte auch ein mattgrauer *Lindwurm* mit tief federnden Knien auf. Die Mechs verteilten sich, nachdem sie vor ihrer Kompanie gelandet waren, die starr vor Respekt und Staunen nur zusehen konnte. In der Ferne kamen noch weit mehr BattleMechs und wälzten sich durch die Berge von Schutt.

Die Avengers waren deutlich in der Unterzahl,

doch Getts wusste: Ihre Einheit musste sie aufhalten, damit sie nicht zum Rest des Regiments durchbrechen konnten.

»Feuer!«, brüllte sie ihre Leute an.

Eine Wand aus Raketen, Lichtimpulsen, Partikelblitzen und Granaten schlug dem anrückenden Wilden Haufen entgegen, und Alice schaltete zurück auf den Befehlskanal.

»General«, gab sie hastig durch. »Meine Eingeweide hatten Recht. Besser, Sie beeilen sich.«

* * *

Archer drehte den *Lichtbringer* in der Hüfte und hörte das Signal der Zielerfassung, als das Fadenkreuz über die Symbole der feindlichen Kampfkolosse tanzte. Durch den Dunst aus Staub und Qualm feuerte er beide schweren Extremreichweiten-Laser auf ein *Kanonenboot* ab, das gerade auf einen von Archers Panzern zielte, einen *Burke*. Es war der dritte Mech, den er in ebenso vielen Minuten angriff, und trotz der Clanwaffen wurde die Hitzeentwicklung bedenklich.

Beide Schüsse trafen. Einer schlug in die rechte Brustpartie des *Kanonenboot*, der andere schnitt eine glühende Furche in die stumpfgraue Ersatzpanzerung des Oberarms. Der überschwere Mech schüttelte den Angriff ab und feuerte mit beiden Gaussgeschützen auf den *Burke*, dessen Panzerung unter dem Aufprall der Kanonenkugeln zerbarst.

Dann drehte er sich zu Archer um, der den *Lichtbringer* nach rechts riss, ohne auf den Gegenschlag zu warten. Das *Kanonenboot* fiel zurück und entfernte sich vom Waldrand, wo Getts und ihre Leute immer noch kämpften. Mitten auf der Lichtung blieb von einem *Savannah Master* nur noch ein verkohlter Trümmerhaufen, während aus dem zertrümmerten Fusionsreaktor eines gestürzten feindlichen *Mungo* weiterhin Flammen barsten. Zwei *Galleon*-Panzer lagen wie achtlos weggeworfenes Spielzeug auf der Seite, die Panzerung zerbeult von den Schäden, die sie vor ihrem Ende hatten einstecken müssen. Andere BattleMechs des Wilden Haufens, darunter der tödliche *Masakari,* zogen sich aus dem Kampf zurück in die Deckung der Ruinenstadt.

Der gescheiterte Ausbruchsversuch der Söldner hatte Getts Schmiedehammer-Kompanie schwer zugesetzt. Archer und die Regiments-BefehlsLanze waren nur Minuten nach ihrem Alarmruf eingetroffen, aber das hatte dem Gegner genügt, die Panzer und Infanterie brutal zuzurichten.

Der Wilde Haufen hatte einen Schockangriff versucht. Snord hatte die sprungfähigen Mechs dazu eingesetzt, an den Avengers vorbeizuziehen und sie gezwungen, die Linien zu teilen und sich in zwei Richtungen zu verteidigen. Die restlichen, nicht-sprungfähigen Mechs und Panzer waren langsamer vorgerückt, allerdings gegen weniger feindliches Abwehrfeuer. Als der letzte Mech wieder in der Stadt verschwand, konnte Archer den Wagemut und die schiere Frechheit dieses Manövers nur bewundern.

Fast hätte es funktioniert.

Der zweite Sprung der vorderen Mechformation hatte sie mitten in seine BefehlsLanze getragen. Es war ein Nahkampf geworden und die Maschinen des Wilden Haufen waren nach zwei Sprüngen schon ziemlich heiß gewesen. Subaltern Wally George in seinem *Wachmann* hatte den Ersten nach weniger als einer Minute erledigt, Andy Strickland im *Herkules* einen zerstört und einen Zweiten kampfunfähig geschossen. Archer hatte mindestens vier weitere beschädigt.

Als die sprungfähigen Mechs des Wilden Haufens erkannt hatten, dass sie nicht gewinnen konnten, hatten sie sich in guter Disziplin zurückgezogen. Als Archer bei den Bodentruppen angekommen war, hatte auch der Rest der Söldner den Rückzug angetreten. Seine Luft/Raumjäger waren gerade noch rechtzeitig eingetroffen, um Alice Getts ebenfalls beim Zurückdrängen des Gegners zur Hand zu gehen.

»Die Flasche mag Ihnen gehören, Snord«, murmelte er mit Blick auf die Ruinen. »Aber ich habe den Korken.«

»Sir?«, fragte Getts über die Befehlsfrequenz.

»Nichts«, wehrte er hastig ab. »Gute Arbeit, Major.«

»Zu einem verteufelt hohen Preis, Sir.«

»Einem verteufelt hohen, Getts«, stimmte er zu und dachte an Darius Hopkins. Sicher, dass der Wilde Haufen so schnell nicht zurückkommen würde, wendete er den *Lichtbringer* und machte sich auf den Weg zurück zum Feldbefehlsposten. Die Schlacht war vorüber. Jetzt wurde es Zeit für die Avengers, die Wunden zu lecken und zu überlegen, wie es weiterging.

* * *

Katya Chaffee starrte auf das zerkratzte 2D-Bild aus dem Gefechts-ROM des *Rotunda*-Scoutwagens, der zu Darius Hopkins' Grab geworden war. Glücklicherweise waren Gefechts-ROMs so klein und so hervorragend abgeschirmt, dass es nahezu unmöglich war, sie zu zerstören, selbst wenn ein Fahrzeug vernichtet wurde.

Sie hatte einen langen Tag hinter sich, und nach Abschluss der vorläufigen Schadenserfassung des Gefechts an den Ruinen konnte sie sich endlich wieder ihrer Hauptaufgabe als Nachrichtenoffizierin der Einheit widmen. Das untere Fenster des Bildschirms zeigte die Daten der Kurzstreckenortung: einen *Quasimodo* und weiter entfernt einen *Katapult*, ein älteres

Mechmodell. Das größere obere Fenster zeigte die Bildaufzeichnung der ›Geschützkamera‹ aus dem Blickwinkel des Fahrers. Für den fünften Durchlauf der Daten an diesem Abend hatte sie sowohl die Audiospur wie auch die Daten über den Fahrzeugstatus abgeschaltet. Während sich um sie herum die Odessaer Nacht über das Lager senkte, starrte sie konzentriert auf den Bildschirm. In der kühlen Nachtluft fröstelte sie.

Irgendetwas störte sie schon seit dem ersten Hinterhalt, und die wütende, empörte Reaktion Natascha Snords bei ihrem einzigen Kommkontakt hatte ihre Zweifel noch verstärkt. Sie ließ die Aufzeichnung vorlaufen, beobachtete, wie der *Quasimodo* im Licht der abgeblendeten Scheinwerfer auftauchte, und hielt das Bild an. Da stand er, wie schon über ein Dutzend Male zuvor, überdeutlich markiert mit den Insignien des Wilden Haufens. Angetreten, den *Rotunda* zu zermalmen und das Leben eines guten Freundes auszulöschen.

Dann kam ihr die Erleuchtung. Es war keine spezielle Eigenheit des *Quasimodo,* die ihr zu schaffen machte. Es war der Mech selbst. Sie rief die Aufstellung des Wilden Haufens auf und ließ den Blick schnell die Liste entlanggleiten. Sie hatte kaum begonnen, als sie jemanden das Zelt betreten hörte. Sie drehte sich um. Es war Archer. Er stand am Eingang, die Arme verschränkt, und wirkte völlig ausgelaugt.

»Ich habe gerade die Verlustliste gesehen, Katya. Wir haben eine halbe Kompanie Panzer verloren, und einige unserer Mechs brauchen Reparaturen. Vier Tote, sechs Verwundete. Du kennst die Zahlen. Du solltest dir etwas Ruhe gönnen, falls Rhonda Snord sich entschließt, uns morgen noch einmal auf die Probe zu stellen.«

»Das wird sie nicht«, wehrte Katya ab. »Ich habe die

Schäden, die wir dem Haufen zugefügt haben, zweimal überprüft. Sie haben einen massiven Ausbruch versucht und sind gescheitert. Es war für uns beide kostspielig, doch auf lange Sicht können sie sich diese Verluste nicht leisten. Sie werden ein, zwei Tage für Reparaturen brauchen.«

Er nickte langsam. Vermutlich war er selbst zu diesem Schluss gekommen. »Und was tust du jetzt?«, fragte er.

»Ich habe etwas gefunden«, stieß sie aus, unfähig, ihre Aufregung im Zaum zu halten. »Ich habe mir das Gefechts-ROM des Hinterhalts angesehen. Irgendwas daran hat mir die ganze Zeit keine Ruhe gelassen, und jetzt weiß ich endlich, was es war.«

»Was was war?«

»Der *Quasimodo*, der den *Rotunda* zerstört hat«, erklärte sie, und achtete sorgfältig darauf, Darius nicht zu erwähnen. »Ich habe mir gerade die Daten über den Wilden Haufen angesehen, die Sergeant Gramash uns geliefert hat. Ich kann nicht fassen, dass mir das nicht längst aufgefallen ist.«

»Was?«

»Der Wilde Haufen verfügt über keinen *Quasimodo*.«

Archer trat an den Schreibtisch und drehte den Compblock herum, um ebenfalls den Schirm zu sehen. »Willst du damit sagen, in unseren ganzen Kämpfen mit dem Wilden Haufen bis heute haben wir nicht einen *Quasimodo* gesehen?«

»Das habe ich noch nicht überprüft, aber ich werde es tun. Es wird vermutlich einen Tag lang dauern, alle kurz zu befragen und die Ortungslogs zu überprüfen.«

Archer schob den Compblock zurück. »Vielleicht war er ein kurzfristiger Ersatz für einen beschädigten Mech. Das würde erklären, warum er nicht in der Aufstellung erscheint.«

»Aber wenn niemand seither einen gesehen hat …«

Archer zuckte die Achseln. »Dann haben sie ihn noch nicht wieder eingesetzt … oder, jemand anders als der Wilde Haufen hat den Hinterhalt gelegt.« Er sprach es nur zögernd aus, als müsse er die Bedeutung dieser Worte erst noch verdauen.

»In welchem Falle, Sir, wir in einen Kampf getrieben würden, den wir gar nicht führen dürften.«

»Ich bin noch nicht bereit, das zu akzeptieren«, warnte er. »Sagen wir erst einmal, du hast ernste Bedenken aufgezeigt, denen wir nachgehen sollten.« Seine Miene war düster. »Du willst ohnehin alle befragen?«

»Ja, Sir«, bestätigte sie förmlich.

»Während du das tust, vergleiche alle Sichtungen mit der Aufstellung des Wilden Haufens.«

»Natürlich.«

Archers Augen wurden schmal. »Lass mich dir eine Frage stellen. Welchen Mechtyp steuert Rhonda Snord?«

»Einen *Highlander*«, kam es wie aus dem Nadler geschossen zurück. »Der Mech war oft genug auf der Titelseite sämtlicher Söldnermagazine.«

»Richtig. Alle Welten wissen, sie führt einen *Highlander*. Aber das, was du über den *Quasimodo* gesagt hast, hat mich auf etwas anderes aufmerksam gemacht. Du sagst, niemand habe einen gesehen. Es hat aber auch niemand gemeldet, gegen einen *Highlander* gekämpft zu haben. Nicht einmal diejenigen unserer Leute, die ihre Maschinen verloren haben, haben sie gesehen.«

Er schaute Katya in die Augen, und sie stellte erfreut fest, dass Leben in seine Miene zurückkehrte.

»Rhonda Snord ist dafür bekannt, von der Front zu kommandieren, aber niemand hat sie gesehen. Meinst du nicht, das wirft die Frage auf: Wo ist sie?«

# 17

**New Bealton, Odessa**
**Provinz Donegal, Lyranische Allianz**

*26. April 3063*

Graf Nicholas Fisk stand in den Palastgärten und genoss die Schönheit, die ihn an diesem Nachmittag hier umgab. Die Gärten zogen sich ringförmig um den Bergpalast, dessen hohe weiße Außenmauern sie vor den Blicken der einfachen Bürger New Bealtons verbarg. Dies war seine Zuflucht, ein Ort erhabener Ruhe, an dem er mit seiner Familie den angenehmen Schatten der sauber gestutzten, leuchtend grünen Baumwipfel und den süßen Duft der aus allen Enden der Inneren Sphäre importierten Blumenpracht genießen konnte.

Zwei Männer näherten sich über den Kieselweg. Einer der beiden, sein Sohn Luther, bewegte sich mit deutlichem Hinken. Es war das Erbe seiner Zeit auf Thorin als Mitglied des lyranischen Militärs, wo er mit Archer Christiforis Rebellen aneinander geraten war. In einem Anfall von Übereifer hatte Luther Christiforis Schwester getötet, sich dabei aber reichlich dumm angestellt. Die örtlichen Behörden hatten versucht, Luther zur Rechenschaft zu ziehen, bis Fisk seinen politischen Einfluss auf Tharkad zur Rettung seines Sohnes genutzt hatte.

Zusätzlich zu dem verkrüppelten Bein hatte Luther bei den Unruhen auf Thorin ein Auge verloren. Ein Kunstimplantat hatte ihm das Augenlicht zurückgegeben, doch es wären Myomerimplantate nötig gewesen, die zerstörten Knochen und die Muskulatur des Beins wiederherzustellen. Nicholas Fisk hatte es energisch abgelehnt, sich mit den dreckigen Capellanerärzten abzugeben, die allein zu dieser Art Operation fähig waren.

Der zweite Mann war Erwin Vester, der LNC-Agent, den ihm der Archon als Preis für die beiden seinem Befehl unterstellten Söldnereinheiten aufs Auge gedrückt hatte. Er verstand sehr gut, warum Katrina Steiner-Davion Vester als Verbindungsoffizier mitgeschickt hatte. Er sollte ihre Investition im Auge behalten. Aber seine Anwesenheit war überflüssig.

Nicholas Fisk war loyal bis ins Mark, und bis jetzt hatte er nur Erfolg damit gehabt. Es würde nicht lange dauern, bis der Archon erkannte, dass Vester nicht länger benötigt wurde und den verdammten Spion anderweitig einsetzen würde. Jedenfalls hoffte er das inständig. Erwin Vester war einer der wenigen Menschen, die der Graf in Jahrzehnten getroffen hatte, und die sich von ihm nicht einschüchtern ließen.

Der Agent senkte zur Begrüßung leicht den Kopf, während Luther an ihm vorbei humpelte und sich knapp hinter seinen Vater stellte. »Mylord«, begann Vester das Gespräch förmlich. »Ich habe meine Analyse abgeschlossen.«

Fisk wippte auf den Absätzen der auf Hochglanz polierten schwarzen Stiefel und verschränkte die Arme. »Dann lassen Sie hören, Vester. Wie läuft unser kleiner Krieg?«

Vester stand ihm entspannt gegenüber, den Compblock hinter dem Rücken. »Der Wilde Haufen scheint in den Ruinen von Alt-Bealton eingeschlossen. Er hat vor drei Tagen einen Ausbruchsversuch unternommen, den Christifori aber zurückgeschlagen hat.«

»Wie ist seine Gefechtsstärke?«, fragte der Graf.

»Nach dem, was Natascha Snord mir berichtet hat, liegt sie effektiv bei knapp unter einem Bataillon.«

Fisk lächelte. »Ich schätze, dieses letzte Manöver hat ihr einigen Wind aus den Segeln genommen.«

Vester nickte. »Oberst Snord ist offenbar ebenfalls noch außer Gefecht.«

Der Graf grinste breit. »Gut. Noch drei Tage, und sie hängt in den Seilen: arbeitslos und belagert. Ihre Tochter hat sich mit mir in Verbindung gesetzt und mich um Proviant, Ersatzteile und Verstärkungen gebeten. Leider konnten wir nichts entbehren.«

»War sie bereit, einen neuen Kontrakt zu unterzeichnen?«, fragte Luther.

Der Graf drehte sich zu seinem Sohn um. »Noch nicht. Aber bald wird ihr keine andere Wahl bleiben. Ihre Vorräte gehen aus und sie sitzen wie Ratten in der Falle. Wenn der Wilde Haufen nicht unterschreibt, lassen wir sie, wo sie sind: Unter Belagerung. Es liegt in ihrem eigenen Interesse, ihren Vertrag zu erneuern, die Einheit wiederaufzubauen und uns anschließend im Kampf gegen Victor Davion zu unterstützen.«

»Was, wenn sie nicht unterschreiben?«, hakte Luther nach und riskierte den Zorn seines Vaters.

Der Graf wollte ihn nicht vor einem Fremden zurechtweisen. Der Knabe war verzogen ... die Schuld seiner Mutter. »Wolverton's Highlanders warten nur ein paar Tage von hier im All. Falls der Wilde Haufen sich weigert, zu unterschreiben, rufe ich die Highlanders, damit sie das 1. Thorin-Regiment angreifen und ihn entsetzen. Natürlich erst, nachdem Snords Leute genügend Verluste erlitten haben, um ihnen den Hochmut auszutreiben. Dass eine drittklassige Söldnereinheit ihnen das Fell retten musste, wird ihren Ruf dermaßen ruinieren, dass sie gezwungen sind zu akzeptieren, was immer wir ihnen an Brosamen zuwerfen.«

»Oberst Blackstone wird nicht restlos begeistert darüber sein, wie wir seine neue Einheit einsetzen«, bemerkte Vester.

»Sie haben sich um ihn gekümmert, nehme ich an?«, fragte der Graf.

Vester lächelte dünn. »Das LNC hat lange Arme, Graf Fisk. Blackstone wird uns keine Schwierigkeiten machen. In der Zwischenzeit haben wir auch die Mechs der Highlander-Kompanie, die wir für den Hinterhalt benutzt haben, repariert und umlackiert.«

»Ihr redet, als wäre es ein Kinderspiel, die Avengers zu besiegen«, warf Luther ein. »Aber ich kenne Archer Christifori.« Er reckte sich, als wolle er seine Verletzungen betonen. »Unterschätzt ihn nicht.«

Der Graf drehte sich wieder zu Vester um, der seinen Compblock jetzt vorgeholt hatte und daran arbeitete. »Wir haben das 1. Thorin überwacht«, stellte er fest. »Unseren Informationen nach befindet sich eine ihrer Kompanien noch auf Alcor. Oder zumindest ist sie nicht hier. Wir haben unseren Agenten dort verloren, deshalb konnten wir nicht überprüfen, ob sie abgeflogen sind. Die anderen Kompanien des Regiments haben seit dem Eintreffen hier fast fünfunddreißig Prozent Personal- und Ausrüstungsverluste erlitten. Außerdem gibt es keine Hinweise darauf, dass örtliche Davion-Anhänger sie mit Nachschub versorgen. Der Wilde Haufen ist schwer angeschlagen, aber er reißt die Avengers mit ins Grab.«

Der Graf nickte. »Gut, doch ich höre von meinen Leuten, dass Christiforis *Lichtbringer* noch immer aktiv ist.«

Der Graf sah Vester zusammenzucken. Der Agent war dafür verantwortlich gewesen, Christifori auszuschalten, und Fisk hatte nicht vor, ihn dieses Versagen vergessen zu lassen.

Luther schüttelte den Kopf. »Statistiken und Geheimdienstberichte liefern kein komplettes Bild. Ich habe schon mit diesem Regiment zu tun gehabt.«

»Ich weiß«, stellte der Graf milde fest. »Darauf zähle ich. All die Jahre militärischer Ausbildung werden endlich Früchte tragen. Was meinst du, Luther? Sollen wir dem Wilden Haufen die Zeit lassen, sich völlig zu verausgaben, oder soll ich die Highlanders jetzt anfunken, damit sie kommen und dem Schauspiel ein Ende bereiten?«

Sein Sohn antwortete nicht sofort, und der Graf führte es darauf zurück, dass er ihn noch nie zuvor um seine Meinung gefragt hatte. Der graue Metallring um das künstliche linke Auge des jungen Mannes war ausdruckslos, aber das rechte Auge funkelte vor Hass auf Archer Christifori. »Falls du wartest, ist der Wilde Haufen unter Umständen zu geschwächt, um den Highlanders zu helfen, und allein können sie die Avengers nicht besiegen. Wenn du den Befehl jetzt abschickst, sollten sie gerade rechtzeitig zum Auslaufen von Snords Kontrakt hier eintreffen.«

Der Graf lächelte Vester an. »Sehen Sie, Erwin, mein Sohn ist ein guter Ratgeber. Ich hatte geplant, den Wilden Haufen leiden zu lassen. Aber er hat Recht. Die Zeit ist gekommen, alle Figuren aufs Brett zu stellen. Ich möchte, dass Sie sich mit den schon auf Odessa befindlichen Highlanders in Verbindung setzen. Sie sollen sich auf die Ankunft der restlichen Einheit vorbereiten.« Er drehte sich noch einmal zu seinem Sohn um. »Und Luther: Weil Christifori dir so viel angetan hat, möchte ich, dass du als mein Verbindungsoffizier zu Wolverton's Highlanders fungierst, wenn sie eintreffen.«

Luther richtete sich mit Hilfe des Gehstocks auf. »Ist das dein Ernst?«

»Natürlich. Man muss nicht unbedingt im Cockpit eines BattleMechs sitzen, um eine Rolle zu spielen.« Die Augen des Grafen wurden schmal. »Und wenn es an der Zeit ist, diejenigen zu zermalmen, die dich zum Krüppel gemacht haben, wirst du wissen, was du zu tun hast.«

* * *

»Das Kennwort«, sagte Anton Gramash mit trockener, beinahe keuchender Stimme, »ist Stonewall. Die Antwort ist Little Sorrel.« Er tat einen langen, mühsamen Atemzug. Nach Tagen künstlicher Beatmung durch einen Schlauch in der Luftröhre waren seine Stimmbänder wund. »Ich habe sie Munition und Ersatzteile horten lassen. Sagen Sie Ihnen, was Sie brauchen, und wo.« Noch ein tiefer Atemzug. »Diese Leute sind schreckhaft, aber sie stehen auf unserer Gehaltsliste und können uns helfen.«

Dann fiel sein Kopf zurück aufs Kissen.

Katya nickte und stand auf. Gramash war erst vor einer Stunde aufgewacht, und sie und Archer hatten die MedTechs gedrängt, einen Besuch hier im Lazarettzelt zu gestatten. Es war von entscheidender Wichtigkeit, dass sie die Frequenzen und Kenncodes erfuhren, über die sie Kontakt mit den für Gramash arbeitenden Davionisten auf Odessa aufnehmen konnten. Es war ihre einzige Hoffnung, die erschöpften Proviant- und Nachschubvorräte aufzufüllen.

»Wir wissen die Information zu schätzen«, sagte Archer und legte dem Verwundeten die Hand auf die Schulter. »Sie haben eine Menge durchgemacht.«

Gramash öffnete die Augen etwas weiter. Diesmal funkelte mehr Leben darin. »Verstehe den Hinterhalt nicht. Passt nicht zu Oberst Snord.«

Archer schaute hinüber zu Katya, dann wieder hinab auf Gramash. »Katya ist derselben Meinung. Sie hält es für möglich, dass eine dritte Seite den Hinterhalt gelegt hat, um uns in einen Kampf gegen den Wilden Haufen zu drängen. Momentan ist das aber nur eine Theorie. Wir haben nicht mehr als Spekulationen und Fragen über einen verschwundenen Mech. Außerdem haben wir von Rhonda Snord nicht eine Spur gesehen, seid diese Sache begonnen hat.«

Katya hatte eine Weile gebraucht, um die Daten zu durchforsten und mit den Mitgliedern des Regiments zu reden. Der *Quasimodo*, der Darius Hopkins getötet und Gramash verletzt hatte, war seit jener Nacht bei Moseby's Crossing nicht mehr aufgetaucht. Und niemand hatte eine Spur von Rhonda Snords *Highlander* gesehen.

Das ließ Gramash aufhorchen. »Können Sie mir die Daten geben?«, fragte er Katya.

Sie nickte zögernd. »Die MedTechs haben gesagt, Sie bräuchten Ruhe.«

»Zur Hölle mit ihnen.« Gramash atmete tief ein. »Was ich hier brauche, ist eine Kommeinheit.«

Katya schaute hinüber zu Archer, der ihr zunickte.

»Ich lasse Ihnen eine Einheit bringen und die Daten überspielen.«

»Ich habe ein gutes Agentennetz hier aufgebaut«, stellte Gramash fest und schob sich mit bandagierten Händen zum Kopfende, um sich im Bett aufsetzen zu können. »Irgendjemand weiß bestimmt etwas oder hat etwas gesehen.«

»Sie waren uns schon eine große Hilfe mit den Namen der Leute, die uns Nachschub verschaffen können«, stellte Katya fest. »Jetzt sollten Sie sich darauf konzentrieren, gesund zu werden.«

»Das ist ein Befehl«, fügte Archer an. »Nehmen Sie sich alle Zeit, die Sie brauchen, und lassen Sie sich von Major Chaffee nicht zu stark antreiben.«

Ein MedTech kam herüber und kontrollierte Gramashs Puls, was Archer und Katya als stumme Aufforderung verstanden, sich zu entfernen. Katya war froh, dass Gramash endlich aus dem Koma erwacht war.

Keine Minute zu früh.

# 18

**Ruinen von Bealton, Odessa**
**Provinz Donegal, Lyranische Allianz**

*27. April 3063*

Das Erste, was Tascha Snord sah, als sie den *Spartaner* um den Schutthaufen steuerte, waren zwei Avenger-BattleMechs etwa zweihundert Meter entfernt. Einer, ein *Kampffalke*, stand auf den Überresten eines Hauses. Der andere, eine staubbedeckte *Krabbe*, benutzte weiter unten, auf der Straße, den Schutt als Deckung.

Neben ihr ging Mistrelis *Schwarzer Ritter* in Stellung, um Deckungsfeuer zu liefern. Dieses jüngste Scharmützel hatte damit begonnen, dass zwei kleine Streifen einander begegnet waren. Jetzt schoben beide Seiten Verstärkungen nach. So lief das halt während einer Belagerung. Was ihr mehr zu schaffen machte, war der allmählich einsetzende Gewöhnungseffekt.

Sie visierte die grau-braun-gestreifte Silhouette des *Kampffalke* mit der Extremreichweiten-PPK an und feuerte in dem Moment, in dem der Computer die Zielerfassung bestätigte. Der *Spartaner* schien zu summen, als die Kondensatoren den gleißenden, bläulich weißen Energieblitz ausspien, und die Temperatur in der Kanzel stieg stärker an als normal. Den Grund dafür kannte sie. Sie hatte gestern zwei Wärmetauscher verloren, und die Nachschubsituation des Wilden Haufens war so schlecht, dass die Techs sie nicht ersetzen konnten. Die Zeit, sich darüber zu beschweren, war längst vorbei. Tascha hatte es einfach akzeptiert. Sie versenkte den Schuss im wuchtigen Rumpf des Avenger-Mechs, der nach hinten ruckte und Teile der Ferrofobritpanzerung verlor, die auf die *Krabbe* unter ihm hinabregneten.

Während sein Lanzenkamerad unter dem Angriff

schwankte, feuerte der *Krabbe*-Pilot in schneller Folge beide schweren Armlaser, deren Strahlen in Mistrelis *Schwarzen Ritter* schlugen. Wie Norris gehörte auch Mistreli zu der Handvoll ehemaliger Jadefalken in den Reihen des Wilden Haufens. Auch er war in den Clan-Kriegen in Gefangenschaft geraten und zum Leibeigenen geworden, der später die Chance erhalten hatte, den Kriegerstatus zurückzuerlangen. Obwohl er ein ausgezeichneter Kämpfer war, zeigten auch seine Fähigkeiten unter der Belastung pausenloser Kämpfe Abnutzungserscheinungen.

Tascha schaute kurz hinüber und sah, dass die Laser das rechte Bein des *Schwarzen Ritter* schwer beschädigt hatten. Die Panzerung war bereits vom gestrigen Zusammenstoß mit den Avengers angeschlagen gewesen, und die hastige Feldreparatur hatte nur einen Teil der Löcher schließen können.

»Alles in Ordnung bei dir, Mistreli?«, fragte sie und schob sich ein wenig seitwärts, um einen Teil des Feuers von ihm abzuziehen.

Bevor er antworten konnte, tauchte auf einer Seite der *Krabbe* ein *Bushwacker* auf. Die Maschine war mit einem Zielerfassungssystem ausgerüstet, das ihr gestattete, indirekten Beschuss ins Ziel zu lenken. Sie hatte ihre hässliche Fratze heute schon einige Male gezeigt. Wann immer es dem Mech gelang, einen von Taschas Söldnern zu markieren, regneten von einer unbekannten Artillerieeinheit abgefeuerte Arrow-IV-Raketen auf ihn herab. Vom plötzlichen Auftauchen des *Bushwacker* überrumpelt, traf es sie unvorbereitet, als der *Kampffalke* zwei seiner mittelschweren Defiance-Impulslaser abfeuerte.

Tascha riss den *Spartaner* reflexartig einen halben Schritt zurück – die Energiepfeile zuckten knapp an ihrem Cockpit vorbei weiter zu Mistrelis Mech. Dessen ohnehin schon beschädigtes rechtes Bein verlor noch mehr der gefährlich dünnen Restpanzerung. Sie zielte mit ihren mittelschweren Impulslasern auf den *Bushwacker* – und wieder summte die ganze Kanzel.

»Ich habe den Knieaktivator verloren«, meldete Mistreli über die Kommverbindung. Er klang wütend und enttäuscht.

Tascha feuerte drei Lasersalven auf den *Bushwacker* ab und zertrümmerte Panzerung an dessen Brustpartie. Die *Krabbe* rückte vor und bereitete erkennbar den nächsten Angriff vor. Mistreli versuchte, ihr aus dem Weg zu gehen, aber das blockierte Kniegelenk machte ihm einen Strich durch die Rechnung.

»Feuer auf den *Bushwacker*«, gab Tascha zurück und ignorierte die zunehmende Hitze in der Kanzel. »Norris, mach, dass du hierher kommst«, bellte sie.

Der *Schwarze Ritter* hob die PPK und einen der schweren Laser und schoss. Eine Salve, der Lichtwerfer, ging klar vorbei und verpuffte irgendwo in der Ferne. Der Partikelstrahl schlug in die dicken, wuchtigen Beine des mittelschweren Mechs ein, hinterließ aber kaum mehr als eine schwarze Brandspur auf Lackierung und Metall. Tascha biss sich auf die Lippen. Sie hatte nicht die Feuerkraft, um den *Bushwacker* auszuschalten, nicht in dieser Konstellation. Und das bedeutete, jede Minute …

Explosionsdonner krachte neben ihr auf, als eine Salve Arrow-Raketen über die Trümmer flog und auf Mistrelis beschädigten *Schwarzen Ritter* stürzte. Der Kampfkoloss fiel unter der brutalen Gewalt des Angriffs nach hinten, und tiefschwarzer Qualm stieg aus rechter Hüfte und Torso.

»Verdammt, Mistreli«, stieß sie aus. »Du bist besser noch am Leben da drinnen!«

»Ich lebe«, kam eine hustende Stimme durch eine von starkem Knistern gestörte Verbindung.

»Eine gute Gelegenheit abzuziehen«, stellte sie fest

und griff den *Bushwacker* mit dem einzigen Impulslaser an, der voll aufgeladen und feuerbereit war. Diesmal traf der Schuss den rechten Mecharm, der nach hinten peitschte.

Etwas seitlich sah Tascha jetzt Norris' *Masakari* auftauchen und das Feuer der *Krabbe* auf sich ziehen, während er gleichzeitig mit einer wilden PPK-Salve deren Beinpanzerung zertrümmerte. Sie blieb nicht untätig und feuerte ihrerseits wieder auf den *Bushwacker*. Es dauerte nicht lange, bis die Avengers sich außer Sicht zurückzogen.

Tascha schaute nach unten und sah Mistreli aus der Cockpitluke klettern. Er trug immer noch Neurohelm und Kühlweste. Den Helm zog er vom Kopf und schleuderte ihn auf den am Boden liegenden BattleMech. Seine Lippen bewegten sich, und auch wenn sie ihn nicht hören konnte, wusste sie, was er sagte. Es waren die Art von Flüchen, die nur ein ehemaliger Clanner ausstoßen konnte.

»Was war hier los?«, fragte Norris, der sich jetzt endlich über Funk meldete.

»Unsere Kundschafter sind sich begegnet«, gab sie ärgerlich zurück. »Dann ist dieser verdammte *Bushwacker* wieder aufgetaucht und hat den indirekten Beschuss runtergerufen.«

»Bah!«, knurrte Norris. »Diese ständigen Scharmützel bringen uns gar nichts. Wir haben jetzt sechs dieser Begegnungen hinter uns und nichts dabei gewonnen.«

Tascha knirschte mit den Zähnen. »Gib Ruhe, Norris.«

»Ich denke nicht daran«, feuerte er zurück. »Du hast uns wie Ironhold-Dingos hierher flüchten lassen, und jetzt spielen diese Avengers mit uns, als wären wir eine Bande Händler und keine Krieger. Deine Taktik hat uns in den Untergang getrieben.«

»Ich sagte, gib Ruhe«, bellte sie.

»Neg. Du hast dich als unfähig erwiesen, diese Einheit zu führen. Wären wir noch Clan, würde ich dich fordern und mit bloßen Händen von deinem Posten entfernen. Du bist den Nachnamen nicht wert, den du trägst.« Seine Stimme troff vor Gift. Sie stritten sich seit Tagen und jetzt hatte er die Beherrschung verloren.

Sie ebenfalls.

»Ich habe deine verdammte Aufmüpfigkeit satt, Norris«, knurrte sie. »Ich habe nicht um diesen Posten gebeten, aber ich habe die Einheit zusammen und funktionstüchtig gehalten. Ja, wir sind eingeschlossen, aber wir kosten die Avengers Kraft, und ich denke, bald werden wir durchbrechen können. Wir werden den Wilden Haufen wieder aufbauen, Christifori in den Arsch treten und dann hierher zurückkommen und die Juwelen ausgraben, derentwegen wir hier sind.«

»Du benimmst dich wie eine schmutzige Händlerin, nicht wie eine Kriegerin«, reizte er sie. »Ich brauche kein Geld. Der Sieg ist, was zählt.«

»Halt's Maul, Norris«, fauchte sie, noch wütender als zuvor, falls das möglich war.

»Zwing mich doch.«

»Das werde ich. Du willst einen Kreis der Gleichen? Ich bin keine Clannerin, aber ich werde dir die Schaltkreise polieren und den Boden mit dir aufwischen, wenn ich fertig bin.«

»Du gewährst mir einen Kreis?«

»Ja«, antwortete sie, und bedauerte es augenblicklich, war aber zu wütend, die Worte zurückzunehmen. »Wenn es dir das Maul stopft.«

»Ausgezeichnet.« Sie hörte förmlich sein bösartiges Grinsen. »Wenn du Glück hast, Snord, lasse ich dich leben.« Mit diesen Worten wendete er den *Masakari* und machte sich auf den Rückweg zum Befehlsposten.

Tascha schaute auf die Konsole und stellte fest, dass ihr Gespräch über Breitbandkanal gelaufen war. Alle

Einheitsmitglieder auf dieser Frequenz hatten sie gehört. Alle würden von diesem Kampf erfahren. Für einen Moment sackten ihre Schultern und sie schloss die Augen, halb aus Wut über sich selbst, halb aus Frustration über Norris.

Sie streckte die Hand aus und schloss die Verbindung. Ihre nächsten Worte hörte niemand außer ihr selbst.

»Ich werde dich schlagen, Norris. Meine Mutter hat Snords Wilden Haufen in meiner Obhut zurückgelassen, und genau da wird sie ihn finden, wenn sie zurückkehrt.«

* * *

Archer saß hinten in einem der Nachschubtransporter mit Kettenantrieb, die den Avengers ins Feld folgten. Er starrte auf die metallene Urne auf dem Klapptisch vor sich. Der Transporter unterschied sich äußerlich kaum von den anderen, bis auf den über dem grünbraunen Tarnmuster liegenden schwarzen Streifen um das Fahrzeug. Dieser Transporter hatte eine besondere Bedeutung. Hier bewahrten die Avengers ihre Toten auf.

Archer starrte auf den Behälter mit Asche und den weißen Aufkleber. »Hopkins, Darius, Sgt. Mjr., RA 16677615«.

Er war auf der Suche nach irgendeiner Form von Hilfe hierher gekommen. Genau dasselbe hätte er getan, hätte Darius noch gelebt. Er wäre zu ihm gekommen, um sich Rat und Trost zu holen. Nichts war hier auf Odessa so gelaufen wie geplant, und Archer hatte das Gefühl, er müsse platzen. Auf dem Schlachtfeld schlugen die Avengers sich gut genug, dennoch hatte er seine Mission vergeigt. Und er hatte Darius Hopkins gegenüber versagt … so kläglich versagt, dass Hopkins das Leben verloren hatte.

Er ließ hilflos den Kopf in die Hände sinken. »Verdammt, Darius«, murmelte er: »Ich bin auf diese beschissene Welt gekommen, um zu verhandeln. Aber seit wir hier sind, kämpfen wir nur in einem fort gegen die Leute, die ich anwerben sollte. Ich habe die planetare Miliz ausgelöscht und ich ... ich habe dich verloren.«

Er hob den Kopf gerade weit genug, um die Urne anzuschauen. »Alles ich was jetzt noch will, ist den Wilden Haufen für das bezahlen zu lassen, was er uns angetan hat. Was er dir angetan hat.« Sein Blick wanderte zu den anderen Metallzylindern in den Regalen, zu den bis auf die Namen identischen Aufklebern. Unter jedem Behälter lag, sorgfältig verpackt und beschriftet, ein Kasten mit der persönlichen Habe des Toten.

»Katya und Gramash glauben, das könnte alles ein Irrtum sein. Man könnte uns hereingelegt haben. Aber dafür habe ich keine Beweise, alter Mann. Und selbst wenn wir Beweise beschaffen könnten, weiß ich nicht, ob die ausreichen würden, den Wilden Haufen zu überzeugen. Zur Hölle, ich schaffe es selbst kaum, daran zu glauben. Ich habe gekämpft, als könnte es dich zurückbringen, in der Hoffnung, dein Andenken damit zu ehren. Und jetzt gerade wäre ich zu einem Mord bereit, um zu hören, was du mir zu sagen hättest, wenn du noch antworten könntest.«

Der Transporter war still wie eine Gruft, und keine Stimme aus dem Jenseits antwortete Archer. Er stand auf und nahm die Urne. Das kühle Gewicht des Metallzylinders schien nichts mit dem Mann zu tun zu haben, der mitgeholfen hatte, ihn großzuziehen. Er konnte die wirklichen Fehlschläge in seinem Leben an einer Hand abzählen, und Odessa entwickelte sich rapide zu einem davon.

Er nickte bei sich und sprach in Gedanken weiter

mit Hopkins. *In Ordnung, alter Mann. Es wird Zeit, mich nicht mehr von Gefühlen lenken zu lassen. Zeit, zur Vernunft zu kommen.*

Er stellte die Urne zurück ins Regal und vergewisserte sich, dass sie sicher stand. Dann blieb er noch ein paar Sekunden so stehen und betrachtete den silbrigen Behälter. Seine Entscheidung war gefallen. Jetzt brauchte er nur noch eine Vorgehensweise und einen Plan, die ihm den Sieg bescherten, der ihm bis jetzt entwischt war.

Als er aus dem Transporter stieg, sah er Katya Chaffee an einem nahen Felsen lehnen und den Schatten genießen. Er trat hinüber und sie richtete sich auf.

»Spionierst du mir jetzt nach, Katya?«, fragte er in dem Versuch, seine trübe Stimmung mit einem Witz aufzuheitern, doch die Worte klangen härter, als sie gemeint waren.

Sie war überzeugt, dass sie hereingelegt worden waren und hatte ihm mit dieser Theorie seit Tagen zugesetzt – wie ein Schwarm Elementare einem Mech. Es ging ihm mehr auf die Nerven, als er zugeben wollte. Er war zunehmend gereizter im Umgang mit ihr geworden, obwohl er wusste: Sie hatte das nicht verdient.

»Das wissen Sie besser«, antwortete sie mit ausgesuchter Höflichkeit. »Gramash und ich haben gerade eine kleine Untersuchung abgeschlossen, die Sie vielleicht interessieren dürfte, Sir.«

»Nicht wieder diese Theorie«, wehrte Archer entnervt ab.

»Eine Bessere haben wir derzeit nicht. Und es sieht aus, als hätten wir etwas gefunden.« Sie hielt einen Compblock hoch, der eine Karte Odessas zeigte. »Laut zwei von Gramashs einheimischen Kontakten gab es in der Nacht des Hinterhalts Anzeichen für BattleMechaktivität etwa drei Stunden südlich von hier. Ein paar der Bauern fanden mehrere BattleMechspuren auf ihren Feldern, die alle in südliche Richtung führten. Nachdem wir uns eingehender mit ihnen unterhalten hatten, konnten wir die Liste der möglichen Verstecke auf einen verlassenen Agrokomplex in der Nähe von Gottfredson reduzieren. Er ist groß genug, um Mechs unterzubringen, und abgelegen genug, um sie nicht auffallen zu lassen.«

Archer betrachtete die Karte, dann schaute er zu Katya hoch. »Es könnte also eine Lanze oder sogar eine Kompanie dort versteckt sein?«

»Richtig. Unsere für Gramash arbeitenden Agenten haben in und um die Anlage uniformierte Soldaten gesehen. Mindestens zwei Techs und acht Offiziere.«

Archer schüttelte den Kopf. »Ich weiß, was du von mir willst, Katya. Ich soll den Befehl geben, das zu überprüfen. Vergiss es. Wir führen hier eine Belagerung durch. Ich kann es mir nicht leisten, für irgendwelche Hirngespinste eine ganze Kompanie abzuziehen.«

Sie lief rot an. »Erlaubnis, frei zu sprechen, Sir.«

Archer nickte.

»Unsere Mission hier ist gescheitert. Wir sind gekommen, um den Wilden Haufen für den Prinzen anzuwerben. Das Einzige, was wir bis jetzt tatsächlich getan haben, ist, uns mit ihnen zu prügeln.«

Archers Nüstern blähten sich. Er wollte nicht über seine Selbstzweifel mit ihr reden müssen. »Falls es dir entgangen sein sollte, Katya: Sie haben uns angegriffen.«

»Ja, und sie haben Darius umgebracht. Und ich habe den Eindruck, sein Tod vernebelt dein Denkvermögen.«

Archer unterdrückte eine wütende Entgegnung. »Ich will dich nicht anlügen und behaupten, es hätte keinerlei Effekt auf mich gehabt.«

»Dann gib mir die Gelegenheit, es in Ordnung zu bringen«, bat sie. »Thomas Sherwoods Kompanie trifft übermorgen im System ein. Wir können ihm eine Nachricht an den Sprungpunkt schicken, die ihn anweist, in Godfredson zu landen statt hier. Falls er da nichts findet, kann er zwei Stunden später hier sein. Zwei lausige Stunden. Mehr verlange ich nicht. Wenn wir nichts finden, sage ich keinen Ton mehr, und wir machen den Wilden Haufen fertig.«

Archer atmete tief durch und starrte ihr in die Augen. »Du glaubst tatsächlich, er wird da versteckte Mechs finden.«

»Einschließlich eines mysteriösen *Quasimodo*.«

Archer nickte. Irgendwie hatte er seine Mission und das Vertrauen vergessen gehabt, das er Katya schuldete. »In Ordnung, Major. Ich setze den Befehl auf und du kannst ihn über einen unserer Relaissatelliten abschicken. Ich gebe dir und Sherwood reichlich Leine für diese Operation. Ich kann nicht ewig auf reiner Gefühlsbasis agieren. Es wird Zeit, dass ich wieder wie ein Kommandeur arbeite.«

Sie lächelte, beinahe verlegen. »Danke, Archer.«

»Falls sie da sind, holt sie euch. Aber ich will exakt wissen, wer sie sind, damit wir sie bezahlen lassen können. Und falls du Recht hast, werde ich deine Hilfe brauchen, diese kleine Meinungsverschiedenheit mit dem Wilden Haufen beizulegen.« Dann richtete er sich in einem seltenen Moment der Förmlichkeit gerade auf und salutierte – ein wohlverdientes Zeichen des Respekts von einem Kommandeur einer Untergebenen gegenüber.

Katya salutierte ebenfalls, dann zwinkerte sie ihm zu und machte sich auf den Weg.

* * *

Tascha trat in den von ihren Truppen gebildeten Kreis und ignorierte das Flüstern und Raunen. Ihr dunkelgraues T-Shirt war nass von Schweiß, aber das kümmerte sie nicht. Der Gestank der Belagerung hing schwer in der Luft. Schon seit Tagen duschte oder wusch sich keiner mehr von ihnen, um Wasser zu sparen, und im Junk Yard ging der Witz um, dass die Avengers nur die Nase in den Wind zu halten brauchten, um ihre Basis zu finden.

Norris stand mit verschränkten Armen im Rund, die wuchtigen Muskeln leicht gespannt, die Miene voller Verachtung. In seiner Arroganz schien er geradewegs durch sie hindurchzusehen.

»Ich weiß, wir sind nicht Clan«, erklärte er. »Aber letztlich bedeuten diese Unterschiede nichts. Deine Mutter hat uns hierher geführt, um nach versteckten Schätzen zu suchen, und deine Unfähigkeit hat uns hier wie Vieh eingepfercht. Du hast uns auf eine Weise kommandiert, die deines Namens unwürdig ist. Ich spreche dir das Recht ab, uns weiter zu befehligen.«

Tascha musterte ihn gleichmütig. »In einem Punkt hast du Recht, Norris. Wir gehören nicht zu den Clans. Wir sind eine Söldnereinheit und wir haben eine feste Befehlskette. Meine Mutter hat mir den Befehl übertragen, doch seit sie verletzt wurde, hast du meine Autorität angezweifelt.« Sie trat einen Schritt zurück und ballte die Fäuste. »Und jetzt hör mir gut zu: Über mich kannst du sagen, was immer du willst, aber lass meine Mutter aus dem Spiel. Wie auch immer, diese Sache endet hier und jetzt.«

Sie erwartete eine sarkastische Entgegnung, Norris setzte jedoch nur seine Version eines Lächelns auf. »Einverstanden«, sagte er und sprang sie an, noch bevor er ausgesprochen hatte.

Tascha drehte sich in der Hüfte und wich mit einem Seitschritt aus – aber eine von seinen riesigen Fäusten traf sie in die Seite. Der Hieb sandte einen stechenden Schmerz durch ihren Körper. Dann zog er den Kopf ein, rollte ab und sprang wieder auf die Beine, während sie ihn umkreiste.

Ihr Puls raste. Viele MechKrieger der Einheit feuerten die Kämpfer an, manche sie, manche Norris. Die Anspannung durch die Belagerung zeigte bei ihnen allen Wirkung, und dieser Zweikampf bot ihnen eine Gelegenheit, einen Teil des Drucks auszuleben, für den sie kein anderes Ventil hatten. Sie duckte sich und bereitete sich auf die nächste Attacke des Ex-Clanners vor.

Er griff mit einem seitlichen geschwungenen Tritt an. Sie versuchte nicht auszuweichen, sondern ging stattdessen zum Gegenangriff über. Ihr Knie rammte sein Kinn und der Überraschungsangriff ließ Norris wanken.

Sie gewann gerade das Gleichgewicht wieder, als er sie von hinten umklammerte. Er presste ihr die Arme an den Körper und hielt sie flach am Boden, statt sie in die Luft zu heben, damit sie die Beine nicht gegen ihn einsetzen konnten. Er drückte mit ganzer Kraft, und seine schweißnassen Arme lagen ihr wie stählerne Reifen um Brustkorb und Arme. Sie fühlte ihre Rippen sich bewegen, dann hörte sie etwas knacken und erkannte in dem Geräusch augenblicklich das Brechen eines Knochens.

Mit ihrer verbliebenen Kraft beugte sie sich in der Hüfte und zog Norris mit, ohne seine Umklammerung zu brechen. Trotz der gefesselten Arme legte sie ihm eine Hand um den rechten Knöchel. Bevor er sie wegtreten konnte, richtete Tascha sich wieder auf und hielt den Knöchel dabei mit aller Kraft fest.

Sie riss ihn zwischen ihren Beinen nach vorne und warf Norris nach hinten. Er zog sie mit und sie landete auf ihm. Die beiden schlugen in einer Staubwolke auf, und für einen Moment blieb ihm die Luft weg. Tascha saugte Sekunden vor ihm mühsam frische Luft in die schmerzende Lunge und drehte sich, sodass sie ihm ins Gesicht blickte. Er schlug mit einem Arm nach ihr, doch sie rammte ihm beide Fäuste auf den Halsansatz.

Seine Halsmuskulatur war stark, aber nicht stark genug, um unter diesem Angriff die Luftröhre offen zu halten. Er riss instinktiv die Hände an die Kehle, während Tascha der ganzen aufgestauten Wut freie Bahn ließ. Ihre Hiebe trommelten ihm auf Gesicht und Augen. Dann zielte sie tiefer und rammte ihm die linke Faust zwischen die Beine. Er stöhnte. Norris richtete sich auf und wurde mit einem Stakkato aus vier Geraden mitten ins Gesicht belohnt.

Aber noch war er nicht besiegt. Er schlug ihr die flache Hand von unten ans Kinn und Tascha spürte einen Zahn splittern. Ihr Kopf flog in den Nacken, doch sie hielt sich auf ihm. Selbst als er ihr die hohle Hand aufs Ohr schlug und ihr Trommelfell zu platzen schien, ließ sie sich nicht abschütteln.

Schließlich rollte sie sich nach hinten ab und kam geduckt wieder hoch, die Arme gespreizt, bereit weiterzukämpfen. Norris lag vor Schmerzen zusammengerollt auf der Seite. Tascha versetzte ihm einen Tritt ins Nierenbecken. Zwei Tritte, dann noch zwei, jeder härter als der Vorhergehende.

Norris stöhnte – ein tiefer, gutturaler Schmerzlaut. Er hob die Hand und winkte mühsam, um sich zu ergeben. Adrenalin pumpte durch Taschas Adern, und sie reckte sich, atmete tief ein. Sie hustete und schmeckte Metall. Als sie sich mit einem verdreckten Arm den Mund wischte, war er hinterher rot von Blut. Das laute Klingeln in ihrem Ohr erschwerte es, die Stimmen der anderen zu verstehen, die sie umringten, und ein plötzliches Schwindelgefühl drohte ihr die Balance zu rauben.

»Es ist vorbei«, erklärte sie, nicht an Norris gewandt, sondern dem Rest des Wilden Haufens. Die Männer und Frauen wirkten schockiert von dem Schauspiel, das sie gerade verfolgt hatten. »Aber der Wilde Haufen wird nicht untergehen, ganz gleich, was aus den Avengers oder unserem Kontrakt wird.«

Wieder hustete sie. Jeder Atemzug bereitete ihr Schmerzen, jetzt, da der Kampfrausch abklang. Ihre Finger und Zehen juckten vor aufgestauter Energie.

»Jeder, der kein Teil dieser Einheit sein will, kann seine Sachen packen und verschwinden. Der Rest hat ja wohl Arbeit zu erledigen.«

Sie trat unsicher einen Schritt vor, und versuchte, so vielen der Umstehenden wie möglich in die Augen zu schauen. »Und nur, damit wir uns verstehen, ich bin Kommandanthauptmann Tascha Snord, und ich befehlige Snords Wilden Haufen. Wer hier folgt mir?«

Lauter Jubel ertönte, als der Wilde Haufen in den Kreis stürmte. Immer noch jubelnd hoben die Söldner ihre zerschlagene, aber übers ganze Gesicht grinsende Kommandeurin auf die Schultern und trugen sie zurück zu ihrem Zelt.

# Drittes Buch

# Alte Soldaten sterben nicht …

Klar wollen wir nach Hause. Wir wollen, dass mit diesem Krieg endlich Schluss ist. Die schnellste Art ihn zu beenden ist, uns die Hurensöhne zu holen, die ihn angefangen haben. Je eher wir ihnen in den Arsch treten, desto schneller können wir heim.

– General George S. Patton, Jr.,
vor Operation Overlord zu seinen Truppen

# 19

**Landungsschiff *Angelfire*,**
**am Piratensprungpunkt Batu des Odessa-Systems**
**Provinz Donegal, Lyranische Allianz**

*29. April 3063*

»Sind Sie sicher?«, fragte Captain Lee Fullerton seine Ortungsoffizierin. Das Landungsschiff *Angelfire* des 1. Thorin-Regiments war an einem Piratensprungpunkt keinen Tag Flugzeit vom Planeten Odessa angekommen, und die schwach erleuchtete Brücke schwirrte wie ein Bienenstock. Das Sprungschiff, das sie hier abgeladen hatte, war bereits wieder abgesprungen.

»Bestätigt, Sir. Vier Landungsschiffe im Anflug auf New Bealton. Es scheint sich um je zwei Schiffe der *Overlord*- und *Union*-Klasse zu handeln. Wir sind auf Kurs direkt in ihre Ionenspur. Ich hatte sie nur ein, zwei Sekunden auf der Ortung, bevor das Magnetfeld sie verschluckt hat.« Im Widerschein Dutzender bunter Lämpchen der Konsole machte das Gesicht der jungen Techoffizierin einen gespenstischen Eindruck.

Fullerton lehnte sich im Kapitänssessel zurück. »Lassen Sie die Daten durch das ID-Programm laufen. Versuchen Sie Ortung, Transpondersignale und was Sie sonst noch haben, mit bekannten Schiffen und Einheiten abzugleichen. So viele Schiffe kann es nicht geben, die Kurs auf Odessa haben, nicht, wenn alles so läuft, wie Lieutenant General Christifori es geplant hat.«

»Aye-aye, Sir«, bestätigte die Tech. »Es wird eine Weile dauern, bis ich die Schiffsnamen im Wolfsrudel-Söldneralmanach gefunden habe.«

Just in diesem Augenblick betrat ein junger Mann mit sandblondem Haar die Brücke und strich sich die eng anliegende Uniform glatt. »Was gibt's, Skipper?«, fragte Thomas Sherwood.

Fullerton schüttelte besorgt den Kopf. »Wir hatten gerade Kurs angelegt, als wir mehrere andere Landungsschiffe mit Kurs auf die Oberfläche zeichneten.«

»Haben Sie uns entdeckt?«, fragte Sherwood.

»Kaum anzunehmen. Die Ortung kam unmittelbar, bevor sie ins Magnetfeld eingedrungen sind.«

»Sir, wir empfangen einen abhörsicheren Datenimpuls von unseren Satelliten«, meldete der Kommunikationsoffizier. »Prioritätskodiert, für Captain Sherwood.«

Fullerton und Sherwood blickten einander an, dann drehten sie sich zur Kommstation um. »Eine Prioritätsnachricht für mich?«, fragte Sherwood nach.

»Ja, Sir. Die Kodierung lässt sich nur mit Ihrem Befehlskenncode öffnen.«

Sherwood ging zu einer freien Konsole auf dem unteren Deck. Er tippte seinen Code ein und die Daten liefen über den Schirm. Es war eine Nachricht von Lieutenant General Christifori, gefolgt von Informationen von Katya Chaffee und neuen Befehlen. Seine Augen rasten über die neuen Befehle und Ziele und auch über die Karte des neuen Operationsgebiets.

»Dreck«, murmelte er, als er sah, dass der Wilde Haufen und die Avengers einander bekriegten.

»Was ist los, Tom?«, fragte Fullerton.

»So viel zum Thema Ausruhen. Wir müssen das in deine Taktische Operationszentrale überspielen.«

»Hat Lieutenant General Christifori den Wilden Haufen schon angeworben?«

Sherwood schüttelte den Kopf. »Ganz im Gegenteil. Ich würde eher sagen, er ist gehörig eingebrochen.«

Am anderen Ende der Brücke meldete sich die OrtungsTech. »Kapitän Fullerton, ich habe die Schiffe identifiziert, die wir geortet haben.«

»Lassen Sie hören.«

»Die beiden *Overlords* waren die *Keltenkrieger* und

die *Wilder Jäger*. Ich habe nur für eine *Union* eine sichere ID: Die *Roarke's Drift*.«

»Welche Einheit?«

»Die drei identifizierten Schiffe gehören den Blackstone-Highlanders. Um genau zu sein, Wolverton's Highlanders. Das bedeutet: Das vierte Schiff ist mit hoher Wahrscheinlichkeit entweder die *Chard* oder die *Emerald Piper*.«

»Wolverton's Highlanders?«, fragte Fullerton ungläubig.

»Wir müssen diese Daten und die voraussichtlichen Landezonen so schnell wie möglich an den Lieutenant General übermitteln«, unterbrach Sherwood. Der Kommoffizier holte sich die Informationen bereits, um sie zu bündeln. »Begleiten Sie mich bitte, Skipper.«

»Wie schlimm ist es?«

»Noch nicht so schlimm, aber wir haben soeben einen Einsatzauftrag erhalten, und ich muss Sie und den Rest der Forester informieren.«

* * *

Oberst Robert Feehan, Kommandeur der Wolverton's Highlanders, stieg aus seinem *Sturm* und musterte die Aufstellung des Regiments am Stadtrand von New Bealton. Die Stadt selbst war noch ein Stück entfernt, aber Graf Fisk hatte ihn hierher befohlen. Er schaute sich um. Falls die Avengers in der Nähe waren, hielten sie sich gut versteckt.

In der Ferne sah er in einer riesigen Staubwolke ein Fahrzeug kommen. Feehan war sich sicher, wer darin saß. Seit dem Augenblick, in dem das Regiment begonnen hatte, sich in der Mittelgebirgslandschaft rund um die Schiffe aufzustellen, wartete er auf diesen Besuch. Die jüngsten Ereignisse hatten seine Truppe mehr oder weniger gezwungen, mit Scott Blackstones

Highlanders zu verschmelzen. In ihrer neuen Einheit waren sie nur eine Art Bürger zweiter Klasse, doch das konnte sich jetzt ändern. Falls seine Leute sich bei dieser Mission bewährten, würden sie unter Umständen ihre Eigenständigkeit zurückgewinnen können. Und selbst wenn nicht, würde er auf jeden Fall Oberst Blackstone mit einem Erfolg beeindrucken können.

Der Schweber glitt mit seinen beiden Passagieren bis kurz vor die Beine des *Sturm* und hielt an. Feehan erkannte Nicholas Fisk aus zahlreichen Holovidberichten. Er versuchte, sich von der arroganten Haltung des Kerls nicht in Rage bringen zu lassen und ermahnte sich, dass die Zukunft seiner Einheit in der Hand dieses eingebildeten Arsches lag. Er musste Fisk bei Laune halten, auch wenn er nie geglaubt hätte, der Archon würde jemals Kampfeinheiten unter den Befehl planetarer Adliger stellen.

Der andere Mann ging am Stock. Er humpelte stark, aber trotzdem lag noch etwas Militärisches in seiner Haltung. Das linke Auge war offensichtlich künstlich und von einem Metallring umgeben. Als die beiden Männer näher kamen, wischte Feehan sich die Hände an der ausgeblichenen Kampfmontur ab und trat ihnen entgegen.

»Graf Fisk«, sagte er mit respektvoll gesenktem Kopf.

»Oberst Feehan«, antwortete der Graf, der mit einer Hand den Saum eines kurzen dunkelblauen Umhangs festhielt, der im Wind flatterte. »Es freut mich zu sehen, dass Sie ohne Probleme aufsetzen konnten.«

»Es ist mir eine Ehre, Ihre Bekanntschaft zu machen, Mylord.«

»Darf ich Ihnen meinen Sohn, Luther Fisk, vorstellen?« Der Graf deutete zu dem jüngeren Mann, der mit den Hacken knallte. »Er wird als Ihr Verbindungsoffizier fungieren, während Sie hier auf Odessa sind.«

Feehan versuchte, freundlich zu lächeln, aber seine Eingeweide wollten sich bei dieser Nachricht verknoten. Das Allerletzte, was er gebrauchen konnte, war, ständig vom Sohn seines Auftraggebers überwacht zu werden. Aber leider war er ja nicht in der Position, wählerisch zu sein.

»Ich fühle mich geehrt, dass Sie Ihren Sohn unserer Einheit zuteilen«, antwortete er, »und freue mich, ihn bei uns begrüßen zu dürfen.«

Fisk verzog leicht den Mund. »Das ist schön, Oberst, denn ich habe eine ganz besondere Mission für die Highlanders. Wie Sie sicher wissen, hält sich das 1. Thorin-Regiment auf Odessa auf.«

Feehan nickte. Er hatte nur vereinzelte Informationen von der Planetenoberfläche erhalten, seit er dem Grafen und seinem LNC-Agenten vor Wochen zwei seiner schwersten Lanzen ›geliehen‹ hatte. Er hatte immer noch keinen Kontakt mit seinen Leuten aufnehmen können und die Sorge um sie hatte ihn schon mehr als eine schlaflose Nacht gekostet. Er wusste: Sie waren in einen Kampf verwickelt worden und hatten Verluste erlitten: Aber das war auch schon alles. Schlimmer noch, er hatte einen üblen Verdacht, wozu man seine Leute benutzt hatte, und das machte ihm schwer zu schaffen.

»Soweit ich es verstanden habe, kämpft Snords Wilder Haufen gegen das 1. Thorin«, erklärte er.

Fisk nickte. »Ja, aber die Ereignisse haben eine Wendung genommen, die niemand erwarten konnte. Der Wilde Haufen war gezwungen, sich in die Ruinen Alt-Bealtons zurückzuziehen und wird dort von Archer's Avengers belagert.«

»Soll ich meine Aktionen mit Kommandanthauptmann Snord koordinieren, Mylord?«, bot Feehan hastig an.

»Auf gewisse Weise. Die Situation wird dadurch verkompliziert, dass der Kontrakt des Wilden Haufens gestern um Mitternacht ausgelaufen ist. Offiziell untersteht er nicht mehr meinem Befehl oder meiner Autorität.«

»Und er hat den Kontrakt nicht erneuert?«

»Noch nicht«, antwortete der Graf lässig. »Aber das soll uns nicht stören. Meine Hauptsorge ist zur Zeit, dass das 1. Thorin-Regiment Odessa nicht intakt verlassen darf. Die Avengers sind ganz und gar darauf konzentriert, Snord in den Ruinen zu halten. Wenn Sie einen entschlossenen Angriff unternehmen, können Sie die Rebellen von hinten aufrollen und dauerhaft zerschlagen.«

Feehan nickte und musste unwillkürlich lächeln. »Ja, Mylord. Wir sind zwar nur ein leichtes Regiment, aber wenn sie schon eine Weile im Kampf stehen, werden sie sicher Männer und Material verloren haben. Sobald ich einen umfassenden Situationsbericht habe, werde ich einen Angriff vorbereiten, der sie ein für allemal auslöscht.«

»Ausgezeichnet«, stellte der Graf fest. »Mein Sohn sollte Ihnen alle Informationen liefern können, die Sie benötigen.« Er drehte um und machte sich auf den Weg zurück zum Schweber.

»Mylord?«, rief Feehan ihm nach.

Der Graf drehte sich um. »Ja, Oberst?«

»Was ist mit dem Wilden Haufen?«

»Wie meinen Sie das, Oberst?«

»Ich nehme an, Sie wünschen, dass ich ihn entsetze?«

»Nicht unbedingt«, erwiderte Fisk. »Mein zweiter Grund, Sie hierher zu rufen, bestand darin, sicherzustellen, dass der Wilde Haufen sich entweder dem Kampf gegen Prinz Victor anschließt, oder in keiner Verfassung ist, ihn zu unterstützen. Ich an Ihrer Stelle würde sicherstellen, dass er Ihnen hilft, das 1. Thorin-

Regiment zu zerschlagen. Was aus Snords Truppen wird, wenn sich der Staub gelegt hat ... Das überlasse ich Ihnen. Wer könnte sich beschweren, wenn sie in der Hitze des Gefechts versehentlich auf Ihre Leute feuern, und Sie die Gelegenheit benutzen, sie zu erledigen? Sie könnten sich vermutlich aus ihrer Ausrüstung und Vorräten bedienen, obwohl ich bezweifle, dass Kommandanthauptmann Snord ihnen die kampflos überlässt. Die Wahl liegt natürlich bei Ihnen.«

Feehan nickte und überschlug hastig die tiefere Bedeutung dieser Worte. Was der Graf vorschlug, war ehrlos und grenzte an ein Verbrechen. Andererseits schien er Feehan mitzuteilen, dass er mit der Einheit tun und lassen konnte, was ihm beliebte. Der Prestigegewinn, der damit verbunden war, eine Söldnereinheit ersten Ranges vor der Vernichtung zu retten, war gewaltig. Noch besser allerdings, falls er all die schwere Ausrüstung in die Hände bekommen konnte, zum großen Teil Clan-Technologie. Das würde seine heruntergewirtschaftete Truppe mit einem Schlag in einen Machtfaktor verwandeln, mit dem man rechnen musste.

»Ich möchte offiziell feststellen, dass die Highlanders kein Interesse daran haben, gegen den Wilden Haufen zu kämpfen«, stellte er fest, um vorzufühlen.

Fisk gluckste. »Natürlich. Aber dafür ist es etwas spät. Ihre beiden Lanzen haben bereits gegen den Wilden Haufen und Archer's Avengers gekämpft. Ich frage mich, was Rhonda Snord täte, wenn sie das herausfände? Ganz zu schweigen von Ihrem neuen Kommandierenden Offizier, Oberst Blackstone. Soweit ich mich erinnere, hat er die ›Leihgabe‹ dieser Lanzen nicht genehmigt, oder doch? Ich bin sicher, er wäre interessiert, zu erfahren, dass sein frisch erworbenes Regiment auf eigene Faust arbeitet.«

»Es besteht kein Bedarf für Drohungen«, gab Feehan

eisig zurück. »Ich hatte keine Ahnung, was Sie mit diesen Einheiten vorhatten.«

»Spielen Sie nicht den Naiven, Oberst. Sie wussten sehr genau, wie ich sie einsetzen würde. Mein LNC-Agent ist in diesem Augenblick bei ihnen, und wenn notwendig, kann ich die Dokumente vorlegen, die es beweisen.«

In Feehan stieg die Wut hoch. »Ich habe niemals ...«

Graf Fisk wedelte abfällig mit der Hand. »Genug geplaudert, Oberst. Ihre Hände sind in dieser Angelegenheit um nichts weniger blutbefleckt als die irgendeines anderen. Ich an Ihrer Stelle würde jeden aus dem Weg räumen, der Sie und Ihr Regiment beschuldigen könnte ... angesichts Ihrer momentanen Lage.«

Robert Feehan kochte vor Wut über die versteckte Anspielung auf den schlechten Ruf seiner Einheit. »Ich verstehe, Mylord«, stellte er in freundlicherem Ton fest.

»Da bin ich sicher, Oberst. Aber merken Sie sich eins: Enttäuschen Sie mich nicht. Ich habe eine sehr niedrige Toleranzschwelle, was Versager betrifft.« Damit drehte Fisk sich endgültig um und ging zurück zu dem Schweber, der ihn fort von Wolverton's Highlanders tragen würde und von der Verantwortung für alles, was aus deren Anwesenheit auf Odessa erwuchs.

Feehan starrte zu dem Wagen hinüber, als er sich mit heulenden Hubpropellern auf das Luftkissen erhob. Er fragte sich unwillkürlich, ob er sich bei der Einschätzung dieses Auftrags nicht möglicherweise böse geirrt habe. Er war ihm wie die Rettung für sich und die Einheit erschienen, aber jetzt sah er mehr nach ihrem Untergang aus.

# 20

**In der Nähe von Gottfredson, Odessa**
**Provinz Donegal, Lyranische Allianz**

*1. Mai 3063*

Die alte Scheune war ein langer, fünf Stockwerke hoher Bau, dessen metallenes Gitterdach an mehreren Stellen eingesunken war, vermutlich schon vor Jahrzehnten. Selbst aus dem Versteck auf einer nahen Bergkuppe konnte Katya sagen, dass sie zwar noch weitgehend intakt war, aber alles andere als robust. In der Ferne war auch das Dorf Gottfredson zu sehen, doch sie und Thomas Sherwood konzentrierten sich ganz auf die Scheune und studierten jede Einzelheit.

Sie planten die Operation seit gut einem Tag, und die Energie des jungen Captains beeindruckte sie. »Bist du sicher, dass dies die beste Vorgehensweise ist, Thomas?«

»Nein. Aber der Befehl des Generals lautet, die Anlage und alles sich dort aufhaltende Personal in Gewahrsam zu nehmen, um nach Beweisen zu suchen, dass jemand anders als der Wilde Haufen für den Hinterhalt verantwortlich war. Um ehrlich zu sein, der alte Schuppen da könnte locker eine ganze Kompanie BattleMechs und genug Sicherheitsvorkehrungen beherbergen, um alles platt zu machen, was ich an Truppen habe.«

Sie las die Frustration in seiner Stimme und wusste, wie viele Leben vom Erfolg dieser Operation abhingen. »Du bist der Experte für Kommandoaktionen, Thomas. Gramash und ich sind nur dabei, um euch bei Bedarf Hilfestellung zu leisten.« Sie schaute sich um. »Obwohl ich zugeben muss, dass ich etwas Heimlicheres erwartet hatte.«

Er senkte das Fernglas und grinste sie an. »Mit etwas

mehr Vorwarnung wäre mir sicher was Kreativeres eingefallen.« Er hob den Arm an den Mund. »Das Spiel beginnt.«

Er schaltete den Armbandkomm ein und kniff die Augen zusammen. »Forester Eins an alle Forester. Grün, grün, grün.«

Kaum hatte er ausgesprochen, als ein alter Laster auf dem in der Nähe der Scheune vorbeiführenden Feldweg auftauchte. Auf der Ladefläche türmten sich Heuballen, und die schweren Reifen spritzten schlammiges Dreckwasser aus den Pfützen auf dem ungepflasterten Weg. Als der Wagen zur Scheune einbog und sich dem Gebäude näherte, sahen sie an den Scheunentüren Bewegung.

Sherwood stellte das Fernglas scharf, und Katya holte das ihre heraus, um ebenfalls zu beobachten, was geschah.

Inzwischen hatten zwei Männer die Scheune verlassen. Dann tauchten zwei weitere um die Ecke des Baus auf und liefen hinter den Laster. Die beiden Ersten bedeuteten dem Fahrer mit Handzeichen, anzuhalten. Sie waren wie Bauern gekleidet, seltsame Ausbeulungen in ihren Sachen deuteten aber auf versteckte Waffen hin.

Katya beobachtete, wie die ›Bauern‹ sich mit dem Fahrer unterhielten, während sie unauffällig um den Wagen herumgingen und die Heuladung musterten. Weiter entfernt, außer Sicht der ›Bauern‹, schlich sich ein Trupp Soldaten an.

Der Fahrer war inzwischen ausgestiegen und schien eine hitzige Debatte mit den ›Bauern‹ zu führen. Mit weiten, angewiderten Gesten stampfte er davon, gefolgt von zweien der Männer, die weiter auf ihn einredeten.

Einen Augenblick später drückte eine gewaltige Explosion einen großen Teil der Scheunenwand ein und jagte den Laster, das Heu und alles in seiner Nähe in die Luft.

Die beiden ›Bauern‹, die an dem Fahrzeug geblieben waren, verschwanden in der Detonation. Die beiden, die dem Fahrer gefolgt waren, wurden von den Füßen gerissen und davongeschleudert. Der Fahrer, der die Explosion ausgelöst hatte, war im selben Augenblick, in dem der Lastwagen in einem rotorangenen Feuerball auseinander geflogen war, in Deckung gehechtet. Jetzt zog er eine kleine Autopistole und schoss auf die am Boden liegenden ›Bauern‹.

Währenddessen erklang auf der anderen Seite der Scheune Gewehrfeuer. In der Ferne stieg Rauch auf, dann erschienen drei Avenger-BattleMechs auf dem Feldweg. Angeführt von einem schnellen *Husar* stürmten sie durch die klaffende Bresche, die die Autobombe in die Scheunenwand gerissen hatte. Katya hörte Laserfeuer und sah grünes und rotes Flackern, als der zweite Mech, eine *Spinne*, durch das Loch in der Wand trat.

Danach dauerte es nur noch Sekunden. Der Kommunikator knackte, dann sagte eine Stimme: »Blau, blau, blau.« Operation erfolgreich.

Sherwood schaute sich zu Katya um und lächelte. »Das Ende ist mein liebster Moment bei diesen Missionen.«

Katya verzog das Gesicht. »Schön für dich. Meine Arbeit fängt jetzt erst an.« Sie rutschte den Hang hinunter, um zu Gramash in die Scheune zu gehen.

* * *

Die Avenger-Mechs standen Wache, während Katya und Sherwood die Scheune betraten, in der es ziemlich düster schien, obwohl draußen heller Tag war. An der hinteren Wand, gegenüber des riesigen Lochs, standen zwei Mechlanzen aufgereiht. Zwei der Maschinen waren kaum noch zu identifizieren, da sie für Ersatzteile ausgeschlachtet worden waren. Alle waren frisch in Tarnfarben lackiert und trugen als Insignien einen tollwütigen Vielfraß vor einem roten Vollkreis, das Einheitssymbol der Wolverton's Highlanders.

Und die geballte rechte Faust im grauschwarzen Kettenpanzer ihrer Muttereinheit, der Blackstone-Highlander.

* * *

Die zwölf Gefangenen, die den Angriff überlebt hatten, knieten mit in Plaststahl-Handschellen steckenden Händen im Nacken auf dem Scheunenboden. Gramash ging langsam an der Reihe entlang und schaute jedem ins Gesicht. Ein Teil hielt den Kopf gesenkt und wich seinem Blick aus, doch er hob mit dem Gehstock ihr Kinn an, um ihnen in die Augen zu schauen.

»Einer von euren Leuten hat bereits geredet«, stellte er leise fest. »Ein raffinierter Plan. Ihr greift getarnt beide Seiten an und bringt sie dazu, sich gegenseitig zu zerschlagen. Aber was mich interessiert: Wer hat das angeordnet?«

Er blieb vor einem der Männer stehen und grinste breit. »Ah. Ich glaube, ich habe das fehlende Glied gefunden, Major Chaffee. So sieht man sich wieder, alter Kumpel.«

»Sie kennen ihn?«

Gramash nickte. »O ja. Wir waren zusammen auf der Schule. Aber auf keiner Schule, über die eine Regierung gerne spricht. Habe ich nicht Recht, alter Freund?«

»Ich habe nichts zu sagen«, fauchte der Mann.

»Wie nennst du dich jetzt?«

»Spielt das eine Rolle?«

»Reine Neugierde. Es ist auf jeden Fall ein ›V‹ darin.

Du hast immer irgendwo ein ›V‹. Früher oder später erfahre ich es sowieso. Das weißt du.«

»Mach dir keine Mühe«, erwiderte der Mann mit sichtlicher Wut. »Ich nenne mich Erwin Vester. Nicht, dass der Name dir irgendetwas nützen wird.«

Gramash lächelte. »Tut mir wirklich Leid, dir das antun zu müssen, mein Freund, aber du kennst die Spielregeln.«

»Das ist der Unterschied zwischen uns«, bellte Vester. »Für mich ist es kein Spiel.« Seine nächsten Worte erschreckten Katya. »Du warst selbst beim LNC. Du weißt, wir lassen keine Spuren zurück. Du kannst mir drohen, so viel du willst. Du wirst nichts erfahren.«

»Die BattleMechs hier sind ziemlich deutliche Spuren«, bemerkte Gramash und deutete auf die Kampfkolosse an der Rückwand der Scheune.

»Wofür?«, fragte Vester kühl. »Alle Gefechts-ROMs sind entfernt oder gelöscht.«

»Tatsächlich?«, fragte Gramash gelassen.

»So ist es. Ein paar frisch lackierte Mechs beweisen gar nichts. Falls es jemals Beweise gegeben hat, sind die inzwischen verloren. Alles, was ihr habt, sind ein paar Mechs, sonst nichts.«

»Nicht ganz«, stellte Gramash fest. »Am NAIW hat man Methoden entwickelt, die individuelle Signatur von Fusionsreaktorkernen festzustellen. Wir konnten die Forschungen von New Avalon holen, bevor die Feindseligkeiten ausbrachen. Mit den detaillierten Aufzeichnungen, die wir von eurem fehlgeschlagenen Anschlag auf Lieutenant General Christifori haben, konnten wir genug Daten ziehen, um sie mit den Signaturmessungen dieser Mechreaktoren zu vergleichen. Das ist besser als DNS oder Netzhautmuster.«

»Dass ich nicht lache«, antwortete Vester. »So eine Technologie existiert nicht.«

»Ich vermute, durch den Bürgerkrieg und das alles bist du nicht mehr ganz auf dem Laufenden«, sagte Gramash gutmütig. »Außerdem habe ich vor, die Informationen persönlich aus dir herauszuholen. Dein Geständnis wird eine schöne Abrundung für die technischen Beweise.«

Vester lachte bitter. »Den Bluff kenne ich so gut wie du. Mich kannst du nicht einschüchtern.«

»Wir werden sehen.« Gramash drehte sich zu Katya um und deutete auf Vester. »Reißen Sie ihm Hemd und Hose vom Leib, aber ohne die Fesseln zu lösen. Wenn nötig, schneiden Sie ihm die Kleider weg. Lassen Sie ihn nackt hier.«

Die anderen Gefangenen murrten, als sie das hörten, und Gramash bedeutete den Wachen, sie wegzuschaffen. »Behalten Sie seine Hände im Auge. Er darf keinen Teil seines Körpers berühren.«

Leichter gesagt als getan. Es waren drei von Sherwoods Infanteristen nötig, den Agenten festzuhalten. Bald darauf aber kniete er nackt auf dem Scheunenboden.

Gramash trat langsam um ihn herum und musterte ihn eingehend. Dann streckte er wortlos die Hand aus und zerrte an der Haut über Vesters Brustkorb. Zuerst dachte Katya, er wolle dem Mann regelrecht ein Stück Haut abschälen. Doch dann erwies es sich als ein winziger, hautfarbener quadratischer Flicken mit falscher Körperbehaarung. Er warf ihn Katya zu, die ihn widerwillig auffing und mit spitzen Fingern festhielt wie ein totes Insekt.

»Wir nennen sie NAs – Notausgänge«, erklärte Gramash. »Hätte er ihn erreicht, hätte ein kurzer Druck genügt, und das Gift hätte ihn innerhalb von Sekunden getötet. Es wird durch die Haut absorbiert. Was noch wichtiger ist: Es überträgt sich über die Schweißdrüsen auf jeden, der das Opfer berührt. Er hätte unter Umständen noch ein paar von uns mit ins Grab genommen.«

Wieder hob Gramash mit dem Stock Erwin Vesters Kinn, aber diesmal war dessen Selbstsicherheit verschwunden. Katya steckte den Flicken in eine kleine Plastiktüte und versiegelte sie. »Siehst du? Ich habe unsere Ausbildung noch gut in Erinnerung«, sagte Gramash.

»Von mir erfährst du nichts«, spie Vester.

»Bitte, erspar mir das Geschwätz«, antwortete Gramash kalt. »Natürlich wirst du reden. Mit den Drogen, die Major Chaffee mitgebracht hat, wirst du sogar Arien singen und im Tutu Ballett tanzen, wenn ich das verlange.« Ohne den Blick abzuwenden, streckte er die Hand aus, und Katya reichte ihm eine Spritze.

»Du hast bestimmt selbst schon mal Triptiphenoxelinsäure angewandt, oder? Ich erinnere mich an die Lektion über dieses Zeug. Es garantiert, dass du redest. Natürlich löst es als Nebenwirkung die Neuronenverbindungen auf. Dauerhaft. Erst verlierst du langsam die Kontrolle über deine Gliedmaßen, dann bricht nach und nach das vegetative Nervensystem zusammen. Glücklicherweise ist es genetisch so manipuliert, dass Gedächtnis und Stimmbänder bis ganz zum Schluss intakt bleiben. Aber wem erzähle ich das? Kleine Dosen sind nicht ganz so tödlich, aber ebenso schmerzhaft. Ein übles Zeug. Eine widerliche Art zu sterben.« Er schüttelte den Kopf und stützte sich auf den Stock. »Aber vorher wirst du mir alles verraten.«

»Das würdest du bei mir nicht anwenden.«

»Nicht? Warum nicht? Weil es inhuman wäre?« Gramash runzelte die Stirn. »In unserem Beruf müssen manchmal Menschen sterben, damit wir bekommen, was wir brauchen. Es stimmt schon, dass mir das nicht gefällt, aber das heißt nicht, dass ich es nicht trotzdem täte, wenn es nötig ist.«

Eine Weile sagte Vester nichts. Dann: »Lebend bin ich wertvoller für dich als tot.«

Gramash blickte skeptisch. »Tatsächlich?«

»Ich kann dir Odessa liefern, oder zumindest Graf Fisk. Ich weiß, wo Beweise versteckt sind. Nicht nur hier, auch auf anderen Welten. Du wirst mir das Zeug nicht spritzen, denn du könntest auf keinen Fall alles aus mir herausholen, was ich weiß, bevor ich sterbe.«

Katya beobachtete das Schauspiel, und in ihrem Innern spielte sich ein Kampf ab. Sie glaubte jedes Wort, das Gramash sagte. Es hätte Zeit gekostet, Vester auf normale, ›konventionelle‹ Weise zu entlocken, was sie brauchten. Zeit, die Archer's Avengers nicht hatten.

Früher hätte Gramash Vester vermutlich solange geblufft, bis er aufgegeben hätte. Aber jetzt tobte ein Bürgerkrieg – und Gramash selbst war durch Vesters Aktionen beinahe ums Leben gekommen.

Mit einer schnellen Bewegung stieß der junge Agent dem Mann die Nadel in den Hals. »Unter diesen Schmerzen bricht selbst der beste Agent zusammen«, stellte er nüchtern fest. »Nicht mehr lange, und du wirst mich anflehen, dich zu töten.«

Vesters Augen weiteten sich in ungläubigem Entsetzen. Er hätte nie gedacht, Gramash wäre ernsthaft dazu fähig gewesen, und jetzt war es zu spät, es zu verhindern.

* * *

Nach einer Weile stumpfte man gegen die Schreie ab. Vester bemühte sich nach Kräften durchzuhalten, aber schließlich brach er doch zusammen. Nach einer Stunde hatten Gramash und Katya alle Informationen, die sie benötigten. Vester redete und schrie und flehte, und Gramash zeichnete alles auf. Schließlich gab er ihm eine zweite Spritze.

»Endlich sterben«, stieß Vester in einem schweißnassen Rausch aus.

»Nein«, antwortete Gramash. »Triptiphenoxilinsäure hätte dich umgebracht. Aber ich habe ein Derivat von Ceniyocholoratin benutzt. Die Wirkung ist dieselbe, aber sie ist nicht von Dauer. Ich habe dir gerade genug Gegenmittel gespritzt, um dich zu schwach zur Flucht zu halten.«

»Du hast mich getäuscht?«

Gramash lächelte dünn. »Ich benutze die Folter nicht gerne, aber sie funktioniert. Selbst bei dir.«

»Ich bring dich um«, flüsterte Vester.

»Nein, wirst du nicht. Das hast du schon einmal versucht und nicht geschafft. Du bleibst ein Gefangener Prinz Victors, bis wir dir jedes Quäntchen Information entlockt haben. Du, Vester, bist ein kostbares Beutestück.«

Vester sank in sich zusammen. Er war gleichzeitig gefoltert und hinters Licht geführt worden. Sein Geist und Körper waren besiegt. Mehrere von Archers speziell ausgebildeten Infanteristen fuhren die BattleMechs der Scheune hoch. Sie würden sie als hocherfreute Verstärkung zum Befehlsposten des 1. Thorin bringen. Die Gefangenen und alles andere in der Scheune, was brauchbar war, wurden abtransportiert, bevor das Gebäude in Flammen aufging. Kurz vor dem Zünden der Brandsätze stoppte Katya Gramash in der Tür.

»Eine Frage, Sergeant«, sagte sie mit leiser Stimme, damit keiner der anderen es hörte.

»Natürlich.«

»Von dieser Reaktorsignatursache hatte ich vorher noch nie etwas gehört. Wo ist die Hardware dafür? Diese Art von Technologie könnte sich noch als sehr wertvoll erweisen.«

Gramash grinste. »Klingt toll, nicht wahr? Zu schade, dass es noch niemand geschafft hat.«

»Noch eine Lüge?«

Sein Grinsen wurde breiter. »Nein, eine Falschinformation. Ein nützliches Werkzeug, finden Sie nicht?«

»Ich möchte derartige Folter nie anwenden müssen.«

Gramash zuckte hilflos die Achseln. »Ich hatte keine Wahl. Die Dinge ändern sich, Katya.«

»Die Dinge?«

»*Ich* habe mich geändert.«

Sie schaute ihn eine Weile an. »Ja, so ist das wohl im Krieg«, stellte sie dann fest. »Selbst bei Spionen.«

# 21

**Höhe 403, Odessa**
**Provinz Donegal, Lyranische Allianz**

2. *Mai 3063*

»Das war's?« Archer starrte auf das Bild, das über dem tragbaren Holoprojektor in der Luft hing. Der Kampf, den er aus der Cockpitsicht eines *Amboss* verfolgte, zeigte, wie der schwere Mech Rhonda Snords *Highlander* von schräg hinten zerschoss.

Zum zweiten Mal bei der Durchsicht der Gefechts-ROMs sah er den *Highlander* unter dem gnadenlosen Beschuss mehrerer BattleMechs zu Boden gehen. Er hatte die Datenfenster der Schadensanzeige geschlossen. Er brauchte sie nicht. Die Bilder waren deutlich genug.

Rhonda Snord war ebenso in einen Hinterhalt gelockt worden wie er – und von denselben Leuten. Es war ein LNC-Komplott gewesen, um die Einheiten aufeinander zu hetzen. Und er war sicher: Nur Graf Nicholas Fisk konnte es geplant, finanziert und autorisiert haben. Fisks Fingerabdrücke waren unübersehbar, letztlich aber setzte Archer die Schuld höher an – beim Archon selbst.

»Das war's, General«, stellte Anton Gramash von seinem Klappstuhl aus fest. »Snord's Wilder Haufen wurde beinahe gleichzeitig mit uns angegriffen.«

»Wir haben auch ein Gefechts-ROM des Angriffs auf den *Rotunda*, und Erwin Vesters Aussage, in der er Graf Fisk beschuldigt«, fügte Katya hinzu. »Zusammen mit den übrigen Informationen, die wir gesammelt haben, würde ich sagen: Wir haben unsere Theorie bewiesen.«

Archer schaltete den Holoprojektor aus. »Ich ziehe den Hut vor dir, Katya«, erklärte er. »Ich wüsste nicht, wie man die Anklage gegen Wolverton's Highlanders und Graf Fisk noch wasserdichter machen könnte. Jetzt wissen wir auch, warum wir Rhonda Snord nicht zu Gesicht bekommen haben, und warum der Wilde Haufen so erbarmungslos kämpft.«

»Nach dem, was Vester uns erzählt hat, lebt Snord noch, aber sie liegt im Koma.« Gramash rieb sich bei der Erinnerung an den Hinterhalt den Arm. »Er hat auch bestätigt, was Captain Sherwood berichtete: Die restlichen Wolverton's Highlanders sind auf Odessa eingetroffen. Der Graf will sie ebenfalls gegen uns einsetzen.«

Archer nickte. »Alesia«, sagte er leise.

»Sir?«

»Die Schlacht von Alesia im Gallischen Krieg. Am NAIW hat sie mich fasziniert. Cäsar hatte die Gallier in ihrer Festung auf allen Seiten umzingelt, völlig eingekesselt und in der Falle. Dann wurde er von einem Entsatzheer angegriffen, das versuchte durchzubrechen und die Gallier zu befreien, und das hat seinerseits ihn eingeschlossen. Cäsar war gezwungen, nach beiden Seiten zu kämpfen, nach innen und außen.«

Katya zog die Augenbrauen zusammen. »Das ist verdammt lange her. Wie ist es ausgegangen?«

»Cäsar hat gewonnen. Er baute Befestigungen nach beiden Seiten und besiegte beide gallischen Heere. Wie Cäsar die Gallier haben wir den Wilden Haufen in der Falle, und jetzt greift uns ein neuer Feind aus dem Rücken an. Eine verteufelte Lage, findet ihr nicht?«

»Aber Cäsar hat gewonnen.«

Archer verzog das Gesicht. »Ich bin vielleicht ein General, aber kein Cäsar. Ich bin nicht scharf auf diese Art Gefecht. Selbst wenn wir gewinnen sollten, bliebe nicht genug von uns übrig, um auf Monate hinaus noch zu irgendeiner Aktion im Stande zu sein. Falls überhaupt jemals wieder.«

»Wir haben Graf Fisk mit runtergelassenen Hosen erwischt und Beweise genug, um jeden zu überzeugen«, gab Katya zurück. »Ich würde sagen, zur Abwechslung haben wir einmal die Oberhand.«

Archer nickte. »Die Beweise sind ausgezeichnet, Katya. Aber wenn sie uns etwas nutzen sollen, müssen wir sie erst einmal zum Wilden Haufen bringen. Tascha Snord wird vermutlich glauben, wir hätten die ganze Geschichte erfunden, um sie aus der Deckung zu locken. Ihr habt mir die Beweise gebracht – und die sind ungeheuer. Aber Snord davon zu überzeugen, wird noch eine Zirkusnummer ganz anderer Art.«

»Ich bin sicher, Kommandanthauptmann Snord hört uns an«, erklärte Katya, doch Gramash verschränkte die Arme und schüttelte den Kopf.

»Der General dürfte das ganz richtig sehen«, stellte er fest. »Wir belagern den Wilden Haufen jetzt schon seit einer ganzen Weile. Wir haben um jeden Schutthaufen, den wir kriegen konnten, gegen sie gekämpft. Die meisten Söldner hätten inzwischen aufgegeben. Soweit Vester mir berichtet hat, ist ihr Kontrakt mit der Allianz vor ein paar Tagen ausgelaufen. Auf beiden Seiten hat es Tote und Verletzte gegeben. Wenn sie jetzt immer noch kämpfen, dann weil der Kampf inzwischen persönlich ist.«

»So ist es«, bestätigte Archer. »Sie haben es nicht mit Feigheit bis zu A-Klasse-Söldnern gebracht.«

»Und wie willst du zu Natascha Snord durchdringen?«, fragte Katya.

»Ich muss dafür sorgen, dass sie unsere Beweise wirklich ansieht. Es reicht nicht, sie ihr nur zuzustellen. Und dafür brauche ich deine Hilfe.«

»Was du willst.«

»Du hast in meiner Abwesenheit den Befehl über das Regiment, mit Anweisungen, was du zu tun hast, wenn ich nicht zurückkomme.«

Sorge spiegelte sich auf ihren Zügen. »Du machst doch keine Dummheiten, oder?«

Archer lächelte, obwohl ihm ganz und gar nicht danach zumute war. »Würde ich es dir erzählen, so würdest du nur versuchen, es mir auszureden. Außerdem ist es vorläufig noch nicht mehr als der Ansatz zu einer Idee. Ich brauche selbst noch ein paar Stunden, um einen Plan daraus zu machen. Sagen wir erst einmal nur, ich wage mich auf dünnes Eis, und ich brauche dich am Ufer, falls ich einbreche.«

* * *

»Sie brauchen Ruhe, gnä' Frau«, erklärte der MedTech und versuchte, Rhonda Snord zurück aufs Kissen zu drücken. Sie widersetzte sich mit mehr Kraft, als er erwartet hatte.

»Ruhe? Ich war tagelang weggetreten«, krächzte sie und schob den Mann beiseite. »Haben Sie Kommandanthauptmann Snord informiert, dass ich wach bin?«, fragte sie und atmete tief durch, um gegen die Mattigkeit anzukämpfen.

Bevor er antworten konnte, stürzte Tascha herein, lief an die Seite ihrer Mutter und packte mit beiden Händen Rhondas Rechte. »Ich bin gekommen, sobald ich es gehört habe. Wie geht es dir, Mutter?«

Rhonda nahm einen Schluck Wasser aus dem Glas, das der MedTech ihr reichte und zuckte zusammen, als die Flüssigkeit durch ihre ausgedörrte Kehle floss. »Das ist unwichtig. Mein Freund hier hat mir die Kurzversion der Geschehnisse geliefert. Jetzt will ich den Rest hören.«

Rhonda wusste nur, dass die Einheit belagert wurde. Sie gab sicher nicht Tascha die Schuld daran, aber sie sah den Ausdruck von Schuldgefühl, der über das Gesicht ihrer Tochter huschte. *Das Mädel ist zu hart mit sich,* dachte sie.

Der Bericht dauerte deutlich länger als dreißig Minuten, und kaum etwas von dem, was sie zu hören bekam, war erfreulich. Rhonda hörte gespannt zu und kämpfte gegen die Schwäche ihres Körpers, der um Schlaf bettelte.

Sie fixierte Tascha, verschlang deren Worte, rekonstruierte die Schlacht in Gedanken. Ihre Einheit war schwer angeschlagen, fast die Hälfte war verloren. Der schwerste Schlag war die Nachricht von ›Shorty‹ Snee-des Tod. Er war schon beim Wilden Haufen gewesen, als der noch Snords Eigenbrötler hieß. Dieser Verlust lag wie ein Mühlstein auf ihrer Brust und presste sie aufs Bett. Sie würde eine Nachricht an ihren Vater schicken müssen, der inzwischen sicher wieder auf Clinton angekommen war. Das war keine Aufgabe, auf die sie sich freute.

Am Ende des Berichts wirkte Tascha noch müder, als Rhonda sich fühlte. Das war die Last der Verantwortung, und es gab keine Möglichkeit, ihr zu entkommen.

Als Tascha schließlich fertig war und mit einem langen Seufzer verstummte, setzte Rhonda sich auf und schaute ihrer Tochter in die Augen. »Da wären wir also, eingekesselt, belagert, Munition, Lebensmittel und Nachschub fast aufgebraucht. Davon mal abgesehen, wie geht es *dir*?«

»Was?«

»Dir. Wie geht es dir?«

Tascha lächelte müde. »Ich hatte herzlich wenig Gelegenheit, daran zu denken. Zusätzlich zu den Avengers musste ich noch gegen einen meiner eigenen Offiziere kämpfen, der nicht mit meiner Art einverstanden war, die Einheit zu führen. Und dann waren da noch die Nachschubprobleme, bei denen keine Besserung in Sicht ist. Wie es mir geht? Ich habe ehrlich keine Ahnung. Ich *bin* dem Himmel dankbar, dass du endlich wieder wach bist. Diese Einheit zu führen, hat mich eine Menge Kraft gekostet.« Tascha stockte und schaute an sich herab. Sie trug ein schmutziges T-Shirt und ausgefranste Shorts. »Ehrlich gesagt sehne ich mich mehr als alles andere nach einer Dusche.«

Rhonda lehnte sich zurück. »Es wird noch ein, zwei Tage dauern, bis ich aufstehen kann. Bevor ich wieder ins Cockpit eines Mechs hüpfen werde, müssen die MedTechs erst sicherstellen, dass der Stromstoß durch die Neurohelmrückkopplung keinen permanenten Schaden angerichtet hat.«

Tascha wirkte erschüttert. »Aber du bist wach. Du solltest wieder den Befehl übernehmen.«

Rhonda lächelte schwach. »So einfach, wie du das erhoffst, ist es nie, Tascha. Vorerst behältst du das Kommando. Du kennst die Lage und den momentanen Zustand der Einheit besser als ich.«

Tascha fiel der Mund auf, aber Rhonda gab ihr keine Gelegenheit zu protestieren. »Ich weiß, was du sagen willst, doch ich werde langsam alt, Tascha, ob du das wahrhaben willst oder nicht. Vor zehn, zwanzig Jahren hätte ich diese Verletzungen abgeschüttelt. Jetzt tun meine Knochen und Gelenke weh und mein Schädel pocht, als würde jemand ihn für ein Schlagzeugsolo benutzen.«

»Du führst diese Einheit seit der Zeit vor meiner Geburt«, protestierte Tascha. »Alle sehen zu dir auf. Sie respektieren dich.«

»Dich werden sie mit der Zeit auch respektieren lernen. Aber nur, wenn du den Befehl behältst«, stellte Rhonda entschieden fest. »Ich bin hier, um dir zu raten, aber erst brauche ich noch eine Weile, um wieder in den Sattel zu kommen. Wenn die Zeit reif ist, kehre ich zurück. Doch die Entscheidung liegt bei mir, nicht bei dir. Manchmal muss eine Kommandeurin mit Situationen fertig werden, die sich außerhalb ihrer Kontrolle befinden. Bis jetzt machst du deine Sache ausgezeichnet. Das werde ich dir nicht nehmen.«

Ihre Tochter schüttelte den Kopf. »Ich habe überhaupt nichts ausgezeichnet gemacht. Ich habe Rückzugsbefehle gegeben und uns hier in diesen gottverlassenen Ruinen einkesseln lassen. Logistisch gesehen liegt die Einheit in den letzten Zuckungen. Die Stimmung steht auf Messers Schneide.«

Rhonda lachte. »Mit mir an der Spitze ist es auch nicht anders, Tascha. Du siehst es nur nicht. Würdest du deine Sache schlecht machen, würden die Offiziere gegen dich rebellieren.«

Tascha setzte zu einer Entgegnung an, aber ein Klopfen am Eingang des Medzelts schnitt ihr das Wort ab.

Hauptmann Norris trat ein und salutierte vor Rhonda. Dann nickte er Tascha zu. Rhonda bemerkte blaue Flecken unter seinen Augen und unter dem kurz geschorenen Haar. Er blickte düster, seine Haltung jedoch schien militärisch zackig. »Oberst Snord – gut, Sie zu sehen.«

»Norris«, begrüßte sie ihn und deutete auf sein Gesicht. »Du hast schon mal besser ausgesehen.«

Er warf Tascha einen kurzen Blick zu. Als sie nichts sagte, wandte er sich wieder Rhonda zu. »Eine kleine Meinungsverschiedenheit über Führungsprioritäten. Nichts, worum Sie sich zu kümmern bräuchten. Ich bin sicher, die ganze Einheit wird mit Freuden sehen, dass Sie wieder auf den Beinen sind.«

»Freu dich nicht zu früh, Norris«, wehrte Rhonda ab. »Ein, zwei Tage brauche ich noch.«

»Natürlich.« Er drehte sich zu Tascha um. »Kommandanthauptmann Snord, eines unserer Teams hat einen Tunnel unter den Ruinen entdeckt. Es scheint sich um den Teil eines Nahverkehrssystems zu handeln. Die ersten Erkundungen lassen es möglich erscheinen, BattleMechs durch den Tunnel zu bewegen, falls dies vorsichtig genug geschieht.«

»Wohin führt er?«, fragte Tascha eifrig.

»Wir sind noch bei der Erkundung. Er ist natürlich verschüttet und muss freigeräumt werden, aber der Tunnel scheint mindestens drei Kilometer nach Süden zu führen, bevor er völlig unpassierbar wird. Ich habe einen Zug Infanterie angewiesen, ihn ganz zu erkunden. Sie halten es für möglich, mit Richtsprengladungen durchzubrechen.«

Tascha nickte. »Falls er wirklich so weit reicht, bringt er uns bis genau hinter die Stellungen der Avengers. Wir könnten sie aus zwei Richtungen gleichzeitig angreifen.«

»Aye«, bestätigte Norris und grinste.

»Überprüfe es«, befahl Tascha. »Ich will sicher sein, dass er nicht über uns einstürzt, bevor ich eine ganze Kompanie hindurchschicke.«

Norris verneigte sich leicht. »Ich kümmere mich darum, Kommandanthauptmann.« Dann drehte er sich um und verließ das Zelt.

»Mutter ...«, entschuldigte Tascha sich und ging ebenfalls zur Tür.

»Ich verstehe«, sagte Rhonda. »Aber bevor du gehst: Was ist mit Norris passiert? Das sieht nicht nach Verletzungen aus, wie man sie sich im Mechcockpit holt.«

Tascha lächelte verlegen. »Kann sein, dass ich bei dem Bericht ein paar Details überschlagen habe, aber das ist inzwischen erledigt. Das Einzige, was im Moment zählt, ist, dass es dir gut geht. Wenn du das überlebt hast, kann ich es auch, und der Wilde Haufen genauso. Jetzt brauchen wir nur noch zu gewinnen.«

# 22

**Mobiles Hauptquartier, Wolverton's Highlanders, südlich von New Bealton, Odessa Provinz Donegal, Lyranische Allianz**

*2. Mai 3063*

Außerhalb des Mobilen HQs der Highlanders ging gerade strahlend hell die Sonne über Odessa auf und der Morgentau verdunstete unter ihren wärmenden Strahlen. Im Innern starrte Oberst Robert Feehan nervös auf die Holokarte. Odessa war eine wunderschöne Welt mit nur zwanzig Millionen Bewohnern, darunter waren zwei Kampfeinheiten: Archer's Avengers und Snords Wilder Haufen. Während er ihre Stellungen weit nördlich seines Lagers studierte, überlegte er, wie genau er sie erledigen würde.

Wolverton's Highlanders bestanden hauptsächlich aus leichten und mittelschweren Mechs und waren mehr auf Schnelligkeit als auf Schlagkraft ausgelegt. Die beste Möglichkeit, das auszunutzen, bestand seiner Ansicht nach darin, durch den Kessel zu brechen, den die Avengers um die Stadt gelegt hatten, um den Wilden Haufen einzuschließen. Indem er das 1. Thorin-Regiment teilte, konnte er es von der Seite aufrollen und die beiden Hälften der Einheit nacheinander besiegen. Es würde ein Gnadenstoß werden, auf den er sich schon freute. Ein Sieg über die Avengers in offener Feldschlacht würde ein langes und peinliches Kapitel in der Geschichte der Einheit glorreich beenden.

Blieb allerdings noch das Problem, was er mit dem Wilden Haufen tun sollte. Falls er ihn nicht zerstörte, riskierte er, dass die Wilden erfuhren, wer für den Angriff auf Rhonda Snord verantwortlich war. Er hatte keinen Bedarf, sich eine Einheit wie den Wilden Haufen zum Todfeind zu machen. Sie auszulöschen, würde dieses Problem aus der Welt schaffen. Das Einzige, was ihm an dieser Option missfiel, war, dass Graf Fisk sie bevorzugte.

Er hatte nachgerechnet, und auf dem Papier hatte er genug Feuerkraft, um beide Einheiten besiegen zu können. Darüber hinaus fand er, dass mehrere Punkte die Situation zu seinen Gunsten beeinflussten. Erstens waren seine Truppen frisch, während beide Zieleinheiten von den Kämpfen, die sie einander geliefert hatten, erschöpft schienen. Zweitens hatte er den Vorteil der Überraschung. Das 1. Thorin ahnte nichts von dem bevorstehenden Angriff – und er würde ihm in den Rücken fallen. Und der Wilde Haufen erwartete sicher nicht, dass seine Retter sich plötzlich gegen ihn kehrten. Außerdem zählte er darauf, dass beide Einheiten geschwächt genug waren, sich eher zu ergeben, als bis zum Tod zu kämpfen. Ein Sieg der Wolverton's Highlanders war absolut denkbar.

Luther Fisk humpelte in den Planungsraum des Mobilen HQs. Er wirkte leicht verärgert. Er war aufgebrochen, um die Truppen zu inspizieren und die beiden Lanzen zurückzuholen, die sein Vater für den Überraschungsangriff auf die Avengers und den Wilden Haufen ›ausgeliehen‹ hatte. Das war vor fünf Stunden gewesen. Seine Rückkehr bedeutete, dass die Highlanders endlich wieder komplett waren.

»Ich hoffe, mein Regiment entspricht Ihren Erwartungen?«, fragte Feehan Luther, der sich über die Hologrammkarte beugte, an der er arbeitete.

»Ja, Oberst, ich bin beeindruckt. Angesichts der jüngsten Geschichte der Einheit hatte ich einen erbärmlicheren Zustand erwartet. Ich war angenehm überrascht.«

»Freut mich zu hören«, erwiderte Feehan nüchtern und überhörte die Beleidigung.

»Aber Sie hätten mir sagen können, dass Sie die beiden Mechlanzen verlegt haben, die mein Vater und sein LNC-Agent benutzten«, fügte Luther ärgerlich hinzu. »Das hätte mir eine sinnlose Fahrt an den Arsch der Welt erspart.«

Plötzlich klingelten bei Feehan die Alarmglocken. »Ich habe die Mechs nicht verlegt.«

Luther Fisks Miene entgleiste, dann wurde er rot. »Als ich ankam, fand ich nur ein vor kurzem abgebranntes Gebäude. Es waren Mechspuren zu sehen, die meisten aber waren verwischt. Da es keine Spuren eines Kampfes gab, bin ich davon ausgegangen, Sie hätten sie verlegt und die Anlage in Brand gesteckt, um die Spuren zu verwischen.«

Feehan schüttelte den Kopf. »Nein, verdammt, das habe ich nicht. Kann es dieser Agent gewesen sein, der für Ihren Vater arbeitet?«

»Vester?« Luther zuckte zweifelnd die Achseln. »Könnte sein, schätze ich, aber ich hätte doch angenommen, mein Vater hätte das erwähnt. Andererseits, wer kann sich beim LNC schon sicher sein? Die Leute spielen nach ihren eigenen Regeln.«

»Wir wissen es also nicht?«

»Ich werde mich bei meinem Vater erkundigen«, bot Luther an.

»Ich bitte darum«, sagte Feehan. »Denn wenn wir die Mechs nicht verlegt haben, muss es entweder Snord oder Christifori gewesen sein. Was bedeuten würde: Sie haben unter Umständen von der Beteiligung meiner Einheit an den Hinterhalten erfahren. Ich möchte diese Schlacht nicht schon verlieren, bevor sie auch nur begonnen hat.«

Luther lachte abfällig. »Das halte ich für sehr unwahrscheinlich, aber ich werde der Sache nachgehen. Das Letzte, was mein Vater will, ist, dass Sie das Überraschungsmoment verlieren.« Er deutete auf die Holokarte. »Außerdem, Snords Wilder Haufen sitzt fest. Er blutet da in den Ruinen aus. Und was die Avengers betrifft, die dürften kaum ausreichend Truppen von der Belagerung Bealtons abziehen können, um so viele Mechs zu erobern, ohne dass Spuren eines erbitterten Kampfes zurückbleiben. Entspannen Sie sich, Oberst«, schloss er. »Es steht alles unter Kontrolle.«

»Die Männer und Frauen dieser beiden Lanzen sind meine Untergebenen«, konterte Feehan. »Ich trage die Verantwortung für sie. Setzen Sie sich mit Ihrem Vater in Verbindung und finden Sie heraus, was geschehen ist, Fisk. Ich muss wissen, ob unsere Geheimhaltung verletzt ist.«

* * *

Katyas letzte Worte hallten in Archers Ohren, als der alte J-27-Transporter durch den Wald holperte. »Das ist ein Fehler«, hatte sie insistiert. »Es ist zu riskant.«

Als er sich der Lichtung zwischen den Bäumen und den Ruinen Alt-Bealtons näherte, fragte er sich, ob sie eventuell Recht hatte. Er bremste den Munitionstransporter bis auf Kriechgeschwindigkeit und starrte besorgt über das Niemandsland zwischen seinen Linien und denen des Wilden Haufens. Er konnte nur beten, dass sie sich irrte.

Seit dem Tag, an dem er diesen Kampf gegen den Archon aufgenommen hatte, forderte er das Schicksal heraus. Auf Thorin hatte er gegen eine zahlen- und kampfstärkemäßige Übermacht seine Truppen geteilt und gleichzeitig Katherines Besatzer auf Murphrid angegriffen. Der Plan hatte funktioniert, obwohl er keinerlei militärischen Sinn ergeben hatte. Die Medien, ganz besonders natürlich Victors Anhänger, hatten es hochgespielt und Archer zu einer Art strategischem Genie erklärt. In Wahrheit war es eine pure Verzweiflungstaktik gewesen, weil ihm wenig Wahl geblieben war.

Er stoppte den Transporter und vergewisserte sich mit einem Griff aus der offenen Panzerluke, dass die weiße Fahne, die er an der Seite des Fahrzeugs befestigt hatte, noch an ihrem Platz hing.

Während der Motor im Leerlauf brummte, lehnte er sich zurück und stieß einen langen Seufzer aus, um die innere Anspannung zu lösen. Als er noch ein einfacher Soldat gewesen war, hatte er sich nie mit Politik beschäftigen müssen. Jetzt, als Lieutenant General, war sie sein täglich Brot geworden. Es wäre ihm lieber gewesen, er hätte dem Wilden Haufen in seinem BattleMech einen Besuch abstatten können, doch es war wichtig, dass man ihn nicht als Gefahr wahrnahm. Er schaltete in den ersten Gang und ließ den Transporter langsam weiter vorrollen.

Das Fahrzeug war gerade über einen Felsen geholpert, als die Sensoren – ein Lachschlager verglichen mit denen des *Lichtbringer* – einen Mech meldeten, der sich auf ihn zubewegte. Den Daten nach handelte es sich um einen *Masakari*. Gut. Er wollte den MechKrieger kennen lernen, der mitten durch seinen Befehlsposten gestürmt war.

Der *Masakari* erschien auf einer Hügelkuppe und richtete die Geschütze auf ihn. Selbst auf diese Entfernung musste die weiße Fahne deutlich zu sehen sein. Außerdem war der alte Munitionstransporter unbewaffnet.

Zu Archers völliger Überraschung feuerte der *Masakari* einen gleißenden Partikelstrahl auf ihn ab. Die Windschutzscheibe des Fahrerhauses barst in tausend Stücke, und Archer wurde mit einer solchen Wucht nach hinten geschleudert, dass ihm die Luft wegblieb. Für einen Moment verengte sich sein Sichtfeld, dann fiel er ihn Ohnmacht. Sein letzter bewusster Gedanke war, dass Katya Chaffee doch Recht gehabt hatte.

## 23

**Basis Junk Yard, Ruinen von Bealton**
**Provinz Donegal, Lyranische Allianz**

*3. Mai 3063*

Die Luft stank nach Schweiß, Staub und ungewaschenen Körpern. Die fleischige Hand des MechKriegers, der Archer gefangen genommen hatte, stieß ihn vor – und er taumelte. Die auf dem Rücken gefesselten Hände halfen ihm nicht, sich auf den Beinen zu halten, doch er beschwerte sich nicht. In der umgekehrten Situation hätte er nicht anders gehandelt. Sie hatten ihn über Nacht in einem improvisierten Kerker in einer alten Hausruine eingesperrt, und heute Morgen war der hünenhafte MechKrieger gekommen, um ihn zu Rhonda Snords Zelt zu bringen.

»Lieutenant General Christifori«, begrüßte sie ihn mit kräftiger Stimme, obwohl sie sich anscheinend an einem Tisch festhalten musste, um nicht umzufallen. »Das ist eine unerwartete Ehre.«

Archer verneigte sich. »Sie werden mir das vermutlich nicht glauben, Oberst Snord«, antwortete er in ebenso formalem Ton, »aber ich bin froh zu sehen, dass es Ihnen gut geht.« Er bemerkte, dass Natascha, die jüngere Snord, die Stirn runzelte und die Arme verschränkte.

»Das ist auch schwer zu glauben«, erklärte Rhonda Snord, »wenn man bedenkt, was Sie bei unserer letzten Begegnung getan haben.«

»Deshalb bin ich hier, Frau Oberst«, sagte er und dachte bei sich, dass sie keine Ahnung hatte, wie viel er selbst an jenem Tag verloren hatte.

»Was befand sich in dem Transporter, den du erobert hast, Norris?«, fragte sie den Hünen.

»Rationen, Wasser und ein Offizierskoffer«, antwortete er und warf den schwarzen Metallkoffer auf den Tisch. »Unsere Leute untersuchen die Rationen und das Wasser auf Gift.«

Archer schaute zu Boden. Es beschämte ihn, dass irgendjemand ernsthaft glauben konnte, er würde so tief sinken, einen Gegner zu vergiften.

Natascha öffnete den Koffer, holte die runden schwarzen Datenchips heraus und betrachtete sie skeptisch. »Gefechts-ROMs«, stellte sie zu Rhonda Snord gewandt fest und warf sie zurück in den Koffer.

Archer richtete sich so gerade auf, wie er konnte, solange Norris die Fessel um seine Handgelenke hielt. »Ich bin aus gutem Grund unter der Parlamentärsfahne hierher gekommen. Man hat uns beide hereingelegt, Frau Oberst. Ich wurde in jener Nacht ebenso überfallen wie Sie. Der Angriff hat mich das Leben eines Kameraden gekostet, der mir sehr viel bedeutete.«

»Und wer steckte hinter diesem Angriff? Das Kombinat?«, fragte Natascha.

»Nein. Er wurde von Graf Fisk angeordnet und von Truppen der Wolverton's Highlanders durchgeführt. Sie waren getarnt und haben uns beide gleichzeitig überfallen. Der Plan war, uns beide zu töten, damit unsere Stellvertreter sich danach gegenseitig zu Klump prügeln.«

»Die Wolverton's Highlanders wurden von Scott Blackstones Einheit absorbiert«, stellte Natascha Snord fest.

Archer nickte. »Feehan muss auf eigene Faust agieren. Ich habe Blackstone einmal kennen gelernt und kann nicht glauben, dass er sich für eine derart dreckige Intrige hergeben würde.«

»Welches Motiv sollte Fisk haben?«, fragte Norris hinter ihm.

»Ihr Kontrakt mit der Allianz stand kurz davor auszulaufen«, erklärte Archer Rhonda, ohne auf ihn einzugehen. »Ihre Weigerung, sich in einen Bürgerkrieg verwickeln zu lassen, war allgemein bekannt. Aber Fisk muss vermutet haben, nach Ihrer Ermordung würde Kommandanthauptmann Snord schon aus Vergeltung auf der Seite des Archons kämpfen.«

»Erwarten Sie ernsthaft, dass wir Ihnen das glauben?«, wollte Natascha wissen.

»Der einzige Grund für meine Anwesenheit hier auf Odessa ist die Absicht, mit Ihrer Einheit zu verhandeln, in der Hoffnung, sie davon überzeugen zu können, statt für Katherine für Prinz Victor zu arbeiten. Aber selbst ich bin darauf hereingefallen. Ich und mein ganzes Regiment. Wir haben uns hier die ganze Zeit über die Köpfe eingeschlagen, und die Einzigen, die davon profitierten, sind Graf Fisk und Katherine Steiner-Davion.«

Rhonda Snord betrachtete Archer mehrere Sekunden mit gleichmütigem Blick. »Und was erwarten Sie jetzt von mir, Lieutenant General?«

»Wir haben Beweise dafür gefunden, wie Wolverton's Highlanders gegen uns eingesetzt wurden. Wir haben die Mechs gefunden, die sie dazu benutzt haben, den LNC-Agenten, der die Sache für Fisk eingefädelt hat, und sogar ein paar Gefechts-ROMs. Die Mechs, die Sie angegriffen haben, stammten nicht aus meiner Einheit, und ich habe Beweise dafür, einschließlich der Holovidaufzeichnung mit dem Geständnis des LNC-Agenten. Es ist alles da im Koffer.«

Rhonda warf nicht einmal einen kurzen Blick auf den Tisch. »Sie haben meine Frage noch nicht beantwortet, Lieutenant General. Was wollen Sie hier?«

Archer spannte sich unwillkürlich an. »Der Rest der Highlanders ist inzwischen auf Odessa eingetroffen und kann uns jeden Moment angreifen.« Er sah Rhonda und Natascha Snord müde Blicke austauschen. »Ehrlich gesagt, Frau Oberst, habe ich keinen Bedarf, gegen Sie und die Highlanders gleichzeitig zu kämpfen. Und nach allem, was ich inzwischen weiß, sind *die* mein wahrer Feind, nicht Sie. Ich wurde dazu verleitet, gegen Sie zu kämpfen, hauptsächlich, um den Tod eines alten Freundes zu rächen. Aber eigentlich bin ich auf Odessa, um Sie anzuwerben, und nicht, um gegen Sie zu kämpfen.«

»Warum haben Sie uns die Daten nicht einfach überspielt?«, hakte Natascha nach. »Warum sind Sie persönlich gekommen?«

Archer schüttelte entschieden den Kopf. »Selbst jetzt, da Sie die greifbaren Beweise direkt vor sich haben, weigern Sie sich, mir zu glauben. Hätte ich Ihnen die Geschichte nur über Funk erzählt, hätten Sie sie mir niemals geglaubt. Nein, das erforderte ein persönliches Erscheinen.«

»Und was ist mit den Rationen und dem Wasser?«, fragte Rhonda Snord mit etwas sanfterer Stimme.

»Wir sind beide lange genug MechKrieger. Ich kann mir recht gut vorstellen, wie es Ihnen geht. Ganz gleich, wie streng Sie die Vorräte rationiert haben, inzwischen müssen Ihnen Nahrung und Wasser ausgehen. Außerdem bringe ich Ihnen den J-27 zurück, den wir erbeuteten. Aber ich bin froh, dass ich die Munition in unserem Lager gelassen habe.« Er drehte sich zu dem Krieger namens Norris um. »So wie dieser Bursche auf mein Erscheinen reagiert hat, kann ich dem Himmel danken.«

Rhonda hörte aufmerksam zu. Ihre Miene verriet nicht einmal andeutungsweise, was in ihr vorging. Ihre Tochter dagegen starrte ihn wütend an, wie jemanden, der sie eine Menge gekostet hatte. Was ja auch stimmte.

»Und warum Sie?«, fragte Rhonda dann. »Warum haben Sie nicht einen Ihrer Offiziere geschickt?«

Das war der entscheidende Moment, der Punkt, auf den Archer setzte, um sie zu überzeugen. »Ich bin der Kommandeur des 1. Thorin-Regiments, Oberst Snord. Ob es mir behagt oder nicht, ich trage die Verantwortung für meine Einheit. Um die Wahrheit zu sagen: Als meine eigenen Leute anfingen, Fragen zu stellen, hielt ich herzlich wenig von der Theorie, man hätte uns hereingelegt. Um zu beweisen, dass es mir ernst ist, ergebe ich mich Ihnen und dem Wilden Haufen bedingungslos. Sie können mich als Geisel nehmen, mich in Ketten legen, was auch immer. Ich bin bereit, mit meinem Leben für das einzustehen, was ich gerade gesagt habe.«

Er drehte sich zu Natascha um. »Und nur zu Ihrer Information, Kommandanthauptmann. Ich habe Major Chaffee, meine Stellvertreterin, angewiesen, die Avengers zurückzuziehen. Wir drehen uns um, um Wolverton's Highlanders abzuwehren. Einige unserer zivilen Kontaktleute haben uns ein recht gutes Bild ihrer Truppenbewegungen verschafft. Ich habe Befehl hinterlassen, sich auf keinen Schusswechsel mit dem Wilden Haufen mehr einzulassen.«

»Wir können also einfach hier abmarschieren?«, fragte Natascha skeptisch. »Das sollen wir Ihnen glauben, Lieutenant General?«

»Kommandanthauptmann Snord«, antwortete er geduldig, »Sie können tun, was immer Ihnen beliebt. Ich hoffe, dass wir zusammen gegen einen gemeinsamen Feind kämpfen werden, der uns bereits gute Leute und kostbare Ausrüstung gekostet hat. Falls Sie von meinen Leuten einen Blutzoll einfordern wollen, können Sie das, aber es wird Ihnen keine Ehre bringen, einen Gegner anzugreifen, der Ihnen den Rücken zukehrt und das Feuer nicht erwidert. Die Wahl liegt bei Ihnen.«

Rhonda Snord bedeutete Norris mit einer Handbewegung, Archer zu einem Stuhl zu bringen, während ihre Tochter den Koffer vom Tisch nahm und ihn sich unter den Arm klemmte. Norris rief einen anderen Soldaten herein, um Wache zu halten, danach verließ er mit den beiden Snords das Zelt.

Archer schaute ihnen nach, dann lehnte er sich zurück, so gut das mit auf dem Rücken gefesselten Händen möglich war, und schloss die Augen. Er war erschöpft, aber auch heilfroh, es wenigstens so weit geschafft zu haben.

* * *

»Sie halten diese Gefechts-ROMs also entweder für authentisch oder für die verdammt besten Fälschungen aller Zeiten?«, fragte Tascha den Tech neben dem Lesegerät.

»Frau Kommandanthauptmann, ich kann nur sagen, was ich sehe«, antwortete der Mann. »Wenn das Fälschungen sein sollten, dann sind es die besten, die ich je gesehen habe.«

Tascha nickte. »Das wäre dann alles«, entließ sie ihn.

Sie schaute zu ihrer Mutter hinüber, die neben dem Tisch mit dem Lesegerät saß. Sie wirkte blass, vermutlich vor Schmerzen. »Dann ist die Frage jetzt wohl die, ob wir Christifori glauben oder nicht.«

Norris trat vor und kam Rhonda zuvor. »Jeder, der gegen uns und die Avengers zu Verrat und Heimtücke von derartiger Niederträchtigkeit greift, soll zur Rechenschaft gezogen werden. Diese Ehrlosigkeit muss gesühnt werden.«

In Taschas Ohren klang er wie ein Richter, der sein Urteil verkündete. Das überraschte sie. Sie hatte erwartet, er würde sich gegen Christifori aussprechen und einen Angriff auf die Avengers verlangen.

Hauptmann Deb H'Chu vom 1. Bataillon, die sich auf Taschas Bitte zu ihnen gesellt hatte, rutschte auf dem Stuhl nach vorne. »Für mich klingt Christiforis

Geschichte reichlich unwahrscheinlich. Wir stehen seit Jahrzehnten in den Diensten der Lyranischen Allianz. Mir fällt es schwer zu glauben, sie könnte uns plötzlich derart in den Rücken fallen.«

Einen Moment lang herrschte Stille in der Zeltkuppel und Tascha schaute wieder zu ihrer Mutter hinüber. »Du hast noch gar nichts dazu gesagt, Oberst. Was meinst du?«

Rhonda hob den Kopf, und die dunklen Ringe um ihre Augen verrieten, wie schwach sie war. Die Verletzungen, besonders durch die Neurorückkopplung, hatten ihr schwer zugesetzt.

»Es läuft alles darauf hinaus, wer das meiste zu gewinnen hat«, stellte sie fest. »Christifori und seine Leute sind nach Odessa gekommen, um uns für ihre Seite anzuwerben. Wir hatten die Gespräche noch nicht einmal begonnen, als ich überfallen wurde. Im Nachhinein hätte schon das allein uns veranlassen müssen, Fragen zu stellen.«

»Sie glauben also, dass man uns hinters Licht geführt hat?«, fragte H'Chu nach.

Rhonda nickte. »Wäre Christifori nicht persönlich hier aufgetaucht, um sich zu ergeben, würde ich es vermutlich nicht glauben. Doch er ist ein enormes Risiko eingegangen, indem er unbewaffnet hier aufgetaucht ist. Und nach allem, was unsere Kundschafter sagen, haben die Avengers sich wie versprochen zurückgezogen.«

»Er hat Proviant und Wasser mitgebracht«, stellte H'Chu fest. »Um uns zu besiegen, hätte er uns nur noch ein paar Tage zu belagern brauchen, dann hätten wir ihm Verhandlungen anbieten müssen. Das zählt natürlich auch für etwas.«

Tascha ließ sich auf ihren Stuhl fallen. »Nach all diesen Jahren hat die Lyranische Allianz uns verraten«, erklärte sie mit ungläubigem Kopfschütteln. »Ich frage mich, ob die Archon-Prinzessin davon wusste.«

»Es spielt keine Rolle«, warf Norris ein. »Der Graf ist ihr Untergebener. Katrina Steiner-Davion ist ebenso schuldig wie der Mann, der das verbrochen hat.«

»Was sollen wir jetzt tun, Oberst? Sollen wir an der Seite der Avengers kämpfen oder einfach von hier abziehen?«, fragte Tascha.

Rhonda winkte ab. »Das ist deine Entscheidung. Ich bin immer noch nicht fit genug, das Kommando wieder zu übernehmen. Du befehligst den Wilden Haufen.«

»Aber was ...«

»Nein, Kommandanthauptmann«, schnitt Rhonda ihr mit ungewohnter Förmlichkeit das Wort ab. »Ich habe Ihnen meine Einschätzung der Lage mitgeteilt. Eine Kommandeurin kann um Rat fragen, aber letztendlich müssen Sie unseren Kurs festlegen und uns ans Ziel führen. Ich vertraue darauf, dass Sie die richtige Entscheidung treffen, und das muss genügen.«

Tascha stützte die Ellbogen auf den Tisch und starrte eine Weile in die müden Augen ihrer Mutter. »Na gut«, erklärte sie schließlich. »Gehen wir mit dem Lieutenant General reden.«

* * *

Archer schaute auf, als Rhonda und Natascha Snord, Norris und eine dritte, ältere Frau mit glänzend schwarzem Haar und asiatischen Gesichtszügen das Zelt betraten.

»Lieutenant General Christifori«, stellte Natascha Snord mit ernster Stimme fest, »wir haben die Daten überprüft, die Sie mitgebracht haben.«

Archer versteifte sich, als sie ein Messer aus dem Gürtel zog und auf ihn zutrat. Dann entspannte er sich, denn sie beugte sich vor und zerschnitt seine Fesseln. Seine Fingerspitzen kribbelten, als die Durchblutung wieder in Gang kam. Er zog die Hände nach vorne und rieb sich die Handgelenke.

»Ich möchte mich entschuldigen. Wie es scheint, wurden wir von denselben Personen getäuscht wie Sie«, erklärte sie.

Archer stand langsam auf und salutierte. Die Offiziere des Wilden Haufens erwiderten den Gruß. Dann streckte er die Hand aus und Natascha ergriff sie mit festem Druck. »Ich bedauere die Schmerzen und Verluste, die diese Angelegenheit uns beiden bereitet hat.«

Snord nickte traurig.

»Ich kann gut verstehen, wenn Sie nach allem, was vorgefallen ist, nicht an unserer Seite kämpfen wollen«, fuhr er fort. »Meine Avengers sollten die Highlanders auch alleine besiegen können, doch es ginge weit schneller und effektiver, wenn wir gemeinsam kämpfen. Bis jetzt hatten sie den Vorteil, uns unerwartet in den Rücken fallen zu können.«

Snord drehte sich zu ihrer Mutter um. »Der Kontrakt des Wilden Haufens mit der Lyranischen Allianz ist ausgelaufen, Lieutenant General Christifori. Das macht uns mehr oder weniger unabhängig. Ich denke, ich kann für uns alle sprechen, wenn ich sage: Es wird uns eine Ehre sein, an Ihrer Seite zu kämpfen.«

Die drei anderen nickten.

»Gut«, lächelte Archer. »Wo fangen wir an?«

»Wir brauchen Reparaturen, Munition, Ersatzteile und die MechKrieger in Ihrer Gefangenschaft zurück ... mitsamt ihren Maschinen, soweit das möglich ist«, antwortete Natascha sofort.

»Gemacht.« Archer war klar, dass sie ihn damit auf die Probe stellte, um zu sehen, wie weit sie ihm trauen konnte. »Ich habe auch ein paar Ideen, wie wir uns Fisk und Oberst Feehan holen können. Ich denke, wir könnten unsererseits eine kleine Scharade abziehen.«

Er schaute hinüber zu Rhonda Snord. »Dazu werde ich Ihre Hilfe brauchen, Frau Oberst.«

Sie hob eine Augenbraue. »Ich bin nicht gerade in bester Verfassung, irgendjemandem zu helfen, Lieutenant General.«

»Sie brauchen eigentlich nichts dafür zu tun. Aber Ihr Tod, jetzt, wäre etwas, das wir ausnutzen könnten.« Die Gesichter der beiden anderen Offiziere verdüsterten sich bei diesen Worten, doch das Funkeln in Rhonda Snords Augen verriet Archer, dass sie ihn verstanden hatte.

»O ja, das ist kein Problem, Lieutenant General Christifori«, stellte sie fest, und ein Lächeln glitt über ihre matten Züge. »Sterben kann ich.«

# 24

**Basis Junk Yard, Ruinen von Bealton**
**Provinz Donegal, Lyranische Allianz**

*4. Mai 3063*

Kommandanthauptmann Tascha Snord stand in der engen Kommstation des Befehlszelts neben dem Feldholoprojektor und wartete darauf, dass der Kommoffizier den Aufbau der Verbindung beendete. Der Projektor war eine mattschwarze, kreisrunde Metallscheibe von einem halben Meter Durchmesser und fünf Zentimeter Dicke. Ein blassgelbes Licht flackerte über ihm in der Luft auf und weitete sich zu einem von Störungen durchzogenen Bild Robert Feehans.

Der Mann von durchschnittlicher Größe, mit stumpfem, vorzeitig ergrauendem, blondem Haar. Auch sein Schnauzbart, dessen gezwirbelte Enden er aufwärts gebogen hatte, war grau meliert. Er trug eine Gefechtsmontur im Overallschnitt mit Epauletten, auf denen seine Rangabzeichen befestigt waren.

Taschas Kleidung war im Gegensatz zu der Feehans von einer dünnen Staub- und Schmutzschicht überzogen. Ihr Hemd war von grüner Mechkühlflüssigkeit fleckig, und die Shorts waren an den Stellen speckig von Schmieröl, wo sie sich die Hände abgewischt hatte. An Kragen und Achselhöhlen des Hemds waren dunkle Schweißflecken sichtbar. Das seit Tagen nicht mehr gewaschene Haar war nach hinten gestrichen und nur die zur besseren Auflage der Neurohelmsensoren ausrasierten Schläfen deuteten darauf hin, dass sie mehr als eine Tech war.

»Oberst Feehan?«

»Kommandanthauptmann Snord«, begrüßte er sie förmlich.

»Sie sind auf Odessa, wenn ich das richtig verstehe?«

»So ist es, Kommandanthauptmann. Graf Fisk hat uns herbeordert. Wir bereiten uns darauf vor, in drei Stunden mit dem gesamten Regiment auszurücken. Derzeit stehen wir etwa dreißig Kilometer südlich Ihrer Position.«

»Auszurücken? Was haben Sie vor?«

»Der Graf hat uns gebeten, den Wilden Haufen zu retten, Kommandanthauptmann. Wir werden das 1. Thorin-Regiment angreifen und zu Ihnen in Alt-Bealton durchstoßen. Bereiten Sie die Evakuierung Ihrer Verletzten und Nonkombattanten vor, vor allem die Oberst Snords.« Er senkte beinahe ehrfüchtig den Blick, und Tascha hätte vor Widerwillen über diese Heuchelei speien können.

»In den letzten Stunden ist einiges geschehen, Herr Oberst. Meine Mutter ... meine Mutter ist gestern Nacht verstorben.«

»Mein Beileid, Kommandanthauptmann«, sagte Feehan nach ein paar Sekunden. »Damit übernehmen Sie dann wohl auf Dauer den Befehl über die Einheit.«

»Ja«, bestätigte sie und schaute dem halb lebensgroßen Holobild in die Augen. »Das 1. Thorin-Regiment hat unsere Abwehrstellungen durchbrochen und den Befehlsposten überfallen. Wir haben schwere Verluste erlitten.«

»Es tut mir Leid, das zu hören, Kommandanthauptmann.«

»Aber es gibt einen Lichtblick«, erklärte sie und nickte Norris zu. Der trat vor und schob den Mann vor sich ins Aufnahmefeld der Holoverbindung. Seine Hände waren auf dem Rücken gefesselt und er war triefnass vor Schweiß. Er wirkte am Boden zerstört. »Es ist uns gelungen, den Mann gefangen zu nehmen, der für den Angriff auf meine Mutter und ihren Tod verantwortlich ist. Darf ich Ihnen Lieutenant General Archer Christifori vorstellen, Herr Oberst?«

Feehan wirkte überrascht, dann grinste er breit. »Sie haben ihn lebend?«

»Sehen Sie selbst« sagte sie mit einer Handbewegung zu Archer, der sich weigerte, Feehans Holobild anzusehen. »Wir zählen darauf, dass seine Gefangennahme den Kampfgeist der Avengers bricht. Ich glaube nicht, dass eine Rettungsaktion notwendig sein wird. Wir können unseren hochverehrten Gefangenen dazu benutzen, die Belagerung aufzuheben.«

Feehan schien schockiert. »Kommandanthauptmann Snord, das 1. Thorin wird Sie kaum einfach abziehen lassen«, stellte er fest, nachdem er sich erholt hatte. »Ich halte es für das Beste, vorzugehen wie geplant. Gemeinsam können wir sie nicht nur besiegen, sondern vernichten.«

Tascha schüttelte den Kopf. »Ich brauche Ihre Hilfe nicht.«

Feehan lächelte. »Aber Frau Kommandanthauptmann, ich bestehe darauf, Ihnen zu Hilfe zu kommen. Ihre Einheit ist für die Lyranische Allianz von äußerstem Wert. Sie brauchen nur ein Scharmützel anzufachen oder die Aufmerksamkeit des 1. Thorin auf andere Weise abzulenken, und wir werden sie in Stücke hauen.«

»Ich kann Sie nicht umstimmen?«

»Nein. Meine Befehle kommen von Graf Fisk. Dies könnte ein guter Zeitpunkt sein, Ihren Kontrakt mit ihm zu erneuern, Kommandanthauptmann. Der Graf hat mir erklärt, Ihre Mutter sei gegen eine Beteiligung am Bürgerkrieg gewesen, aber Sie haben gegen das 1. Thorin ausgezeichnete Arbeit geleistet.«

»Danke«, erwiderte sie trocken.

Er salutierte formlos und sie erwiderte den Gruß.

»Denken Sie daran, Kommandanthauptmann, in drei Stunden greifen wir an. Es wäre doch schade, wenn Sie Ihre eigene Rettung verpassen würden.«

Das Bild verblasste und Tascha drehte sich zu Archer Christifori um. Er stand auf und brachte die Hände wieder nach vorne, die er bis dahin hinter dem Rücken gehalten hatte, um gefesselt zu erscheinen.

»Wie weit sind die Reparaturen?«, fragte sie.

»Major Chaffee hat mir mitgeteilt, dass Ihre beschädigten Mechs bis zum Angriff der Highlanders einsatzbereit sein werden.«

»Gut. Ich habe unsere Techs angewiesen, einen Befehlsposten bei Ihnen auf Höhe 403 einzurichten. Ach ja, und danke für die Munition und Ersatzteile, Lieutenant General.«

»Jetzt werden Sie Ihre Luft/Raumjäger besser einsetzen können.«

»Hört sich an, als wollte Feehan Ihre Einheit auslöschen.«

Archer zuckte die Achseln. »Fisk spielt mit ihm wie mit einer Marionette. In mancher Hinsicht ist Feehan in diesem Spiel nur ein Bauer. Außerdem hört es sich danach an, als wolle er versuchen, die Einstufung seiner Einheit zu verbessern, indem er Ihnen angeblich das Fell rettet.« Dank Gramashs Verhör des gefangenen Agenten Vester wussten beide Kommandeure, was Feehan tatsächlich im Schilde führte.

Tascha verzog das Gesicht. »Erst greift er uns aus dem Hinterhalt an, und jetzt geriert er sich als die Kavallerie, die in letzter Sekunde erscheint, um die bedrängten Siedler zu retten. Für meinen Geschmack war die Unschuld etwas zu dick aufgetragen.«

»Ich hoffe, Sie waren mit meiner Vorstellung zufriedener«, lachte Archer.

»Sie sind kein Unsterblicher Krieger, Lieutenant General, aber Sie geben einen guten Gefangenen ab«, grinste Tascha zurück. »Feehan glaubt, wenn er uns in einen Kampf locken kann, werden nur die Highlanders überleben.«

»Wir werden seine Pläne einer kleinen Korrektur unterziehen.«

»Ja«, bestätigte Rhonda Snord, als sie das Befehlszelt betrat und die letzte Bemerkung aufschnappte. »Das werden wir allerdings.«

* * *

Graf Nicholas Fisks Holobild war zwar nicht lebensgroß, aber in der Enge des Mobilen HQs trotzdem beeindruckend. »Meine Leute konnten weder meinen LNC-Agenten noch die verschwundenen BattleMechs finden, Oberst Feehan«, erklärte der Graf mit wütender Stimme, während er im Aufnahmebereich des Projektors auf und ab tigerte. »Ich vermute, Ihre hatten auch nicht mehr Glück bei der Suche.«

»Nein, Mylord«, bestätigte Feehan.

»Dann müssen wir davon ausgehen, dass der Mann gefangen oder tot ist. Wahrscheinlich hat er sich das Leben genommen, als man versuchte, ihn zu verhören. Er war angewiesen, alle Spuren unserer Beteiligung an den Hinterhalten zu vernichten.«

Das Wörtchen ›unserer‹ versetzte Feehan einen Stich. *Seine* Beteiligung war bestenfalls oberflächlich und bestand aus nicht mehr als Nichteinmischung. Jetzt benahm sich Fisk, als wäre er ebenso weitgehend mitverantwortlich wie sein Auftraggeber.

»Darauf können wir uns nicht verlassen«, bellte er. »Und wenn das 1. Thron-Regiment irgendeinen meiner Leute gefangen genommen hat, werden sie so oder so von der Beteiligung meiner Einheit erfahren.«

»Dann bleibt Ihnen wohl nur eine Lösung«, erwiderte der Graf nachdenklich. »Sie müssen jetzt angreifen. Zuschlagen, bevor er diese Informationen verwenden kann.«

»Die Vorbereitungen sind abgeschlossen, Mylord. Nach meinem Gespräch mit Kommandanthauptmann Snord zu schließen, wird sie sich an dem Angriff wohl nicht beteiligen. Sie hat allerdings keinen Hinweis darauf gegeben, etwas von diesem Vester oder den tatsächlichen Umständen des Hinterhalts zu wissen.«

»Morgen um diese Zeit wird all das keine Rolle mehr spielen«, stellte der Graf trocken fest. »Sie müssen so schnell wie möglich ausrücken und die Avengers zerschlagen. Haben Sie verstanden, Oberst?«

Feehan nickte. »Vollkommen, Mylord«. Er verbeugte sich leicht vor dem Holobild.

»Rhonda Snords Tod wird ihre Einheit aus dem Konzept bringen. Und zusätzlich wird der Wilde Haufen jetzt von einem unerfahrenen Kind geführt. Das werden Sie ja wohl zu Ihrem Vorteil zu nutzen verstehen.«

»Snord war zu ihrer Zeit eine ausgezeichnete Kommandeurin«, bemerkte Feehan mit ehrlicher Bewunderung. Snords Wilder Haufen war in der ganzen Inneren Sphäre berühmt, ebenso wie bei den Clans.

Der Graf schien sich aufzuplustern. »Ja, das war sie, aber wie viele Söldnerführer war sie auch kurzsichtig. Das ist der Punkt, an dem Männer wie ich ansetzen. Wir besitzen die Weitsicht, die Militärs häufig fehlt.«

»Ich weiß die Gelegenheit zu schätzen, die Sie mir und meiner Einheit geben, Mylord«, erklärte Feehan.

Fisk ignorierte den versteckten Sarkasmus. »Enttäuschen Sie mich nicht, Feehan«, ermahnte er den Söldneroberst kalt. »Sie werden feststellen, dass ich keine sonderliche Geduld mit Versagern habe.« Damit flackerte das Licht gelb und die Holographie des

Grafen löste sich auf. Feehan blieb allein in der winzigen Kommkabine zurück.

* * *

Captain John Kraff führte die Lanze in seinem *Kriegsbeil* an die zugewiesenen Koordinaten und schaute sich zufrieden um. Die Mittelgebirgslandschaft und die zahlreichen kleinen Wäldchen waren weit idyllischer als die endlose Monotonie rund um Alt-Bealton. Sein Ziel war ein Bergrund südlich des Befehlsposten, den sich die Avengers und der Wilde Haufen jetzt teilten. Irgendwo, ein paar Kilometer weiter südlich, befand sich die Vorhut von Wolverton's Highlanders. Und nach den Angaben des Generals war sie hierher unterwegs.

»Ranger, bewegt eure fetten Ärsche und verteilt euch«, befahl er. »Seht zu, dass wir Flankenkontakt haben. Ich will keine verdammten Lücken in der Front sehen.« Er hielt das *Kriegsbeil* an und justierte die Kontrollen der Langstreckenortung. Der Hilfsbildschirm zeigte eine zweite Lanze aus vier Mech, deren IFF-Transponder sie als Mitglieder des Wilden Haufens auswiesen.

Er las auf dem Datenschirm die Kennung des Leitmechs ab und nahm Verbindung zu dem Piloten auf. »Ranger Eins an Aufräumer Eins. Wir stellen Ihre rechte Flanke. Ich schlage vor, Sie nutzen die Höhe links von Ihnen, mit den Felsvorsprüngen. Auf jeden, der versuchen würde, über sie heranzustürmen, würde eine gewaltige Überraschung warten.«

»Wir kennen unser Aufstellungsschema, Ranger Eins«, antwortete eine knapp angebundene Stimme über die Kommleitung.

Kraff verzog das Gesicht. »Ich versuche nur, nett zu sein, Partner.«

»Erst vor wenigen Tagen haben wir einander beschossen.«

»Aber jetzt stehen wir auf derselben Seite«, bemerkte Kraff.

»Es ist problematisch. Aber ich habe gelernt, mich anzupassen.«

»Ich auch.«

»Wir nehmen Aufstellung wie befohlen, Ranger Eins. Da Sie über leichtere Mechs mit zum Teil weiter reichender Ortung verfügen, schlage ich vor, Sie stellen sie in weiter vorgerückter Position auf, frapos?«

*Frapos?* Kraff schaute sich die Sensordaten des Mechs genauer an und zuckte zusammen. Ein *Masakari*? »Sie sind ein Clanner, oder?«, konnte er sich nicht verkneifen zu fragen.

»Ich bin Hauptmann Norris, provisorischer Kommandeur des 2. Bataillons. Ich bin nicht länger Clan«, erhielt er zur Antwort.

»Captain John Kraff hier, Kommandeur der Murphrid-Ranger.«

»Ich nehme es zur Kenntnis.«

Auf den Ratschlag seines neuen Waffenbruders hin schickte Kraff eine kurze Order an MechKrieger Mbenga, mit dem *Brandstifter* weiter vorzurücken. Es folgte langes Schweigen, während er sich tiefer in die Polster räkelte und noch einmal die Wärmetauscherkontrollen und Feuerleitkreiseinstellungen des *Kriegsbeil* überprüfte. Ein Warnsignal schrillte durch den Neurohelm und ließ ihn zusammenzucken.

»Ranger Fünnef an alle Einheiten«, meldete Mbenga. »Ich zeichne Bewegung an der äußeren Markierung. Zwo Kompanien in Führung, drei weitere folgen in Marschkolonne. Sie befinden sich in Sektor Fünnef-drei-neun und kommen schnell näher.«

»Haben Sie gehört, Hauptmann Norris?«, fragte er, während er den Mech hochfuhr.

»Aye, Captain«, antwortete Norris' emotionslose Stimme. »Auf mein Zeichen schwenken Sie an der linken Flanke vor. Ich werde an der Rechten ebenso vorgehen und wir erwischen sie im Kreuzfeuer.«

Kraff runzelte die Stirn. »Verdammt, wer hat Ihnen den Befehl über diese Operation gegeben?«

»Die Logik«, erwiderte Norris. »Selbst Ihnen muss der Vorteil der sich überlappenden Schussfelder deutlich sein.«

Kraff wusste, dass Norris Recht hatte, auch wenn es ihn ärgerte. Er warf einen Blick auf die Taktische Anzeige und bewegte sich nach links.

»Ranger, lanzenweise nach links schwenken«, befahl er über den eigenen Kanal, dann schaltete er zurück auf Befehlsfrequenz. »Ich stimme mit Ihnen überein, Norris, aber ich sage das verdammt nochmal nicht gerne.«

Dann wechselte er auf die Befehlsfrequenz des Regiments. »Gespenst Eins von Ranger Eins. Der Feind rückt in größerer Zahl an und hat die äußere Markierung von Fünnef-drei-neun passiert. Überspiele taktische Daten.« Er konnte jetzt die vordersten Maschinen der Wolverton's Highlanders sehen. Sie waren beinahe in Schussweite.

»Gespenst Eins an Ranger Eins und Aufräumer Eins«, antwortete Christiforis Stimme. »Hart zuschlagen und aufhalten. Wir haben ein paar Überraschungen zu euch unterwegs.«

Kraff grinste, als ein grün lackierter *Attentäter* über die Felsenkuppe stieg und den mittelschweren Impulslaser auf ihn richtete. Seine Autokanone feuerte zuerst und spie einen Strom von Granaten in den rechten Mecharm des Highlanders. Der Schuss des *Attentäter* zuckte harmlos vorbei, als die großkalibrigen Granaten den Arm vom Rumpf rissen und davonschleuderten. In einer Kettenexplosion detonierte die Langstrecken-

Raketenmunition des Mech, und er wurde zurück und den Hang hinabgeschleudert.

»Das wird ein verteufelter Nachmittag, Norris«, erklärte Kraff, mehr bei sich als zu dem anderen MechKrieger.

Zu seiner Überraschung antwortete der ehemalige Clanner. »Aye, Captain Kraff. Ein verteufelter Nachmittag.«

# 25

**Südlich von Höhe 403, Odessa**
**Provinz Donegal, Lyranische Allianz**

*4. Mai 3063*

»Ich zeichne sie bei anderthalb Kilometern und näher kommend«, drang Tascha Snords Stimme über die Kommleitung, während Archer den *Lichtbringer* über den Berghang zu einem halb verdeckten Sims bewegte. »Das muss ich Feehan lassen: Er weiß seine Leute einzusetzen. Er ist mit den schnelleren Mechs direkt an unseren Vorhutkompanien vorbeigeprescht. Das wird Norris gar nicht gefallen.«

Die Highlanders griffen mit knapp unter Regimentsstärke an, während der Wilde Haufen und die Avengers zusammen mehr als ein komplettes Regiment in den Kampf warfen, und dazu noch hauptsächlich schwerere Maschinen. Der Vorteil lag eindeutig auf ihrer Seite.

»Augenblick«, sagte Archer. »Schmiedehammer Eins und Spinne Eins von Gespenst Eins. Artillerie-Einheiten bereitmachen für Beschuss der übermittelten Koordinaten.« Alice Getts und Paul Snider bestätigten und bereiteten ihre Einheiten auf ein tödliches Bombardement vor.

Tascha Snord meldete sich wieder, als ihr *Spartaner* links von ihm in Stellung ging. »Meine beiden *Padillas* sind auch bereit, haben allerdings nur begrenzte Munition, selbst mit dem Nachschub.«

»Ist klar«, bestätigte Archer und musterte die Ortungsanzeige. Die Menge der anrückenden Maschinen war nicht gerade ermutigend, auch wenn es sich um leichtere Mechs handelte. Feehan trieb seine Leute mit aller Macht geradewegs gegen Höhe 403 – ihm konnte durchaus ein Durchbruch gelingen. Einen Moment musste er an Katya und die anderen Nonkombattanten dort denken. Er war besorgt.

Die anrückenden Highlanderlanzen schienen über die grasbedeckten Hänge zu huschen, bis sie die designierte Feuerzone der Artillerieeinheiten erreichten. »ZES-Einheiten, Einsatz«, rief er über den offenen Kanal. »Artillerie, Feuer frei!«

Die Wolken von Arrow-IV- und Langstreckenraketen, die über seine Position jagten, klangen wie ein gewaltiges Donnerhallen. Das gigantische Bombardement krachte in die vorrückende Mechfront – und die Rauchfahnen der Raketen verschmolzen zu einer Nebelwand. Archer heizte die schweren Extremreichweiten-Laser auf. In der Ferne zerrissen fünf Explosionen die Luft und markierten das feurige Ende ebenso vieler Kampfkolosse. Die Raketen wechselten von einem Ziel zum nächsten, und für ein paar kurze Sekunden barst der Boden der Feuerzone wie unter einem titanischen Pflug. Der Qualm blockierte die Sicht, aber die Sensoren zeigten Archer, dass der Beschuss dem Highlanderangriff etwas Schwung geraubt hatte.

Dann brach die erste Mechwelle aus dem Nebel. Ein mattgraues *Fangeisen,* gefolgt von zwei *Jennern.* Aus einem klaffenden Loch im unteren Torso eines der leichten Mechs sprudelte neongrüne Kühlflüssigkeit, das Ergebnis eines Arrow-Raketentreffers.

Archer riss den Steuerknüppel herum, gerade als die KSR und mittelschweren Laser des *Jenner* auf ihn feuerten. Zusätzlich hämmerte eine Autokanonensalve in die rechte Beinpanzerung und schüttelte den *Lichtbringer* durch wie bei einem Beben. Schultern und Rücken schmerzten, so hart war er in die Gurte der Pilotenliege geschleudert worden.

Panzerung floss brodelnd von Torso und Armen des Mechs, als er sich drehte und die Armlaser auf das *Fangeisen* richtete. Je ein Schuss traf die Arme der feindlichen Maschine und sprengte Panzerung vom Handgelenk bis zum Schulteraktivator davon. Der Ansturm des Mechs kam zu einem jähen Halt, und er wankte unter der Wucht des Angriffs nach hinten, während die beiden *Jenner* an ihm vorbeihasteten. Archer ließ sich von der Hitzewelle nicht aufhalten, die über ihm zusammenschlug, und zielte gerade mit den mittelschweren Impulslasern, als der weiß gleißende Blitz einer PPK-Salve in das *Fangeisen* einschlug und es gegen die Felsen schleuderte. Die mittelschwere Maschine rutschte fast fünf Meter zurück und pflügte dabei einen flachen Graben in den Boden.

Links neben Archer stand Taschas *Spartaner*, dessen Partikelkanone mit glutheißem Zischen ein neues Ziel suchte. »Danke, Kommandanthauptmann«, gab er durch, dann feuerte er zwei mittelschwere Impulslaser auf Flanke und Beine eines der vorbeisprintenden *Jenner* ab.

»Keine Ursache, Lieutenant General«, erwiderte sie und beharkte den zweiten *Jenner* mit ihren eigenen Lichtwerfern. Beide Highlander-Maschinen waren von Treffern durchlöchert, aber statt abzubremsen und sich zum Kampf zu stellen, stürmten sie ungerührt weiter.

»Sie haben es auf den Befehlsposten abgesehen«, stellte Archer fest.

»Sieht so aus.«

Er wechselte den Kanal. »Hirn und Jailhouse Rocker von Gespenst Eins«, gab er im selbem Moment durch, in dem ein graugrüner *Panther* an ihm vorbeihetzte und seine Kurzstreckenraketen in den Rumpf von Tascha Snords *Spartaner* setzte. »Sie überrennen unsere Stellungen. Wir ziehen nach Osten und formieren uns neu. Evakuiert den Befehlsposten oder macht euch auf einen Angriff gefasst.«

»Verstanden, Gespenst Eins«, antwortete Katya. »Ich

habe Luftunterstützung im Anflug. Wir werden versuchen sie aufzuhalten.«

»Pass auf dich auf, Katya«, ermahnte er sie und konnte die Besorgnis in seiner Stimme nicht verbergen.

»Wenn Sie es nicht tun, halte ich die Augen offen«, kam die tiefere Stimme Oberst Rhonda Snords zurück.

Archer verschwendete keine Sekunde mehr. Er wendete den *Lichtbringer* und stürmte einem *Centurion* der Highlanders hinterher, der versuchte, ihn zu umgehen.

»Drauf und dran«, rief Snord ihm nach. »Wir brauchen einen Todesstoß.«

* * *

Katya bellte Befehle an den Kommoffizier, der auch noch an Bord des bereits überfüllten *Blizzard*-Schwebetransports musste. Als die Seitentüre sich mit einem zischenden Scheppern schloss, schwenkte ihr Blick über das Areal und vergewisserte sich, dass sie niemanden vergessen hatten. In der Ferne hörte sie das Wummern von Raketen und Autokanonen: Es kam immer näher. Sie kannte den Klang nur zu gut. Die Vibrationen erschütterten ihre Knochen ebenso, wie sie ihr Blut in Wallung brachten. Zufrieden mit dem leeren Befehlsposten drehte sie sich um und sah nur eine einzelne Mechlanze auf der flachen Kuppe von Höhe 403.

Es waren die letzten BattleMechs, an denen die Techs noch gearbeitet hatten, teils Maschinen des Wilden Haufens, teils solche der Avengers. Völlig wiederhergestellt war eigentlich keine von ihnen, doch sie schienen einsatzbereit. Vor allem aber waren sie ihre letzte Verteidigungslinie.

Die Fahrzeuge hatten das Lager jetzt verlassen und rückten ab, doch Katya fühlte sich noch immer furchtbar entblößt. Sie stand ohne Waffe oder Panzerung vor einem heranziehenden Orkan. Zwei MechKrieger kletterten die Sprossen hinauf ins Cockpit ihrer Kampfmaschinen.

Jemand tippte ihr auf die Schulter und sie wirbelte herum. Vor ihr stand eine Frau in einem zerbeulten alten Neurohelm und einer Kühlweste. Erst erkannte Katya das Gesicht hinter der kleinen Visierscheibe des Helms nicht. Dann machte sie die vertrauten Züge und das rote Haar Oberst Rhonda Snords aus. Die ältere Offizierin drückte ihr einen zweiten Neurohelm und eine gummiartige Kühlweste in die Hand.

Katya starrte die Ausrüstung einen Moment nur an. Es war erst zehn, zwölf Jahre her, aber es schien ihr wie ein Menschenalter, seit sie keinen Mech mehr gesteuert hatte. Auf Tukayyid hatte sie bei einem Cockpittreffer über die Neurohelmrückkopplung einen beinahe tödlichen Stromstoß erlitten. Der hatte ihren Gleichgewichtssinn beschädigt und seither konnte sie einen BattleMech nur noch für kürzeste Einsätze steuern. Weil sie das Militär nicht aufgeben wollte, hatte sie sich von den Mechtruppen in den Nachrichtendienst versetzen lassen. Wie Archer hatte auch sie sich nach dem Ende der Clan-Invasion zur Ruhe gesetzt und als Freizeitsoldatin bei der Thorin-Miliz angeheuert.

»Können Sie einen Mech steuern?«, fragte Snord mit durch den Neurohelm dumpfer Stimme.

»Es ist schon eine ganze Weile her«, stellte Katya nervös fest und hielt Helm und Weste wie bizarre Kultgegenstände. »Ich weiß nicht, ob ich es noch kann.«

Snord deutete auf die beiden noch wartenden Mechs. »Das verlernt man nicht. Es steckt in einem drin. Der *Quasimodo* hat noch keinen Piloten. Sitzen Sie auf. Die Techs haben das Sicherungssystem gelöscht, Sie werden keine Schwierigkeiten haben, ihn hochzufahren.«

Katya starrte den Kampfkoloss an und setzte beinahe reflexartig den Neurohelm auf. Beim Festzurren des Kinnriemens brachen die Erinnerungen über sie herein. Sie fürchtete sich vor dem, was geschehen konnte, wenn sie wieder ins Cockpit stieg. Andererseits war das der *Quasimodo*, den sie von Wolverton's Highlanders erbeutete hatten, die Maschine, die Darius Hopkins getötet hatte und Archer ebenfalls hätte umbringen sollen.

Was, wenn sie es nicht schaffte? Was, wenn sie im Cockpit das Gleichgewicht verlor? Der *Quasimodo* ragte einem Golem gleich über ihr auf.

»Bewegung, Major. Keine Müdigkeit vorschützen«, rief Rhonda Snord und marschierte zu ihrem *Highlander*. Wie in Trance kletterte Katya Chaffee Bein und Rumpf des BattleMechs hoch, und ihr war, als befände sie sich auf einer Reise zurück in die Vergangenheit. Der Lärm der Schlacht kam immer näher. Jetzt war es nicht mehr nur das Donnern von Explosionen, sondern auch das Singen von Lasern und das Krachen von Partikelblitzen.

Das Innere der Kanzel schien noch enger, als sie es in Erinnerung hatte. Und vor allem noch viel einsamer. Es war nicht das erste Mal nach ihrer Verletzung, dass sie sich im Cockpit eines BattleMechs befand, aber sie war seitdem nie wieder allein hier gewesen, und niemals als Pilotin. Das Aroma aus eingetrocknetem Schweiß, Reinigungsmitteln, Metall und verschiedensten anderen Gerüchen biss in ihrer Nase. Langsam, zögernd, glitt sie auf die Liege, stöpselte den Neurohelm ein und rückte die Kühlweste zurecht. In der Ferne sah sie Geschützfeuer aufblitzen.

»Alles in Ordnung da drüben, Major?«, fragte Snord.

Katya starrte auf die Wand von Instrumenten vor sich und schaltete das Helmmikro ein. »Ich bin hier. Ich habe das nur seit Jahren nicht mehr gemacht.«

»Sie lernen es besser zügig«, bemerkte Snord aus ihrem *Highlander*. »Denn in dreißig Sekunden sitzen Sie in der zweitgrößten Zielscheibe auf diesem Gipfel.«

* * *

Oberst Robert Feehan setzte den *Sturm* auf einer Granitplatte auf und fühlte, wie die Metallfüße auf dem glatten Fels einen halben Meter rutschten. Ein Sternenbundära-*Wächter* stürmte auf ihn zu und er hob den schweren Impulslaser. Unbeeindruckt feuerte der *Wächter*-Pilot die Ultra-Autokanone ab und schleuderte einen Orkan aus Granaten in Feehans rechten Mechtorso. Die Autokanone fraß sich in die Panzerung und schüttelte den Mech durch. Das erschwerte es, die Zielerfassung aufrecht zu erhalten.

Immer näher kam der Gegner – und endlich drückte Feehan ab. Eine Salve smaragdgrüner Lichtbolzen zuckte auf den *Wächter* zu und schnitt dessen rechten Arm sauber ab. Der mittelschwere Kampfkoloss drehte sich leicht unter dem Angriff, stürmte aber weiter, als hätte der Verlust keinerlei Bedeutung.

*Kämpf ruhig, mein Kleiner*, dachte Feehan. *Der Sieg ist nur noch ein paar Gipfel entfernt.*

Der *Wächter* feuerte den mittelschweren Laser und der blutrote Energiestrahl bohrte sich in die Brustpartie des *Sturm*, während zwei KSR über die abnehmende Entfernung sausten und in den rechten Arm schlugen. Feehans Maschine schüttelte den Angriff ab und verlor nur ein wenig Panzerung.

Von der immer kleiner werden Distanz etwas nervös gemacht, schlug er mit den Kurzstreckenraketen zurück und setzte eine Salve aus den drei mittelschweren Lasern hinterher. Die Temperatur im Cockpit schoss in die Höhe und die Laser luden mit hohem Singen die Kondensatoren wieder auf. Zwei der Raketen flogen vorbei, aber alle anderen Schüsse trafen und durchlöcherten den feindlichen Mech, der weiter auf ihn zustürmte.

Feehan trat einen Schritt zurück, als der *Wächter* die Autokanone wieder abfeuerte. Es war die letzte Waffe, die er einsetzen konnte, bevor die Maschinen zusammenstießen. Die tödlichen Granaten hämmerten auf den Rumpf des Mechs ein und zertrümmerten die Panzerung weiter. Im nächsten Moment pflügte der *Wächter* selbst in ihn hinein.

Feehans *Sturm* hatte dem leichteren Mech fünfundzwanzig Tonnen Masse voraus, aber der *Wächter* hatte ihn mit maximaler Geschwindigkeit gerammt. Schutzpanzerung barst unter der Wucht des Aufpralls, und der Mech kippte nach hinten, drohte zu stürzen. Feehan hatte Mühe, ihn auf den Beinen zu halten, und wich seitlich aus, um den Gegner an sich vorbeifallen zu lassen.

Ein Blick auf die Schadensanzeige zeigte einen Verlust an Torsopanzerung. Der *Wächter* war außer Gefecht. Sein Reaktor hatte sich unter den Schäden durch den Sturmangriff abgeschaltet und im Fallen rollte er auf den Rücken. Feehans Augen weiteten sich, als er einen silbernen Buffalo Nickel auf dem rechten Torso der Maschine sah.

*Snords Wilder Haufen?*, dachte er. *Auf derselben Seite wie Archer's Avengers?*

Ihm wurde flau, als er über die Implikationen nachdachte. Wussten Sie, was Wolverton's Highlanders ihnen angetan hatten?

»Oberst«, hörte er Luther Fisks Stimme aus dem Helmlautsprecher dringen. »Ihr Angriff scheint zu stocken.« Er hatte den jüngeren Offizier überredet, im Mobilen HQ zu bleiben, statt ihn zu begleiten. Ein nörgelnder Beifahrer war das Letzte, was er bei diesem Einsatz gebrauchen konnte.

»Wir kämpfen hier nicht gegen ein einzelnes, ausgeblutetes Regiment, Fisk«, bellte er. »Der Wilde Haufen und die Avengers machen gemeinsame Sache.«

»Verdammt!«, fluchte Fisk.

»Ich befehle meinen Leuten den Rückzug.«

»Sie müssen durchhalten.«

»Das können Sie leicht sagen«, konterte Feehan, während sein *Sturm* unter dem mittelschweren Impulslasertreffer von einem Feind erzitterte, den er noch nicht einmal im Visier hatte. »Sie sitzen im HQ. Ich schlage vor, Sie verlegen den Befehlsposten auf Position Beta. Wir treffen uns dort.«

»Oberst ...«

»Schnauze, Sie Arschloch. Wenn Snord und Christifori wissen, was wir getan haben, sitzen wir in der Scheiße.«

*Nein, ich sitze in der Scheiße,* dachte er. Er schaltete das Funkgerät ab und machte sich in einem weiten Bogen auf den Rückweg. Als er die Maschine umschwenkte, sah er in der Ferne etwas, bei dessen Anblick es ihm kalt über den Rücken lief: einen *Highlander*. Aus den Berichten wusste er, dass es nur einen Mech dieses Typs auf Odessa gab, die Maschine Oberst Rhonda Snords. Was ging hier vor? War sie nicht angeblich tot?

Feehans Gedanken überschlugen sich bei dem Versuch, einen Ausweg aus diesem Fiasko zu finden, noch während er in vollem Galopp den Rückzug antrat.

* * *

Archer, Tascha Snord und eine Handvoll Avenger-Mechs bewegten sich an der Flanke der Wolverton's Highlanders entlang. Sie hielten Feehans Leute in der Zange und trieben sie auf Höhe 403 zu.

Als er über einen flachen Kamm stieg, sah er das Gelände, auf dem sich kurz zuvor noch sein Befehlsposten befunden hatte. Vier Mechs lagen besiegt am Boden, während auf der Kuppe zwei Kampfkolosse weiterkämpften. Einen der beiden erkannte er sofort, Rhonda Snords *Highlander*. Gerade feuerte er das Gaussgeschütz auf einen angreifenden *Clint* ab, der unter dem Einschlag der Kugel vom Boden abhob und acht Meter weiter krachend aufschlug.

»Jailhouse Rocker Eins von Gespenst Eins«, öffnete er die Verbindung. »Sieht aus, als hätten Sie ihnen den Schneid abgekauft, Oberst.«

»Sie scheinen sich zurückzuziehen, Lieutenant General«, antwortete Snord. »Scheint, sie haben genug.« Sie schwenkte die LSR-Lafette des Mechs und feuerte eine Salve Langstreckenraketen auf ein weit entferntes Ziel ab. Archer folgte der Flugbahn über den Sichtschirm und sah einen *Sturm*, der allem Anschein nach aus der Schlacht floh. Er hob die schweren Extremreichweiten-Laser und ein Schuss schlug ärgerlich weit vorbei. Der andere schnitt in die dünne Rückenpanzerung des Mechs und hinterließ eine bösartige schwarze Brandspur quer über dem Rumpf.

»Meine Ortung zeigt, dass sie sich geordnet zurückziehen«, erklärte Snord.

»Sie haben verdammt viel Schaden angerichtet«, kommentierte Archer und setzte dem *Sturm* nach, in der Hoffnung, einen zweiten Treffer zu erzielen.

»Haben Sie Ihre Kommandotruppen noch verfügbar?«, fragte Snord und holte ihn ein. Sie wurde von einem schwerfällig stampfenden *Quasimodo* begleitet, dessen Torso von einigen Raketentreffern verunziert war.

»Schon kapiert«, erwiderte er. »Sherwood Forester von Gespenst Eins.« Er konnte sich ein Grinsen nicht verkneifen. »Grünes Licht.«

»Verstanden«, bestätigte Thomas Sherwood den Einsatzbefehl.

Die nächste Stimme, die er über die Befehlsfrequenz hörte, war die Katya Chaffees. »Gut möglich, dass Feehan sein Mobiles HQ inzwischen verlegt. Ich werde ein paar Jäger anweisen, das Gebiet im Anflug abzusuchen. Vielleicht haben wir Glück und sie entdecken auf dem Weg das Highlander-HQ.«

»Hirn? Wo bist du?«, fragte Archer verwirrt.

»Im *Quasimodo*, General.«

Archer sperrte vor Überraschung den Mund auf und er schwenkte den Rumpf des *Lichtbringer* nach rechts, um den *Quasimodo* deutlicher zu sehen. »Du *steuerst* einen BattleMech?«

»Es war Oberst Snords Idee. Es ist, als hätte ich es nie verlernt. Genau wie Fahrradfahren«, antwortete Katya stolz.

»Dann komm an meine grüne Seite«, forderte er sie auf und bremste leicht, während Rhonda Snord sich links neben ihm einordnete. »Mal sehen, ob wir diesen geordneten Rückzug in eine panische Flucht verwandeln können.«

# 26

**Südwestlich von New Bealton, Odessa**
**Provinz Donegal, Lyranische Allianz**

*4. Mai 3063*

»Hier spricht Graf Fisk. Kommandanthauptmann Snord, melden Sie sich«, sagte Fisk in das Mikrophon des Kommunikators, während der Transporter über die Hänge südwestlich der planetaren Hauptstadt raste.

Er war unterwegs zum Befehlsposten der Highlanders, um die schnell aus dem Ruder laufende Situation in Augenschein zu nehmen. Er hätte es besser wissen müssen, als die Sache seinem Sohn zu überlassen. Jetzt musste er selbst eingreifen und die Lage retten.

Die Stimme, die ihm antwortete, war nicht die, die er erwartet hatte, aber irgendwie war er auch nicht überrascht. »Ich fürchte, der Kommandanthauptmann ist momentan beschäftigt, Mylord. Hier spricht Oberst Rhonda Snord. Kann ich Ihnen vielleicht helfen?« Ihre Stimme troff vor Verachtung.

»Oberst Snord, welch eine Freude, zu hören, dass die Berichte über Ihren Tod verfrüht waren«, stellte er gelassener fest, als er sich fühlte. Falls Snord noch lebte, wurde der Wilde Haufen nicht von einem unerfahrenen jungen Ding befehligt, sondern von einer erfahrenen Veteranin. Erst die Mitteilung über den Schulterschluss von Avengers und Wildem Haufen, und jetzt ein Geist in der Kommleitung.

»Da wette ich«, sagte sie.

»Wie ich höre, kämpft Ihr Wilder Haufen an der Seite von Archer's Avengers, und ich muss zugeben, dass ich diese Wendung für bedenklich halte. Als Ihr direkter Ansprechpartner der Lyranischen Allianz muss ich Sie bitten, Ihre Bataillone aus diesem Kampf zurückzuziehen. Das ist eine Angelegenheit zwischen dem 1. Thorin-Regiment und Wolverton's Highlanders.«

Einen Moment lang herrschte bis auf ein leises Knistern in der Leitung Stille, dann klang Rhonda Snords Stimme wieder auf, gerade als sein Fahrer über ein Schlagloch fuhr und das ganze Fahrzeug zitterte.

»Spielen Sie mir nichts vor, Graf. Für derlei Sperenzchen bin ich zu alt. Ich habe die Beweise gesehen. Wolverton's Highlanders haben versucht, mich und Archer Christifori umzubringen. Diese Angelegenheit, Graf Fisk, ist eine persönliche. Zwischen den Highlanders und uns, und möglicherweise ... Ihnen.«

»Ich versichere Ihnen, Oberst Snord ...«, setzte der Graf an.

»Beleidigen Sie nicht meine Intelligenz«, unterbrach sie. »Und jetzt müssen Sie mich entschuldigen. Ich habe zu tun. Wir sind gerade dabei, die Highlanders zu erledigen, und eine gute Party verpasse ich nur ungern.«

»Ich muss Sie daran erinnern, Oberst, dass Ihr Kontrakt mich zu Ihrem Auftraggeber macht. Ich befehle Ihnen sich zurückzuziehen.«

Rhonda lachte. »Unser Kontrakt ist abgelaufen. Wie Tascha mir erzählte, haben Sie ihn auslaufen lassen und meine Einheit ihrem Schicksal überlassen. Seit der Sekunde, in der ich aus dem Koma erwacht bin, Graf Fisk, nehme ich keine Befehle von Ihnen mehr entgegen. Auf diesem Planeten sind Sie nirgends mehr sicher.«

Fisk warf das drahtlose Mikrofon so hart gegen die Windschutzscheibe, dass das kleine Plastikgerät in Dutzende schwarzer Splitter barst, die auf den Boden des Fahrzeugs regneten.

* * *

Oberst Feehan erreichte das Mobile Hauptquartier auf dem Weg an den neuen Standort, den es in einer langen Kolonne mit den anderen Fahrzeugen zurücklegte, die Munition, Proviant, Ersatzteile und sonstiges Material des Regiments beförderten. Das Mobile HQ war im Grunde nicht viel mehr als ein großes, gepanzertes Radfahrzeug, auf dessen Dach ein Wald aus Satellitenschüsseln, Peitschenantennen und Sensoren aufragte. Es war ein älteres Modell, ausgeblichen und in seiner langen und wenig ruhmreichen Geschichte schon einige Male geflickt.

Er brachte den *Sturm* auf Abfangkurs und der Konvoi hielt an. Er und die anderen Elemente des Regiments verteilten sich in Staubwolken, die von den Mechfüßen aufgewirbelt wurden, entlang der Straße und ihrer Umgebung.

Feehan hatte aus gutem Grund das ganze Regiment zurückgezogen. Die leichten und mittelschweren Mechs der Wolverton's Highlanders hatten die Avengers und den Wilden Haufen geschwächt, aber sie konnten den Druck nicht aufrecht erhalten. Die kombinierten Einheiten, die ihnen gegenüberstanden, hatten eine größere Durchhaltekraft, und letztlich hieß es Rückzug oder Untergang. Wären es nur die Avengers gewesen, hätte er sie auslöschen können, daran hegte er keinen Zweifel. Aber gemeinsam mit dem Wilden Haufen ... Nun ja, die Hoffnung auf einen Sieg war dünn, aber noch nicht völlig verloren. Er musste nur den richtigen Ort für die Entscheidungsschlacht wählen.

Er brachte den Mech zum Stehen und fuhr ihn auf Reserveenergie hinunter, statt ihn ganz abzuschalten. Dann kletterte Feehan aus dem Cockpit und stieg an den Rumpfsprossen zu Boden. Unterwegs sah er aus nächster Nähe, welche Schäden die Maschine hatte einstecken müssen. Die Panzerung über Brustpartie und Beinen war zerfetzt und aufgerissen, und der Gestank von Rauch, vermischt mit Ozon von Laserschüssen, füllte ihm die Nase, als er sich das letzte Stück hinab auf das spärliche Gras fallen ließ. Er lief hinüber zur Außenluke des Mobilen HQs und stieg ein.

Im Funkraum herrschte heilloses Durcheinander. Sein Regiment wirkte ziemlich zerstreut und teilweise hatte es sich noch nicht aus dem Kampf gegen die vereinigten Avengers/Wilden lösen können. Er schob sich durch den schmalen Verbindungsgang in den Planungsraum, wo er Luther Fisk über die beleuchtete Holokarte gebeugt fand.

»Oberst Feehan«, stellte der Grafensohn entschieden fest. »Wir können hier nicht bleiben, nicht ohne jede Deckung.«

Feehan schloss das Handventil der Kühlweste und wischte sich den Schweiß von der Stirn. »Denken Sie, das weiß ich nicht? Ich habe schon Truppen geführt, bevor Sie auch nur davon geträumt haben, ein Mech-Krieger zu werden. Wir müssen uns zurückziehen und neu formieren. Wir haben schwere Verluste erlitten.«

»Sind Sie sicher, dass der Wilde Haufen und Archer's Avengers zusammenarbeiten?«, fragte Fisk.

»Archer Christiforis *Lichtbringer* hat mir beim Rückzug fast den Arsch abgeschossen, Fisk«, antwortete er verächtlich. »Und meine Ortung hat während des Gefechts auch einen *Highlander* gezeichnet.«

»Rhonda Snord«, sagte Luther langsam. Auch er hatte das Gerücht gehört, sie habe überlebt.

»Verdammt richtig«, bellte Feehan. »Ich schlage vor, wir ziehen uns in die Außenbezirke von New Bealton zurück. Dort gibt es Waldgebiete, so eine Art Park. Den können wir als Deckung benutzen.«

»Ich befürchte, die Vorgehensweise, die Sie vorschlagen, entspricht nicht meinen Zielen«, stellte eine Stimme hinter ihm fest. Feehan wirbelte herum und sah Nicholas Fisk in der Tür stehen.

»Graf Fisk«, sagte er. »Dies ist weder der Ort noch die Zeit für diese Art der Debatte. Mein Regiment muss sich auf der Stelle zurückziehen, neu bewaffnen und neu formieren. Unsere ersten Verluste liegen bei fast fünfzig Prozent.«

»Und die der Avengers und des Wilden Haufens?«, fragte der Graf kühl.

»Schwer zu sagen. Eine Menge ihrer Truppen waren schon vorher ziemlich zerbeult. Ich würde auf dreißig bis vierzig Prozent insgesamt schätzen.«

»Ihre Truppen sind noch vergleichsweise ausgeruht«, bemerkte der Graf. »Ein Rückzug löst gar nichts. Die Situation auf Odessa muss auf dem Schlachtfeld entschieden werden.«

»Dazu wäre es am besten, sich zurückzuziehen und den Feind an einem Ort meiner Wahl zu stellen«, antwortete Feehan. Frischer Schweiß trat ihm auf die Stirn, diesmal auf Grund der Anspannung.

»Das verstehe ich, Oberst«, erwiderte Fisk mit vor unterdrückter Wut gepresster Stimme. »Aber Sie scheinen zu vergessen, dass es Ihre Lanzen waren, die Christifori und Snord überfallen haben. Falls Sie sie nicht ausschalten, wird keine Regierung in der ganzen Inneren Sphäre Wolverton's Highlanders mehr verpflichten. Sich in eine Verteidigungsposition zurückzuziehen ist kein Weg, diese Gegner auszulöschen. Sie müssen angreifen. Führen Sie, was Sie haben, zurück ins Feld.«

»Mylord«, flehte Feehan fast. »Mir ist die politische Problematik dieser Situation bewusst. Meine Truppen sind im Moment dabei, sich neu zu bewaffnen und Feldreparaturen durchzuführen. Aber wir sind eine leichte bis mittelschwere Einheit und kämpfen gegen einen Gegner mit Einheiten aller Gewichtsklassen, Panzertruppen und Infanterie. Auf dem Weg hierher wurde ich zweimal aus der Luft angegriffen.«

»Das ist mir klar«, antwortete der Graf. »Aber Sie

brauchen sie ja nicht alle zu erledigen. Töten Sie Snord und Christifori, und beide Einheiten werden auseinander fallen. Das war der ursprüngliche Plan. Hätten Ihre Leute von Anfang an gute Arbeit geleistet, wären wir jetzt nicht hier.«

Kalte Wut stieg in Feehan auf, aber irgendwie beherrschte er sich. »Was schlagen Sie vor, Mylord?«

Graf Fisk lächelte dünn. »Schicken Sie Ihre Truppen gegen diese beiden Ziele. Snord und Christifori. Töten Sie die beiden – und der Kampf ist vorbei.«

Feehan spürte, wie die Schande dieses Vorschlags über ihn hereinbrach. Was Fisk vorschlug, war als ›Kopfjagd‹ bekannt. Es war als Taktik nicht ungewöhnlich, aber ehrenhaft konnte man es nicht nennen.

Andererseits hatte der Graf seine Leute schon in weit schlimmere Verbrechen verwickelt. Ob es ihm gefiel oder nicht, es gab kein Zurück mehr. So sehr er Graf Fisk auch hasste, falls der Wilde Haufen oder Archer's Avengers die kommende Schlacht überlebten, würden sie mit absoluter Sicherheit Jagd auf ihn machen. Der Abgrund, in den Wolverton's Highlanders stürzten, schien bodenlos.

»Wir beenden die Feldreparaturen, dann rücken wir aus«, sagte er mit einer Stimme, die kaum noch Leben enthielt.

»Wie lange wird das dauern?«, drängte der Graf.

»Zwanzig Minuten«, antwortete Feehan, schob sich an Fisk vorbei und machte sich auf den Weg zum Ausgang.

* * *

»Ich zeichne das Ziel in Sektor 1551 ›F‹ wie Foxtrott«, sagte Captain Thomas Sherwood in den Armbandkommunikator. »Da gibt es nur ein Problem, General«, fügte er hinzu und schaute erneut durch das elektronische Fernglas, mit dem er die Szenerie seit mehreren

Minuten aus der Deckung einer Baumgruppe beobachtete.

»Und die wären?«, fragte Archer.

»Es scheinen sich so ziemlich alle überlebenden Highlanders hier versammelt zu haben. Überall wird nachgerüstet und repariert. Ich würde sagen, Sie …« Er unterbrach sich und starrte durch das Fernglas. »Moment, sieht aus, als würden sie ausrücken. Richtung Westen, in direkter Linie zurück zu Ihnen und dem Wilden Haufen, Sir.«

Eine Pause. »Ich verstehe, Thomas. Bleiben Sie in Ihrem Versteck. Warten Sie, bis die Mechs weit genug weg sind, dann schalten Sie die Basis aus.«

»Sir, da marschiert mehr als ein Bataillon auf Sie zu, und das ziemlich fix.«

»Machen Sie sich um uns keine Sorgen«, erwiderte Archer. »Wir können auf uns aufpassen.«

# 27

**Südwestlich von Höhe 403, Odessa**
**Provinz Donegal, Lyranische Allianz**

*4. Mai 3063*

Captain Joey-Lynn Fraser rückte vor die Regiments-BefehlsLanze und hielt den *Gallowglas* nahe einer Lücke im Unterholz auf dem Abhang an. Der Hang breitete sich unter ihr fast zwei Kilometer weit aus. Das pralle Sonnenlicht wurde von aufziehenden Gewitterwolken und dem polarisierten Panzerglas des Kanzeldachs gedämpft und der Sichtschirm zeigte freie Bahn hangabwärts.

»Schön, die Weißen Tiger hier zu haben«, hörte sie Lieutenant General Christiforis Stimme im Helmlautsprecher. Er hatte sie ursprünglich an der äußersten linken Flanke eingesetzt, aber jetzt war es an der Zeit, sie in die Mitte der Linien zu ziehen.

»Schön, hier zu sein, Sir«, antwortete sie und sehnte sich nach einem Zigarillo. Aber dafür war später noch Zeit. »Sind Sie sicher, dass sie hierher unterwegs sind, General?«

»Ziemlich sicher.« Wie auf ein Zeichen tauchten die ersten Ziele am Rand der Sensoranzeige auf. Die Signale der IFF-Transponder bekräftigten, dass es sich weder um Snords Leute handelte, noch um Avengers. Es war eine schnell anrückende Linie Wolverton's Highlanders.

»Ich zeichne anrückende Banditen«, bellte sie.

»Bestätigt«, erklang eine andere Stimme, diesmal aus einem ein Stück seitlich stehenden *Schläger,* einer Maschine des Wilden Haufens. »Sie scheinen geradewegs auf uns zuzukommen.«

»In Ordnung«, stellte Archer gelassen fest. »Weiße-Tiger-Kompanie, durch die Mitte gegen den Feind vorrücken.«

Joey hörte eine zweite Stimme, die vermutlich Rhonda Snord gehörte. »1. Bataillon; Shake, Rattle and Roll; die Weißen Tiger ermöglichen euch ein Kreuzfeuer.«

Als Joey ihren BattleMech in einen langsamen Trott versetzte, sah sie eine zerbeulte, aber noch intakte Kompanie des Wilden Haufens ein Stück seitlich den Hang hinabstürmen. Ein Teil der Maschinen nutzte die Sprungdüsen, die anderen beschleunigten zu vollem Galopp.

Vor ihr kamen die ersten Highlanders in Reichweite. Ein schneller *Schakal* bremste weit genug ab, um die Extremreichweiten-PPK an ihr vorbei den Hang hinauf zu feuern. Der bläulich weiße Blitzschlag fauchte an der Schulter ihres Mechs vorbei. Der rundliche Highlander-Mech wartete nicht auf das Antwortfeuer. Seine Sprungdüsen zündeten. Er stieg auf und schien geradewegs über sie hinwegfliegen zu wollen.

Joey-Lynn bremste und feuerte die beiden schweren Lichtkanonen. Die blutroten Strahlbahnen schnitten durch die Luft und trafen beide Beine des *Schakal*. Panzerung flog in alle Richtungen davon und regnete auf den Berghang, aber der Kurs des Mechs änderte sich nicht. Er kam etwa fünfundvierzig Meter entfernt seitlich von ihr herab.

Der Snord-*Schläger,* den sie kurz zuvor gesehen hatte, preschte auf ihn zu. Der Arm der überschweren Maschine holte aus, dann schoss er wie eine Dampframme vor und geradewegs in den Kopf des *Schakal*. Panzerplatten und interne Ferrofibritstruktur kollabierten. Der Schlag war so hart, dass die Überreste des leichten Highlander-Mechs sich erst von der Faust des *Schläger* lösten, als der *Schakal* rückwärts den Berg hinabstürzte.

»Ziemlich deutliche Handschrift«, kommentierte Joey über den offenen Kanal.

»Danke. Ich bin Hauptmann H'Chu.«

»Captain Fraser«, stellte Joey sich vor.

»In Ordnung, Fraser. Sehen Sie sich vor. Links von Ihnen steht eine *Spinne*«, warnte H'Chu.

Joey-Lynns Blick zuckte zur Seite und sah den Mech in beinahe Kernschussweite, aber er feuerte nicht auf sie, sondern den Hang aufwärts in Richtung der Regiments-BefehlsLanze. Ein Stakkato smaragdgrüner Energiepfeile peitschte aus den mittelschweren Impulslasern den Berg hoch auf ein Ziel außerhalb ihres Sichtfelds zu.

So wie H'Chu es gerade vorgemacht hatte, holte Joey mit dem *Gallowglas* aus und versetzte der *Spinne* mit der ganzen Kraft ihres schweren BattleMechs einen Fausthieb. Der schlanke Dreißigtonner fing den Schlag mit dem linken Arm ab. Die Wucht des Angriffs zertrümmerte den Metallarm und der leichte Mech trat hastig den Rückzug an.

Sie wandte den Kopf und sah eine weitere komplette Mechlanze den Hang hinaufstürmen. »Sie scheinen uns gar nicht zu beachten«, murmelte sie.

»So ist es«, bestätigte H'Chu. »BefehlsLanze, sie scheinen es auf Sie abgesehen zu haben. Ich schlage vor, Sie und der Lieutenant General ziehen sich zurück und geben uns ein wenig Ellbogenfreiheit.« Dann schleuderte sie die geballte Energie ihrer PPKs den Hang hinab.

* * *

Archer wich dem anstürmenden *No-Pasaran* seitlich aus und entging dem Rammangriff um weniger als einen Meter. Die Panzerung war bereits von Langstreckenraketen und Laserfeuer schwer beschädigt, die vom Fuß des Berges heraufschlugen. Dem schwereren *Highlander* Rhonda Snords ging es kaum besser. Der Kampf tobte seit fast einer Stunde und die Belastung zerrte an seinen Nerven. Der Highlander-*No-Pasaran* versuchte, umzuschwenken und den Angriff fortzusetzen, aber er war zu langsam. Archer feuerte aus nächster Nähe die fünf noch intakten mittelschweren Impulslaser ab. Der schmale Zwischenraum zwischen den beidem Kampfmaschinen brodelte plötzlich in einem Orkan grüner Lichtblitze. Zerschmolzene Klumpen Ferrofibritpanzerung spritzten über das Kanzeldach und kühlten zischend ab.

Der *No-Pasaran* erzitterte unter der Misshandlung, blieb aber auf den Beinen und griff weiter an. Zwei der mittelschweren Laser feuerten. Einer schoss knapp vorbei, der andere peitschte eine grellrote Lichtbahn über das rechte Schienbein des *Lichtbringer* und zerschmolz den Schutzpanzer.

Archer bewegte den Mech erneut zur Seite und wartete einen Augenblick, bis die aufgestaute Wärme zurückging, während er das Fadenkreuz auf dem Gegner hielt. Der trat einen Schritt zurück, als wolle er sich Platz verschaffen. Archer wollte gerade feuern, da zuckte ein Schemen über die Schulter des Mechs und schlug mit Donnerknall in die ohnehin zerbeulte Torsopanzerung des Highlander-Mechs. Die Gausskugel barst durch die verbliebenen Panzerreste und grub sich tief in die Eingeweide der humanoiden Kampfmaschine. Der *No-Pasaran* fiel unter dem Treffer nach hinten, dann taumelte er mit plötzlich hilflos einknickenden Beinen. Der Torso der Maschine knickte in der Hüfte vor, als der MechKrieger im Cockpit sich abmühte, sie aufrecht zu halten. Der Mech musste einen Gyroskoptreffer erlitten haben. Wie ein Betrunkener sackte er zusammen und stürzte kopfüber den Berg hinab.

Archer schaute zur Seite des Sichtschirms, der auf 160° gestaucht eine 360°-Rundumsicht lieferte, und sah Rhonda Snords *Highlander* ein Stück hangaufwärts stehen. »Danke, Frau Oberst.«

»Nichts zu danken, Lieutenant General«, antwortete sie. »Wofür hat man Freunde?«

* * *

Das Mobile Hauptquartier der Wolverton's Highlanders hatte mit dem Konvoi aus Munitions- und Ersatzteiltransportern fast vier Kilometer zurückgelegt, als Sherwood sich zum Angriff entschied. Die meisten Mechs waren schon vor dreißig Minuten abgezogen. Nur die nicht mehr kampffähigen waren zurückgeblieben, und vier davon lagen ausgestreckt auf den Flachbetttransportern, um für ausgedehnte Reparaturen abtransportiert zu werden.

»Sherwood Forester von Forester Eins«, gab er über die Kommleitung. »Wir machen das wie im Lehrbuch. SprintLanze, einschwenken und sicherstellen, dass wir das HQ einnehmen. Wenn möglich, intakt. Sergeant Holt, Sie sichern mit Ihrer Infanterie das HQ, sobald es anhält, und anschließend die Transporter. BefehlsLanze formiert sich um mich. Wir schalten als Straßensperre das Vorausfahrzeug aus und liefern dann Deckungsfeuer auf das HQ.«

Er machte eine Pause und sah auf die Uhr. Dann schaltete er auf Befehlsfrequenz um, um den Lieutenant General zu verständigen. »General Christifori, Sherwood Forester hier. Wir greifen an.«

Er erhielt keine Antwort. Im Hauptquartier musste es ziemlich hektisch zugehen. »In Ordnung, Forester, zum Angriff!«

Sherwood steuerte den *Nachtschatten* aus der Deckung der Bäume und zielte auf den Mechtransporter an der Spitze der Kolonne. Er brachte den Mech auf Fahrt und die Impulslaser spien eine grüne Wand der Vernichtung. Der Fahrer des Flachbetttransporters musste die Gefahr gesehen haben und versuchte zu beschleunigen, aber er besaß weder Bewaffnung noch nennenswerten Panzerschutz. Die Laserbreitseite zertrümmerte die Flanke des riesigen Lastfahrzeugs und brachte es zum Stehen.

Dann stand der ganze Konvoi. In einiger Entfernung sah Sherwood SprintLanze – vier *Savannah Master* – an der Fahrzeugkolonne entlangrasen. Im Zwielicht der Abenddämmerung war das Feuer der leichten Lasergeschütze auf das Mobile HQ deutlich zu verfolgen und sie setzten eine beeindruckende Serie von Treffern ins Ziel. Die Maschinengewehre des HQ-Fahrzeugs erwiderten das Feuer, aber die Schweber waren so blitzschnell, dass sie kaum zu treffen waren. Sie wirbelten und tanzten um die MG-Salven herum wie Derwische.

Einer seiner Mechs, ein *Skarabäus*, sprang aus der Deckung und feuerte die beiden mittelschweren Laser auf den J-27 unmittelbar hinter dem Mobilen Hauptquartier. Die Salve schnitt durch dessen dünne Seitenpanzerung. Das Fahrzeug erzitterte unter dem Angriff und kippte hart nach rechts. Erst sah Sherwood einen Riss in der Panzerung, danach glühte es einen Sekundenbruchteil orangerot auf. Dann, bevor er reagieren konnte, flog der J-27 mitsamt der Munitionsladung in die Luft. Das Fahrerhaus des Transporters rammte das Heck des Mobilen HQ und zertrümmerte dessen Panzerung. Der Transporter dahinter, dessen Frontpartie von den Flammen schwarz verbrannt war, drehte sich leicht zur Seite, kam von der Straße ab und rollte geradewegs auf Sherwood zu.

»Vorsicht mit den Waffen«, ermahnte er seine Leute. »Ich möchte ein paar der Leute lebend gefangen nehmen.« Dann sah er ihn: einen offensichtlich zivilen Transporter auf der anderen Seite des Mobilen HQs. Aber was tat ein Zivilfahrzeug in einem Militärkonvoi?

»SprintLanze, der zivile Transporter darf nicht entkommen. Schießt ihm die Räder weg«, befahl er gelassen, während er die Waffen auf das Fahrerhaus des Mobilen HQs richtete. Er betete, dass das funktionierte …

* * *

Archers *Lichtbringer* wankte unter dem gnadenlosen Partikelwerferschlag noch fünf Meter rückwärts. Die Mechsilhouette auf der Schadensanzeige war fast völlig gelb, mit einzelnen roten Flecken. Die Maschine schien in keinem guten Zustand. Sein Schädel drohte zu platzen, als er mit dem Kreiselstabilisator kämpfte, um den *Lichtbringer* aufrecht zu halten.

Eines war deutlich: Er und Rhonda Snord waren die Ziele dieses Highlander-Angriffs. Vor dem Mech lag ein Trümmerfeld aus Panzerbrocken, zerschossenen, zertrümmerten BattleMechs und vereinzelt noch dampfenden, abgesprengten Mechgliedmaßen. Siebenmal hatten die Highlanders sich bis auf Kernschussweite den Berg herauf zu ihm und Rhonda Snord vorgekämpft. Siebenmal waren sie wieder abgedrängt worden. Jetzt kamen die meisten Schüsse aus größerer Entfernung, aber Feehans Angriff ließ nicht nach.

Archers Kühlweste leistete harte Arbeit, als er den Hang nach Zielen absuchte und einen schnellen *Panther* entdeckte, der sich in der Deckung der Baumgruppen bergauf vorarbeitete.

»Sind Sie noch unter uns, General?«, fragte Katya. Sie klang besorgt.

»Meine Frontpanzerung ist mehr Legende als Schutz«, antwortete er und bewegte den Steuerknüppel, um den Gegner ins Fadenkreuz zu holen. »Aber noch bin ich im Spiel.«

Er senkte das Fadenkreuz über den braun-grün-gestreiften BattleMech und hörte das Signal der Zielerfassung. Sofort löste er die schweren ER-Laser aus. Erst den einen, dann den anderen. Die Hitze brannte auf der Haut, aber er beachtete sie nicht. Eine Salve schlug ins rechte Bein des *Panther*, die andere in den rechten Torso. Zerschmolzene Panzerung spritzte über den Hang, als der MechKrieger versuchte, die Kontrolle zu behalten.

Neben ihm feuerte Rhonda Snord die letzte Salve Langstreckenraketen ab. Die meisten der zwanzig Geschosse schlugen in den leichten Mech ein und durchlöcherten die Beinpanzerung. Metallkeramik wirbelte davon, drei Raketen detonierten in der Bresche, die sein Laser in den Oberschenkel des *Panther* geschmolzen hatte. Grüne Kühlflüssigkeit spritzte wie Blut aus einer verletzten Schlagader, als der Mech sich unter dem Angriff krümmte und mit blockiertem oder zertrümmertem Knieaktivator zu Boden stürzte.

Archer warf einen Blick hinüber zu Snords titanischem *Highlander*, der ebenfalls reichlich Schaden erlitten hatte. Seine Beine waren wie mit klaffenden Wunden aufgerissen und der Kopf war von einem Flammerangriff aus nächster Nähe rußgeschwärzt. Drei Gausstreffer hatten den größten Teil der Torsopanzerung vernichtet und weite Krater hinterlassen, durch die riesige Myomerbündel sichtbar wurden. Aber die jahrhundertealte Kriegsmaschine kämpfte immer noch.

»Die nächste Welle kommt«, warnte Katya über Breitband. Archer schaute den Hang hinab, wo zwei *Cicadas* aus der Deckung brachen, in seine Richtung feuerten und die Felsformationen an den Füßen des *Highlander* sprengten. Die Felssplitter flogen wie Schrapnell durch die Luft.

Archer bewegte den *Lichtbringer* nach rechts und drehte den Torso, um die Angreifer im Schussfeld zu behalten. Dann sah er die wirkliche Gefahr. Nicht die *Cicadas*. Die waren zu leicht, zu dünn gepanzert.

Die tatsächliche Bedrohung ging von zwei anderen Maschinen aus, einem *Sturm* und einem *Verteidiger*, die hinter den *Cicadas* anrückten. Wie um diese Einschätzung zu bestätigen, lenkte Katya den *Quasimodo* vorwärts und senkte die riesige Autokanone. Das überschwere Geschütz donnerte und die Granatensalve traf eine *Cicada* in die leicht gepanzerte Brustpartie. Indem sie die leichteren Maschinen erledigte, machte sie Archer den Rücken frei, damit er sich um die eigentliche Bedrohung kümmern konnte. Mit einem grellen Lichtblitz brach die Abschirmung des Fusionsreaktors zusammen und die Nuklearreaktion kam in Kontakt mit der Außenluft. Dann hörten die *Cicada* und der *Panther* vor ihren Füßen in einem Donnerschlag aus Schall und Licht einfach auf zu existieren.

Der *Sturm* preschte in sein Schussfeld und Archer riss am Steuerknüppel, um ihn mit den Waffen zu erfassen.

Der Highlander-Pilot war schneller, senkte Gaussgeschütz und schweren Impulslaser und drückte ab, als er gerade die Bestätigung der Zielerfassung erhielt. Der Impulslaser traf in einem grünen Lichtgewitter den rechten Mecharm, verdampfte die letzten Reste an Panzerung und schmolz tiefe Löcher in die Myomermuskulatur.

Die Gausskugel schlug durch die Panzerreste des Torsos und schleuderte den *Lichtbringer* mit solcher Gewalt nach hinten, dass er fast auf den Felsboden gestürzt wäre. Ein knirschendes Stöhnen füllte seine Ohren, die Interne Struktur des Mechs gab unter dem Aufprall nach. Zuletzt hatte er dieses Geräusch bei den Kämpfen auf Diana gehört, Sekunden, bevor sein Mech zerstört wurde.

Das Warnlicht des Fusionsreaktors leuchtete auf der

Konsole vor ihm rot auf, und einen Augenblick fragte er sich, ob ihn dasselbe Schicksal erwartete wie die *Cicada*. Noch hielt die Abschirmung, aber sie war schon schwer beschädigt. Plötzlich reagierte der *Lichtbringer* deutlich schwerfälliger.

Archer wollte die vier ihm verbliebenen Impulslaser in einer Salve einsetzen, doch ein Blick auf die Wärmeskala zeigte ihm, dass die Wärmetauscher noch immer vollauf damit beschäftigt waren, den Hitzeschwall des Reaktortreffers abzuleiten. Er schaltete nur zwei Laser auf den Feuerleitkreis und drückte ab. Beide trafen die linke Rumpfseite des *Sturm*, beschädigten aber kaum die Lackierung. Die Hitze im Innern der Kanzel war kaum zu ertragen.

Der *Verteidiger* hatte sich auf Rhonda Snord gestürzt und mit der Extremreichweiten-PPK den Rumpf ihres *Highlander* aufgerissen. Die Salve seines mittelschweren Impulslasers schlug vorbei und sprengte ein paar Felsen, als die Feuchtigkeit in ihrem Innern jäh verkochte. In diesem Moment war Archer klar, dass sie sich dem Ende des Gefechts näherten. Viele Mechs konnte Feehan nicht mehr haben, und von seiner Maschine oder der Rhonda Snords war kaum noch etwas übrig.

Tascha Snord kehrte aus einem eigenen Duell zurück und eilte ihrer Mutter zur Hilfe. Sie feuerte die ER-Partikelkanone im selben Moment auf den *Verteidiger* ab, in dem Katya auf die zweite *Cicada* schoss. Einen Moment lang schien die Schlacht in Zeitlupe vor Archer abzulaufen. Taschas gleißend blauer Energieblitz traf den *Verteidiger* im linken Torso und er sackte nach hinten, während die Panzerbrocken sich über den ganzen Berghang verteilten. Die zweite *Cicada* erwischte eine Breitseite aus Katyas mittelschweren und leichten Lasern, hauptsächlich an den Beinen. Vielleicht war der Mech schon aus früheren Kämpfen zu schwer beschädigt, oder vielleicht war ihr Pilot auch von dem Mordacker zerfetzter BattleMechs entmutigt, der sich in alle Richtungen um ihn ausbreitete. Jedenfalls hatte er genug. Der Mech machte kehrt und floh den Hang hinab in Sicherheit.

Archer hob die schweren Laser und wartete, gab den Wärmetauschern einen Moment mehr Zeit, die Betriebstemperatur zu senken. Er schaltete die Lichtwerfer auf separate Feuerknöpfe, um die zusätzliche Abwärme bei ihrem Einsatz balancieren zu können. Es war nicht genug Zeit, das so zu erledigen, wie er es sich gewünscht hätte. Er hatte keine Frontpanzerung mehr übrig. Ein Treffer aus dem Gaussgeschütz des *Sturm*, und es war vorbei. Rhonda Snord ging es ebenso, als der *Verteidiger* sich vor ihr in Schussposition bewegte.

Eine Stelle gab es, an der er noch Panzerung hatte. Nicht genug, um den Schuss abzufangen, aber genug, um den größten Teil des Schadens zu absorbieren. Er warf einen Blick zur Seite, und in einem Moment wortloser Verständigung zwischen den beiden Kommandeuren, dem Lieutenant General der AVS und der Söldnerobersten des Wilden Haufens, kamen beide im selben Moment zum selben Schluss.

Das Timing war entscheidend. Er hörte das Warnsignal der gegnerischen Zielerfassung und drehte den Mechtorso um hundertachtzig Grad. Auf dem Sichtschirm sah er Rhonda dasselbe Manöver durchführen. Die Rückenpanzerung beider Mechs war dünn, aber immerhin noch existent, und es bestand die Chance, damit einen weiteren Angriff zu überleben.

Doch die Gausskugel des *Sturm* schlug nicht in den Rücken des *Lichtbringer*, sondern in den Arm, der schon mehr theoretisch als praktisch am Rumpf befestigt war. Der am Schultergelenk abgerissene Metallarm wirbelte an seinem Cockpit vorbei den Hang hinauf, wo Archer Katya in Stellung gehen sah. Besser den Arm zu verlieren als den ganzen Mech, sagte er sich. Viel besser. Warnlichter blinkten auf, Alarmglocken schrillten durch die Kanzel und er kämpfte darum, den Mech in der Gewalt zu behalten. Das gab den Wärmetauschern noch ein paar Sekundenbruchteile länger Zeit, ihre Arbeit zu tun.

Der Torso des *Lichtbringer* kehrte gleichzeitig mit dem des *Highlander* in die Ausgangsposition zurück. Der *Sturm* stand reglos auf dem Hang und schien von ihrem perfekten Timing wie gelähmt. Archer hob den verbliebenen schweren Armlaser und zielte auf den Mech. Gleichzeitig feuerte Katya die überschwere Autokanone des *Quasimodo* ab. Die Energie- und Granatensalven krachten in den stämmigen Rumpf des *Sturm* und verwandelten seine Panzerung in eine graue Nebelwolke. Aus dem Augenwinkel sah Archer den *Verteidiger* in einem Lasergewitter des Mutter-Tochter-Teams an seiner Seite den Hang hinab zurückweichen.

Der *Sturm* wurde langsamer, und Archer erwartete einen erneuten Angriff, dann sah er eine Explosion an der rückwärtigen Flanke der Maschine. Aus einiger Distanz feuerten zwei Mechs auf die dünne Rückenpanzerung des Highlanders. Der Dunst des Gefechts und der Dutzenden von schwelenden Feuern ringsum machte es unmöglich, die beiden Maschinen optisch zu identifizieren. Doch als er auf Kurzstreckenortung schaltete und die Transpondersignale abrief, erkannte er die Rufzeichen von Norris und John Kraff. Obwohl Norris' Mech Probleme hatte, sich zu bewegen, war es den beiden offensichtlich gelungen, die Aufmerksamkeit des *Sturm*-Piloten zu erregen.

Der Mech blieb stehen und streckte die Arme senkrecht in die Höhe. Archers Sensoren erzählten den Rest der Geschichte und meldeten, dass der Pilot den Fusionsreaktor auf Leerlauf hinunterfuhr. Beide Aktionen waren allgemein als Kapitulationssignal akzeptiert.

»Hier spricht Oberst Feehan der Wolverton's Highlanders«, kam eine Stimme über die Breitbandverbindung. »Wir ergeben uns. Nicht schießen.«

»Geben Sie mir einen guten Grund, es nicht zu tun«, forderte Taschas wütende Stimme. Archer schaute zu ihr hinüber und sah, dass sie noch immer die Geschütze auf den *Sturm* gerichtet hatte.

»Weil wir besser sind als sie«, antwortete ihre Mutter ruhig. »Außerdem, ganz gleich, was uns geschehen ist, Wolverton's Highlanders wird es nicht länger geben.«

Feehans Stimme unterbrach. »Das hat nichts mit meinen Leuten zu tun. Ich führe den Befehl und trage allein die Verantwortung.«

»Nicht so eilig, Oberst Feehan«, warf Archer ein und freute sich, dass die Temperatur im Kanzelinnern langsam auf Bruthitze sank. »Das dürften wohl weder Sie *noch* wir entscheiden. Ich vermute, die Söldnervertrags- und Prüfungskommission wird sich den Richtspruch über Ihr Schicksal vorbehalten … und das Ihrer MechKrieger.«

Rhonda Snord kicherte. »Ja, ich bin sicher, Jaime Wolf wird viel Verständnis zeigen. Es ist Ihnen bekannt, dass mein Vater und ich unter ihm gedient haben, oder, Oberst?« Der Söldnerführer antwortete nicht.

Kraff kam an dem *Sturm* vorbei den Hang herauf, begleitet von Hauptmann Norris' hinkendem, aber noch einsatzfähigem *Masakari*. »General, Sir«, erklärte er. »Herr im dreifaltigen Himmel, das Ballett, das Sie und die Frau Oberst da vollführt haben, war so ziemlich das verdammt Schönste, was ich je auf dem Schlachtfeld gesehen habe, Sir. War das abgesprochen?«

Zum ersten Mal seit Tagen entspannte sich Archer.

»Nicht wirklich, Kraff. Ich würde sagen, es war ein Beispiel für das alte Sprichwort: Große Geister denken in gleichen Bahnen.«

* * *

Captain Sherwood hielt den Blaster auf die Tür des Ziviltransporters gerichtet, als die Gefangenen ins Freie traten. Der Erste war ein groß gewachsener Mann, dem er noch nie zuvor begegnet war, den er aber sofort als Graf Nicholas Fisk erkannte. Es war offensichtlich, dass der Graf seine Gefangennahme nur als ärgerliche Formalität betrachtete.

Dann humpelte hinter ihm ein zweiter Mann ins Freie, auf dessen Gesicht sich purer Hass spiegelte. Diesen Mann kannte Sherwood persönlich, nachdem er auf Thorin eine Weile unter ihm gedient hatte. Luther Fisk, ein Mann, dessen Vorgeschichte beim 1. Thorin-Regiment allgemein bekannt war und der ebenso allgemein verachtet wurde.

»Sie?«, keuchte er.

»So ist es, Fisk«, antwortete Sherwood. »Ich habe zum zweiten Mal das Vergnügen, Ihnen einen Strich durch die Rechnung zu machen. Einmal auf Thorin und einmal hier.«

»Hauptmann, ich muss Sie daran erinnern, dass ich Mitglied des lyranischen Adels bin«, unterbrach der Graf. »Sie werden mich auf der Stelle freilassen, oder Sie und Ihre Einheit werden die Folgen des Unmuts der Archon-Prinzessin zu tragen haben.« Sein Ton war arrogant, und Sherwood musste ein Lachen unterdrücken, als die Infanteristen unter seinem Befehl den Rest des Stabs aus dem eroberten Fahrzeug holten.

»Graf Fisk«, stellte er förmlich und mit einer spöttischen Verbeugung fest. »Falls Katrina Steiner-Davion sich hierher bemühen und mir einen Tritt versetzen will, ist sie jederzeit willkommen. Aber bis dahin sind Sie ein Gefangener von Archer's Avengers und Snords Wildem Haufen.«

»Das ist völlig inakzeptabel«, protestierte der Graf.

»Ich kann Sie natürlich auch auf der Flucht erschießen und mir eine Menge Papierkram ersparen«, sagte Sherwood und richtete die Waffe auf den Grafen. »Sie brauchen es nur zu sagen.«

Fisk verzichtete auf eine Antwort, sein Gesicht aber wurde kreidebleich.

# 28

**New Bealton, Odessa**
**Provinz Donegal, Lyranische Allianz**

*6. Mai 3063*

Archer betrachtete die weißen Marmorsäulen, die schweren Vorhänge und die spektakuläre Aussicht des Fürstenpalastes – und staunte, dass jemand in solchem Luxus leben konnte. Die Besitztümer der Fisks auf Odessa waren riesig und alle im selben Prunk gehalten.

Seine Infanterie unter Major Alice Getts hatte die Hauptstadt eingenommen, kaum dass Wolverton's Highlanders sich ergeben hatten. Bis jetzt reagierte die Bevölkerung positiv darauf, dass ihre Welt nun unter dem Befehl Prinz Victors und der Armee der Vereinigten Sonnen stand. Katya nahm an, die Propaganda über die ›Gräueltaten‹ der Avengers arbeitete jetzt für sie. Vermutlich hielten sich einige Gegner dieses Machtwechsels nun wohlweislich zurück, um dem Kerker oder Schlimmerem zu entgehen. Sobald die Stadt gesichert war, hatte Getts ihn benachrichtigt.

Archer und Rhonda Snord hatten einen Tisch in Fisks Audienzsaal bringen lassen. Sie setzten sich an eine Seite, während auf der anderen eine Reihe Stühle aufgestellt wurde. Tascha Snord baute sich hinter ihrer Mutter auf. Archers Infanterie bewachte die Türen, während Snords Infanterie die Leibwache für ihn und die Oberste stellte. Die Panzerwesten und Repetierschrotflinten in ihren Händen ließen keinen Zweifel daran, mit welcher Antwort jeder Angriffsversuch zu rechnen hatte.

Die drei Gefangenen wurden hereingeführt. Von der dunkelblauen Robe des Grafen war nichts mehr zu sehen. Alle drei steckten in grauen Overalls mit breiten gelben Streifen um die Hand- und Fußgelenke, die sie als Gefangene auswiesen. Außerdem trugen sie alle einen Zwei-Tage-Bart und einen mürrischen Gesichtsausdruck zur Schau. Graf Fisk setzte sich Archer gegenüber. Sein Sohn, der ohne seinen Stock in den Saal hinkte, nahm auf dem mittleren Stuhl Platz und weigerte sich, Archer anzusehen. Stattdessen fixierte er mit eisigem Blick Rhonda Snord. Ihr gegenüber saß mit sichtlichem Unbehagen Oberst Feehan.

»Wir haben Sie hierher rufen lassen, um über Ihr weiteres Schicksal zu sprechen«, stellte Archer fest, stützte die Ellbogen auf den Tisch und verschränkte die Finger. »Sie haben sich gegen unsere beiden Einheiten einiges zu Schulden kommen lassen; ich möchte Ihnen jedoch versichern, dass wir uns bei Ihrer Behandlung an die Regeln der Ares-Konvention halten werden.« Er warf Feehan einen Blick zu, der leise aufatmete. »Obwohl ich hinzufügen möchte, dass es uns nicht leicht fällt.«

Graf Fisk richtete sich zu einer Entgegnung auf und bemühte sich, die für ihn übliche herablassende Art anzuschlagen. »Als Mitglied des königlichen Hofes verlange ich, freigelassen zu werden, Lieutenant General Christifori. Sie werden feststellen, dass für Mitglieder der Fürstenfamilien diplomatische Immunität gilt.«

Archer schüttelte den Kopf. »Aus den von uns erbeuteten Akten, Graf Fisk, geht hervor, dass Sie die direkte Kontrolle über die militärischen Mittel des Wilden Haufens und der Wolverton's Highlanders hatten. Das macht Sie ungeachtet Ihres Adelsstatus als militärischen Befehlshaber haftbar.«

»Lächerlich!«, fauchte Fisk.

Archer zuckte spöttisch lächelnd die Achseln. »Sie dürfen protestieren, so viel Sie wollen, aber bis auf weiteres wird diese Angelegenheit als ein Fall für die Militärgerichtsbarkeit behandelt. Sie sind angeklagt, den Ihnen unterstellen Truppen den direkten Befehl erteilt zu haben, mich und Oberst Snord zu ermorden, eine Militärkommandeurin unter Ihrem Befehl. Was noch entscheidender ist: Sie haben Truppen derselben Regierung, bei der der Wilde Haufen unter Kontrakt stand, zu einem Angriff auf ihn missbraucht. Außerdem haben Sie einen Waffenstillstand gebrochen, denn sowohl die Frau Oberst als auch ich waren unter weißer Fahne unterwegs, als Sie uns aus dem Hinterhalt überfielen. Das sind schwere Vorwürfe.«

»Das ist alles nur Spekulation, Lieutenant General«, höhnte der Graf.

Archer nickte den Wachen an der Tür zu. Sergeant Gramash und Katya Chaffee traten ein und führten zwischen sich den mürrischen Erwin Vester.

»Sie sehen, Graf Fisk, dass ich etwas mehr als nur Spekulation als Beweis für meine Anklage habe.« Er drehte sich zu Luther Fisk um. »Soweit es Ihren Sohn ...«

Der Graf fiel ihm ins Wort. »Einen Augenblick, Lieutenant General. Was wird aus mir, meinem Besitz?«

Archer wollte nicht höhnisch erscheinen, konnte ein Lächeln aber nicht unterdrücken. »Graf Fisk, Sie sind ein Gefangener Prinz Victor Steiner-Davions. Sie werden bis zu Ihrer Gerichtsverhandlung in ein Kriegsgefangenenlager überstellt. Angesichts der uns vorliegenden Beweise dürfte es einige Jahre dauern, bis Sie wieder freikommen. Was Odessa betrifft, so untersteht dieses System nun der Autorität Prinz Victors und wird entsprechend seiner Gesetze regiert werden.«

»Sie sind ein Narr, wenn Sie glauben, der Archon würde mich nicht auslösen.«

»Das bezweifle ich aber stark, Graf Fisk«, warf Rhonda Snord ein. »Immerhin haben Sie ihn dieses System, Wolverton's Highlanders und meine Einheit gekostet. Glauben Sie ernsthaft, der Archon würde über

Ihr Schicksal noch Schlaf verlieren?« Der Graf schien bei ihren Worten sichtlich in sich zusammenzusinken.

»Wie ich bereits sagte«, nahm Archer den Faden wieder auf. »Luther Fisk, Sie haben als Verbindungsoffizier Ihres Vaters bei den Highlanders in beratender Funktion gedient, sind aber selbst nicht länger im aktiven Militärdienst. Sie werden in ein Gefangenenlager überstellt und höchstwahrscheinlich zur Bewährung auf eine neutrale Welt entlassen werden.«

»Das kann nicht Ihr Ernst sein.« Luther wirkte schockiert.

»Ich persönlich halte Sie zwar für wertloser als Schneckenschleim, aber ich kann Ihnen persönlich nichts zur Last legen. Daher werde ich keine Anklage erheben.«

»Sie überraschen mich, Christifori«, antwortete Luther. »Ich hätte nicht gedacht, dass Sie mich gehen lassen.«

Archer zuckte mit keiner Wimper. »Schauen Sie in den Spiegel, Luther. Sie haben Ihre Heimatwelt verloren. Das Vermögen, der Besitz und die Güter Ihrer Familie gehören durch die Dummheit Ihres Vaters jetzt Prinz Victor. Meine Truppen haben Sie zweimal auf dem Schlachtfeld besiegt. Ganz ehrlich, was könnte ich Ihnen denn noch antun?«

Archers Blick glitt den Tisch hinab zu Oberst Feehan, der sich nervös die Hände rieb. In seinen Gesprächen mit Rhonda Snord war es zwischen ihnen zu den größten Meinungsverschiedenheiten darüber gekommen, wie sie mit dem Söldnerkommandeur verfahren sollten. Das Urteil über ihn gebührte Rhonda Snord und ihrer Tochter.

»Oberst Feehan«, stellte Rhonda langsam fest. »Ihre Truppen haben Lieutenant General Christifori und mich mit dem ausdrücklichen Ziel angegriffen, uns zu ermorden. Darüber hinaus haben Sie geplant, unsere beiden Einheiten auszulöschen, um Ihre Verbrechen zu vertuschen. Und Ihr Angriff auf meine Einheit fand statt, während Sie und ich in den Diensten desselben Auftraggebers standen: der Lyranischen Allianz.«

Sie machte eine Pause, um die Worte wirken zu lassen. »Ehrlich gesagt – Sie haben Ihr Leben verspielt. Ihre Einheit, das, was davon noch übrig ist, gehört mir. Nicht, dass das noch eine Rolle spielt. Nach dem, was Sie sich geleistet haben, wird niemand Sie mehr anheuern. Eine Nachricht an Oberst Blackstone ist unterwegs. Er wird nicht begeistert sein, wenn er sie erhält, denn einen Teil der Strafe für Ihre Verbrechen wird er bezahlen müssen.«

Feehan starrte sie nur mit leichenblasser Miene an.

»Ich wollte Sie eigentlich erschießen und uns allen damit eine Menge Umstände ersparen, aber ...«, sie blickte hinüber zu Archer, »... man hat mich davon abgebracht. Also habe ich eine Abteilung meiner Infanterie angewiesen, Sie und die Beweise gegen Sie stattdessen nach Outreach zu eskortieren. Sie werden zur Aburteilung der Söldnervertrags- und Prüfungskommission überstellt. Man wird Ihnen jeglichen Besitz absprechen und höchstwahrscheinlich Ihr Vermögen, Ihre Mechs und Ihre Ausrüstung uns zusprechen. Wahrscheinlich wird auch Oberst Blackstone durch Ihre Verbrechen in den Bankrott getrieben. Sie werden entrechtet auf einer Welt voller Söldner zurückbleiben, die Sie verachten. Es wird keine Möglichkeit für Sie geben, sich zu verstecken. Niemand wird Sie anstellen. Und falls es Ihnen wider Erwarten doch gelingen sollte, noch einmal auf die Füße zu kommen, denken Sie daran, dass mein Wilder Haufen nur auf eine Gelegenheit wartet, sich an Ihnen zu rächen.«

»Es wäre gnädiger, mich hinzurichten«, stellte Feehan leise fest. Rhonda Snord hatte ihm das Leben geschenkt, aber nach Outreach ausgeliefert zu werden, war ein Todesurteil in Zeitlupe. Er würde den Rest seines Lebens auf der Flucht verbringen.

»Glauben Sie nicht, ich hätte das nicht gewollt«, antwortete sie. »Aber Lieutenant General Christifori hat mich umgestimmt. Sie haben es geschafft, die Blackstone-Highlander so zu beschädigen, dass sie Jahre brauchen werden, sich von diesem Schlag zu erholen. Sie haben Ihren Untergang selbst herbeigeführt. Wir brauchen keinen Finger gegen Sie zu rühren.«

Feehan senkte den Blick, unfähig, irgendjemandem am Tisch noch in die Augen zu sehen. Archer lehnte sich zu ihm hinüber. »Und Oberst, wenn Sie auf Outreach ankommen, erinnern Sie alle, denen Sie begegnen, was sie erwartet, wenn sie sich mit Archer's Avengers anlegen.«

»Oder mit Snords Wildem Haufen«, fügte Tascha hinzu.

# EPILOG

**New Bealton, Odessa**
**Provinz Donegal, Lyranische Allianz**

*10. Mai 3063*

Archer stützte das Kinn auf die Hände und schaute über den Tisch zu Rhonda und Tascha Snord. Sie hatten die letzten Tage damit zugebracht, die Schäden zu reparieren, die Verwundeten zu versorgen und sich auszuruhen. Jetzt wurde es Zeit, seine Mission zum Abschluss zu bringen. Die Mission, derentwegen er eigentlich hierher gekommen war.

»Also schön, was ist nötig, damit wir ins Geschäft kommen, Oberst?«, fragte er.

»Das erkläre ich Ihnen schon seit einer Stunde, Lieutenant General«, antwortete sie mit freundlichem Lächeln. »Ich werde nicht zulassen, dass der Wilde Haufen in einen Bürgerkrieg hineingezogen wird. Sehen Sie sich doch nur an, was das jetzt schon für Folgen für uns hatte. Ich will keine Schlachten schlagen müssen, in denen man nicht sagen kann, welche Seite die Richtige ist. Jetzt, da wir hier fertig sind, können wir den Wilden Haufen wieder beinahe auf Regimentsgröße aufbauen, was aber nicht heißt, dass wir nicht angeschlagen sind. Der Wiederaufbau wird viel Zeit kosten.«

Archer nickte. Er hatte sich auch schon an den Wiederaufbau gemacht. Mit den Maschinen der planetaren Miliz und den Resten von Wolverton's Highlanders hatte er das 1. Thorin auf vier Bataillone aufgestockt. Die MechKrieger zu rekrutieren, die er brauchte, würde dauern, aber er hatte bereits Meldungen aus den Reihen der Davionisten auf Odessa. Jetzt schien es möglich, endlich das zu tun, weshalb er überhaupt hier war. Wäre da nicht Rhonda Snords Sturheit gewesen.

Er lehnte sich zurück und legte die Hände auf den Tisch. »Ich bilde mir ein, alles schaffen zu können, wenn ich es wirklich darauf anlege, Oberst. Geld ist hier offensichtlich nicht der springende Punkt. Sie sind einfach nicht bereit, gegen eine andere lyranische Einheit zu kämpfen, richtig?«

»Darauf läuft es hinaus«, bestätigte sie, kippte den Stuhl nach hinten und legte einen Fuß auf den Tisch.

Er schloss die Augen und dachte nach. Prinz Victor kontrollierte viele Systeme. Vielleicht lag die Lösung in der Wahl der richtigen Garnisonswelt für den Wilden Haufen. »Es stimmt, dass Sie Zeit für den Wiederaufbau brauchen. Was, wenn ich Ihnen eine Stationierung verschaffen könnte, an der Sie keine Gefahr laufen, in den Krieg verwickelt zu werden?«

»Zum Beispiel?«

»Tukayyid«, sagte er zögernd. »Der Prinz könnte arrangieren, dass Sie zum Schutz gegen Clanangriffe dort postiert werden. Das System liegt auf der Waffenstillstandsline zu den Wölfen und weitab von den Kämpfen zwischen Victor und Katherine.«

Rhonda dachte einen Augenblick darüber nach, dann nickte sie langsam und grinste. »Gute Idee, Archer. Können Sie uns das schriftlich geben und garantieren?«

»Der Prinz hat mir in der Durchführung seines Auftrags hier weitgehende Vollmacht gegeben. Als er mir die Mission erteilt hat, war er der Ansicht, der Wilde Haufen sei die Mühe wert. Soll heißen, ja, ich gebe es Ihnen schriftlich. Und wenn es ihm nicht gefällt, kann der Prinz mich feuern.«

Rhonda streckte die Hand aus. »Abgemacht.«

Archer griff zu. »Teufel auch.«

»Tun Sie nicht so überrascht«, antwortete sie. »Jeder, der mitten in eine feindliche Basis wandern und mit einem Verbündeten zurückkommen kann, hat auch das Zeug für eine kleine Kontraktverhandlung wie diese. Meine Tochter ist bei Ihnen in guten Händen.« Rhonda schaute sich zu Tascha um. Sie hatte den größten Teil des Gesprächs bis jetzt ihrer Mutter überlassen und schien von der Bemerkung ebenso überrascht wie Archer.

Falls Tascha protestieren wollte, bekam sie keine Gelegenheit dazu. »Ich werde allmählich etwas zu alt für dieses Nomadenleben«, stellte Rhonda fest. »Tascha hat sich hier auf Odessa bewiesen. Außerdem haben wir die Juwelen in Alt-Bealton noch nicht gefunden.«

»Herzlichen Glückwunsch zur Beförderung ... Oberst Snord«, sagte Archer und reichte Tascha die Hand. Sie griff zu, und ihr Händedruck stand dem ihrer Mutter in nichts nach. Er stand auf und salutierte.

»Danke, Lieutenant General«, antwortete sie und salutierte ebenfalls. »Der Wilde Haufen ist bereit für den neuen Einsatz, aber mich erwartet eine schwere Aufgabe, wenn ich in die Fußstapfen meiner Mutter treten soll.«

* * *

Archer schützte mit der flachen Hand die Augen vor der Mittagssonne, als er zusah, wie die Techs den reparierten Arm seines *Lichtbringer* in Position brachten und wieder befestigten. Die Sicherheitskabel, die sie vor einem Sturz schützten, wie Spinnenfäden hinter sich herziehend, krabbelten die Männer und Frauen über die nagelneue, noch nicht lackierte Panzerung der fünfundsiebzig Tonnen schweren Kampfmaschine. Er beobachtete aufmerksam, wie sie den Stahlkoloss instand setzten, den er fast wie einen Menschen liebte.

Als Katya herüberkam, drehte er sich zu ihr um und

lächelte. Er nahm sie sanft an der Hand und es kümmerte ihn nicht, was irgendjemand von dieser öffentlichen Geste der Zuneigung hielt. Nach der gemeinsamen Nacht konnte er sie nicht länger wie irgendein Mitglied der Einheit behandeln. Dazu kannte er Frauen zu gut. Normalerweise hätte eine intime Beziehung zwischen einem Lieutenant General und einem untergebenen Offizier für Stirnrunzeln gesorgt, aber er war zu dem Schluss gekommen, dass die Zeiten nicht gerade normal waren.

»In ein, zwei Monaten sind wir wieder einsatzbereit«, stellte sie mit einem Blick auf die Reparaturen fest.

Er nickte. »Trotz der Verluste sind wir mit der Ausrüstung, die wir von der Miliz und den Highlanders erbeutet haben, besser dran als vorher. Munition ist immer noch knapp, aber wir haben jetzt genug Feuerkraft. Die meisten der neuen Freiwilligen sind Veteranen aus dem Clan-Krieg. Ein halbes Dutzend der ehemaligen Wolvertons hat auch angeheuert.«

»A propos«, warf sie ein. »Sherwood und seine Leute haben heute Morgen den örtlichen Milizkommandeur und eine Lanze Mechs gestellt. Sie waren auf der Flucht, seit wir New Bealton eingenommen haben. Der Kommandeur hat sich sofort ergeben. Soweit ich es von Thomas gehört habe, ist er sogar so wütend auf den Grafen, der seine Einheit einfach opferte, dass er angeboten hat, Odessa nach unserem Abzug für Prinz Victor zu verteidigen.«

»Das halte ich für keine so gute Idee«, lehnte Archer ab. »Es wäre besser, jemandem den Befehl zu überlassen, an dessen Kompetenz kein Zweifel besteht. Außerdem war es gar nicht unsere Aufgabe, Odessa einzunehmen. Wir sind viel zu nahe am Tharkad, um sie zu halten. Die Lyranische Allianz wird eine Menge Fronttruppen hierher in Marsch setzen, um uns zu vertreiben. In dieser Phase der Auseinandersetzung bezweifle ich, dass wir die nötigen Ressourcen einsetzen wollen, um Odessa zu verteidigen. Aber sie werden sich bemühen, uns zu binden.«

Während er sprach, hatte Archer über Katyas Schulter geschaut und den sich langsam nähernden Mann in Gefechtsmontur beobachtet.

Sergeant Anton Gramash salutierte zackig und Archer ebenso wie Katya erwiderten den Gruß. »Ich nehme an, Sie verlassen uns, Sergeant.«

»Ja, General. Ich wollte mich noch bei ihnen bedanken, bevor ich abfliege.«

Archer war etwas überrascht. »Bedanken? Wofür?« Soweit es ihn betraf, war die Mission auf Odessa ungeachtet des positiven Ausgangs ein Desaster gewesen. Er und Snords Wilder Haufen hatten hier einen Minikrieg geführt, und der Sieg, den er in letzter Sekunde zustande gebracht hatte, war keiner, auf den er stolz war.

Gramash holte aus. »Für alles. Das war ein verteufelter Kampf hier. Nicht nur eine Elite-Einheit gegen Snords Wilden Haufen, Sie haben auch noch gegen Wolverton's Highlanders gekämpft und sie besiegt. Und zum guten Schluss haben Sie Prinz Victor sogar noch Odessa verschafft, während er Sie eigentlich nur hierher geschickt hatte, um eine Söldnereinheit anzuwerben.«

»Was ist aus diesem Erwin Vester geworden, den Sie gefangen genommen haben?«, fragte Archer, um das Thema zu wechseln. Er war sich nicht sicher, wann er ohne Magengrimmen an Odessa würde zurückdenken können.

Gramash warf Katya einen kurzen Blick zu, dem sie auswich. »Sagen wir, er ist weiter eine wertvolle Informationsquelle für uns, General.«

Innerlich zuckte Archer zusammen, doch er sagte:

»Ich hoffe, wir haben bald wieder die Chance, zusammenzuarbeiten.«

»Ich auch«, antwortete Gramash. »Ich habe einen ausführlichen Bericht für den Prinzen geschrieben und nehme eine Kopie des Kontraktentwurfs mit, den Sie und Oberst Snord aufgesetzt haben. Vermutlich bringt Ihnen das die nächste Beförderung ein.«

Archer lachte. »Ich kann nur hoffen, da irren Sie sich. Es ist schon schwer genug, mit diesem Rang fertig zu werden – ganz zu schweigen davon, wie es mit dem Nächsthöheren würde.« Er dachte an all das zurück, was hier geschehen war, an Darius Hopkins' Tod und die übrigen Verluste, die er und die Avengers auf Odessa erlitten hatten. Es hatte Tage gegeben, an denen er bereit gewesen war aufzugeben, aber dann hatten sie den Karren doch noch aus dem Dreck gezogen. Und nicht nur sein Regiment hatte gelitten. Seit Beginn der Kämpfe hatte es auf beiden Seiten schon so viel Schmerz und Verlust gegeben.

»Ich möchte Sie um einen Gefallen bieten, Sergeant, falls Sie Prinz Victor vor mir sehen. Ich habe eine Nachricht für ihn. Ich möchte dabei sein, wenn er seine Schwester ein für allemal erledigt. Ich möchte ihren Sturz mit eigenen Augen sehen und wissen, dass sie mich sieht. Sie soll wissen, dass ich mitgeholfen habe, sie zu stürzen. Das schulde ich Andrea, Darius und all den anderen, die für ihre Selbstsucht gestorben sind. Sagen Sie ihm, ich will dabei sein, wenn er den Todesstoß führt.«

»Verstanden, General.« Gramash salutierte noch einmal. Dann machte er auf dem Absatz kehrt und machte sich auf den langen Marsch zum Raumhafen, um seine Reise anzutreten.

Archer und Katya schauten ihm ein paar Minuten nach. Archer sagte nichts, und wie immer respektierte Katya seine nachdenkliche Stimmung. Ihre Mission auf

Odessa war beendet, aber es sah ganz so aus, als würde der Bürgerkrieg sich noch lange hinziehen, bis sich sein Wunsch erfüllte.

* * *

**Roter Salon, Prinzenpalais, New Avalon**
**Gefechtsregion New Avalon, Mark Crucis,**
**Vereinigtes Commonwealth**

»Lentard«, fragte Katrina Steiner-Davion, als sie in den Salon stürmte und die Tür hinter sich ins Schloss warf, »was könnte so wichtig sein, dass Sie dafür meinen Empfang stören?« Die Feier war seit einer ganzen Weile im Gang, und es passte ihr gar nicht, sie verlassen zu müssen.

»Ihr habt ausdrücklich darum gebeten, sofort informiert zu werden, sobald wir Nachrichten über die Lage auf Odessa erhalten, Archon-Prinzessin«, stellte der Agent fest. »ComStar hat soeben eine Prioritätsnachricht aus der planetaren Hauptstadt New Bealton zugestellt.«

»Gut«, stellte sie fest. »Ich nehme an, Graf Fisk hat die Probleme mit dem Wilden Haufen und dem 1. Thorin-Regiment gelöst?«

Er antwortete nicht.

»Heraus damit, Lentard«, forderte sie mit eisiger Stimme.

»Ich habe zwei Botschaften. Die eine ist von Oberst Natascha Snord, der neuen Kommandeurin von Snords Wildem Haufen. Sie teilt Euch mit: Da Graf Fisk sie angegriffen und ihre vertraglich garantierten Rechte als Söldner verletzt hat, habe sie eine Vereinbarung mit Eurem Bruder unterzeichnet. Außerdem hat sie offenbar Anklage gegen unsere Regierung erhoben.«

»Was?«, bellte Katrina. »Fisk, dieser Idiot. Genau das sollte er verhindern. Dafür wird er bezahlen.«

Lentard nickte. »Das hat er bereits, Euer Hoheit. Die zweite Nachricht besteht aus zwei Teilen und stammt von Lieutenant General Archer Christifori. Erstens teilt er Euch mit, dass Graf Fisk unter Arrest steht und eine Auslösung abgelehnt wird.«

»Als ob ich auch nur einen Finger für diesen jämmerlichen Schwachkopf rühren würde. Wie lautet der zweite Teil?«

Lentard wirkte unbehaglich. »Der zweite Teil ... Er beansprucht Odessa für Victor.«

Katrinas Gesicht verzerrte sich vor Wut, bevor sie sich schnell wieder beherrschte. »Was haben Sie gesagt?«, fragte sie und trat auf ihn zu. »Der Planet liegt praktisch neben Tharkad, Sie Idiot. Vielleicht haben Sie die Nachricht falsch interpretiert.«

Lentard duckte sich unwillkürlich unter ihrem Blick. »Lieutenant General Christiforis exakte Worte waren: ›Wenn du dieses System haben willst, dann komm und hol es dir‹«, er stockte kurz, bevor er weitersprach, »›du Schlampe.‹«

Katrina explodierte. Ihr Wutgebrüll hallte fast dreißig Minuten durch das Palais.

Letztlich aber änderte es nichts.

# GLOSSAR

| Rangsystem des Wilden Haufens | Rangsystem der Vereinigten Sonnen |
|---|---|
| | Marshal of the Armies |
| | Field Marshal |
| | Marshal |
| | General |
| | Major General |
| | Lieutenant General |
| Oberst | Colonel |
| Oberstleutnant | Lieutenant Colonel |
| Kommandanthauptmann | Major |
| Kommandant | |
| Hauptmann | Captain |
| Oberleutnant | Lieutenant |
| Leutnant | *(ausgesprochen: Leftennent)* |
| Offiziersdiensttuender 1. Klasse (OD1) | Subaltern |
| Offiziersdiensttuender 2. Klasse (OD2) | |
| Offiziersdiensttuender 3. Klasse (OD3) | |
| Offiziersdiensttuender 4. Klasse (OD4) | |
| Seniorhauptfeldwebel | Command Sergeant Major |
| Stabshauptfeldwebel | |
| Hauptfeldwebel | Sergeant Major |
| Stabsfeldwebel | |
| Feldwebel | Sergeant |
| Hauptgefreiter | Corporal |
| Obergefreiter | Private 1st Class |
| Gefreiter | Private |
| Schütze | Recruit |

**ARROW-IV-RAKETENARTILLERIESYSTEM:** Das Arrow IV ist ein autarkes Lafettensystem, das darauf ausgelegt ist, Raketensalven zur Unterstützung konventioneller Artilleriegeschütze wie *Long Tom*, *Sniper* und *Klopfer* abzufeuern. Der Hauptvorteil des Arrow IV ist sein relativ geringes Gewicht – verglichen mit anderen Artilleriesystemen. Allerdings ist die Munition äußerst teuer. Dies gilt besonders für die Clan-Version der Waffe, die noch kostspieliger ist als die der Freien Inneren Sphäre.
Das Arrow-IV-System benutzt zwei Grundtypen von Raketen. Die häufigere und (etwas) billigere Version ist die Standard-Arealeffektrakete, die nicht auf ein bestimmtes Ziel abgefeuert wird, sondern auf ein Zielgebiet, in dem sie jedem Objekt in einem Umkreis von 45 Metern um den Explosionspunkt massiven Schaden zufügt. Der zweite Raketentyp ist die Ziel suchende Rakete, die sich auf ein spezifisches Zielobjekt richtet, das von einer auf dem Schlachtfeld befindlichen vorgeschobenen Beobachtereinheit mit Zielerfassungssystem markiert wird. Ziel suchende Raketen richten außer beim Zielobjekt kaum Schaden an.

**AUTOKANONE:** Eine automatische Schnellfeuerkanone. Leichte Fahrzeugkanonen haben Kaliber zwischen 30 und 90 mm, während eine schwere Mechautokanone ein Kaliber von 80 bis 120 mm oder mehr besitzen kann. Die Waffe feuert in schneller Folge Panzer brechende Hochexplosivgranaten ab.

**BATAILLON:** Ein Bataillon ist eine militärische Organisationseinheit der Inneren Sphäre, die in der Regel aus drei Kompanien besteht.

**BATTLEMECH:** BattleMechs sind die gewaltigsten Kriegsmaschinen, die je von Menschen erbaut wurden. Diese riesigen humanoiden Panzerfahrzeuge wurden ursprünglich vor über 500 Jahren von terranischen Wissenschaftlern und Technikern entwickelt. Sie sind schneller und manövrierfähiger in jedem Gelände, besser gepanzert und schwerer bewaffnet als jeder Panzer des 20. Jahrhunderts. Sie ragen zehn bis zwölf Meter hoch auf und sind bestückt mit Partikelprojektorkanonen, Lasergeschützen, Schnellfeuer-Autokanonen und Raketenlafetten. Ihre Feuerkraft reicht aus, jeden Gegner mit Ausnahme eines anderen BattleMechs niederzumachen. Ein kleiner Fusionsreaktor liefert ihnen nahezu unbegrenzt Energie. BattleMechs können auf Umweltbedingungen – so verschieden wie glühende Wüstenei und arktische Eiswüsten – eingestellt werden.

**BEAGLE-SONDE:** Die Beagle-Sonde ist eine wertvolle Systemerweiterung für Scouteinheiten, da sie es ermöglicht, selbst abgeschaltete und getarnte Einheiten auf weit größere Entfernung zu entdecken und zu identifizieren, als dies mit normalen elektronischen Spürgeräten möglich ist.

**BLAKES WORT/COMSTAR:** Das interstellare Kommunikationsnetz ComStar wurde von Jerome Blake entwickelt, der in den letzten Jahren des Sternenbunds das Amt des Kommunikationsministers innehatte. Nach dem Zusammenbruch des Bundes eroberte Blake Terra und organisierte die Überreste des Sternenbund-Kommunikationsnetzes in eine Privatorganisation um, die ihre Dienste mit Profit an die fünf Häuser weiterverkaufte. Seitdem hat sich ComStar zu einem mächtigen Geheimbund entwickelt, der sich jahrhundertelang in Mystizismus und Rituale gehüllt hat, bis es nach der Entscheidungsschlacht gegen die Clans auf Tukayyid unter Prima Sharilar Mori und Präzentor Martialum Anastasius Focht zur Reformation des Ordens und Abspaltung der erzkonservativen Organisation Blakes Wort kam.

**BLITZ-KURZSTRECKENRAKETEN:** Blitz-KSR enthalten Zielsuchgeräte, die ein Abfeuern erst gestatten, wenn die in die Lafette geladenen Raketen ein Ziel erfasst haben. Ist dies einmal geschehen, treffen die Raketen das Ziel automatisch.

***BUSHWACKER:*** Ein nicht sprungfähiger mittelschwerer BattleMech von 55 Tonnen Masse und einer Höchstgeschwindigkeit von 86 km/h. Er ist bestückt mit einer schweren Autokanone im rechten Arm, je einer leichten Langstrecken-Raketenlafette im linken Arm und linken Torso, einem schweren Extremreichweiten-Laser in der Torsomitte und zwei Maschinengewehren auf der linken und rechten Torsoseite.

**CASE (ZELLULARES MUNITIONSLAGER):** Das zellulare CASE-Munitionslager ist eine Schadenskontrollvorrichtung, mit deren Hilfe die Druck- und Hitzewellen interner Munitionsexplosionen durch speziell verstärkte Seiten- und absprengbare Rückpaneele aus dem Innern des Mechs geleitet und der Schaden dadurch begrenzt wird.

**CLANS:** Beim Zerfall des Sternenbundes führte General Aleksandr Kerensky, der Oberkommandierende der Regulären Armee des Sternenbundes, seine Truppen beim so genannten Exodus aus der Inneren Sphäre in die Tiefen des Alls. Weit jenseits der Peripherie, mehr als 1300 Lichtjahre von Terra entfernt, ließen Kerensky und seine Leute sich auf fünf wenig lebensfreundlichen Welten nahe eines Kugelsternhaufens nieder, der sie vor einer Entdeckung durch die Innere Sphäre schützte. Innerhalb von fünfzehn Jahren brach unter ihnen jedoch ein Bürgerkrieg aus, der drohte, alles zu vernichten, für dessen Aufbau sie so hart gearbeitet hatten.
In einem zweiten Exodus führte Nicholas Kerensky, der Sohn Aleksandrs, seine Gefolgsleute auf eine der Welten im Innern des Kugelsternhaufens, um dem Krieg zu entfliehen. Dort, auf Strana Metschty, entwarf und organisierte Nicholas Kerensky die faschistoide Kastengesellschaft der Clans.

**DIVISION:** Eine von der Mechkampfstärke in etwa dem Regiment entsprechende, aber Truppen verschiedener Waffengattungen umfassende Einheit der ComGuards, des militärischen Arms ComStars, und der BlakeGuards, des militärischen Arms von Blakes Wort.

**EXTREMREICHWEITEN-LASER:** Bei diesen Waffen handelt es sich um verbesserte Versionen des normalen Lasers, mit überlegenen Fokussier- und Zielerfassungsmechanismen. In der Clan-Ausführung haben diese Waffen eine deutlich größere Reichweite als normale Laser und erzielen einen etwas höheren Schaden. Allerdings verursachen sie dabei eine um 50% höhere Abwärme. In der Freien Inneren Sphäre befindet sich die ER-Lasertechnologie noch im Entwicklungsstadium. Bisher machen Umfang und Größe der benötigten Ausrüstung eine Anwendung nur bei schweren Lasern möglich. Zudem erreicht der schwere ER-Laser der Freien Inneren Sphäre zwar eine größere Reichweite als ein schwerer Normallaser, der Reichweitengewinn ist jedoch geringer als bei entsprechenden Clan-Waffen, und die Schadenswirkung fällt nicht höher aus als bei einem normalen S-Laser. Die Wärmeentwicklung ist jedoch ebenso groß wie bei einem schweren Clan-ER-Laser.

**EXTREMREICHWEITEN-PPK:** Ebenso wie bei den Laserwaffen haben die Clans auch eine erheblich verbesserte Version der Partikelprojektorkanone entwickelt. Diese Extremreichweiten-PPK ist kleiner, leichter und leistungsfähiger als die Normalversion, mit größerer Reichweite und höherer Durchschlagskraft. Allerdings ist auch die Wärmeentwicklung erheblich größer, was beim Einsatz dieser Waffe zu einem Problem werden kann. Die Freie Innere Sphäre besitzt ebenfalls eine ER-Version der PPK, diese Waffe ist jedoch weniger hoch entwickelt. Größe und Gewicht entsprechen denen einer Normal-PPK, ebenso wie die Schadenswirkung, während Reichweite und Abwärme in etwa denen der Clan-Version gleichen.

**FERROFIBRIT:** Ferrofibritpanzerung ist eine verbesserte Version der normalen BattleMech-/Fahrzeugpanzerung, die aus verwobenen Ferrostahl- und Ferrotitanfasern gefertigt wird. Ebenso wie für Endostahlskelette gilt jedoch, dass Ferrofibrit sperriger ist als die Standardpanzerung desselben Gewichts.

**FEUERLEITCOMPUTER:** Zusätzlich zu den verschiedenen spezialisierten Zielsuchsystemen, die für Raketenlafetten zur Verfügung stehen, haben die Clans hochmoderne Feuerleitsysteme entwickelt, für die in der Freien Inneren Sphäre kein Pendant existiert und mit deren Hilfe die Zielsicherheit der folgenden Direktfeuerwaffen erhöht werden kann: Laser, PPKs, Gaussgeschütze und Autokanonen.

*GALLOWGLAS:* Ein humanoider schwerer Mech von 70 Tonnen Masse und einer Höchstgeschwindigkeit von 65 km/h sowie einer Sprungreichweite von 90 Metern. Er ist bestückt mit einer Extremreichweiten-PPK im rechten Arm, je einem mittelschweren Impulslaser und mittelschweren Strahllaser im linken Arm, zwei schweren Lasern im rechten Torso und einem leichten Laser im Kopf.

**GAUSSGESCHÜTZ:** Ein Gaussgeschütz benutzt eine Reihe von Elektromagneten, um ein Projektil durch den Geschützlauf in Richtung des Ziels zu beschleunigen. Obwohl sein

Einsatz mit enormem Energieaufwand verbunden ist, erzeugt das Gaussgeschütz nur sehr wenig Abwärme, und die erreichbare Mündungsgeschwindigkeit liegt doppelt so hoch wie bei einer konventionellen Kanone.

***HIGHLANDER:*** Ein humanoider überschwerer Mech von 90 Tonnen Masse und einer Höchstgeschwindigkeit von 54 km/h sowie einer Sprungreichweite von 90 Metern. Er ist bestückt mit einem Gaussgeschütz im rechten Arm, einer schweren KSR-Lafette im linken Arm, zwei mittelschweren Lasern im rechten Torso und einer überschweren LSR-Lafette im linken Torso. Die Munitionsvorräte sind durch CASE gesichert.

**IMPULSLASER:** Ein Impulslaser verwendet einen Hochfrequenz-Hochenergiepuls zur Erzeugung gepulster Laserstrahlen. Der Effekt ist vergleichbar mit MG-Feuer. Diese Konstruktion erhöht die Trefferwahrscheinlichkeit des Laserangriffs und erzeugt einen größeren Schaden pro Treffer, allerdings unter Inkaufnahme erhöhter Hitzeentwicklung und verringerter Reichweite.

**INNERE SPHÄRE:** Mit dem Begriff ›Innere Sphäre‹ wurden ursprünglich die Sternenreiche bezeichnet, die sich im 26. Jahrhundert zum ersten Sternenbund zusammenschlossen. Derzeit benennt er den von Menschen besiedelten Weltraum innerhalb der Peripherie. Der nicht von den Clans besetzte Teil der Inneren Sphäre wird auch als ›Freie Innere Sphäre‹ bezeichnet.

**MUNITIONSTRANSPORTER J-27:** Der J-27-Munitionstransporter besteht aus einer Zugmaschine von 10 Tonnen Masse mit Kettenantrieb und Verbrennungsmotor und einem 25-t-Anhänger mit Radantrieb. Er ist kaum gepanzert und verfügt zu seiner Verteidigung nur über ein einzelnes Maschinengewehr in einem Geschützturm oberhalb der Fahrerkabine.

***KAMPFFALKE:*** Ein humanoider leichter Mech von 30 Tonnen Masse und einer Höchstgeschwindigkeit von 86 km/h sowie einer Sprungreichweite von 150 Metern. Er ist bestückt mit drei mittelschweren Impulslasern im rechten Arm, einer zweirohrigen Blitz-KSR-Lafette im linken Arm und einem Raketenabwehrsystem im Kopf.

*KAMPFHUND:* Ein nicht sprungfähiger schwerer BattleMech von 75 Tonnen Masse und einer Höchstgeschwindigkeit von 65 km/h. Er ist bestückt mit einem Gaussgeschütz und einem mittelschweren Laser im rechten Arm, einem schweren Impulslaser im linken Arm, einem mittelschweren Impulslaser im linken Torso, einem Raketenabwehrsystem im rechten Torso, einem leichten Impulslaser im Kopf sowie je einer zweirohrigen Blitz-KSR-Wegwerflafette an beiden Beinen. Zusätzlich ist der Mech mit einem Wächter-ECM-Störsender ausgerüstet.

**KOMPANIE:** Eine Kompanie ist eine militärische Organisationseinheit der Inneren Sphäre, die aus drei BattleMech-Lanzen oder bei Infanteriekompanien aus drei Zügen mit insgesamt 50 bis 100 Mann besteht.

*KRABBE:* Ein nicht sprungfähiger mittelschwerer Mech von 50 Tonnen Masse und einer Höchstgeschwindigkeit von 86 km/h. Er ist bestückt mit je einem schweren Laser in beiden Armen, einem mittelschweren Laser in der Torsomitte und einem leichten Laser im Kopf.

*KRIEGSBEIL:* Ein humanoider schwerer Mech von 65 Tonnen Masse und einer Höchstgeschwindigkeit von 65 km/h sowie einer Sprungreichweite von 120 Metern. Er ist bestückt mit einer überschweren Autokanone im rechten Torso, drei mittelschweren Lasern und einem Beil im rechten Arm sowie einem schweren Impulslaser im linken Arm. Der Munitionsvorrat der Autokanone ist durch CASE gesichert.

**KSR:** Abkürzung für ›Kurzstreckenrakete‹. Es handelt sich um ungelenkte Raketen mit hochexplosiven oder Panzer brechenden Sprengköpfen. KSR-Lafetten sind in Ausführungen mit 2, 4 und 6 Abschussrohren (leicht, mittelschwer, schwer) verfügbar.

*LANCELOT:* Ein nicht sprungfähiger schwerer Mech von 60 Tonnen Masse und einer Höchstgeschwindigkeit von 97 km/h. Er ist bestückt mit je einem schweren Laser in beiden Armen, einer Partikelprojektorkanone im rechten Torso und einem mittelschweren Laser in der Torsomitte.

**LANDUNGSSCHIFFE:** Da Sprungschiffe die inneren Bereiche eines Sonnensystems generell meiden müssen und sich dadurch in erheblicher Entfernung von den bewohnten Planeten einer Sonne aufhalten, werden für interplanetare Flüge Landungsschiffe eingesetzt. Diese werden während des Sprungs an die Antriebsspindel des Sprungschiffes angekoppelt. Landungsschiffe besitzen selbst keinen Überlichtantrieb, sind jedoch sehr beweglich, gut bewaffnet und aerodynamisch genug, um auf Planeten mit einer Atmosphäre aufzusetzen bzw. von dort aus zu starten. Die Reise vom Sprungpunkt zu den bewohnten Planeten eines Systems erfordert je nach Spektralklasse der Sonne eine Reise von mehreren Tagen oder Wochen.

**LANZE:** Eine Lanze ist eine militärische Organisationseinheit der Inneren Sphäre, die in der Regel aus vier BattleMechs besteht.

**LASER:** Ein Akronym für ›Light Amplification through Stimulated Emission of Radiation‹ oder Lichtverstärkung durch stimulierte Strahlungsemission. Als Waffe funktioniert ein Laser, indem er extreme Hitze auf einen minimalen Bereich konzentriert. BattleMechlaser gibt es in drei Größenklassen: leicht, mittelschwer und schwer. Laser sind auch als tragbare Infanteriewaffen verfügbar, die über einen als Tornister getragenen Energiespeicher betrieben werden. Manche Entfernungsmessgeräte und Zielerfassungssensoren bedienen sich ebenfalls schwacher Laserstrahlen.

**LB-X AUTOKANONE:** Die LB-X (Large Bore-Extended, Großkaliber-erweiterte Reichweite) Autokanone ist eine verbesserte Version der gewöhnlichen Autokanone, bei der durch den Einsatz leichter, Wärme ableitender Legierungen Gewicht und Wärmeentwicklung reduziert worden sind. Die eingesetzten Materialien machen die Waffe teurer als eine gewöhnliche Autokanone, doch die Vorteile wiegen die höheren Kosten auf. Die LB-X kann Bündelmunition abfeuern, die sich mit Schrotmunition im BattleMechformat vergleichen lässt. Nach Verlassen des Laufs zerfällt eine Bündelgranate in kleinere Geschosse. Dadurch wird die Chance auf einen Glückstreffer erhöht, gleichzeitig jedoch der erzielte Schaden über das gesamte Zielgebiet verteilt, und nicht auf einen Punkt konzentriert. Bündelmunition kann nur in LB-X Autokanonen eingesetzt werden.

*LICHTBRINGER:* Ein mittelschwerer avoider BattleMech von 75 Tonnen Masse mit einer Höchstgeschwindigkeit von 65 km/h und einer Sprungreichweite von 120 Metern. Er ist bestückt mit zwei schweren Extremreichweitenlasern in den Armen, sechs mittelschweren Impulslasern im Torso und einem Raketenabwehrsystem im Kopf.

**LSR:** Abkürzung für ›Langstreckenrakete‹, zum indirekten Beschuss entwickelte Raketen mit hochexplosiven Gefechtsköpfen. LSR-Lafetten sind in Ausführungen mit 5, 10, 15 und 20 Abschussrohren (leicht, mittelschwer, schwer, überschwer) verfügbar.

**LYRANISCHES NACHRICHTENCORPS (LNC):** Das Lyranische Nachrichtencorps ist ein ziviler Geheimdienst und das geheime Fundament der Steiner-Macht. Traditionell arbeitet es weitaus zurückhaltender und auch weniger skrupellos als vergleichbare andere Organisationen der Nachfolgerstaaten, hat sich aber in der Vergangenheit regelmäßig als der zuverlässigste und kompetenteste Geheimdienst der Inneren Sphäre erwiesen.

*MASAKARI:* Ein nicht sprungfähiger überschwerer OmniMech von 85 Tonnen Masse mit einer Höchstgeschwindigkeit von 65 km/h. Er ist in der Primärkonfiguration bestückt mit je zwei Extremreichweiten-Partikelprojektorkanonen in beiden Armen sowie einer zusätzlichen zehnrohrigen LSR-Lafette im linken Arm. Die Munitionsvorräte sind durch CASE gesichert. Der *Masakari* verfügt über einen speziellen Feuerleitcomputer.

*NACHTSCHATTEN:* Ein mittelschwerer humanoider BattleMech von 50 Tonnen Masse bei einer Höchstgeschwindigkeit von 97 km/h und einer Sprungreichweite von 180 Metern. Er ist bestückt mit einem Beil für Nahkampfangriffe am rechten Arm, einem schweren Impulslaser im linken Arm, zwei mittelschweren Impulslasern im Torso und einem leichten Impulslaser im Kopf.

**PPK:** Abkürzung für ›Partikelprojektorkanone‹, einen magnetischen Teilchenbeschleuniger in Waffenform, der hochenergiegeladene Protonen- oder Ionenblitze verschießt, die durch Aufschlagskraft und hohe Temperatur Schaden anrichten. PPKs gehören zu den effektivsten Waffen eines BattleMechs.

*QUASIMODO:* Ein nicht sprungfähiger schwerer BattleMech von 50 Tonnen Masse und einer Höchstgeschwindigkeit von 64 km/h. Er ist bestückt mit einer überschweren Autokanone auf der rechten Schulter, einem leichten Impulslaser im Kopf und je einem mittelschweren Laser in beiden Armen. Der Munitionsvorrat der Autokanone ist durch CASE gesichert.

**RAKETENABWEHRSYSTEM:** Ein Raketenabwehrsystem ist ein Schnellfeuerflak-MG, das anfliegende Raketen selbsttätig verfolgt, unter Beschuss nimmt und vernichtet. Der Hauptnachteil dieses sehr effektiven Defensivsystems ist sein hoher Munitionsverbrauch. Dies gilt für Clan-Anlagen ebenso wie für solche der Freien Inneren Sphäre, allerdings benutzen die Clans Schrapnellmunition, was die Anzahl der Salven pro Tonne Munition verdoppelt.

**REGIMENT:** Ein Regiment ist eine militärische Organisationseinheit der Inneren Sphäre und besteht aus zwei bis vier Bataillonen von jeweils drei oder vier Kompanien.

*ROTUNDA:* Ein fusionsgetriebener Scoutwagen von 20 Tonnen Masse mit Radantrieb, der äußerlich einem PKW des terranischen zwanzigsten Jahrhunderts ähnelt. Er ist standardmäßig bewaffnet mit einem schweren Laser und einer leichten KSR-Lafette, die beide ins Frontschussfeld feuern.

*SAVANNAH MASTER:* Mechpiloten empfinden den Namen, der auf dem Erfolg des Fahrzeugs gegen die Mechpilotin Savannah Johnson bei Prototypentests beruht, als beleidigend. Es handelt sich um ein auch gerne als *Savannenkönig* bezeichnetes, fusionsgetriebenes Luftkissenboot von 5 Tonnen Masse und einer Höchstgeschwindigkeit von 216 km/h, bewaffnet mit einem mittelschweren Laser.

*SCHLÄGER:* Ein nicht sprungfähiger überschwerer Mech von 80 Tonnen Masse und einer Höchstgeschwindigkeit von 65 km/h. Er ist bestückt mit je einer Partikelprojektorkanone in beiden Armen und je einer schweren KSR-Lafette im linken und rechten Torso. Die Munitionsvorräte der Lafetten sind durch CASE gesichert.

*SCHWARZER RITTER:* Ein nicht sprungfähiger schwerer Mech von 75 Tonnen Masse und einer Höchstgeschwindigkeit von 65 km/h. Er ist bestückt mit einer PPK und einem mittelschweren Laser im rechten Arm, einem mittelschweren Laser im linken Arm, je einem schweren und mittelschweren Laser im rechten sowie linken Torso und einem leichten Laser im Kopf. Zusätzlich ist er mit einer Beagle-Sonde ausgerüstet.

**SEKTION:** Eine ComGuard- oder BlakeGuard-Einheit aus sechs Truppen, die von der Kampfstärke her etwa einem Bataillon entspricht.

***SHOGUN:*** Ein humanoider überschwerer Mech von 85 Tonnen Masse und einer Höchstgeschwindigkeit von 54 km/h sowie einer Sprungreichweite von 90 Metern. Er ist bestückt mit je einer schweren LSR-Lafette in beiden Armen, je einer schweren KSR-Lafette im linken und rechten Torso und einer Extremreichweiten-PPK im rechten Torso. Die Munitionsvorräte sind durch CASE gesichert.

**SNORDS WILDER HAUFEN:** Die Elite-Söldnereinheit wurde 3007 zunächst unter dem Namen Snords Eigenbrötler von Oberst Cranston Snord als unabhängiger Ableger der Söldnereinheit Wolfs Dragoner gegründet und trat kurz darauf in die Dienste des Lyranischen Commonwealth Haus Steiners, dem es seither ununterbrochen dient. Die inzwischen von Cranston Snords Tochter Rhonda geführte Einheit ist als Ansammlung exzentrischer Individualisten berüchtigt und bevorzugt Missionen, die ihr Gelegenheit zur Suche nach vergessenen Schätzen und Artefakten geben, mit denen sie ein eigenes, reich bestücktes Museum auf ihrer Heimatwelt Clinton füllt. Der größte Coup der mit Sternenbundära- und Clan-Maschinen ausgerüsteten Einheit war die Entdeckung und Eroberung des Sternenbund-Flottenstützpunkts Camelot Command im Dunkelnebel für Haus Steiner und dessen Verteidigung gegen Eroberungsversuche der Jadefalken.

Rhonda Snord, ebenso wie ihr Vater Cranston ursprünglich eine Freigeborene aus dem Clan-Raum, ist bekannt für ihre Begeisterung hinsichtlich eines antiken terranischen Sängers namens Elvis Presley. Ihre Stellvertreterin ist ihre Adoptivtochter Natascha, eine aus dem Marik-Raum stammende Kriegswaise.

***SPARTANER:*** Ein nicht sprungfähiger überschwerer BattleMech von 80 Tonnen Masse und einer Höchstgeschwindigkeit von 86 km/h. Er ist bestückt mit drei mittelschweren Impulslasern im rechten Arm, einer Extremreichweiten-PPK im linken Torso, zwei doppelrohrigen Blitz-KSR-Lafetten in der Torsomitte und einem Raketenabwehrsystem im rechten Torso, sowie einem Zielerfassungssystem zur Markierung von Artilleriezielen.

**SPRUNGSCHIFFE:** Interstellare Reisen erfolgen mittels so genannter Sprungschiffe, deren Antrieb im 22. Jahrhundert entwickelt wurde. Der Name dieser Schiffe rührt von ihrer Fähigkeit her, ohne Zeitverlust in ein weit entferntes Sonnensystem zu ›springen‹. Es handelt sich um ziemlich unbewegliche Raumfahrzeuge aus einer langen, schlanken Antriebsspindel und einem enormen Solarsegel, das an einen gigantischen Sonnenschirm erinnert. Das gewaltige Segel besteht aus einem Spezialmaterial, das gewaltige Mengen elektromagnetischer Energie aus dem Sonnenwind des jeweiligen Zentralgestirns zieht und langsam an den Antriebskern abgibt, der daraus ein Kraftfeld aufbaut, durch das ein Riss im Raum-Zeit-Gefüge entsteht. Nach einem Sprung kann das Schiff erst weiterreisen, wenn es durch Aufnahme von Sonnenenergie seinen Antrieb wieder aufgeladen hat.

Sprungschiffe reisen mit Hilfe ihres Kearny-Fuchida-Antriebs in Nullzeit über riesige interstellare Entfernungen. Das K-F-Triebwerk baut ein Raum-Zeit-Feld um das Sprungschiff auf und öffnet ein Loch in den Hyperraum. Einen Sekundenbruchteil später materialisiert das Schiff am Zielsprungpunkt, der bis zu 30 Lichtjahre weit entfernt liegen kann.

Sprungschiffe landen niemals auf einem Planeten und reisen nur sehr selten in die inneren Bereiche eines Systems. Interplanetarische Flüge werden von Landungsschiffen ausgeführt, Raumschiffen, die bis zum Erreichen des Zielpunktes an das Sprungschiff gekoppelt bleiben.

**STERNENBUND:** Im Jahre 2571 wurde der Erste Sternenbund gegründet, um die wichtigsten nach dem Aufbruch ins All von Menschen besiedelten Systeme zu vereinen. Der Sternenbund existierte annähernd 200 Jahre, bis 2751 ein Bürgerkrieg ausbrach. Als das Regierungsgremium des

Sternenbunds, der Hohe Rat, sich in einem Machtkampf auflöste, bedeutete dies das Ende des Bundes. Die meisten einzelnen Hausfürsten riefen sich einseitig zum neuen Ersten Lord des Sternenbunds aus, und innerhalb weniger Monate befand sich die gesamte Innere Sphäre im Kriegszustand. Dieser Konflikt hielt drei Jahrhunderte an bis zum Überfall durch die Clans. Die Jahrhunderte nahtlos ineinander übergehender Kriege werden in toto als die ›Nachfolgekriege‹ bezeichnet. Erst die Gefahr durch die Clan-Invasion führte 3058 bei der ersten Whitting-Konferenz auf Tharkad zur Neugründung des Sternenbunds und zur auf vier Jahre befristeten Wahl des capellanischen Kanzlers Sun-Tzu Liao zum neuen Ersten Lord. Sein Nachfolger in diesem Amt wurde auf der zweiten Whitting-Konferenz 3062 der draconische Koordinator Theodore Kurita.

***STURM:*** Ein schwerer humanoider BattleMech von 65 Tonnen Masse und einer Höchstgeschwindigkeit von 65 km/h sowie einer Sprungreichweite von 120 Metern. Er ist bestückt mit drei mittelschweren Lasern am Kopf und in der Torsomitte, einer sechsrohrigen KSR-Lafette am linken Torso, einem schweren Impulslaser im linken Arm und einem Gaussgeschütz im rechten Arm.

**ULTRA-AUTOKANONE:** Mit einem kurzen, glatten Lauf, einem modifizierten Kammermechanismus, einer Schnellladevorrichtung und spezieller Munition ist die ursprünglich von den Clans entwickelte und erst seit kurzem auch in der Freien Inneren Sphäre eingeführte Ultra-Autokanone eine weit vielseitigere Waffe als die üblichere normale AK. Die Clans besitzen Ultra-Autokanonen in allen Standardgrößen, die sämtlich in Gewicht und Hitzeentwicklung den Standardmodellen entsprechen, aber ein verbessertes Leistungsprofil besitzen, das zu reduzierter Minimal- und erhöhter Maximalreichweite führt und das Feuern mit normaler oder doppelter Feuergeschwindigkeit gestattet. Die Ultra-AK-Modelle der Nachfolgerstaaten sind weit effizienter als eine Standard-AK, bei weitem aber nicht so technisch fortgeschritten wie die Clan-Waffen.

***VERTEIDIGER:*** Ein humanoider mittelschwerer Mech von 45 Tonnen Masse und einer Höchstgeschwindigkeit von

65 km/h sowie einer Sprungreichweite von 120 Metern. Er ist bestückt mit einer Extremreichweiten-PPK im rechten Arm, einer leichten LSR-Lafette im linken Torso und mittelschweren Impulslasern im Kopf. Der Munitionsvorrat der Raketenlafette ist durch CASE gesichert.

*VON LUCKNER:* Ein fusionsgetriebener schwerer Kettenpanzer von 75 Tonnen Masse und einer Höchstgeschwindigkeit von 54 km/h. Er ist bestückt mit einer überschweren Autokanone, zwei schweren und einer mittelschweren KSR-Lafette sowie einem Maschinengewehr im Geschützturm, einer mittelschweren LSR-Lafette im Heck und einem Flammer im Bug.

**WÄCHTER-ECM-STÖRSENDER:** Der Wächter-ECM-Störsender ist eine Breitband-Stör- und ECM-(Electronic Countermeasure) Phalanx, die darauf ausgerichtet ist, die Wirkung gegnerischer Langstreckenortungs- und -überwachungsapparaturen zu reduzieren.

**WEGWERFLAFETTEN:** Gelegentlich sind Fahrzeuge und BattleMechs mit Wegwerfversionen einer Standardraketenlafette ausgerüstet. Solche Lafetten benötigen keinen Munitionsvorrat, da sie bereits fertig geladen montiert werden und keinen Nachlademechanismus besitzen. Sie entsprechen in allen sonstigen Leistungsmerkmalen normalen Systemen der betreffenden Version und Munition.

**ZIELERFASSUNGSSYSTEM (ZES):** Ein Zielerfassungssystem wird von einem vorgeschobenen Beobachter benutzt, um ein Ziel für den Angriff durch Ziel suchende Raketen eines Arrow-IV-Raketenartilleriesystems zu markieren. Ein BattleMech oder Fahrzeug kann maximal ein ZES aufnehmen.

**ZUG:** Ein Zug ist eine militärische Organisationseinheit der Inneren Sphäre, die typischerweise aus etwa achtundzwanzig Mann besteht. Ein Zug kann in zwei Abteilungen aufgeteilt werden.

# Deutsch-Englische Namensliste

Da im neuesten Spiel der auf dem BattleTech-Universum aufbauenden MechWarrior-Computerspielreihe sowie in den neueren im Verlag Fantasy Productions zum BattleTech-Universum erscheinenden Spielen und Spielhilfen in Abkehr von der früheren Praxis durchgängig die englischen Typennamen erscheinen, folgt als Verständnishilfe eine Liste der entsprechenden deutschen und englischen Typenbezeichnungen aller uns derzeit bekannten Maschinen.

**BattleMechs der Freien Inneren Sphäre**

| | |
|---|---|
| ADL-2M Adler | EGL-2M Eagle |
| AKU-1X Akuma | AKU-1X Akuma |
| ALB-3U Albatros | ALB-3U Albatross |
| ALI-1A Alliance | ALI-1A Alliance |
| AMB-3M Amboss | ANV-3M Anvil |
| SA-AS Ansturm | SA-OS Onslaught |
| ABS-3L Anubis | ABS-3L Anubis |
| APL-1M Apollo | APL-1M Apollo |
| AGS-4D Argus | AGS-4D Argus |
| AS7-D/-K Atlas | AS7-D/-K Atlas |
| ATN-21/-23 Attentäter | ASN-21/-23 Assassin |
| AV1-O Avatar | AV1-O Avatar |
| BLT-5N/-7M Ballista | TBT-9E/-7M Trebuchet |
| BNDR-01A Bandersnatch | BNDR-01A Bandersnatch |
| BNC-3E/-5S Banshee | BNC-3E/-5S Banshee |
| BGS-1T Barghest | BGS-1T Barghest |
| BEO-12 Beowulf | BEO-12 Beowulf |
| BRZ-A3 Berserker | BRZ-A3 Berserker |
| BSN-3K Bishamon | BSN-3K Bishamon |
| BKW-7R Black Watch | BKW-7R Black Watch |
| BLG-21 Blauglut | BLF-21 Blue Flame |
| BTZ-3F Blitzschlag | BTZ-3F Blitzkrieg |
| BBD-010 Bombarde | BMB-010 Bombard |

| | |
|---|---|
| BMB-12T Bombast | BMD-12D Bombardier |
| BRS-3Z Brandschatzer | PLG-3Z Pillager |
| BD9-R/-S/-O Brandstifter | FS9-H/-S/-O Firestarter |
| LDT-1 Brigant | LDT-1 Brigand |
| BSW-X1 Bushwacker | BSW-X1 Bushwacker |
| CES-3R Caesar | CES-3R Caesar |
| CTF-1X/-3D Cataphract | CTF-1X/-3D Cataphract |
| CN9-A/-D Centurion | CN9-A/-D Centurion |
| CR-V2 Cerberus | MR-V2 Cerberus |
| CTS-6Y Cestus | CTS-6Y Cestus |
| CGR-SB Challenger | CGR-SB Challenger |
| CLN-7V Chamäleon | CLN-7V Chameleon |
| CHP-1N Champion | CHP-1N Champion |
| CME-1S Chimäre | CMA-1S Chimera |
| CDA-2A/-3M Cicada | CDA-2A/-3M Cicada |
| CLNT-2-3T/-3U Clint | CLNT-2-3T/-3U Clint |
| CL-P3 Colossus | CL-P3 Colossus |
| CRK 5003-1/-2 Crockett (auch: Katana) | CRK 5003-1/-2 Katana (Crockett) |
| CNS-5M Cronus | CNS-5M Cronus |
| DAD-3C Daedalus | DAD-3C Daedalus |
| DAI-01 Daikyu | DAI-01 Daikyu |
| DMO-1K Daimyo | DMO-1K Daimyo |
| DW-6M/-7D Derwisch | DV-6M/-7D Dervish |
| DST-2 Destruktor | DVS-2 Devastator |
| DON-1L Donner | THR-1L Thunder |
| DNR-1A Donnerfalke | SCR-1A Screaming Hawk |
| DNR-5S/-7MD Donnerkeil | TDR-5S/-7MD Thunderbolt |
| DOR-N Dorn | THE-N Thorn |
| DGR-3F Drachenfeuer | DGR-3F Dragon Fire |
| DRC-1N Dracon | DRG-1N Dragon |
| D9-G9 Duan Gung | D9-G9 Duan Gung |
| DKF-2L/-5M Dunkelfalke | SHD-2H/-5M Shadow Hawk |
| END-6Q Enfield | END-6Q Enfield |
| Epimetheus | Epimetheus |
| EXC-B1 Excalibur | EXC-B1 Excalibur |
| EXT-4D Exterminator | EXT-4D Exterminator |
| FNR-5 Fafnir | FNR-5 Fafnir |
| FLK-4E/-4P Falke | FLC-4N/-4P Falcon |
| FKN-8R Falkner | FLC-8R Falconer |
| FLB-3L/-5M Fallbeil | GLT-3N/-5M Guillotine |
| FNG-5W Fang | TLN-5W Talon |

| | |
|---|---|
| FNG-1 Fangeisen | WFT-1 Wolf Trap |
| FBL-7D Feuerball | ALM-7D Fireball |
| FBZ-P2 Feuerblitz | FLS-P2 Flashfire |
| FFK-1/-3M Feuerfalke | PXH-1/-3M Phoenix Hawk |
| FUR-FK2 Feuerfalken-FLUM | PHX-HK2 Phoenix Hawk LAM |
| P1-FS Feuersturm | P1-WF Wildfire |
| FRT-8L Feuerteufel | FLS-8K Flashman |
| FLO-4/-17 Floh | FLE-4/-17 Flea |
| FBT-3R Freibeuter | BCN-3R Buccaneer |
| GAL-1GLS Gallowglas | GAL-1GLS Gallowglas |
| GRM-01A Garm | GRM-01A Garm |
| GFT-9K Giftzahn | SDR-9K Venom |
| GFZ-2G/-3E Giftzwerg | IMP-2E/-3E Imp |
| GLD-3R Gladiator | GLD-3R Gladiator |
| GOL-1H/-3M Goliath | GOL-1H/-3M Goliath |
| GHR-5H/-5J Grashüpfer | GHR-5H/-5J Grasshopper |
| GRF-1N/-3M Greif | GRF-1N/-3M Griffin |
| GRM-S-TR29 Grimmer Schnitter | GRM-R-PR29 Grim Reaper |
| DRC-5K Großdracon | DRG-5K Grand Dragon |
| GRS-S-01-KRZR-T Großkreuzritter | GRN-D-01-CRSD-R Grand Crusader |
| T-IT-N10M Großtitan | T-IT-N10M Grand Titan |
| GUR-2G Gurkha | GUR-2G Gurkha |
| HBFK-9K Habichtsfalke | FNHK-9K Falcon Hawk |
| HMR-3M Hammer | HMR-3M Hammer |
| HTM-27T Hatamoto-Chi | HTM-27T Hatamoto-Chi |
| HA1-O Hauptmann | HA1-O Hauptmann |
| HS-1 Heckenschütze | HM-1 Hitman |
| HEL-3D Helios | HEL-3D Helios |
| HRK-LS-9000 Herkules | HRC-LS-9000 Hercules |
| HER-1S Hermes | HER-1S Hermes |
| HER-2S/-5S Hermes II | HER-2S/-5S Hermes II |
| HSC-1K/-3M Heuschreck | LCT-1V/-3M Locust |
| HGN-732 Highlander | HGN-732 Highlander |
| HOL-N3 Holländer | BZK-F3 Hollander |
| HLB-7D Höllenbrut | HSN-7D Hellspawn |
| HOP-4C/-4D Hoplit | HOP-4C/-4D Hoplite |
| HRN-3S/-5M Hornisse | STG-3R/-5M Stinger |
| HRN-F5 Hornissen-FLUM | STG-A5 Stinger LAM |
| HML-151/-171 Hummel | HNT-151/-171 Hornet |
| HUR-O4L Hurone | HUR-WO-R4L Huron Warrior |
| HSR 200-D Husar | HSR 200-D Hussar |

| | |
|---|---|
| MPR-6A Imperator | EMP-6A Emperor |
| INI-02 Initiat | INI-02 Initiate |
| J1-HND Jagdhund | B1-HND Bloodhound |
| JM6-S/-DD JägerMech | JM6-S/-DD JagerMech |
| JM6-D3 JägerMech III | JM6-D3 JagerMech III |
| JR7-D/-K Jenner | JR7-D/-K Jenner |
| JN-G8A Jinggau | JN-G8A Jinggau |
| SA-JG Juggernaut | SA-JG Juggernaut |
| KBO-7A Kabuto | KBO-7A Kabuto |
| KM-K305 Kampffalke | BH-K305 Battle Hawk |
| KP-HD-02FC Kampfhund | WR-DG-02FC War Dog |
| KMS-3Z/-5M Kampfschütze | RFL-3N/-5M Rifleman |
| KMT-1N/-3M Kampftitan | BLR-1G/-3M BattleMaster |
| KNB-1OOT Kanonenboot | GUN-1ERD Gunslinger |
| KPLT-C1 Katapult | CLPT-C1 Catapult |
| KLE-1B Keule | CDG-1B Cudgel |
| KTO-19/-20 Kintaro | KTO-19/-20 Kintaro |
| KOM-2D/-5S Kommando | COM-2D/-5S Commando |
| KMO-2 Komodo | KIM-2 Komodo |
| KBE-02 Königskobra | CBR-02 Cobra |
| KGK-000 Königskrabbe | KGC-000 King Crab |
| K-SK1 Kosak | C-SK1 Cossak |
| KT-P2 Koto | KT-P2 Koto |
| KRB-27 Krabbe | CRB-27 Crab |
| KRZ-3R/-5M Kreuzritter | CRD-3R/-5M Crusader |
| KGB-1N Kriegsbeil | AXM-1N Axman |
| KHM-6R/-7M Kriegshammer | WHM-6R/-7M Warhammer |
| KPR-KP-002 Kupferkopf | CPR-HD-002 Copperhead |
| LNC 25-01 Lancelot | LNC 25-01 Lancelot |
| LHU-2B Lao Hu | LHU-2B Lao Hu |
| LR1-O Läufer | SR1-O Strider |
| LTB-4D Lichtbringer | PTR-4D Penetrator |
| LST-4W Lichtstrahl | LGH-4W Lightray |
| LND-5M Lindwurm | WVE-5N Wyvern |
| LGB-8C/-OW Longbow | LGB-8C/-OW Longbow |
| LUC-5S Luchs | LYN-5X Lynx |
| MSK-6S Mackie | MSK-6S Mackie |
| MTR-5K Mahlstrom | MTR-5K Maelstrom |
| SA-MN Mantis | SA-MN Mantis |
| MAR-3D/-5D Marodeur | MAD-3R/-5D Marauder |
| MAR-4A/-5A Marodeur II | MAD-4A/-5A Marauder II |
| MHL-X1 Marshal | MHL-X1 Marshal |

| | |
|---|---|
| MER-2S Merkur | Mercury (Hermes-II-Variante) |
| MRS-97/-99 Merkurius | MCY-97/-99 Mercury |
| MLN-1A Merlin | MLN-1A Merlin |
| MR-P1 Morpheus | MR-P1 Morpheus |
| MUN-66 Mungo | MON-66 Mongoose |
| NTF-2Q Nachtfalke | NTK-2Q Night Hawk |
| NTS-4S Nachtschatten | NGS-4S Nightsky |
| NSR-9J Nachtstern | NSR-9J Nightstar |
| NG-C3A Naginata | NG-C3A Naginata |
| SLT-1R Nainokami (VerCom-Codename: Schlagetot) | MAL-1R Mauler |
| NXS-1A Nexus | NXS-1A Nexus |
| NJT-2 Ninja-To | NJT-2 Ninja-To |
| NDA-1K No-Dachi | NDA-1K No-Dachi |
| KW1-NP2 No-Pasaran | KW1-LH2 Lineholder |
| OBK-M10 O-Bakemono | OBK-M10 O-Bakemono |
| MS1-O Men Shen | MS1-O Men Shen |
| ON1-K/-M Orion | ON1-K/-M Orion |
| OSR-3D Osiris | OSR-3D Osiris |
| OSR-2C/-2D Ostroc | OSR-2C/-2D Ostroc |
| OTT-7J/-7K Ostscout | OTT-7J/-7K Ostscout |
| OTL-4D/-5M Ostsol | OTL-4D/-5M Ostsol |
| OW-1 Owens | OW-1 Owens |
| PLD-4N/-5M Paladin | QKD-4G/-5M Quickdraw |
| PNT-9R/-10K Panther | PNT-9R/-10K Panther |
| P1 Perseus | P1 Perseus |
| PFL-3S Pfeil | DRT-3S Dart |
| PRS-3F/-5M Pirscher | STK-3F/-5M Stalker |
| PF1 Polarfuchs | AF1 Arctic Fox |
| PST-04 Posten | SNT-04 Sentry |
| Prometheus | Prometheus |
| QSM-4D/-5M Quasimodo | HBK-4G/-5M Hunchback |
| RAB-1X/-3L Rabe | RVN-1X/-3L Raven |
| RJN 101-A Raijin | RJN 101-A Raijin |
| RAK-1A Rakshasa | MDG-1A Rakshasa |
| RBV1-O Raubvogel | RTX1-O Raptor |
| RTS-M2 Rittersmann | PAL-2A Paladin |
| RD-1R Roadrunner | RD-1R Roadrunner |
| SA-RN Ronin | SA-RN Ronin |
| RTB-2A Roter Blitz | RDS-2A Red Shift |
| SGT-8R Sagittaire | SGT-8R Sagittaire |
| SLM-5S Salamander | PPR-5S Salamander |

| | |
|---|---|
| SQS-TH-001 Sasquatch | SQS-TH-001 Sasquatch |
| SH-KL-1532 Schakal | JA-KL-1532 Jackal |
| SRC-3C Schirokko | SRC-3C Sirocco |
| SLG-11E Schläger | THG-11E Thug |
| SCL-1E Schlange | SNK-1V Snake |
| SLC-1D Schleicher | STH-1D Stealth |
| SHT-2Z/-4M Schütze | ARC-2R/-4M Archer |
| SW6-RTR Schwarzer Ritter | BL6-KNT Black Knight |
| SFKU-O Schwarzfalke-Ku | BHKU-O Black Hawk-Ku |
| SYU-2B Sha Yu | SYU-2B Sha Yu |
| SHG-2E/-2F Shogun | SHG-2E/-2F Shogun |
| ST-8A Shootist | ST-8A Shootist |
| SJA-7D Shugenja | SJA-7D Shugenja |
| SGR-2A Sieger | VQR-2A Vanquisher |
| SKB-9A Skarabäus | SCB-9A Scarabus |
| SKP-1N/-10 Skorpion | SCP-1N/-10 Scorpion |
| SP1-O Spalter | SD1-O Sunder |
| SPT-N1 Spartaner | SPT-N1 Spartan |
| SPR-10R/-10P Speerschleuder | JVN-10N/-10P Javelin |
| SPR-5F Spector | SPR-5F Spector |
| SPN-5V/-7M Spinne | SDR-5V/-7M Spider |
| SP1 Spuk | TR1 Wraith |
| ST-K60/-K63 Stadtkoloss | UM-R60/-R63 UrbanMech |
| STP-6W/-7D Steppenwolf | WVR-6R/-7D Wolverine |
| STY-3C Sternenkiller | STY-3C Starslayer |
| STL-4A Stilett | STO-4A Stiletto |
| STX-7T Streitaxt | BTX-7K Battleax |
| STR-1R1/-3K Streitross | CGR-1A1/-3K Charger |
| STR-3M Sturm | TMP-3M Tempest |
| STF-7X Sturmfalke | TDK-7X Thunder Hawk |
| STW-2C Sturmwind | STC-2C Striker |
| TSH-7S Tai-Sho | TSH-7S Tai-Sho |
| TRN-1L Tarantel | ZPH-1A Tarantula |
| TLR1-O Templer | TLR1-O Templar |
| TSN-1C Tessen | TSN-1C Tessen |
| TL-1 Teufel | TZ-1 Devil |
| TNS-4S Thanatos | TNS-4S Thanatos |
| TSG-9H Ti Ts'ang | TSG-9H Ti Ts'ang |
| TDS-8T/-9M Todesbote | AWS-8Q/-9M Awesome |
| TMH-3F/-5S Tomahawk | HCT-3F/-5S Hatchetman |
| TG-1/-2/TG2-O Totschläger | BJ-1/-2/BJ2-O Blackjack |
| TYM-1A Toyama | TYM-1A Toyama |

| | |
|---|---|
| TRP-1 Trooper | TRP-1 Trooper |
| TS-P1 Tsunami | TS-P1 Tsunami |
| UZL-3S Uziël | UZL-3S Uziel |
| VLK-QA/-QD Valkyrie | VLK-QA/-QD Valkyrie |
| VR5-R Verfolger | VR5-R Verfolger |
| VMT-01 Vermächtnis | LGC-01 Legacy |
| VRN-1R/-2A Vernichter | ANH-1A/-2A Annihilator |
| VTD-1R/-3L Verteidiger | VND-1R/-3L Vindicator |
| VTR 9B/-9K Victor | VTR 9B/-9K Victor |
| VOL-4R/-5D Vollstrecker | ENF-4R/-5D Enforcer |
| VOL-6M Vollstrecker III | ENF-6M Enforcer III |
| VL 2-T/VL-5M Vulkan | VL 2-T/VT-5M Vulcan |
| WCH-4M Wachmann | WTC-4M Watchman |
| WCT-3R/-3M Wächter | STN-3L/-3M Sentinel |
| WSG-3B Weißglut | WHF-3B White Flame |
| WTS-1B Weitschuss | LNG-1B Longshot |
| WRW-LF-004 Werwolf | WRW-LF-004 Werewolf |
| WSP-1A/-3M Wespe | WSP-1A/-3M Wasp |
| WSP-105 Wespen-FLUM | WSP-105 Wasp LAM |
| WTH-1/-2 Whitworth | WTH-1/-2 Whitworth |
| WKG-2F Wikinger | VKG-2F Viking |
| WDE-9S Wildeber | RZK-9S Razorback |
| WLF-1/-2 Wolfshund | WLF-1/-2 Wolfhound |
| YMN-6Y Yeoman | YMN-6Y Yeoman |
| Y-H9G Yu Huang | Y-H9G Yu Huang |
| ZCK-4A/-4B Zecke | FFL-4A/-4B Firefly |
| ZEU-6S/-9S Zeus | ZEU-6S/-9S Zeus |
| ZP 10-C/11-A Zyklop | CP 10-Z/11-A Cyclops |

## *Clan-Mechs*

Zur leichteren Auffindung sind Mechs mit einem separaten FIS-Codenamen sowohl unter ihrer Clanbezeichnung als auch unter diesem Codenamen aufgeführt, wobei der jeweils andere Name in einfachen (FIS) bzw. eckigen [Clan] Klammern folgt.

| | |
|---|---|
| Arkas | Arcas |
| Armbrust | Crossbow |
| Blutaspis | Blood Asp |

| | |
|---|---|
| Bluthund (Geier) | Mad Dog (Vulture) |
| Blutlangur | Crimson Langur |
| Blutmilan | Blood Kite |
| Bogenschütze | Bowman |
| Brandfalke | Fire Falcon |
| Canis | Canis |
| Corvis | Corvis |
| Daishi [Höhlenwolf] | Daishi [Dire Wolf] |
| Donnerross | Thunder Stallion |
| Drescher | Thresher |
| Dunstadler (Habicht) | Mist Hawk (Goshawk) |
| Eismarder (Fenris) | Ice Ferret (Fenris) |
| Eissturm | Icestorm |
| Eisteufel | Hellion |
| Eisvogel | Kingfisher |
| Feldeggsfalke | Black Lanner |
| Felsengräber | Burrock |
| Felsrhino (Koloss) | Stone Rhino (Behemoth) |
| Fenris [Eismarder] | Fenris [Ice Ferret] |
| Feuerskorpion | Fire Scorpion |
| Feuervogel (Sprinter) | Fire Moth (Dasher) |
| Fittich | Pinion |
| Frostfalke [Uhu] | Peregrine [Owl] |
| Füchsin [Incubus] | Vixen [Incubus] |
| Galahad [Glasspinne] | Galahad [Glass Spider] |
| Galeere [Gargoyle] | Man O'War [Gargoyle] |
| Gargoyle (Galeere) | Gargoyle (Man O'War) |
| Geierfalk | Night Gyr |
| Geier [Bluthund] | Vulture [Mad Dog] |
| Gladiator [Henker] | Gladiator [Executioner] |
| Glasspinne (Galahad) | Glass Spider (Galahad) |
| Gletscherfuchs | Snow Fox |
| Grauluchs (Koshi) | Mist Lynx (Koshi) |
| Grendel | Grendel |
| Grizzly | Grizzly |
| Ha Otoko | Ha Otoko |
| Habicht [Dunstadler] | Goshawk [Mist Hawk] |
| Hankyu | Hankyu |
| Henker (Gladiator) | Executioner (Gladiator) |
| Heuler (Pavian) | Howler (Baboon) |
| Höhlenwolf (Daishi) | Dire Wolf (Daishi) |
| Höllenbote (Loki) | Hellbringer (Loki) |

| | |
|---|---|
| Höllenfeuer | Hellfire |
| Höllenhund [Magicker] | Hellhound [Conjurer] |
| Incubus (Füchsin) | Incubus (Vixen) |
| Jagdspinne | Stalking Spider |
| Kampfdämon | Cauldron-Born |
| Kampfkobra | Battle Cobra |
| Kampfgeist | Spirit |
| Katamaran [Waldwolf] | Mad Cat [Timber Wolf] |
| Katamaran II | Md Cat Mk. II |
| Kobra (Schwarzpython) | Viper (Black Python) |
| Kodiak | Kodiak |
| Koloss [Felsrhino] | Behemoth [Stone Rhino] |
| Koshi [Grauluchs] | Koshi [Mist Lynx] |
| Krake [Ruin] | Kraken [Bane] |
| Kriegsfalke (Masakari) | Warhawk (Masakari) |
| Libelle (Viper) | Dragonfly (Viper) |
| Lobo | Lobo |
| Loki [Höllenbote] | Loki [Hellbringer] |
| Magicker (Höllenhund) | Conjurer (Hellhound) |
| Mandrill | Mandrill |
| Masakari [Kriegsfalke] | Masakari [Warhawk] |
| Matador | Matador |
| Naga | Naga |
| Natter (Puma) | Adder (Puma) |
| Nemesis (Thor) | Summoner (Thor) |
| Nobori-Nin | Nobori-Nin |
| Nova (Schwarzfalke) | Nova (Blackhawk) |
| Novakatze | Nova Cat |
| Pavian [Heuler] | Baboon [Howler] |
| Phantom | Phantom |
| Piranha | Piranha |
| Polarwolf | Arctic Wolf |
| Puma [Natter] | Puma [Adder] |
| Raubcoyote | Savage Coyote |
| Raubtier | Predator |
| Rotfuchs (Uller) | Kit Fox (Uller) |
| Rudeljäger | Pack Hunter |
| Ruin (Krake) | Bane (Kraken) |
| Ryoken [Sturmkrähe] | Ryoken [Stormcrow] |
| Schattenkatze | Shadow Cat |
| Schwarzfalke [Nova] | Blackhawk [Nova] |
| Schwarzpython [Kobra] | Black Python [Viper] |

| | |
|---|---|
| Schwergewicht | Linebacker |
| Scylla | Scylla |
| Silberlöwe | Cougar |
| Solitaire | Solitaire |
| Springteufel | Pouncer |
| Sprinter [Feuervogel] | Dasher [Fire Moth] |
| Sturmkrähe (Ryoken) | Stormcrow (Ryoken) |
| Sturzfalke | Stooping Hawk |
| Supernova | Supernova |
| Teufelsdrache | Great Wyrm |
| Thor [Nemesis] | Thor [Summoner] |
| Tollcoyote | Rabid Coyote |
| Turkina | Turkina |
| Uhu (Frostfalke) | Owl (Peregrine) |
| Uller [Rotfuchs] | Uller [Kit Fox] |
| Ursus | Ursus |
| Viper [Libelle] | Viper [Dragonfly] |
| Waldwolf (Katamaran) | Timber Wolf (Mad Cat) |

## *Clan-ProtoMechs*

| | |
|---|---|
| Gorgo | Gorgon |
| Harpyie | Harpy |
| Hydra | Hydra |
| Minotaurus | Minotaur |
| Rok | Roc |
| Satyr | Satyr |
| Sirene | Siren |
| Zentaur | Centaur |

## *Luft/Raumjäger*

| | |
|---|---|
| AHB-443 Ahab | AHB-443 Ahab |
| AD-11 Adler | Eagle |
| Ammon | Ammon |
| Avar | Avar |
| Bashkir | Bashkir |

| | |
|---|---|
| Batu | Batu |
| Chaeronea | Chaeronea |
| CHP-W5 Chippewa | CHP-W5 Chippewa |
| CRX-O Corax | CRX-O Corax |
| DARO-1 Dagger | DARO-1 Dagger |
| DRZ-4K Dreizack | TRN-3T Trident |
| DR-7 Drossel | TR-7 Thrush |
| DRV-G4 Donnervogel | Thunderbird |
| Dschengis | Jengiz |
| ESN-BS1 Eisenbeiß | IRN-SD1 Ironsides |
| EST-O Eisensturm | EST-O Eisensturm |
| FRC-63 Francesca | THK-63 Tomahawk |
| F-10 Gepard | F-10 Cheetah |
| GTHA-500 Gotha | GTHA-500 Gotha |
| HMR-HI Hammerhai | HMR-HD Hammerhead |
| HL-C6 Hellcat | Hellcat |
| HCT-213B Hellcat II | HCT-213B Hellcat II |
| HSCL-1-O Huscarl | HSCL-1-O Huscarl |
| Hydaspes | Hydaspes |
| Issus | Issus |
| Jagatai | Jagatai |
| KL-15 Killer | SL-15 Slayer |
| Kirghiz | Kirghiz |
| KSR-V12 Korsar | CSR-V12 Corsair |
| LX-2 Lancier | LX-2 Lancer |
| LGT-G4 Lightning | Lightning |
| LZF-R15 Luzifer | LCF-R15 Lucifer |
| LZF-16K Luzifer II | LCF-16K Lucifer II |
| MSG-606 Mauersegler | SWF-606 Swift |
| MT-13 Missetäter | TR-13 Transgressor |
| ON-1 Oni | ON-1 Oni |
| OP-9 Optio | Centurion |
| RPR-100 Rapier | RPR-100 Rapier |
| SB-30 Sabre | Sabre |
| SL-25 Samurai | SL-25 Samurai |
| Sabutai | Sabutai |
| F-500 Schnitter | F-100 Riever |
| Scytha | Scytha |
| SYD-21 Seydlitz | SYD-21 Seydlitz |
| SL-17 Shilone | SL-17 Shilone |
| SHV-O Shiva | SHV-O Shiva |
| SL-21 Sholagar | SL-21 Sholagar |

| | |
|---|---|
| SPD-502 Spad | SPD-502 Spad |
| SPR-B5 Sperber | SPR-H5 Sparrowhawk |
| F-90 Stingray | F-90 Stingray |
| STR-133E Streuner | RGU-133E Rogue |
| STU-K5 Stuka | STU-K5 Stuka |
| Sulla | Sulla |
| MIK-O Tatsu | MIK-O Tatsu |
| TR-10 Transit | TR-10 Transit |
| CMT-3T Troika | CMT-3T Troika |
| TTZ-O Trutz | DFC-O Defiance |
| Turk | Turk |
| Tyrus | Tyre |
| V12M Wüstenfalke | Sand Hawk |
| Vandal | Vandal |
| Visigoth | Visigoth |
| Xerxes | Xerxes |
| ZRO-114 Zero | ZRO-114 Zero |

## *Landungsschiffsklassen*

| | |
|---|---|
| Achilles | Achilles |
| Arkadia | Arcadia |
| Breitschwert | Broadsword |
| Claymore | Claymore |
| Conquistador | Conquistador |
| Excalibur | Excalibur |
| Festung | Fortress |
| Freibeuter | Buccaneer |
| Gazelle | Gazelle |
| Hamilcar | Hamilcar |
| Hannibal | Hannibal |
| Herkules | Hercules |
| Kondor | Condor |
| Konföderation | Confederate |
| Krämer | Mercer |
| Kuan Ti | Kuan Ti |
| Leopard | Leopard |
| Leopard JT (Jägertender) | Leopard CV (Carrier Vessel) |
| Leviathan | Behemoth |

| | |
|---|---|
| Löwe | Lion |
| Lung Wang | Lung Wang |
| Mammut | Mammoth |
| Maultier | Mule |
| Merlin | Merlin |
| Miraborg | Miraborg |
| Modell 97 ›Oktopus‹ | Model 97 ›Octopus‹ |
| Monarch | Monarch |
| Nagumo | Nagumo |
| Nekohono'o | Nekohono'o |
| Noruff | Noruff |
| Okinawa | Okinawa |
| Outpost | Outpost |
| Overlord, ...-A3, ...-C | Overlord, ...-A3, ...-C |
| Rächer | Avenger |
| Rose | Rose |
| Sassanid | Sassanid |
| Störenfried | Intruder |
| Sturmtriumph | Assault Triumph |
| Sucher | Seeker |
| Titan | Titan |
| Träger | Carrier |
| Triumph | Triumph |
| Union, ...-C, ...-X | Union, ...-C, ...-X |
| Vergeltung | Vengeance |
| Zorn | Fury |

## *Sprungschiffsklassen*

| | |
|---|---|
| Aar (Fregatte) | Eagle |
| Ægis (Schwerer Kreuzer) | Aegis |
| Agamemnon (Schwerer Kreuzer) | Agamemnon |
| Befreier (Kreuzer) | Liberator |
| BEM (Scoutschiff) | Bug-Eye |
| Cameron (Schlachtkreuzer) | Cameron |
| Carraca (Transporter) | Carrack |
| Chimeisho (Transporter) | Chimeisho |
| Comitatus (Jägertender) | Comitatus |
| Eroberer (Trägerschlachtkreuzer) | Conqueror |
| Dante (Fregatte) | Dante |

| | |
|---|---|
| Essex (Zerstörer) | Essex |
| Fox (Korvette) | Fox |
| Feng Huang (Kreuzer) | Feng Huang |
| Fredasa (Korvette) | Fredasa |
| Händler (Transporter) | Merchant |
| Impavido (Zerstörer) | Impavido |
| Inazuma (Korvette) | Inazuma |
| Invasor (Transporter) | Invader |
| Jäger (Transporter) | Hunter |
| Kirishima (Kreuzer) | Kirishima |
| Kongress (Fregatte) | Congress |
| Kyushu (Fregatte) | Kyushu |
| Leviathan (Schwerer Transporter) | Leviathan |
| Lola III (Zerstörer) | Lola III |
| Magellan (Transporter) | Magellan |
| McKenna (Schlachtschiff) | McKenna |
| Monolith (Transporter) | Monolith |
| Nightlord (Schlachtschiff) | Nightlord |
| Odyssee (Transporter) | Odyssey |
| Potemkin (Truppenkreuzer) | Potemkin |
| Schwarzer Löwe (Schlachtkreuzer) | Black Lion |
| Scout (Transporter) | Scout |
| Sowjetski Sojus (Schwerer Kreuzer) | Sovetskii Soyuz |
| Starlord (Transporter) | Star Lord |
| Suffren (Zerstörer) | Suffren |
| Tatsumaki (Zerstörer) | Tatsumaki |
| Texas (Schlachtschiff) | Texas |
| Thera (Jägertender) | Thera |
| Tramp (Transporter) | Tramp |
| Vincent (Korvette) | Vincent |
| Wirbelwind (Zerstörer) | Whirlwind |
| Wolga (Bewaffneter Transporter) | Volga |
| York (Zerstörerttender) | York |
| Zechetinu (Korvette) | Zechetinu |

### *Gefechtsfahrzeuge der Freien Inneren Sphäre*

| | |
|---|---|
| Ajax (Sturmpanzer) | Ajax |
| Alacorn (Schwerer Panzer) | Alacorn |
| Bandit (Schwerer Schwebepanzer) | Bandit |

| | |
|---|---|
| Beagle (Leichter Scoutschweber) | Beagle |
| Behemoth (Schwerer Panzer) | Behemoth |
| Belladonna (Gefechtsscouthelikopter) | Nightshade |
| Beschützer (Abfangjäger) | Guardian |
| Blizzard (Schwebetransporter) | Blizzard |
| Brutus (Sturmpanzer) | Brutus |
| Bulldog (Panzer) | Bulldog |
| Bumerang (Spähflugzeug) | Boomerang |
| Burke (Schwerer Panzer) | Burke |
| Cavalry (Kampfhubschrauber) | Cavalry |
| Challenger X (Kampfpanzer) | Challenger X |
| Chaparral (Artillerieraketenpanzer) | Chaparral |
| Chevalier (Leichter Panzer) | Chevalier |
| Cyrano (Kampfhubschrauber) | Cyrano |
| Dachs (Truppentransporter) | Badger |
| Dämon (Panzer) | Demon |
| Drillson (Schwerer Schwebepanzer) | Drillson |
| Flash (Schwebepanzer) | Lightning |
| Frettchen (Leichter Flugscout) | Ferret |
| Fulcrum (Schwerer Schwebepanzer) | Fulcrum |
| Fury (Schwerer Panzer) | Fury |
| Gabriel (Leichter Scoutschweber) | Gabriel |
| Galleon (Leichter Panzer) | Galleon |
| Gladius (Panzer) | Gladius |
| Gleve (Panzer) | Glaive |
| Glory (Schwerer Artilleriepanzer) | Glory |
| Goblin (Schwerer Schützenpanzer) | Goblin |
| Habichtsmotte (Kampfhubschrauber) | Hawk Moth |
| Harasser (Fahrbare Raketenlafette) | Harasser |
| Häscher (Radpanzer) | Fortune |
| Hetzer (Sturmgeschütz) | Hetzer |
| Hi-Scout (Drohnenträger) | Hi-Scout |
| Horndämon (Panzer) | Horned Demon |
| Hunter (Raketenpanzer) | Hunter |
| J. Edgar (Leichter Schwebepanzer) | J. Edgar |
| Kampfrichter (Schwebepanzer) | Regulator |
| Kanga (Schwerer Sprungpanzer) | Kanga |
| Karnow (Transporthubschrauber) | Karnov |
| Klopfer (Artillerie) | Thumper |
| Kondor (Schwerer Schwebepanzer) | Condor |
| Kröte (Panzerspähwagen) | Skulker |
| Landhecht (Sturmgeschütz) | Pike |

| | |
|---|---|
| Leguan (Spähflugzeug) | Chameleon |
| Long Tom (Mobile Artillerie) | Long Tom |
| Main Gauche (Leichter Artilleriepanzer) | Main Gauche |
| Manteuffel (Sturmpanzer) | Manteuffel |
| Mantikor (Schwerer Panzer) | Manticore |
| Mantis (Leichter Kampfhubschrauber) | Mantis |
| Maultier (Truppentransporter) | Maultier |
| Maxim (Schwerer Truppentransporter) | Maxim |
| MechKiller (Kampfflugzeug) | MechBuster |
| Melchior (Schwerer Schützenpanzer) | Magi |
| Minion (Leichter taktischer Panzer) | Minion |
| Monitor (Patrouillenboot) | Monitor |
| Morningstar (Stadtbefehlspanzer) | Morningstar |
| Musketier (Schwepanzer) | Musketeer |
| Myrmidon (Panzer) | Myrmidon |
| Neptun (U-Boot) | Neptune |
| Ontos (Schwerer Panzer) | Ontos |
| Packratte (Langstreckenspähwagen) | Packrat |
| Padilla (Schwerer Artilleriepanzer) | Padilla |
| Partisan (Schwerer Flakpanzer) | Partisan |
| Patton (Panzer) | Patton |
| Pegasus (Scoutschwebepanzer) | Pegasus |
| Pilum (Schwerer Panzer) | Pilum |
| Pinto (Kampfhubschrauber) | Pinto |
| Plainsman (Schwebepanzer) | Plainsman |
| Planetlifter (Transportflugzeug) | Planetlifter |
| Po (Schwerer Panzer) | Po |
| Puma (Schwerer Panzer) | Puma |
| Rhino (Schwerer Panzer) | Rhino |
| Ripper (Truppentransporthubschrauber) | Ripper |
| Rommel (Panzer) | Rommel |
| Rotunda (Scoutwagen) | Rotunda |
| Saladin (Gefechtsschwebepanzer) | Saladin |
| Saracen (Schwebepanzer) | Saracen |
| Savannah Master (Luftkissenboot, auch: Savannenkönig) | Savannah Master |
| Scimitar (Schwebepanzer) | Scimitar |
| Sea Skimmer (Tragflügelboot) | Sea Skimmer |
| Schiltron (Artilleriepanzer) | Schiltron |
| Schreck (PPK-Sturmgeschütz) | Schrek |
| Schukow (Schwerer Panzer) | Zhukov |
| Scorpio (Leichter Panzer) | Scorpion |

| | |
|---|---|
| Sniper (Artillerie) | Sniper |
| Sprint (Scouthubschrauber) | Sprint |
| Stechinsekt (Kampfhubschrauber) | Yellowjacket |
| Striker (Leichter Panzer) | Striker |
| SturmFeuer (Schwerer Panzer) | SturmFeur |
| Styx (Artilleriepanzer) | Stygian |
| Taru (Fahrbare Artillerielafette) | Marksman |
| Tausendfuß (Scoutwagen) | Centipede |
| Thor (Fahrbare Artillerielafette) | Thor |
| Tokugawa (Schwerer Panzer) | Tokugawa |
| Turmfalke (Transporthubschrauber) | Kestrel |
| Taifun (Straßenkampfpanzer) | Typhoon |
| Vedette (Panzer) | Vedette |
| Von Luckner (Schwerer Panzer) | Von Luckner |
| Wanderfalke (Kampfhubschrauber) | Peregrine |
| Warrior (Kampfhubschrauber) | Warrior |
| Wieselflink (Scoutwagen) | Swift Wind |
| Zephyr (Schwerer Schwebepanzer) | Zephyr |
| Zerstörer (Schwerer Panzer) | Demolisher |

## *Gefechtsfahrzeuge der Clans*

| | |
|---|---|
| Anhur (Transportflugzeug) | Anhur |
| Ares (Panzer) | Ares |
| Asshur (Artilleriescout) | Asshur |
| Athena (Scharfschützenpanzer) | Athena |
| Donar (Kampfhubschrauber) | Donar |
| Enyo (Sturmpanzer) | Enyo |
| Epona (Jagdpanzer) | Epona |
| Hachiman (Artilleriepanzer) | Hachiman |
| Heimdall (Schwerer Abwehrpanzer) | Heimdall |
| Hephästus (Scoutpanzer) | Hephaestus |
| Huitzlopochtli (Sturmpanzer) | Huitzilopochtli |
| Indra (Truppentransporter) | Indra |
| Ishtar (Schwerer Artilleriepanzer) | Ishtar |
| Ku (Radsturmpanzer) | Ku |
| Mars (Sturmpanzer) | Mars |
| Mithras (Leichter Panzer) | Mithras |
| Morrígú (Artilleriepanzer) | Morrígú |
| Odin (Scoutpanzer) | Odin |

| | |
|---|---|
| Oro (Schwerer Panzer) | Oro |
| Shamash (Erkundungsfahrzeug) | Shamash |
| Shoden (Sturmpanzer) | Shoden |
| Swantowit (Schützenpanzer) | Svantovit |
| Tyr (Infanteriepanzer) | Tyr |
| Zorya (Leichter Panzer) | Zorya |

## *Gepanzerte Infanterie (Elementare/Kröten)*

| | |
|---|---|
| Achiläus | Achileus |
| Chevalier | Cavalier |
| Dayhawk | Gray Death Standard |
| Fa Shih | Fa Shih |
| Fenris | Fenrir |
| Faultier | Sloth |
| Gnom | Gnome |
| Grenzgänger/ ... II | Infiltrator / ... Mk. II |
| Kage | Kage |
| Kanazuchi | Kanazuchi |
| Läuterer | Purifier |
| Longinus | Longinus |
| Nighthawk | Gray Death Light Scout |
| Raiden | Raiden |
| Salamander | Salamander |
| Sylphe | Sylph |
| Undine | Undine |

# DANKSAGUNG

Dieser Roman – genauso wie ein großer Teil meiner Schriftstellerlaufbahn – wäre ohne die Hilfe von Ross Babcock III. nicht zustande gekommen. Ich hatte 1988 erst ein paar Titel für den jungen Spielverlag FASA Corporation geschrieben, da schickte Ross mir einen aus einem einzigen Absatz bestehenden Vorschlag für einen Szenariopack mit dem Titel *Cranston Snord's Irregulars*. Irgendwo in einem Ordner liegt dieses Blatt heute noch. Er fragte mich, ob ich das schreiben könne. Klar, sagte ich. Wie schwer konnte das schon sein? An diesem Tag wurde Snords Wilder Haufen geboren, und ich bin einer von nur einer Handvoll Menschen, die wissen, woher der Originalname dieser Einheit stammt: Aus einem alten BC Comic Book.

Acht Jahre später riefen die Fans nach mehr Snord. Sam Lewis gab mir grünes Licht, auf die Bitten zu reagieren, und der Nachfolgeband *Rhonda Snord's Irregulars* entstand. Es reichte nicht. Von allem, was ich in den letzten vierzehn Jahren für BattleTech geschrieben habe, zählt Snords Wilder Haufen heute noch zu den Favoriten der Leser. Ich erzähle all das hier, weil ich damit etwas erklären will: Dieser Roman ist für all die Hardcore-Snord-Fans da draußen geschrieben.

Ich möchte mich bei meinem Nachbarn, John Gramash, bedanken, der die ganz und gar freie Vorlage für den geheimnisvollen Feldwebel in diesem Buch war. Weiterhin danke ich John Kendrick, der mich zu unseren Entspannungsausflügen/Bürgerkriegsreliktjagden aus dem Haus gezerrt hat. Und den guten Menschen (die Angesprochenen wissen, wer gemeint ist) bei Intellinex, Ernst & Young's eLearning Venture, wo ich tagsüber meine Brötchen verdiene. Außerdem möchte ich mich bei meinen Schwiegereltern bedanken, die zugelassen haben, dass ich dieses Buch während des Familienurlaubs in Michigan schrieb. Dank gebürt auch

Loyalistenfan Camille Klein und Solarmech für die Hilfe beim Epilog.

Und schließlich den Little Fork Rangers, CSA (Confederate States of America). Die Idee zu diesem Buch kam mir, als ich bei Nachforschungen über den Bürgerkrieg die Inschrift auf dem ihnen gewidmeten Denkmal las, das im oberen Culpepper County versteckt ist.

BATTLETECH®

Vom Battletech®-Zyklus erschienen in der Reihe
HEYNE SCIENCE FICTION & FANTASY

DIE GRAY DEATH-TRILOGIE:
William H. Keith jr.: Entscheidung am Thunder Rift · 06/4628
William H. Keith jr.: Der Söldnerstern · 06/4629
William H. Keith jr.: Der Preis des Ruhms · 06/4630

Ardath Mayhar: Das Schwert und der Dolch · 06/4686

DIE WARRIOR-TRILOGIE:
Michael A. Stackpole: En Garde · 06/4687
Michael A. Stackpole: Riposte · 06/4688
Michael A. Stackpole: Coupé · 06/4689

Robert N. Charrette: Wölfe an der Grenze · 06/4794
Robert N. Charrette: Ein Erbe für den Drachen · 06/4829

DAS BLUT DER KERENSKY-TRILOGIE:
Michael A. Stackpole: Tödliches Erbe · 06/4870
Michael A. Stackpole: Blutiges Vermächtnis · 06/4871
Michael A. Stackpole: Dunkles Schicksal · 06/4872

DIE LEGENDE VOM JADEPHÖNIX-TRILOGIE:
Robert Thurston: Clankrieger · 06/4931
Robert Thurston: Blutrecht · 06/4932
Robert Thurston: Falkenwacht · 06/4933

Robert N. Charrette: Wolfsrudel · 06/5058
Michael A. Stackpole: Natürliche Auslese · 06/5078
Chris Kubasik: Das Antlitz des Krieges · 06/5097
James D. Long: Stahlgladiatoren · 06/5116
J. Andrew Keith: Die Stunde der Helden · 06/5128
Michael A. Stackpole: Kalkuliertes Risiko · 06/5148
Peter Rice: Fernes Land · 06/5168
James D. Long: Black Thorn Blues · 06/5290
Victor Milan: Auge um Auge · 06/5272

# BATTLETECH®

Michael A. Stackpole: Die Kriegerkaste · 06/5195
Robert Thurston: Ich bin Jadefalke · 06/5314
Blaine Pardoe: Highlander Gambit · 06/5335
Don Philips: Ritter ohne Furcht und Tadel · 06/5358
William H. Keith jr.: Pflichtübung · 06/5374
Michael A. Stackpole: Abgefeimte Pläne · 06/5391
Victor Milan: Im Herzen des Chaos · 06/5392
William H. Keith jr.: Operation Excalibur · 06/5492
Victor Milan: Der schwarze Drache · 06/5493
Blaine Pardoe: Der Vater der Dinge · 06/5636
Nigel Findley: Höhenflug · 06/5655
Loren Coleman: Blindpartie · 06/5886
Loren Coleman: Loyal zu Liao · 06/5893
Blaine Pardoe: Exodus · 06/6238
Michael Stackpole: Heimatwelten · 06/6239
Thomas Gressman: Die Jäger · 06/6240
Robert Thurston: Freigeburt · 06/6241
Thomas Gressman: Feuer und Schwert · 06/6242
Thomas Gressman: Schatten der Vernichtung · 06/6299
Michael Stackpole: Der Kriegerprinz · 06/6243
Robert Thurston: Falke im Aufwind · 06/6244

DIE CAPELLANISCHE LÖSUNG:
Loren Coleman: Gefährlicher Ehrgeiz · 06/6245
Loren Coleman: Die Natur des Kriegers · 06/6246

Thomas Gressman: Die Spitze des Dolches · 06/6247
Loren Coleman: Trügerische Siege · 06/6248
Loren Coleman: Gezeiten der Macht · 06/6249
Stephen Kenson/Blaine Lee Pardoe/Mel Odom:
Die MECHWARRIOR-Trilogie · 06/6250
Blaine Lee Pardoe: Die erste Bürgerpflicht · 06/6251
Peter Heid: Phoenix · 06/6252
Randall Bills: Der Weg des Ruhms · 06/6253
Loren Coleman: Flammen der Revolte · 06/6254
Bryan Nystul: Mein ist die Rache · 06/6255
Blaine Lee Pardoe: In die Pflicht genommen · 06/6256